Atardecer para dos

Novela

Loles López

Atardecer para dos

Esencia/Planeta

Obra editada en colaboración con Editorial Planeta – España

Adaptación de la portada: Booket / Área Editorial Grupo Planeta
Imagen de la portada: Shutterstock
Composición: Realización Planeta

Bajo el sello editorial BOOKET M.R.
Avenida Presidente Masarik núm. 111,
Piso 2, Polanco V Sección, Miguel Hidalgo
C.P. 11560, Ciudad de México
www.planetadelibros.com.mx

Primera edición impresa en Booket en España: julio de 2025
ISBN: 978-84-08-30624-5

Primera edición impresa en México en Booket: octubre de 2025
ISBN: 978-607-39-3604-0

Impreso en los talleres de Grafimex Impresores, S.A. de C.V.
Av. de las Torres 256, Colonia Valle de San Lorenzo,
Iztapalapa, C.P. 09970, Ciudad de México
Impreso en México – *Printed in Mexico*

1

El tipo de la barra

Emma

Escondo el labio inferior debajo del superior intentando frenar el enorme bostezo que quiere salir para desenmascarar la realidad. Mientras mi cita, sentado enfrente de mí, sigue contándome, con todo lujo de detalles, el arte de pescar langostas.

Sé que esto me lo he ganado solita, porque ¿quién en su sano juicio, nada más llegar al pueblo que ha elegido para empezar otra vez de cero, busca en la aplicación de citas un plan para su primera noche?

Exacto, a mí.

Y, aquí estoy, vestida con un ajustado vestido azul con un amplio escote porque me apetecía verme guapa y sexi, muriéndome de aburrimiento, mientras este tipo sigue hablando del ecosistema de la langosta y de cuándo es mejor capturarla. Me temo que en la hora y media que llevo aquí sentada solo he metido baza dos veces: la primera para decir qué quería de beber y la segunda para preguntar a qué se dedicaba. Y ahí, justo en ese momento, ha empezado su monólogo y, después de tanto rato escuchando siempre lo mismo, ha comenzado mi lucha contra los bostezos.

Cojo mi vaso de Coca-Cola, le doy un trago y mis ojos se pierden por el fondo de este bar, justo detrás de Berni, mi cita, que sigue dándome detalles sobres las langostas y que parece solo se contenta con tener a alguien delante para hablar como si le acabaran de dar cuerda. Me fijo en que, en este pequeño y acogedor local, que está muy cerca de donde voy a vivir a partir de ahora, no hay mucha gente a estas horas. Una pareja en un lateral hablando entre susurros y que parece estar empezando a salir porque no paran de toquetearse; tres hombres de alrededor de cuarenta años sentados juntos en la barra de espaldas a mí y que deben conocerse de toda la vida porque no paran de conversar entre ellos y con el camarero que está tras la barra; y otro hombre, más joven que ellos, sentado en un taburete alto, en el lateral, alejado de todos...

El tipo en cuestión está mirando su cerveza, que se encuentra encima de la barra, mientras le da vueltas lentamente. Como si estuviese pendiente de los círculos que hace la condensación del frío cristal sobre la madera barnizada. Lleva una camiseta de manga corta blanca que deja ver sus brazos, unos poderosos, bronceados y fuertes que, a cada pequeño movimiento que hace, se le marcan los músculos de una manera hipnótica. Sin embargo, no es eso lo que me ha llamado la atención, sino su manera de sentarse, erguida, distante, soberbia; como también su cabello más largo por arriba que cae sobre su frente ocultando su mirada, como si no quisiera que nadie se asomara a las profundidades de sus ojos...

Como si quisiera ocultar algo...

Parece un hombre solitario, alguien de difícil trato e incluso presuntuoso porque nadie se le acerca y mucho menos le dirigen la palabra. Desconozco si es un lugareño o un turista, como tampoco sé cómo es su rostro; entre el ángulo y la poca luz, me resulta complicado verlo desde donde estoy sentada, aunque puedo intuir que es mayor que yo y atractivo...

Tengo que dejar de mirarlo cuando Berni deja de hablar de golpe y vuelvo a enfocar mi mirada en él para mostrarle una sonrisa.

—Es muy interesante —miento descabelladamente, pues he desconectado hace un buen rato—, pero me imagino que harás otra cosa que no sea trabajar, ¿no?

—Bar Harbor es un pueblo pequeño —me asegura con los ojos brillantes por el alcohol. ¿Cuántas cervezas se ha tomado desde que he llegado? ¿Seis?—, tampoco hay mucho más que hacer.

—Vaya...

Con tíos así a una le entran ganas de vivir para siempre en este pueblo, ¿eh?

—¿Te gusta la langosta?

¡Y volvemos al tema preferido de Berni! Parece que este hombre de veintitrés años no sepa hablar de otra cosa, ¿será algún fetiche extraño?

¿Le molarán tanto las langostas que tenga un disfraz en su casa para ponerse a tono?

Un repelús me cruza el cuerpo e intento disimularlo moviéndome en la silla.

—La verdad es que nunca la he probado —le confieso con una sonrisa, y su gesto ebrio se transforma en incrédulo. Me temo que ahora mismo está dudando en si soy una extraterrestre que aborrece las langostas o un bicho todavía más raro—. Pero, claro, ya que estoy aquí, aprovecharé para remendar ese error. —Aunque esté cogiendo manía a ese animal solo con escucharlo hablar.

—Tienes que ir a Rose Eden Lobster. Ahí las hacen tan deliciosas que no querrás comer otra cosa —indica, y sonrío intentando aparentar que estoy deseando ir, aunque la verdad sea otra. No es un manjar que me llame especialmente la atención—. Podría llevarte mañana si te apetece.

—Vaya... Bueno, vamos a ver qué nos depara la noche —susurro angustiada de repetir otra cita con el amante de las langostas.

—Creo que está yendo muy pero que muy bien... —dice con un tono que intuyo se cree Berni que es seductor, pero es más como una especie de susurro desinflado y vacilante y que acompaña con un vistazo para nada sutil a mis pechos y que provoca que la bilis se me suba a la garganta.

Parpadeo, sonrío y me encojo de hombros sin abrir la boca, porque no quiero soltarle lo que pienso a este hombre. A ver, que a mí me resulten soporíferos la vida y milagros de esos bichos con pinzas en las patas, no quiere decir que a otra mujer no le resulte fascinante y tampoco quiero desmotivarlo. Seguro que su media langosta anda por ahí buscándolo desesperadamente.

Berni me mira extasiado mientras se termina su cerveza y abro la boca antes de que empiece otra vez con el tema estelar de esta noche.

—Voy un segundo al baño.

Me levanto, me bajo el largo del vestido que me llega casi por encima de los muslos, cojo mi bolso y camino en dirección al aseo deseando un pequeño descanso entre tanta langosta. Pero, sobre todo, queriendo un poco de tiempo para pensar en cómo me largo sin que mi cita se siente mal... Si es que no sé por qué me esfuerzo en intentarlo una y otra vez, las aplicaciones de citas no sirven para nada y da igual en qué ciudad o pueblo esté, parece que el algoritmo siempre me busca a hombres que no tienen nada que ver conmigo. Con los que tengo que lidiar durante toda una velada porque, ¡demonios!, no quiero ser maleducada y soltarles a la cara lo que realmente pienso de ellos.

Y ya sé que con casi veinte años —los cumplo a final de año— no debería estar tan obsesionada con encontrar pareja y que debería estar centrada en pasármelo bien. En divertirme y tener noches desenfrenadas de alcohol y sexo sin compromiso.

Pero lo estoy.

Con diecisiete años viví lo que era el amor y el desamor, en una relación corta y demasiado intensa por mi parte. He pasado de no querer volver a relacionarme con nadie a nivel emocional —hasta tal punto de huir de cualquiera que me insinuara algo— a desearlo con cada partícula de mi ser, y este cambio se debe a que estoy preparada para dar ese paso. Para tener una relación formal, para implicarme con otra persona y confiar en ella; sin embargo, por el momento no he encontrado lo que busco... Es posible que sea un poco exigente porque no solo busco el amor, no solo busco enamorarme o que se enamoren de mí, no solo busco la atracción, sino que estoy buscando la conexión completa con un hombre. Busco más allá del cuerpo, quiero encontrar a mi alma gemela. A *mi todo*, aunque parece que se me está resistiendo encontrarlo. Creo que en estos meses he tenido más citas que en toda mi vida y todas han sido un auténtico desastre, aunque no pierdo la esperanza de hallar lo que quiero en mi vida.

De repente, mis ojos se topan con el hombre que está sentado en el lateral de la barra, el mismo que me ha llamado antes la atención. Ha cambiado su postura, ya no está mirando su cerveza, sino que tiene sus ojos puestos en mí. Trago saliva al darme cuenta de lo atractivo que es. ¡Diablos!, es mucho más guapo de lo que me parecía cuando lo he visto cabizbajo y su mirada es tan penetrante, tan perturbadora, que me hace contener el aliento. Porque... me está mirando a mí, ¿verdad? Giro ligeramente la cabeza hacia atrás y veo que no hay nadie.

Me pongo nerviosa, ¡histérica!, al corroborar que, en efecto, me está observando a mí, y siento como mis pasos antes confiados comienzan a perder fuste, a hacerse inestables, hasta sentir como me tropiezo conmigo misma, como si tuviese dos pies izquierdos. Me doy tal golpe yo sola con la punta de mi zapato en mi tobillo que no puedo evitar hacer un gesto de dolor y tragarme una blasfemia. Cuando mis ojos lo vuelven a buscar —soy así de incauta—, su increíble boca se estira en una arrogante sonrisa que consigue en el acto sonrojarme.

¡Demonios! Pero ¡¡esa sonrisa debería estar prohibida para la salud!!

Y agacho la mirada para centrarme en llegar cuanto antes al dichoso aseo y, a ser posible, sin caerme de bruces en el suelo.

Acelero el paso y sé que es una locura hacerlo cuando siento mis piernas como dos torres de gelatina, pero quiero desaparecer ahora mismo. Si tuviera una bomba de humo la echaría delante de él, me quitaría los tacones y echaría a correr como una loca.

Cuando al fin entro en el aseo —con dolor de tobillo, pero a salvo de su mirada penetrante—, me miro en el espejo y veo horrorizada que mis mejillas están completamente rojas.

Pero ¿qué me ha pasado? Solo me ha mirado y me he comportado como una quinceañera nerviosa. ¡Maldita sea, si hasta estoy hiperventilando! Menos mal que el aseo estaba cerca, si no, me temo que me hubiese desparramado por el suelo y hubiese acabado haciendo un ridículo espantoso.

Cuando vuelva a salir no puedo mirarle.

Es solo un tío. Uno muy atractivo, es cierto, pero seguro que no es para nada mi tipo. Si solo hay que verle... tiene la señal de peligro encima de su cabeza y no estoy dispuesta a saltarme esa advertencia.

Los hombres así no quieren una relación estable y es, precisamente eso, lo que estoy buscando y no un ligue de una noche...

De repente la puerta se abre y, al girarme en esa dirección, el tipo de la barra entra en el cuarto de baño de señoras mostrando una sonrisilla arrogante.

Pero... ¿¡¡qué!!?

2

Bienvenida a Bar Harbor

Emma

—Este es el baño de señoras —indico cogiéndome con fuerza del lavabo sin dejar de mirar a este tipo que se detiene a pocos pasos de mí.

Es alto, es muy alto, y tengo que levantar mucho la cara para poder mirarlo bien.

—¿En serio? —dice con un vozarrón que consigue en el acto erizar mi piel—. No sabía que en los baños de señoras también había urinarios —añade señalando mi espalda.

Giro la cabeza lentamente, avergonzada, temerosa de que él tenga razón y, ¡¡demonios!!, veo cuatro inodoros encastrados en la pared y me quedo patidifusa porque esto significa que quien se ha equivocado de baño ¡¡he sido yo!! Trago saliva volviendo mi mirada hacia ese extraño que ya me está mostrando de nuevo esa sonrisa ladeada tan arrogante y que le hace incluso más guapo de lo que es.

—Yo... —balbuceo como una tonta mientras cojo el bolso que había dejado en el lavado—. Lo siento.

Agacho la cara, que ahora mismo siento que me quema, para comenzar a caminar en dirección a la puerta. Estaba tan desesperada por entrar en el aseo que ni siquiera me he parado a comprobar si entraba en el correcto.

¡Qué boba!

¡¡Y todo por culpa de este tipo!!

—Por cierto, el tobillo te está sangrando.

Su voz frena mi huida, me miro los pies y, en efecto, me sorprende ver un fino hilo de sangre resbalarse por mi tobillo izquierdo.

—Vaya... Estos zapatos son muy bonitos, pero todavía tengo que domarlos —murmuro nerviosísima girándome de nuevo a mirarlo, y ese extraño vuelve a regalarme otra vez esa sonrisa decadente y lujuriosa.

¿Desde cuándo pienso que una sonrisa puede ser lujuriosa?

—Lo que sí son bonitos son tus ojos —susurra, y se me desencaja la mandíbula, quedándome con la boca abierta.

¿He escuchado bien?

¿Me acaba de echar un piropo en el baño de hombres?

—Ehm... —¡Me he quedado sin palabras! Cierro la boca, me muevo nerviosa en mi sitio para después señalar la salida—. De nuevo, lo siento.

Y salgo casi a la carrera, volviéndome a tropezar con mis propios pies, para entrar justo en el baño de al lado dejando escapar el aire por mis labios. Me miro en el espejo y me encuentro como mis mejillas están todavía más rojas que cuando me he mirado por primera vez.

¡¡A mí me graban!!

Cierro los ojos mientras niego con la cabeza al vivir una situación tan surrealista con un tío de bandera como él.

¿Por qué he tenido que entrar en el baño de hombres? Y lo que es peor aún, ¿por qué ha tenido que entrar él?

Esto sí que es empezar con el pie izquierdo en un nuevo lugar.

Después de utilizar el inodoro, me echo un poco de agua en la pequeña herida y la seco con un poco de papel higiénico, hasta que vaya a casa y pueda curármela en condiciones. Me miro en el espejo para retocarme el maquillaje, me aplico con cuidado el pintalabios rosado y salgo con la cabeza bien alta para intentar dar por finalizada esta dichosa cita. Ya tengo pensado lo que le voy a decir a Berni, pero aún más claro que por ninguna circunstancia voy a mirar al tipo de la barra. Sin embargo, como una imbécil —y desobedeciendo lo que yo misma me he dicho—, mis ojos lo buscan y me lo encuentro con la mirada fija de nuevo en mí, recorriendo con parsimonia todo mi cuerpo como si estuviese haciéndome un escáner.

¡Mierda!

Las mejillas de nuevo me queman y me obligo a mirar al frente, centrándome en mover los pies uno detrás del otro, lentamente, para no caerme de bruces. Debo de parecer un robot, pero prefiero eso a caerme al suelo o a volver a hacerme daño en el tobillo.

Cuando me siento en mi sitio, expulso el aire por mis labios, nerviosa, temblorosa, pero muy aliviada por no haberla liado y miro a Berni, el hombre que susurra a las langostas, que me está observando ya con una ebria sonrisa y que vive ajeno al momento extraño que he vivido con el tipo que todavía sigue sentado cerca de la barra.

—¿Quieres tomar otra ronda? —me pregunta señalando la única Coca-Cola que he pedido.

—No —contesto, y mis ojos, en contra de mi voluntad, van a parar a ese tipo misterioso que desprende una fuerza colosal por cada poro de su piel.

¡Demonios!, él me sigue mirando y cuando ve que yo también lo hago, desliza una sonrisa ladeada, engreída, que consigue que mis pezones se endurezcan.

Vaaaaale, esto no es normal.

Pero ¡¡nada normal!!

Nunca me ha pasado algo así, que, con una mirada, una muy intensa, es cierto, y acompañada de una sonrisa irresistible, provoque que mis pezones se pongan duros. Pero ¡si siempre me quejo de que me ocurre precisamente lo contrario!

Me fijo en Berni, en su cabello rubio, muy corto, en su rostro bonachón, para después buscar al hombre de la barra, mientras escucho como mi cita ha vuelto a hablar del tema que más le gusta en el mundo.

Ese tipo... Joder, tiene algo y no es que sea insultantemente guapo o que tenga una mirada feroz capaz de que me replantee mi cordura. Es que, además de todo eso, desprende fuerza y una seguridad aplastante por los cuatro costados. Como si supiera lo que provoca en las mujeres sin ni siquiera abrir la boca. Como si no tuviera dudas de que ahora mismo no puedo apartar mi mirada de él, aunque lleve obligándome a centrarme en Berni con todas mis fuerzas desde que me he sentado otra vez en la silla.

Pero tengo que detener estas miraditas que no paramos de lanzarnos y lo tengo que hacer a la de ya. Es cierto que es la primera vez que me cruzo con un tipo como él, tan seguro de sí mismo, tan atractivo que sabe que, con una simple mirada, ya estaré a sus pies. Pero, por eso mismo, tengo que dejar de mirarlo y hacer lo que tenía planeado. Además, he venido hasta aquí por una razón y no es enrollarme con el primer hombre que me haga ojitos, sobre todo si ese tipo parece sacado de un catálogo ficticio titulado: «Hombres que deberías alejar de tu vida si quieres encontrar el amor verdadero».

—Berni —le corto, dándome cuenta de que no puedo dejar de mirar al hombre equivocado y me obligo a centrarme en mi cita mientras le hablo, poniendo todas mis fuerzas en esta pequeña acción—, me lo he pasado muy bien contigo, pero...

—No, peros no —suelta haciendo una mueca triste, y le sonrío con amabilidad.

—Tengo que marcharme ya. Me temo que no he sido la mejor de las compañías, no me ha dado tiempo —«Es decir, que no me has dejado», pienso— de comentarte que acabo de llegar a Bar Harbor y estoy cansada.

—¿Nos volveremos a ver?

—Has dicho que es un pueblo pequeño, ¿no? —Me encojo de hombros y veo como la mirada vibrante que tenía se empaña por mi culpa—. Ha sido un placer conocerte y saber más de las langostas. ¡Yo te invito! —suelto levantando la mano para que el camarero venga a la mesa con la cuenta.

Aunque Berni intenta poner su dinero, rápidamente le doy yo el mío al camarero, que me mira extrañado. No me gusta deberle nada a un hombre y mucho menos cuando sé que no quiero volver a verlo. Con la cuenta pagada, con Berni repitiéndome unas cien veces que le gustaría devolverme la invitación —lo siento, pero no—, nos levantamos a la vez para abandonar el bar. Creo que Berni me está diciendo algo, pero, la verdad, ni siquiera lo escucho porque me estoy obligando mentalmente a no mirar al extraño de la barra. Sin embargo, mis ojos creen que un último vistazo no les vendría mal (que sea consciente de que no es bueno para mí parece que no es suficiente), y lo encuentro con una pose relajada —como si estuviese esperando algo que sabe llegará en breve—, sin dejar de mirarme, dándome tal repaso que parece que me esté comiendo con los ojos y provocando de nuevo un fuego irracional que empapa cada célula de mi cuerpo.

Salgo a la calle casi corriendo, anhelando el fresco de la noche, pero sobre todo salir de este extraño encantamiento absurdo. Me despido con una sonrisa de Berni, que ha salido a la misma vez que yo y que intenta persuadirme de acompañarme a casa. Se lo agradezco con una sonrisa y observo como se marcha de aquí cabizbajo.

Suelto un suspiro de alivio al verme libre de esta cita mientras saco el móvil para poner el navegador y poder hacer el camino inverso a la casa donde viviré a partir de ahora. Sé que no está lejos, pero ahora mismo no sabría orientarme...

—No vas a encontrar taxis a estas horas —escucho una voz potente, profunda y ligeramente rasgada que provoca que mi vello se erice por completo.

Al girarme en esa dirección, veo al extraño del bar que ahora está delante de mí. Me mira, soberbio y desplegando sin obstáculos esa fuerza arrolladora que he intuido dentro del local o en el baño de caballeros.

Sabe que es guapo, sabe que gusta a las mujeres, sabe que su altura unida a su imponente físico es un alma letal, y lo peor es que le encanta tener ese poder de derritebragas. Y a mí no me debería gustar tanto como lo está haciendo.

—Me imagino —le digo sin darle más información, y me obligo a mirar el móvil para no observarlo a él.

No quiero que sepa que me siento influenciada por su magnetismo.

No quiero que piense que puede tenerme si se lo propone o, por el contrario, convertirme en una especie de reto.

Pero, sobre todo, lo que no quiero es darle pie a nada. Quiero que se marche, como ha hecho Berni, y por eso me hago la despistada.

—Puedo llevarte —dice con un gesto distraído señalando una enorme *pickup* gris, y sonrío mientras niego con la cabeza.

—Ya..., pero no suelo subirme en coches de extraños y mucho menos si han bebido alcohol —añado volviendo a mirar el móvil y, al fin, selecciono la dirección para que me guíe hasta la casa.

—Siempre bebo cerveza sin alcohol; además, no muerdo. Si tú no quieres, claro —suelta, y levanto una ceja escéptica, manteniendo la boquita cerrada. Pero... ¡menuda cara tiene el tío!—. No eres de aquí.

—Nop, acabo de llegar. —Y me encojo de hombros, así como aburrida, como si me molestase. Por supuesto, no es lo que pienso, pero él no debe saberlo.

No debo bajar la guardia ante un hombre como él.

Lo sé, mi sentido de supervivencia está a tope ahora mismo, y debo tener todos los sentidos ahora mismo alerta.

—Acabas de llegar y estabas tomándote un refresco con el bueno de Berni... —susurra con tono perezoso, como si supiera que no tiene que esforzarse ni siquiera por hablar.

Un tipo acostumbrado a tenerlo todo con tal solo un chasquido de sus dedos...

¡Puf!

La alarma que cuelga sobre su cabeza se hace más luminosa y brillante, avisándome de que mi intuición estaba en lo cierto y sé que debería dejarlo con la palabra en la boca y largarme cuanto antes de aquí. Sin embargo, aquí estoy, mirando esa atractiva cara y preparada para contestarle.

—Sí, he pasado un rato agradable con un buen tipo.

—Para estar pasándotelo tan bien, según tú, no le prestabas mucha atención a Berni... —indica con un tono terriblemente erótico para después aproximarse tanto a mí que su olor, su increíble aroma, inunda mis fosas nasales.

«No me fastidies... A ver, Emma, tú puedes, solo piensa en las langostas de Berni y no en que, ahora mismo, te gustaría convertirte en un gato y frotarte contra su cuerpo para impregnarte de su maravilloso olor», me digo intentando mantener el control de mi ser.

Pero ¿cómo es posible que sea tan guapo y tan atractivo?

Y ¿cómo es posible que no haga nada para detener esta extraña situación?

—No sé a qué te refieres —suelto intentando sonar desenfadada, aunque me temo que no me ha salido como quería y me estoy delatando solita.

¡Estoy muy nerviosa! Y que él esté taaan cerca solo ayuda a que lo esté aún más.

Se agacha y siento su respiración contra mi oreja. Un escalofrío me cruza todo mi cuerpo y siento como las fuerzas se están debilitando.

—He visto cómo me mirabas.

Ahogo un gemido mientras mi respiración se convierte en un caos, al escuchar esa frase salir de sus labios de una manera tan sugerente. Nos miramos muy de cerca, tanto que puedo ver sus claros iris con atención, como diferenciar, sin importar la escasa luz, las líneas oscuras que los cruzan. Tiene una mirada salvaje, atrayente y muy peligrosa y sé que debería finalizar esta conversación, empujarlo para apartarlo de mí y marcharme tan lejos como alcancen mis piernas, pero ahora mismo no puedo.

Me siento atraída como una polilla a la luz y me temo que, como siga así, voy a acabar quemándome.

—Y ¿cómo te he mirado? —pregunto con un triste hilo de voz.

—Como si quisieras cabalgar mi cara toda la maldita noche —dice, y aprieto los muslos al sentir como el deseo se despierta en mí con solo esa maldita frase susurrada con su voz ronca.

Vaaaale, este tío no se corta un pelo y lo peor es que a mi cuerpo le encanta su insolencia y su manera de hablarme sin tapujos. Como respuesta mi ser acaba de hacer una ola, ha sacado los pompones de animadora y creo que está contratando a una orquesta para animar un poco más el momento.

Me humedezco los labios, pues se me ha quedado la garganta seca de golpe al imaginarme esa imagen tan atrayente. No soy una chica de rollos de una noche, nunca he sentido una atracción tan fuerte con nadie, sin importar que lo haya conocido previamente o no, pero con él... Con él siento mi cuerpo receptivo como si hubiese mutado a otro estado, como si hubiese sufrido una metamorfosis repentina simplemente al aparecer este hombre.

¡Es una auténtica locura, lo sé!

Cabeceo desechando el hormigueo que siento en mi piel y el calor que se expande por cada recoveco de mi ser. Ni siquiera sé cómo se llama, pero parece que a mi cuerpo le da igual, porque me implora que acepte lo que sea que quiera darme este atractivo hombre y que ya luego, si eso, seguir con mi búsqueda del amor.

Solo sería una noche...

Solo sería hacer algo que jamás he sentido el impulso de hacer.

Solo sería con él.

Pero no puedo acceder a algo con un extraño, aunque este sea irresistiblemente atractivo.

No puedo desviarme ni siquiera una noche de la decisión que tomé.

—Creo que te equivocas, estaba mirando el cuadro que había colgado detrás de ti —digo, y este desliza perezosamente una sonrisa.

Me temo que no ha colado.

—En esa pared no hay cuadros. —«¡Diablos, qué mala pata!»—. Pero ya entiendo, eres de las que le cuesta aceptar lo que desean. No pasa nada, *pecas* —susurra apoyando el brazo en la pared, tan cerca de mi cabeza que todo comienza a darme vueltas, sin importarme que me haya puesto un mote por la cara—. No doy segundas oportunidades, pero hoy me siento generoso al ser tu primer día aquí. Mañana, mismo lugar, misma hora y te aseguro que no te vas a aburrir como hoy y vamos a disfrutar de una increíble noche de sexo. —Me muerdo el labio inferior con fuerza para no acabar gimiendo y este desliza esa sonrisa impertinente que parece tanto le gusta a mi ser porque se estremece sin poder evitarlo—. Buenas noches y bienvenida a Bar Harbor.

Y sin más se yergue, me da un último repaso de la cabeza a los pies y me guiña el ojo, para después darse la vuelta y caminar con paso seguro hasta su *pickup*. Hasta que no lo veo arrancar y alejarse de aquí, no consigo relajarme y siento como toda mi piel se ha despertado ante su propuesta.

¡Maldita sea, si hasta me la estoy replanteando!

3

Infinitamente peor

Damon

Detengo la alarma del móvil y me froto la cara intentando espabilarme. Me quedo unos segundos así, con la mirada clavada en el techo, las manos en la cabeza, pensando en el nuevo día que me espera y en todo lo que tengo que hacer. Sin embargo, cuando siento unas uñas de gel deslizarse por mi torso desnudo salgo de mi ensoñación de golpe, y la tranquilidad que sentía es sustituida por la ira cuando veo a quien tengo tumbada a mi lado.

—Buenos días —susurra con coquetería Amber mientras dibuja una seductora sonrisa.

—¿Qué haces aquí? —suelto incorporándome de la cama de golpe.

Cuando levanto la sábana para salir de la cama, me doy cuenta de que Amber está completamente desnuda.

Joder... ¿por qué hostias me tienen que pasar estas cosas a mí?

—Quería darte una sorpresa. Llevamos unos días sin quedar y...

—Ya no quedamos porque te dije que esto se había acabado —indico con seriedad, y veo como abre y cierra la boca varias veces, como si le hubiese cogido de sorpresa.

Maldita sea, ¡¡se lo repetí tres veces!!, y aun así ¿se ha colado en mi casa, se ha desnudado y se ha metido en mi cama?

—No cerraste con llave la puerta, pensé que...

—Nunca cierro por si mi familia necesita entrar a algo, aunque a partir de ahora cambiaré mis hábitos —la interrumpo, y veo como se tapa su pecho con la sábana.

—Pero nos lo pasamos bien juntos —dice con un hilo de voz, abriendo tanto los ojos que puedo ver cada línea que atraviesa sus iris verdosos.

—Sí, estuvo bien, pero, Amber, se terminó. Te dije que no quería una relación seria y que lo nuestro sería algo puntual.

—Pero esas cosas pueden cambiar. Yo te puedo hacer cambiar. Hacemos buena pareja, Damon, y no soy la única que lo piensa —comenta, y percibo en su voz la esperanza de que esto pueda llegar a ser más, algo que le dejé claro que no sería así.

No tengo novias.

No quiero una maldita relación, siempre lo digo antes de que ocurra nada. Como también pongo punto final a esas amistades esporádicas antes de que mi ligue pueda tener sentimientos hacia mí. Pero me temo que con Amber he llegado demasiado tarde. ¿Cuántas veces hemos quedado? ¿Tres?

—No vas a hacerme cambiar de idea. No quiero una pareja ni ahora ni nunca y, ahora que sé que tú sí, me reafirmo en mi decisión de no volver a vernos más —comento con seriedad—. Cuando salgas de mi casa, cierra la puerta —añado antes de entrar en el cuarto de baño, cerrando tras de mí y echando el maldito pestillo en mi propia casa.

—¿Sabes qué? Eres un cabronazo, Damon Crowell —grita desde fuera mientras miro mi reflejo cansado en el espejo—. Ojalá no hubiese aceptado esa copa. Ojalá no hubiese creído que podrías ser diferente a como todo el mundo cree. Pero ¡maldita sea!, eres incluso peor. Mucho peor. Eres un hombre sin corazón, ¡sin alma!, y ojalá se te caiga la polla a trocitos.

Abro el grifo de la ducha justo cuando empieza a gritar una lista exageradamente larga de insultos, deseando que cierre el pico y que se largue ya de mi casa.

No pienso salir a enfrentarme a ella porque no merece la pena. Diga lo que diga, no será suficiente para ella y lo mejor es que la cosa quede así: yo como un cabronazo y Amber como la pobre mujer a la que engañé, aunque no sea verdad.

Reconozco que odio estas situaciones y que, a medida que los años pasan, incluso me agotan, por eso hablo con ellas de manera sincera y contundente. Sin darles falsas esperanzas, diciéndoles claramente lo que van a conseguir de mí. Pero a veces me encuentro con alguna que se cree el cuento de que puede hacerme cambiar. Tengo veintiséis años y llevo mucho viviendo la vida a mi manera, y tengo claro que no voy a cambiar jamás, y mucho menos por una mujer.

Me enrollo la toalla alrededor de la cintura cuando termino de secarme y salgo a mi dormitorio. Lo que veo me deja petrificado mientras maldigo la ocurrencia que tuve de liarme con esa mujer. Es cierto que no hay rastro de Amber, pero ha dejado toda mi habitación hecha un desastre. Ha quitado las sábanas de la cama, tirándolas al suelo, y después ha sacado toda mi ropa del vestidor dejándola encima de esta de cualquier manera, amontonándola sin cuidado. Niego con la cabeza, recordándome que esto me pasa por no elegir bien a la mujer con la que solo tener sexo. Si ya lo dice mi hermano, es mejor liarse con una turista o largarte a otro pueblo para asegurarte de que no tendrán esperanzas de que vaya a más, pero pensé, idiota de mí, que Amber quería lo mismo que yo...

Treinta y cinco minutos más tarde de la hora habitual, salgo de mi casa después de ordenar mi dormitorio. Cierro la puerta con llave, por si le da a Amber por volver a entrar, y camino hasta donde tengo mi *pickup*. La sensación de apatía que llevo acarreando desde hace demasiado tiempo se ha juntado con la rabia, con la frustración de lo que ha sucedido en mi casa. Sin embargo, mi mente enmudece de golpe al escuchar un ruido desconocido que me detiene a escasos pasos de mi camioneta.

Miro a ambas direcciones de mi calle; el silencio y la calma acostumbrada a estas horas de la mañana provoca que me esfuerce por agudizar el oído. Sé que he escuchado algo raro y no me fío de largarme sin antes asegurarme de qué es. Joder, sobre todo después de que Amber haya desordenado toda mi habitación, ¿y si es ella?

¿Y si está esperando a que me largue para liarla todavía más?

Otra vez ese maldito ruido, como si fueran golpes secos: pum, pum... pum; y viene de la casa de al lado. Me dirijo hasta ahí porque esa casa lleva unos cuantos meses cerrada, desde que el último inquilino se marchara de un día para otro, avisando unas pocas horas antes de desaparecer...

Me doy cuenta de que las ventanas están abiertas de par en par y los golpes, cada vez más fuertes, más nerviosos, los puedo escuchar de manera mucho más nítida. Por eso no dudo en echar al intruso que se ha colado en esta propiedad que no es suya.

Giro el pomo de la puerta que se abre sin dificultad y nada más dar un paso dentro, el olor a lejía me hace arrugar la nariz.

Esto es la hostia de raro.

Aprieto los puños, preparado para enfrentarme con quien sea que esté aquí, y camino lentamente hasta que ese sonido me lleva a su origen. Llego hasta la cocina donde observo como todos los armarios están abiertos y varias bolsas están desperdigadas por la encimera. Incluso los vasos y los platos están fuera de su sitio como si alguien los hubiera sacado para hacer inventario.

Está claro que no son imaginaciones mías, aquí hay alguien, pero ¿dónde?

PUM, PUM, PUM...

Giro la cabeza hacia la puerta de la despensa donde se escuchan esos golpes de forma más contundente. Miro a mi alrededor intentando encontrar lógica a esto. No puede ser un animal porque la puerta de la entrada estaba cerrada, aunque sin echar la llave. Agarro el pomo cuando los golpes cesan y comienzo a girarlo para abrir la puerta de un solo movimiento —para sorprender al intruso—, cuando de repente impacta contra mí un cuerpo como si estuviera haciéndome un duro placaje. Arremete con tanta fuerza que incluso doy un paso atrás y, por instinto, agarro sus brazos para defenderme o apartarme de esta persona que se ha abalanzado hasta mí.

Lo primero que veo es su cabello, de un tono castaño muy claro, alzado en una despeinada coleta tan alta que parece una palmera y que me hace cosquillas en la barbilla. Levanta su cabeza y sus ojos, enmarcados en una gafa de pasta negra, son de un azul que me recuerda al cielo de un día caluroso de verano, dejándome sin respiración. Unos ojos que me resultan familiares, como si antes los hubiese visto, para después, rápidamente, pegar un salto hacia atrás observándome asustada.

Deslizo mi mirada por su cuerpo: su ropa holgada y manchada de polvo y grasa, ese peinado que desafía las leyes de la gravedad y su rostro dulce sin nada de maquillaje que ahora mismo se ha tensado... al mirarme.

¡Me cago en la hostia!

Es la mujer que vi anoche en el bar, pero en una versión muy de andar por casa, sin rastro de la exuberante imagen que tuve ayer de ella. Pero no tengo dudas, es la misma mujer, aunque ahora que la tengo delante, sin el maquillaje, con esas gafas y vestida con ropa cómoda, parece mucho más joven. Sus increíbles ojos, su pequeña nariz salpicada de multitud de pecas que se esparcen por las mejillas. Su belleza impactante, sensual, sin artificios y esa mirada traslúcida, sincera, que esconde un fuego en su interior a punto de explosionar. Sus labios gruesos, rosados, se estiran en una tensa línea, como si a ella también le hubiese sorprendido esta maldita casualidad.

O... ¿no es casualidad y he ido a parar con otra mujer obsesiva con las relaciones?

—¿Qué haces en esta casa? —suelto con rabia, y su mirada sorprendida cambia en el acto a una desafiante. Incluso diría que se yergue, sin importar que sea menuda. Incluso más baja que la media nacional, como si demostrara que puede ser peligrosa, aunque mida poco más de metro sesenta.

—¿Y tú? —suelta con ese extraño acento que me llamó la atención cuando la escuché hablar por primera vez—. Mira, si anoche te di una idea equivocada, lo siento. Pero no he venido aquí a liarme con el primer coleccionista de mujeres que me tira la caña y mucho menos ahora que me has confirmado que eres un acosador. Un no es un no y...

—¿De qué estás hablando? Eres tú quien se ha colado en esta casa —la interrumpo cada vez más cabreado.

Es posible que el tema de Amber me esté condicionando, pero me parece muy raro que esta mujer esté aquí después de lo que le dije anoche y que me venga ahora con todo el tema del acoso.

Si hay alguien que está acosando a otra persona es ella a mí.

—Soy la nueva inquilina de esta casa y eres tú quien ha entrado sin ni siquiera llamar a la puerta.

—Eso es imposible. Esta casa es propiedad de mi familia y sabría si se ha alquilado.

Abre sus jugosos labios para después cerrarlos de nuevo mirándome con curiosidad, es más, está pegándome tal repaso que me hace pensar que esta mujer no tiene vergüenza alguna y que anoche, simplemente, estaba fingiendo. Porque, joder, ayer parecía totalmente distinta. Más tímida, como si mis palabras le afectaran tanto que no pudiera responder abiertamente; sin embargo, su cuerpo gritaba lo que deseaba y era a mí. Y entre ese vestido que llevaba, que se pegaba a sus sugerentes curvas creando una puta obsesión en mí, y esa mirada entre cohibida y fogosa, quise que aceptara mi propuesta. Quise arrancarle gritos de placer, pero ahora... está en la casa de al lado y parece mucho más joven de lo que creía.

—¿Eres familia de Brooke?

No le respondo, me quedo mirándola sin más porque ahora mismo me ha descolocado por completo y no suelen hacerlo a menudo.

Observo su rostro ovalado, luminoso, como si tuviera un puto foco dándole la luz necesaria para resaltar cada uno de sus rasgos. Sus pómulos marcados y alzados le dan carácter; esas pequeñas pecas que salpican su rostro le dan un aire travieso y más aniñado; y su boca, joder, creo que anoche tuve que hacer un esfuerzo demencial por no saborear esos labios tan definidos que me pedían ser degustados hasta el amanecer.

—¿De qué conoces a Brooke? —suelto con un maldito gruñido, pero esto no me está gustando nada.

Nada, maldita sea.

—Coincidí con ella y con su mellizo Nathan el año

pasado en la Universidad de Maine; y tú, ¿quién eres? —suelta frunciendo el ceño como si no se fiara de mí, igual que me está ocurriendo a mí con ella.

No puedo evitar mirarla de manera fría, como si no me creyese del todo sus palabras, aunque haya dicho los nombres de mis dos hermanos. Saco el móvil sin apartar mis ojos de los de ella que me observan callada, esperando a que le responda o a que me largue, no lo sé bien. Pero lo que tengo claro es que, ya que estoy aquí, voy a aclarar este tema, porque entre lo de Amber y ahora esto, esta mañana está siendo surrealista. Por eso selecciono el contacto de mi hermana que no tarda en contestarme.

—Nos envías un mensaje esta mañana, sin darnos explicación alguna, para que nos vayamos sin ti y, encima, llegas tarde —me recrimina Brooke, y aprieto con fuerza el teléfono—. Y tú no sueles llegar tarde. ¿Algo que contarme? ¿Tiene algo que ver que hayan visto salir de tu casa esta mañana muy temprano a Amber?

—¿Has alquilado nuestra casa a una *chica* que dice que te conoce? —pregunto omitiendo adrede el tema de Amber.

—¡Sí! —suelta entusiasmada, pero al ver que, como respuesta, suelto un gruñido, resopla con resignación—. Ayer te lo quise decir, pero estabas muy liado y luego al final se me pasó. ¿La has conocido? Ella es Emma, ¡¡mi mejor amiga Emma!!, ¿te acuerdas de que no paraba el año pasado de hablar de ella?

—Estas cosas me las tienes que informar, Brooke, te recuerdo que vivo al lado —bramo, recordando que el año pasado no paraba de hablar de esa amiga que hizo en la universidad...

—Y yo enfrente. Pero vamos, que tampoco es para tanto y dudo que haya pasado nada. Porque... no ha pasado nada, ¿verdad?

Ni siquiera pienso en contestarle porque por supuesto que sí ha pasado. Finalizo la llamada sin responder a mi hermana, que ha empezado a llamarme y a exigir una respuesta, y miro a la nueva inquilina, que no me quita ojo de encima pero con una sonrisilla de autosuficiencia que me repatea bastante. Aunque también comienzo a darme cuenta de que ese gesto la hace incluso más guapa, que con esas gafas está incluso sexi y mi polla se tensa contra mis vaqueros, sin importar que, seguramente, tenga la misma edad que mi hermana pequeña.

Joder, menuda mierda. Nunca me fijo en mujeres tan jóvenes, pero anoche parecía más mayor...

—Cierra la puerta con llave. Es un vecindario tranquilo, pero nunca se sabe...

—Claro, podría colarse el tío que anoche me hizo una proposición indecente para exigirme que demuestre que no soy una delincuente —comenta con garra, y no dudo en echarle una mirada afilada.

—Anoche verbalicé lo que claramente deseabas y no te atrevías a decirme. Además, te recuerdo que gracias a mí has podido salir de la despensa —le digo sintiendo como la sangre hierve en mi interior y mi pantalón se tensa todavía más.

Esa insolencia es jodidamente adictiva y la sonrisa engreída que acaba de dibujar es como la pólvora para mi instinto más carnal.

—Al final hubiese salido por mis propios pies, soy una *chica* con muchos recursos —indica levantado la cara, como si me quisiera demostrar que se ha dado cuenta de cómo la he llamado y que, además, no necesita a nadie—. No me has dicho quién eres.

—Vivo en la casa de al lado, es lo único que necesitas saber.

—Vaaaale —susurra escéptica—, pues acepto tus disculpas.

—No te he pedido disculpas —comento sin dejar de mirarla.

Tiene pinta de ser una chica con una vida fácil, de esas a las que nunca les ha ocurrido nada malo. Familia perfecta, amistades eternas y vida idílica. De esas que lo han tenido todo en la vida. Una mimada. Una mujer que ni siquiera ha comenzado a vivir. Y es cierto que anoche quise venerar su cuerpo como se merece, pero hoy todo eso ha cambiado.

Y no porque tenga, como mucho, seis años menos que yo, sino que, además, va a vivir a mi lado, maldita sea. Ya tengo suficiente con haber metido la pata con Amber como para pretender cometer un error todavía peor: jamás me liaría con una vecina, sin importar lo mucho que me atraiga y lo tentadores que sean sus labios.

—Pues eso mismo —añade alzando una ceja de una manera provocadora—. Y ahora que sé que no eres de pedir perdón cuando claramente has metido la pata y, me imagino, que te has dado cuenta de que no soy de dar las gracias, aunque me hayas salvado de una situación embarazosa, podemos seguir adelante con nuestro día, *vecino*... —Y me señala la puerta de salida de la cocina, animándome a que me largue de aquí, mientras esa última palabra retumba en mis oídos.

Y no por llamarme así, al fin y al cabo, por desgracia, vamos a ser vecinos, sino por la manera de decirlo, como si a ella también le fastidiara ese hecho que acabamos de descubrir de una manera un poco atípica. Un hecho que podría haber sido peor si ella hubiese accedido a venir anoche conmigo. Menos mal que se negó, si no, esto hubiese sido infinitamente peor.

—Buenos días —digo enfurruñado sin volver a mirarla saliendo de aquí y deseando haber pensado dos veces antes de meterme en esta casa.

Menuda mañanita...

4

Otra vez tú

EMMA

Tengo agujetas hasta en partes de mi cuerpo que pensé que no existían. Sin embargo, me he levantado temprano, sin importar que ayer no parase de limpiar, organizar y preparar la casa que he alquilado sin ni siquiera darme tiempo para descansar hasta tenerlo todo como quería. Brooke me comentó que no había tenido tiempo de limpiar la casa y le aseguré que no hacía falta, que yo lo haría cuando llegase. Pero claro, no me esperaba encontrarla tan sucia... Es cierto que podría haberme quedado en la casa de la madre de Brooke, pero le dije a mi amiga que prefería alquilarme algo y así no causar molestias, por ese motivo me comentó que no la buscara yo, pues tenía una propiedad donde podía quedarme...

Cuando terminé de limpiar —algo que me supuso todo el santo día—, me tumbé en la cama para descansar un rato y me quedé durmiendo como un lirón hasta esta mañana, cuando ha sonado la alarma del móvil. No sé si es porque tenía sueño retrasado o por no haber parado ni un instante de limpiar, pero estaba tan agotada que me quedé frita sin pretenderlo. Como tampoco me costó dejar de pensar en la retorcida casualidad de que el hombre del bar fuese mi vecino... Bueno, tal vez tardé un poquito en dejar de hacerlo, sobre todo al principio, porque... ¡demonios!, de entre todas las personas que viven en este pueblo, ¿he tenido la mala pata de vivir al lado de ese deslenguado hombre tan seductor?

Y es posible que estuviese tentada de enviarle un mensaje a mi amiga para averiguar quién era ese tipo que, por lo que me contó, es familiar de Brooke. Pero al final preferí callarme porque no quería que se me escapara que ya había coincidido antes con él y de una manera bastante intensa...

Incluso me imaginé cómo se lo hubiese contado: «Brooke, ya sé que hace un año que no nos vemos, pero anoche estuve a punto de liarme con un familiar tuyo. Pues ¡adivina!, ha entrado en tu casa para rescatarme de la despensa».

Lo mejor es quedarme calladita y, cuando pueda, enterarme de quién leches es ese tipo.

Menos mal que esta mañana, cuando me he despertado, no he pensado en él. Bueno, solo he recreado minuto a minuto la noche en la que nos encontramos en el bar, cada una de sus sugerentes palabras y me he felicitado por no haber ido al bar anoche, por si él me estuviese esperando como me dijo. Aunque, si soy sincera, la culpa fue del cansancio, porque ni siquiera me enteré de cuando llegó la hora. Luego me he obligado a no volver a pensar más en él y parece que lo estoy consiguiendo.

Bueno, casi...

Después de desayunar, he salido de casa, he mirado a ambos lados por si lo veía, porque sé que es mi vecino, pero no sé exactamente dónde vive, y cuando no he visto rastro del coleccionista de mujeres, me he dirigido a mi nuevo trabajo a pie para así acostumbrarme a este pueblo costero en el que voy a vivir a partir de ahora.

Con ayuda de Google Maps, después de unos minutos caminando, llego a la ancha calle que desemboca al muelle The John B. Ells. Estamos a primeros de junio y ya hay muchos turistas bajando de autobuses o entrando en pequeñas tiendas de regalos que se encuentran cerca de la acera adoquinada. La humedad se respira en el aire e incluso podría decir que el verano impregna esta población turística, aunque todavía haga un poquito de fresquito como para ir en pantalón corto. Sin embargo, parece que a algunos turistas les da igual el frío, porque van tal que así: con el uniforme oficial del verano.

Continúo caminando por esta calle ancha en la dirección que me marca el navegador; según la aplicación, en unos pasos llegaré al que será mi nuevo puesto de trabajo.

Mi nueva vida...

Y se me instala en el estómago ese cosquilleo que espero no se vuelva a equivocar, pues no es la primera vez que lo siento al llegar a un nuevo destino. Pero después, con las semanas o, con suerte, con los meses, se evapora y vuelvo a sentir ese vacío que ha gobernado mi existencia desde que tenía once años...

Me quedo quieta cuando el océano me sorprende a la izquierda y puedo vislumbrar por primera vez desde que llegué a Bar Harbor el golfo de Maine. No dudo en acercarme al vallado de madera que separa la acera del agua y lleno mis pulmones con el inconfundible olor a sal, a libertad, a verano. No dudo en utilizar mi móvil para echarme una selfi y ponérmela en el fondo de pantalla, para recordarme qué hago aquí. Para que no se me olvide que este nuevo inicio no puedo volver a echarlo a perder.

He empezado tantas veces de cero que debería perder la fe en que esta será diferente. Pero no sé, supongo que no quiero rendirme y aceptar que mi vida será así para siempre. Además, saber que no voy a estar completamente sola en este precioso pueblo me hace tener más fuerzas de que al final lo conseguiré.

Que al final lograré lo que tanto tiempo llevo buscando.

Vuelvo a retomar mi camino y sonrío al ver una pareja salir de una tienda de regalos con una enorme langosta de peluche, mientras ríen por esa compra. Se les ve tan felices que siento un poco de envidia. Me gustaría tener algún día una relación donde el amor, el respeto y el deseo gobernaran mis días. Sentirme querida, valorada y apreciada sin dudar ni una sola vez de lo que él siente por mí. Pero con la suerte que tengo con las citas, lo veo cada vez más lejano...

Cinco pasos más y llego al fin a mi destino: Sunset on Board, Boat Tour (o lo que es lo mismo: «Atardecer a bordo, viajes en barco»).

El lugar donde está mi próximo trabajo es una enorme cabaña de madera muy rústica con unos inmensos ventanales por donde se puede ver el interior. El cartel que se encuentra tanto arriba en la fachada como enganchado justo en la esquina más cercana al muelle es naranja y amarillo —los colores del atardecer que se difuminan justo en mitad del nombre del negocio—, hay un pequeño velero que surca los colores y sus letras en relieve son negras. La entrada está al final de una escalinata ancha con cinco escalones y una barandilla, además de una rampa para las personas con dificultades al caminar. Subo cada peldaño sintiendo una extraña sensación en mi interior. Es cierto que estoy nerviosa y sé que no debería, pero tengo puestas todas mis esperanzas en que salga bien esta decisión y en no arrepentirme con el paso de las semanas.

Cojo aire para tranquilizarme y lo suelto mientras abro la puerta. El interior es enorme y tan confortable que entran ganas de quedarse aquí para siempre. Detrás de una mesa de madera de tonos claros hay una mujer de cabello rubio con mechas incluso más claras que roza el blanco. Levanta la cara, le muestro una sonrisa y alza una ceja de manera divertida para después levantarse de golpe y acercarse a mí casi a la carrera.

—¡¡Emma Carpenter!! —chilla Brooke antes de darme un fuerte abrazo que me sabe a gloria—. Pero qué guapísima estás.

—Tú sí que lo estás, te has aclarado el pelo.

—Estoy en mi era rubia —suelta meciendo su largo cabello liso, y sonrío mirando hacia arriba porque mi amiga es alta. Creo que me dijo que medía un metro setenta y siete—. Me dijiste que encontraste bien la llave —indica refiriéndose al mensaje que le envié cuando llegué.

—Sí, la encontré a la primera: como tú dijiste, estaba dentro del tercer farolillo —recuerdo, y ella asiente con una amplia sonrisa.

—Te vuelvo a pedir perdón por cómo encontraste la casa. Desde que el anterior inquilino se marchó no he podido entrar a limpiarla. Voy tan liada que me faltan horas al día. —Y resopla alzando los ojos al techo—. Y no sabes lo mucho que siento no haber podido estar ahí para recibirte como debes. Pero tenía que cerrar la oficina y después mi madre me lio con sus historias...

—No te preocupes, Brooke. La casa ya está limpia y entiendo que no puedas dejarlo todo porque yo haya llegado —le aseguro con una sonrisa.

—Anoche, cuando terminé de trabajar, me pasé por tu casa para verte, pero no me abriste ni me contestaste a las llamadas. Me imaginé que habías salido por ahí...

—¡Qué va! Me quedé durmiendo antes de que atardeciera y no me he despertado hasta que ha sonado la alarma. Estaba tan cansada que no escuché ni el timbre ni las llamadas, lo siento mucho.

—No pasa nada. Tenemos tiempo para ponernos al día y para vernos. ¡Vas a pasar todo el verano aquí!

—Todavía no me creo que esté aquí.

—¿A que no exageraba cuando te decía que vivía en un pueblo precioso?

—Creo que te quedaste corta. Lo poco que he visto me ha encantado.

—Cuando te enseñe todos los encantos que tiene este lugar, te aseguro que no vas a querer veranear en otro sitio —dice con una sonrisa—. Pero, antes de nada, cuéntame. Ya me dijo mi hermano que ayer tuvisteis un encuentro un poco... atípico.

—¿Tu hermano? —balbuceo como una tonta—. ¿Ese hombre que entró en la casa es tu hermano? ¿Tienes dos hermanos? —no paro de preguntar sin darle tiempo a responder mientras arrugo el ceño porque... maldita sea, dijo que era un familiar, pero no tan allegado a mi amiga.

—No te lo conté —suelta mientras niega con la cabeza como si estuviera reprendiéndose ese hecho a sí misma y no se sorprendiese de que omitiera esa parte—. Pensé que sabías que tenía dos hermanos... Ayer conociste a nuestro simpático y comprensivo hermano mayor —añade con ironía.

—Cuando le pregunté quién era, me dijo que me bastaba con saber que vivía en la casa de al lado.

—Así es Damon: todo un misterio, incluso para mí que soy su hermana. —Se encoge de hombros con resignación—. Supongo que por eso no voy pregonando a todo el mundo que él existe. A ver, no es que no lo quiera y todo eso. Es mi hermano, estoy obligada a hacerlo, ¿no? Es que, al ser seis años mayor que nosotros, no sé, no he tenido una relación tan estrecha como con Nathan...

—Ya... —balbuceo porque todavía sigo en *shock*.

—Solo espero que no se comportara como un cretino contigo. Él es... bueno, es Damon. Es que no hay otra manera de definirlo y, cuando lo conozcas, me darás la razón.

—Me ayudó a salir de la despensa porque me quedé encerrada, pero después del momento sorpresa que compartimos, creo que pudimos solventar bien esa extraña situación —le digo omitiendo adrede que me lo encontré en un bar la noche anterior y que, sin ni siquiera tocarme, fue el encuentro más erótico que jamás he vivido.

—¡No puede ser! Ese inquilino seguro que la estropearía y no me dijo nada. Lo siento mucho, intentaré llamar a alguien para que la arreglen.

—Tranquila, ahora sé que esa puerta tiende a cerrarse sola y no volveré a cometer el mismo error —le digo, y ella sonríe para después mirarme con seriedad.

—Pues me alegra saber que la situación ayer no fue tan grave como me la contó Damon, porque vino hecho una furia y me tiró tal rapapolvo que no dudé en mandarlo a paseo. Mis hermanos sacan lo peor de mí, ¡estás advertida!, luego no quiero que te sorprendas cuando me convierta en un ogro gruñón y respondón —suelta señalándome mientras le baila una sonrisa en sus labios, algo que me hace sospechar que no será para tanto como ella lo cuenta—. Además, saber que estás bien con él después de lo de ayer me tranquiliza, ya sabes, lo vas a ver mucho y no quiero que te sientas incómoda... Si hubiese sabido que él iba a entrar en la casa al escuchar ruidos, le hubiese contado que te la había alquilado...

—Tampoco pasa nada, me dijo que era mi vecino, pero dudo que coincidamos tanto como para hacerme sentir incómoda —indico encogiéndome de hombros.

Y, decido a partir de ahora, asegurarme antes de salir de casa por si está por la calle y no coincidir con él.

¿Por qué no me dijo que era el hermano de Brooke?

¿Tanto le costaba aclarar ese tema?

—Emma, Damon es el jefe de la empresa familiar y lo vas a tener que ver muuuucho por aquí.

—Me estás tomando el pelo, ¿verdad? —pregunto

sintiendo los latidos erráticos de mi corazón retumbando bajo mi piel.

—Ya me gustaría a mí, pero no. Damon lleva el negocio familiar desde hace... un montón de años.

—Y ¿sabe que voy a trabajar aquí?

—Nop —dice mostrándome una divertida sonrisa—. Le dije que había contratado a alguien para la temporada alta, pero no especifiqué que eras tú. Pero es que llevo tantas cosas en la cabeza, Emma. Desde que se acabaron las clases, estoy aquí encerrada, trabajando de sol a sol, y ayer vino tan cabreado que... pensé que no era el momento para contárselo. Pero no te preocupes por eso. Sé cómo capear al cabezón de mi hermano —añade con gracia intentando tranquilizarme, aunque no lo consigue mucho, la verdad—. Menos mal que estás tú aquí y así podremos dividirnos las tareas cuando esto se ponga a tope. Desde que he vuelto a casa, no he parado para nada. ¿Te puedes creer que ayer me encontré los cristales llenos de papeles pegados? De verdad, hay gente que no debería vivir en comunidad —resopla mientras niega con la cabeza—. Ven, que te enseño todo esto y empezamos antes de que lleguen los clientes.

Brooke comienza a explicarme lo que haré aquí, que es, básicamente, lo que ella hace: reservar viajes en barco, organizar el itinerario de la tripulación y de sus cuatro barcos, y comprobar que a la tienda de regalos —que se encuentra en un lateral de la oficina fundiéndose con el lugar— no le falte suministro. Además, hay que hacer inventario de la comida que llevan a bordo, reponer si es necesario y ayudar en lo que necesite el jefe... A veces, y si es necesario por falta de personal, podría ir a bordo de un barco y ayudar a la tripulación con sus quehaceres... Escucho con atención cada una de sus palabras; sin embargo, me siento nerviosa por lo que acabo de descubrir... Ayer su hermano me miraba como si fuese una loca acosadora, como si esa atracción animal que sentí cuando nos conocimos en el bar se hubiese evaporado por completo al encontrarnos de nuevo.

—Me dijiste que eras medio española, ¿verdad? —me pregunta después de darme un par de camisetas y sudaderas con el logo de la empresa, además de un cortaviento y una cálida chaqueta impermeable, que será mi uniforme de trabajo dependiendo del clima que haga.

Ya me ha comentado Brooke que puedo combinarlos con un pantalón largo o corto cuando haga más calor, a ser posible vaquero, aunque no es obligatorio.

—Sí, tengo la doble nacionalidad gracias a que mi abuela paterna era española.

—Pero ¿hablas español?

—Sí, mi padre y mi abuela siempre me hablan en su idioma. Es más, mucha gente me dice que tengo un extraño acento... Me imagino que de tanto escuchar el idioma y de hablarlo cuando iba a sus casas, se me ha pegado algo.

—Pues ahora que lo dices, es verdad —dice con una sonrisa—. Ninguno de los que trabajamos aquí habla español, bueno, lo justo que nos enseñan en la escuela, pero si te tenemos a ti y viene alguien hablando ese idioma...

—Claro, puedo atenderlos sin problema.

—Genial, porque así nos diferenciamos de la competencia y nos podemos posicionar como la mejor opción para el turista. Es más, si no te importa, voy a poner en la entrada un cartelito chulo donde ponga: «Aquí hablamos español» —dice con una resplandeciente sonrisa que se me contagia al instante—. ¿Sabes? Me alegra que me llamaras. No solo porque te he echado de menos, este año sola sin ti en la Universidad de Maine ha sido un rollo, sino porque, como te dije por teléfono, estábamos buscando a alguien para trabajar en temporada alta y, si todos estamos contentos con tu trabajo, incluso tú, ¿quién sabe?, a lo mejor repites la experiencia el verano que viene y podríamos convertirlo en una costumbre. ¿Te imaginas? Las dos, cuando acabásemos nuestras clases, pasar el verano juntas en Bar Harbor. ¡Sería genial! —añade para darme otro abrazo que recibo con una sonrisa—. Bueno, te dejo que te cambies, puedes dejar tus cosas en este armario. Cuando estés lista, sales y empezamos a trabajar.

—Claro, no tardo.

—Emma.

—Dime, Brooke.

—Estoy deseando que nos pongamos al día y que me cuentes con todo lujo de detalles cómo ha sido estudiar en la Universidad de Cornell —dice con una pequeña sonrisa, para después salir de la sala de empleados.

Me quedo mirando la puerta por donde ha salido, sintiendo como algo se me retuerce en el estómago porque no he sido del todo sincera con Brooke en las cortas conversaciones salteadas que hemos mantenido durante este año y sé que tengo que ahondar en ese tema, aunque no me guste. Pero ella se merece el sacrificio que supone para mí contarle la verdad a alguien...

Recuerdo exactamente lo que estaba haciendo cuándo contacté con ella, cuando, desesperada por un nuevo comienzo, mi dedo se detuvo en el contacto de Brooke. Ni siquiera dudé en llamarla, aburrida en la pequeña habitación de invitados sin otra cosa que hacer que ver vídeos de TikTok, aunque me sorprendió que ella no dudara ni un segundo en ayudarme. Y es cierto que habíamos mantenido el contacto, pero los últimos meses esas conversaciones se fueron espaciando con el tiempo, hasta desaparecer por completo...

A los dos días de esa llamada, salí de la casa de mi madre en New Haven, Connecticut, donde estuve exactamente diecisiete días que se me hicieron eternos y cogí un avión para venir a este pueblo de Maine.

Me giro para observar que las cortinas están echadas, el silencio solo roto por algunas conversaciones de transeúntes es casi liberador y no dudo en quitarme el jersey que llevo para ponerme la sudadera negra que me ha dado con un logo pequeño de la empresa delante y otro, mucho más grande, en la espalda con los colores naranja y amarillos que resaltan en la tela.

Después guardo el jersey que llevaba junto con mi bolso en el armario que me ha señalado Brooke y escucho como la puerta se abre.

—Ya he terminado —le digo a mi amiga, que, me imagino, ha entrado para darme prisa, pero cuando me giro no es Brooke quien ha entrado, sino su hermano mayor...

Damon es...

La verdad es que es incluso más impresionante en las distancias cortas, tanto que te deja sin palabras y da igual que no sea la primera vez que lo tenga delante. Tiene un atractivo peligroso, como si supieras que nada más posar tus ojos en él, estuvieses condenando tu existencia. Tiene un cuerpo atlético, fuerte e imponente que, unido a su gran altura, debe de medir un metro noventa, lo hace irresistible. El cabello, castaño oscuro, lo tiene un poco más largo por arriba, donde varias ondas caen desordenadas por su frente. Ojos grises, misteriosos y fríos como el acero que ahora mismo me observan como si estuviese frenando a su altivo carácter. Rostro cuadrado, masculino, lleno de armonía, casi como si un escultor se hubiese pasado meses perfilando cada línea con mimo. Su nariz larga, recta y ligeramente ancha señala el labio superior que lo tiene arqueado, casi con la forma perfecta del inicio de un corazón, y que descansa sobre el inferior mucho más grueso. Parece que se afeita todas las mañanas y su olor, a *aftershave* y a gel, me llega haciéndome recordar cuando ayer acabé en sus brazos intentando salir de la despensa. Su increíble aroma me sacudió por completo, pero mucho más cuando posé mis ojos en él y me di cuenta de quién era.

Damon Crowell es insultantemente guapo, es cierto, pero también desprende esa energía de arrogante rompecorazones. De ese tipo de persona que debes mantener alejada de tu vida porque solo te puede causar dolor y confusión. Un hombre al que voy a tener que ver a diario quiera o no. Un hombre que sigue atrayéndome sin importar nada de lo que mi mente intente advertirme sobre él.

—Otra vez tú... —me dice mientras niega con la cabeza, para después fijarse en la sudadera que llevo puesta. Su rostro no demuestra nada, está serio, pero sus ojos grises ahora mismo son dos témpanos de hielo que me congelan de golpe—. Brooke —añade fulminándome una última vez con sus feroces ojos para después darse la vuelta y volver a salir—, ¿por qué hostias lleva tu amiga una sudadera de la empresa? —logro escuchar antes de que se cierre la puerta de golpe haciendo que me sobresalte.

Ahogo un suspiro y me miro las manos. Creo que ha pasado de desearme a odiarme en cuestión de horas y sé que debería estar contenta de que sea así, pero dentro de mí, escondido en un oscuro recoveco, se esconde la frustración de que haya cambiado de parecer...

No sé qué hubiera pasado si ayer no hubiese entrado como un loco en la casa que me ha alquilado Brooke.

No sé si hubiese ido al bar a la hora que me dijo para encontrarme con él.

No sé si al final hubiese sucumbido a lo que mi cuerpo imploraba desde que tuve a Damon delante por primera vez.

Lo único que sé es que ahora ese extraño que me cautivó como nunca había hecho otro hombre es mi jefe y el hermano de mi amiga, y que en este momento esa opción ha dejado de existir.

5

No me asusta

EMMA

Cojo la manivela de la puerta y cuento hasta diez antes de abrirla. Veo a Damon hablando con su hermana casi entre susurros. Él erguido, demostrando a todo aquel que mire lo poderoso y seguro que es. Brooke, en guardia, a la defensiva, como si estuviera más que acostumbrada a tener que sacar las uñas para hacerse escuchar.

—Este tema lo llevo yo desde hace dos años, Damon, y he contratado a Emma. Te recuerdo que tú contrataste a Carter sin decirnos nada y ninguno te lo echamos en cara —dice su hermana cruzándose de brazos, dándole a entender que no va a recular.

Damon se endereza, la mira apretando tanto la mandíbula que me temo que, si sigue así, se pueda partir algún diente, para después girar su cabeza lentamente en mi dirección, como si me presintiese. Ya sé que suena raro e incluso da repelús, pero juro que parece que ha intuido que estaba cerca. Y lo hace de tal manera que me recuerda a la peli de *Parque jurásico*, cuando los dinosaurios más peligrosos e inteligentes, los velocirraptores, encontraban a su presa y se disponían a atacarla segundos después de esa letal mirada.

Trago saliva al sentir sobre mí su inquietante atención, levanto la cara demostrándole que no me afecta —aunque sea así, pero él no tiene por qué saberlo—, para después ver como vuelve a mirar a su hermana con esa seriedad que impone.

—Como quieras, pero es tu responsabilidad. No quiero tener nada que ver con esta contratación que has hecho a mis espaldas —masculla con rabia, para después salir de la oficina sin decir nada más, pero dejando claro con su manera de moverse que no está de acuerdo con que esté yo aquí.

Pero ¿qué le he hecho para que no quiera que trabaje aquí?

¿No haber sucumbido a su petición cuando nos encontramos por primera vez en ese bar? ¿Quedarme encerrada en la despensa? O, tal vez, ¿toda esa química que presentí fue producto de mi imaginación y él nunca se sintió tan atraído por mí?

—Lo siento —susurro acercándome a Brooke cuando su hermano ha desaparecido de la oficina dejando una extraña tensión en el aire.

—Pues no deberías. A Damon le cuesta aceptar que no puede tener el control del todo, pero ya te digo que, aunque sea el que mande, sabe que no gana nada enfrentándose a mí. Además, él tiene en nómina al pesado de su amigo, pues yo a mi queridísima amiga —dice con una sonrisa—. Y ahora, olvidémonos de este pequeño incidente y empecemos a trabajar.

—Pero, Brooke, no quiero causaros ningún problema.

—Y no lo harás. Ya verás cómo en unos días a Damon se le ha olvidado que le he ocultado que mi amiga es la nueva inquilina de la casa de al lado de donde vive y nuestro nuevo fichaje. Además, no te preocupes por él. Su estado natural es estar cabreado tooodo el rato. Mi madre ni me lo confirma ni me lo desmiente, pero creo que nació así.

La miro mordisqueándome el labio y asiento a sus palabras, sintiéndome nerviosa, pero, sobre todo, preocupada de que su atractivo hermano mayor no quiera tenerme trabajando aquí.

***

He optado por empezar a anotarme todo lo que me explica Brooke, porque, aunque no lo parezca, son demasiadas cosas para asimilar en tan poco tiempo. He visto como mi amiga ha atendido a varios clientes, cómo les ha ayudado a seleccionar el paseo en barco que podría encajar con lo que deseaban, además de ofrecerles otros servicios para que disfruten de su viaje. Me he maravillado al ver la capacidad que tiene Brooke de hablar, de hacer reír a los turistas y de hacerles sentir cómodos. Creo que ha nacido para esto y sé que su idea es de hecho trabajar aquí después de acabar la carrera de Gestión de Empresas. Se está preparando para saber llevar bien el negocio de su familia y, la verdad, es que me encantaría tener las cosas tan claras como las tiene ella. Después ha impreso, con mi ayuda para traducir esa sencilla frase, un cartel que ha colocado enseguida en la puerta, avisando que en esta oficina se habla español. Para después seguir explicándome todas las funciones que hace ella durante el día.

Mientras la escucho y tomo notas de cómo funciona la sección de regalos, la puerta se abre, nos giramos a la vez y veo entrar a un hombre alto, fibroso, que lleva gafas de sol, camiseta negra con el logo de la empresa, pantalones cortos del mismo color y el cabello, de un castaño oscuro, tan alborotado que parece que acabe de pelear con una jauría de leones. Se queda quieto, mirándome, Brooke empieza a saltar mientras aplaude y yo no puedo evitar sonreír porque quien acaba de aparecer después de una mañana muy ajetreada es Nathan, el mellizo de mi mejor amiga, el cual no se parece en nada a ella.

Creo que ninguno de los tres hermanos se parece entre sí. Es posible que tengan ciertos rasgos similares: la altura e incluso el atractivo; pero si no eres conocedor de qué los une, nadie diría que pertenecen a la misma familia.

—No puede ser —dice con su portentosa voz mirando a Brooke, que empieza a asentir como una loca, para después mirarme a mí.

—¡Sorpresa! —comento acercándome a él, y este se echa a reír, para después avanzar hasta a mí y darme un fuerte abrazo.

—Pero ¿qué haces aquí, Emma? —pregunta sin dejar de sonreír.

—Va a trabajar todo el verano aquí con nosotros —responde Brooke por mí con una amplia sonrisa, como si no pudiera aguantarse las ganas de decírselo a su mellizo.

—¿En serio? Pero eso es estupendo. Por eso, ¿ahora aquí se habla español? —pregunta con una sonrisa canalla señalando la cristalera.

—¡¡Sííí!! ¿No es genial? Este verano vamos a triunfar todavía más —añade mi amiga con orgullo.

—Y, dime, ¿lo sabias desde hace mucho? —le pregunta a su hermana.

—Un par de días.

—Hermanita, estoy orgulloso de ti. Callarte algo así te habrá costado mucho.

—Ni te lo imaginas. Creo que tengo un callo en la lengua de tanto que me la he mordido —comenta mitad en serio, mitad en broma, y Nathan asiente como si de verdad la comprendiera.

La relación de ellos dos es increíble, es cierto que recuerdo haberlos visto discutir por tonterías durante ese año que coincidimos en la universidad, pero se nota que se quieren muchísimo y, sobre todo, se ayudan en todo lo que necesita el otro. Incluso, cada vez que los veía juntos, pensaba cómo podría haber sido mi vida si mis padres no me hubiesen tenido solo a mí...

Si yo pudiese haber sido diferente...

Si toda mi vida hubiese sido distinta a como ha sido...

—Debió de ser muy duro callarte una noticia así, Brooke, sobre todo cuando te encanta tanto hablar —suelta asintiendo en dirección a su hermana.

—¡Ni te lo imaginas, Nathan! Pero ahora dime por qué vas con gafas de sol, ¿otra vez resaca? —pregunta Brooke apoyando una mano sobre su cadera y levantando una ceja, esperando a escuchar la respuesta de su hermano.

—Anoche salí y... He dormido solo una hora.

—Como se entere Damon...

—Uf, ¡¡no lo invoques!! —suelta, para después colocarse el dedo sobre sus labios y hacerla callar, provocando que su hermana resople con resignación y yo... bueno, no puedo evitar sonreír. En ese momento Nathan me mira contagiándose de mi sonrisa—. ¡Estás increíble, Emma!

—Gracias, tú también lo estás.

—¿Ves? —le dice a Brooke, y este se yergue haciéndome reír—. Menos mal que hay alguien aquí que aprecia mi cambio físico. Estoy pasando un calvario en el gimnasio y me estoy volviendo loco a ingerir proteínas para coger más músculo y dejar de ser tan delgado. Pero me alegra que no haya sido en vano mi esfuerzo y que haya alguien en este pueblo que lo valore.

—Creo que hay demasiadas mujeres que lo valoran —murmura Brooke, y Nathan amplía su sonrisa mientras le guiña un ojo.

—Nunca son suficientes.

—Ten cuidado con este —me dice Brooke negando con la cabeza—, es un ligón de primera categoría. Chica que ve, chica que intenta ligarse.

—Oyeee —se queja Nathan, y Brooke resopla con fuerza aguantando una sonrisa que se empeña en frenar—. No te lo creas, Emma, soy solo un hombre que se deja querer.

—¿Habéis convocado alguna reunión de urgencia de la que yo no sepa nada o habéis decidido tomaros unas horas libres? —escuchamos de improvisto su atronadora voz.

Nos quedamos los tres mirándonos, sin respirar como si acabaran de pillarnos haciendo algo malo, para después girarnos casi a la vez hacia la puerta donde está Damon, tan imponente y serio que parece que esté enfadado desde que se levanta hasta que se acuesta.

—Estaba saludando a Emma —dice Nathan con ese tono divertido que siempre tiene. A simple vista, parece lo contrario a su hermano mayor: cercano, guasón y risueño—. ¿Sabes que va a trabajar con nosotros todo el verano?

—Sí, y ahora poneos a trabajar. Y quítate las malditas gafas, Nathan, ya sé que anoche te fuiste de juerga —suelta displicente mientras comienza a caminar en dirección a la sala de empleados.

Nathan levanta una ceja, nos mira tanto a mí como a Brooke y se acerca mucho a mí.

—¿Aún sigues queriendo trabajar con nosotros todo el verano, Emma? —me pregunta bailándole una sonrisa en los labios.

—¿Lo dices por él? —Y señalo a mis espaldas donde se encuentra la sala de empleados, Nathan asiente con la cabeza y Brooke sonríe divertida—. No me asusta, además voy a poder estar con vosotros y eso les gana a las pocas ocasiones en las que hablaré con él.

—¡Bien dicho! —me anima Brooke, y Nathan me guiña un ojo mientras me señala.

—Me alegra que estés aquí, este último año nuestra hermana se ha sentido muy sola y le va a venir muy bien tu compañía —añade mientras le da un cariñoso apretón en el brazo, para después comenzar a caminar hacia la sala donde está Damon.

—¿Por qué te has sentido sola? —le pregunto cuando Nathan desaparece de nuestra vista sin poder frenar la curiosidad.

En la universidad ella tenía más amigas aparte de mí, por eso no me costó tanto tomar la decisión de marcharme. Aunque conocerla me ayudó a pasar todos esos meses de una manera más amena, sentía la necesidad de irme. No estaba a gusto en esa universidad, se me caían las paredes encima, por eso me fui, pero pensé que ella estaría bien... Además, en todas nuestras conversaciones, jamás me comentó nada de que se sintiera sola, aunque yo también he omitido ciertas partes de mi vida adrede con ella...

—Todo ha cambiado, ¿sabes? Desde que me fui a la universidad es como si las amigas que dejé aquí hubiesen hecho sus vidas. El verano pasado cuando volví me di cuenta de que eran desconocidas para mí. Tenían sus vidas, su rutina y yo no entraba en sus planes; por eso me centré en el trabajo. La verdad es que cuando supe que ibas a venir, que, este verano, voy a tener a una amiga con la que salir, con la que hablar sobre hombres o, simplemente, de nuestras cosas, me hizo muy feliz. Sé que todos estos cambios forman parte de la vida, pero fue muy drástico verme aquí sin nadie más que mi familia.

—Yo... No me dijiste nada, si lo hubiese sabido...

—No hubieses podido solucionar nada, Emma. Tú tienes tu casa, que está alejada de Bar Harbor, y esto, me imagino, era algo lógico que sucediese. Además, cuando se acabó el verano y volví a la universidad, todo empezó a ir como siempre. Me gusta la vida que tengo ahí y me da miedo cuando termine, cuando me toque enfrentarme a esta realidad todos los días de mi vida —susurra señalando la oficina.

No sé qué decirle porque mi vida es un despropósito y entiendo que tenga miedo; por eso hago lo único que puedo dadas las circunstancias, cogerle la mano y demostrarle que me tiene a su lado.

6

Esta atracción se esfumará

DAMON

Bajo a tierra después de asegurarme de que todos los turistas han salido del barco antes que yo.

—¿Has puesto bien el amarre, Tim? —le pregunto al chico de dieciocho que he contratado este verano como aprendiz de marinero.

—Sí, capitán —suelta haciéndome un saludo militar, y resoplo por lo bajo porque su entusiasmo me está resultando hasta agotador.

Es como si todo lo que dijera o hiciera fuera tan increíble que le es imposible no mirarme como si fuera un dios, para, justo después y casi sin darme tiempo a prepararme mentalmente, acribillarme a preguntas. Tiene suerte de que muestra actitud y ganas para este trabajo, si no ya lo hubiera echado...

—Bien... Voy un momento a la oficina, puedes descansar un rato hasta el próximo crucero.

Tim me muestra una amplia sonrisa mientras saca el móvil del bolsillo trasero de su vaquero para empezar a hacerse videos de TikTok describiendo, minuto a minuto, su nueva vida en el océano... Alguna vez por casualidad lo he escuchado, y he estado a punto de intervenir para explicar que no está en los Marines de Estados Unidos, sino en un barco de recreo que surca el golfo de Maine. Sin embargo, aunque me entran ganas de hacerlo, al final me callo. Supongo que no quiero jorobarle su primer trabajo con mi pesimismo sin límites. Y Tim, ajeno a que me importa menos que nada su mundillo en las redes sociales, cuando tenemos unos minutos libres, no para de contarme cómo suben sus seguidores después de cada publicación y ya está intentando convencerme para que salga en uno de sus vídeos...

Por supuesto está perdiendo el tiempo. Jamás voy a salir en uno de sus vídeos. Ya me veo en la obligación cuando algún turista me pide la típica foto con el capitán del barco, como para hacerlo por ganas...

Entro en la cabaña después de echarle otro vistazo a ese cartel amarillo que ha colgado mi hermana en el cristal de la puerta, uno que avisa que ahora hablamos español, y me temo que eso se debe a Emma. Con razón noté un extraño acento en ella cuando hablamos por primera vez... Camino por el interior con paso tranquilo y veo a Brooke atendiendo a unos clientes sentados en la primera mesa, la más próxima a la entrada. Los saludo con un gesto y me encamino hacia la sala de empleados, sin mirar alrededor porque no quiero ver a su amiga.

Sé que debería darme igual, al fin y al cabo no pasó nada entre nosotros, pero la verdad es que no quiero que esté aquí. No quiero verla y recordar que esa mujer que me atrajo de una manera clara y contundente me rechazó sin parpadear, cuando no es algo que esté acostumbrado a que me pase. Tampoco quiero sentir la curiosidad de saber si es española o, simplemente, sabe hablar ese idioma. Y mucho menos quiero tenerla bajo mi mandato, aunque parece que da igual lo que desee o no, porque Brooke siempre suele hacer lo contrario a lo que exijo. Es cierto que podría salirme con la mía, al fin y al cabo soy el jefe, pero también soy consciente de que mi hermana trabaja los veranos porque quiere y lo último que pretendo es tener que buscar a una persona para atender a la clientela en temporada alta...

A parte de todo eso, necesito beber un café lo más cargado posible, aunque tenga una alta probabilidad de tener que volver a ver a Emma. Este día está siendo más horrible que el de ayer y ayer se coronó con creces como uno de los más malos de estos años de mierda...

Nada más abrir la puerta me la encuentro sentada delante de un táper con comida, como si el universo me estuviese gritando que, aunque no la quiera ver e intente esquivarla, la voy a tener hasta en la sopa. Emma levanta sus ojazos azules en mi dirección, mientras se mete en su sugerente boca un trozo de carne con salsa. Cierro la puerta tras de mí, maldiciendo mi mala suerte, y camino en dirección a la cafetera sin decir ni media palabra.

No soy extrovertido como mi hermano pequeño, prefiero la soledad o estar con Carter. No soy de los que hacen amigos por hacer y que intentan llevarse bien con todo el mundo. Tengo demasiadas obligaciones en mi día a día para perder el tiempo con esas nimiedades. Y, por supuesto, intentar ser amable con la mujer que me rechazó no entra en mis planes.

—¿Por qué no me dijiste que eras el hermano de Brooke?

Oír de nuevo su melodiosa voz provoca en mi cuerpo algo que no debería sentir. Es como si, nada más escucharla, recordara con todo lujo de detalles lo que sucedió hace dos noches y me giro en su dirección para darme cuenta de que tiene su bonita cara ladeada para mirarme. Lleva el cabello recogido en una coleta, pero esta vez no tan ridícula como la de ayer que se encontraba arriba del todo, desgreñada, sino que la lleva prieta, a media altura y su cara se ve sin impedimentos. No lleva puestas las gafas —algo que me hace suponer que utiliza lentillas—, y tampoco maquillaje, ni siquiera brillo en los labios, pero no importa porque es bonita. Es mucho más que bonita y es un jodido problema para mí. Porque hasta esas pecas que salpican su cara y ese lunar que se encuentra en el lado derecho de su mejilla, más próximo a la nariz, me está resultando hasta fascinante.

—Porque no tengo que dar explicaciones a nadie y mucho menos a ti —gruño dándome la vuelta para dejar de mirarla y sacando mi taza del armario, para después dejarla debajo de la cafetera mientras espero a que el café se prepare cuando termino de colocarle la cápsula.

—No sé si dije o hice algo para que estés así de cabreado conmigo, pero creo que deberíamos empezar de cero. Por Brooke.

Al girarme me la encuentro de pie detrás, con el táper vacío en sus manos mientras se acerca al fregadero que está a escasos pasos de donde estoy yo y lo deja en su interior. Trago saliva intentando no fijarme en cómo le sientan esos ceñidos vaqueros y me centro en su cara. En sus expresivos ojos azules que me miran con cautela, como si me temiese. En sus apetecibles labios que se encuentran tirantes, como si estuviese esperando alguna reacción extraña por mi parte. Joder, mi maldito instinto me exige que la seduzca, que le demuestre que no era mi maldita imaginación y que ella también se sentía atraída por mí. Que le muestre que conmigo podría haber tenido una noche de pasión y orgasmos sin fin. Sin embargo, tengo que frenar ese lado primitivo que solo aparece cuando termino mi jornada laboral porque todo ha cambiado, joder.

¡¡TODO!!

—Que te quede claro que tú y yo no vamos a ser amigos. Soy tu jefe. Tu amiga es mi hermana y, por si eso fuera poco, vives en la casa de al lado. Tú y yo estamos destinados a movernos por los mismos lugares, pero ya está. Esa será toda nuestra relación, no quiero que creas que puede cambiar algo por...

—Por lo que me dijiste esa noche en el bar —me interrumpe. Y no es una pregunta, no, es una jodida afirmación y mi polla da un salto al recordar ese momento.

Aprieto los dientes mientras doy un paso hacia ella, el olor a café impregna mis sentidos, pero ahora mismo solo tengo ojos para ella, que me mira sin vacilar, alzando su cara con altanería.

Otra vez vislumbro ese fuego que tiene en su interior, uno que parece apaga y enciende a su antojo. Uno que me atrae de una manera desquiciante.

—Esa noche dejó de existir para mí nada más saber quién eras y qué edad tenías —le digo con voz cortante, sintiendo como mis pulsaciones se revolucionan al estar tan cerca de ella de nuevo.

Puedo oler el dulce aroma de su perfume, incluso me doy cuenta de cómo sus pulsaciones se alteran. Su pecho sube y baja a un ritmo más acelerado, su respiración es trabajosa, como si acabara de correr un esprint con todas sus fuerzas.

—Esa noche te rechacé e iba a hacer lo mismo a la siguiente —añade con garra, y, joder, esa fuerza, esa determinación, provoca que mi cuerpo se caliente.

—¿En serio? —le pregunto enarcando una ceja, y doy otro jodido paso más hacia ella, como un puto kamikaze dispuesto a ser arrollado por un tren de mercancías fuera de control—. Creo que hubieses ido a esa cita, y ¿sabes por qué? Porque llevarías desde entonces arrepintiéndote de no hacer accedido cuando te invité.

—Es taaan típico de hombres como tú —suelta abriendo tanto sus ojos que puedo ver el cielo más azul a través de ellos—. Os creéis que estáis en la cima, por encima de todo, y que nosotras estamos esperando impacientes a que nos dediquéis unos segundos de vuestro tiempo. Siento arruinarte tu idílico sueño, pero las mujeres no pensamos en el sexo a cada segundo del día.

—Eso nunca lo sabremos y, sinceramente, es mejor que no ocurriera nada.

—Es que no habría pasado nada —me recalca alzando la cara con insolencia—. No me gustan los tipos como tú.

—Perfecto, porque a mí tampoco me gustan las chicas como tú, prefiero a una mujer con las ideas claras. Y ya que estamos hablando sin tapujos, no quiero que le cuentes a nadie, y mucho menos a mis hermanos, que nos conocimos la otra noche en el bar —añado con brusquedad, porque odio sentirme atraído por ella.

Pero más odio que ella no acepte que también lo está por mí y que me suelte en la cara que no soy su tipo.

—Eres mi jefe, no mi dueño —suelta alzando la cara con arrogancia y sí, mi polla se pone dura con su descaro.

Si no fuera quien es ahora mismo la callaría con mis labios, demostrándole lo mucho que me desea y disfrutaría como un loco arrancándole gemidos de esa seductora boca.

—Haz lo que quieras —gruño bajando mi cara a su altura para perderme en la multitud de pecas que salpican sus mejillas y su nariz y zambullirme en las profundidades de sus ojos azules—. Lo desmentiré sin importarme cómo quedes en esta historia.

—Creo que tienes razón —dice con la voz entrecortada, y me doy cuenta de cómo sus ojos se deslizan rápidamente de mis labios hasta mis ojos. No puedo evitar sonreír con arrogancia porque la acabo de pillar. Sin embargo, Emma se yergue, sacude la cabeza mientras aprieta los labios para después abrirlos y decirme—: Lo mejor es que nuestra relación sea así: dos personas que se tienen que ver todos los días, nada más.

Y sin añadir nada más, comienza a caminar hacia la puerta y yo, como un jodido imbécil, no me pierdo detalle de cómo su redondo y respingón culo se balancea hasta que desaparece tras esta. Cuando Emma se ha ido, dejo escapar el aire por mis labios, cojo la taza donde ya tengo el café preparado y me lo bebo intentando calmarme sin importar que me arda la lengua.

Nunca he vivido una situación parecida. No mezclo el placer con el trabajo, ¡jamás! Y tener a Emma aquí trabajando, cuando hace menos de dos días quería deslizar mi lengua por todo su sugerente cuerpo, va a ser una jodida tortura para mí porque mi cuerpo todavía no entiende que ella está fuera de cualquier posibilidad.

Todavía no comprende que entre Emma y yo no puede suceder nunca nada.

Necesito mantener el control, solo me permito moverme con mis impulsos cuando salgo de aquí, cuando sé que nadie que me conoce me está mirando. Como cuando la vi a ella en el bar. Me llamó la atención nada más entrar con Berni en el local y, cuando nuestras miradas no cesaron de encontrarse, me di cuenta de que ella también se sentía atraída por mí. Era una candidata perfecta para pasarlo bien. Incluso la seguí al baño, cuando me di cuenta de que había entrado en el de caballeros y disfruté como un niño al verla avergonzada por su despiste. Creía que era una turista, alguien que se marcharía tras unos días y no alguien que, como al final ha sucedido, acabaría trabajando para mí y viviendo a tres pasos de mi casa.

Solo necesito que pasen unos días para mantener a raya esto.

Es sencillo, ahora va a empezar el trabajo duro y pisaré la oficina cada vez menos, por lo tanto, dejaré de verla y esta atracción se esfumará.

7

Si nos hubiésemos conocido antes

EMMA

—¿Qué tal el primer día? —me pregunta Brooke mientras cierra con llave la puerta después de darle la vuelta al cartel que hay colgado donde avisa que está cerrado.

—Bien —contesto con una sonrisa mientras estiro el cuello.

La verdad es que estoy agotada y no por el trabajo en sí, sino por todo lo que tengo que aprender. Me siento un poco estorbo —pues no he hecho otra cosa que ir siguiendo a mi amiga por la oficina y escuchar todo lo que ella decía—, y solo espero que mañana pueda ser de más ayuda. Además, hemos estado todo el día aquí metidas, hemos comido por turnos en la sala de empleados, Brooke me había traído de casa de su madre un táper con deliciosa comida casera para mí y, mientras la estaba disfrutando con ganas, ha entrado Damon y... Me he dado cuenta de que tengo que hacer lo imposible por no quedarme a solas con él. No sé lo que tiene ese hombre, porque juro que cuando abre la boca me entran ganas de abofetearlo, pero es sentir sus ojos en mí, acercarse más de lo normal a mi cuerpo y lo único que quiero es besarlo. Es como si existiera algún tipo de ilógico y desquiciante magnetismo que me empujara a él sin importar que me está resultando un pelín odiosa esa manera de ser tan chulesca. Sé que suena a locura y, la verdad, es que me da hasta miedo sentir algo tan bestial que incluso silencia mi razón. Por eso, si ya tenía claro que estaba vetado para mí por muchísimas razones, ahora le sumo una más. No me gusta no tener el control de mi cuerpo ni de mi mente cuando él está delante, y ya sé que es mi jefe y todo eso, pero he comprobado con nuestra extraña conversación que los dos pensamos igual y podremos ignorarnos todo el verano.

—No te agobies, ¿vale? —susurra como si leyera en mi rostro que, precisamente, lo estoy y no solo por el trabajo, que también, sino por su hermano mayor. Sobre todo, por este último—. Lo bueno es que tenemos unas semanas de margen para que aprendas todo antes de que empiece a llenarse esto de gente. Lo vas a hacer genial, lo sé. Una pregunta rápida: ¿tienes planes para esta noche?

—No.

—¡Genial! —dice con una sonrisilla mientras abre la puerta de la sala donde están sus hermanos desde hace unos minutos—. No hagáis planes para luego, esta noche cenamos todos juntos en casa de mamá en honor a Emma.

—Paso —escucho a Damon, y veo como Brooke se cruza de brazos.

—Esa opción no tiene validez para esta noche. ¿Cuánto tiempo llevamos sin compartir una comida con nuestra madre? ¡Exacto! —suelta sin darles tiempo a responder—. Tengo que aprovechar esta excusa para que mamá nos vea a todos a la vez. A todos, ¿habéis escuchado los dos? Ya quedaréis después...

Escucho como Nathan comienza a hablar con Damon y veo a Brooke cerrar la puerta como si le diese igual lo que estén hablando sus hermanos entre sí. Después me sonríe, mientras siento como el estómago se me pone del revés y se acerca a mí.

—Ayer le conté a mi madre que habías venido a trabajar con nosotros para la temporada de verano y me dijo que quería conocerte. La verdad es que la cena me la he sacado ahora mismo de la manga —dice con un hilo de voz y achica los ojos, con una traviesa sonrisa—, pero es que, si no lo hago así, estos dos cafres no toman la iniciativa para que coincidamos los tres en casa. Espero que no te importe que te haya metido en el saco.

—Para nada, además yo también tengo ganas de conocerla —me obligo a decir, porque en cierta manera es así, aunque saber que va a estar Damon consigue que la alegría que debería tener esté contenida—. Pero tengo que ir a una tienda a comprar algún detalle para ella.

—No hace falta que lleves nada, Emma.

—No podría ir con las manos vacías. Me acercaré al supermercado antes de ir. Dime la hora a la que tengo que estar en su casa y dónde es —le digo con determinación.

—Es la casa que está enfrente de la de Damon —comenta, y otra vez me da un vuelco el estómago. Parece que ni siquiera puedo escuchar su nombre—. Vivimos todos en la misma calle. Al lado de mi madre (que es justo enfrente de donde estás viviendo tú), se encuentra la casa de Nathan. Mi hermano este año se ha mudado ahí para tener más libertad, aunque viene a atracar la nevera de mi madre a todas horas como si fuera un supermercado; y la mía es donde estás tú... La verdad es que solo vengo a Bar Harbor en vacaciones y es absurdo tener que estar pendiente de mi casa, por eso vivo en la de mi madre y así le hago compañía. Cuando termine la carrera sí que me mudaré a mi casa; mientras tanto, me saco un dinerillo extra con el alquiler.

—Está muy bien pensando —afirmo, y me doy cuenta

de que a mí me está cobrando un precio irrisorio para una casa tan grande y ahora entiendo el porqué.

—¿Verdad? Pues los cafres de mis hermanos no lo entienden —resopla, y en ese momento se abre la puerta y salen los dos—. En una hora y media es la cena —les recuerda con seriedad—, si no queréis que os busque y os traiga de la oreja, sed puntuales.

—Que sí, pesada —suelta Nathan, y Damon simplemente gruñe como respuesta.

Salimos detrás de ellos, Brooke cierra con llave y activa la alarma de la oficina con el mando a distancia y, mientras, sus hermanos se suben a la *pickup* de Damon. Cuando ha terminado de cerrar, Brooke me hace una señal para que la siga a...

¡No-puede-ser!

—Venimos todos en el mismo coche porque es una locura aparcar por aquí cuando empieza el buen tiempo. Y menos mal que, por lo menos, tenemos una plaza fija en el muelle, si no, nos tocaría venir y volver todos los días a pie —comienza a explicarme mientras nos acercamos al coche de su hermano mayor, para después sentarnos en la parte trasera y nada más hacerlo, su maldito olor me zarandea porque está por todas partes—. A partir de mañana te vienes con nosotros, ¿vale? Hoy me sabía mal despertarte tan temprano, por eso no te he dicho nada. Además, quería que tuvieras tiempo de pasear por el pueblo antes de encerrarte aquí por el resto del verano —añade cuando Damon pone el motor en marcha y nuestras miradas se encuentran a través del espejo retrovisor central por un segundo.

—Claro —murmuro, obligándome a mirar a mi amiga sin saber muy bien qué decir y qué hacer.

Porque, ¿cómo le voy a decir a Brooke que estar tan cerca de su hermano mayor reaviva en mí una ilógica atracción hacia él?

—Damon, acércanos al supermercado y luego nos iremos andando a casa —suelta mi amiga ajena a cómo me siento ahora.

Su hermano no contesta, simplemente asiente con la cabeza y yo retuerzo mis manos. Estoy nerviosa porque no sé cómo es la madre de Brooke, prácticamente no me ha hablado de su familia, y encima vamos a cenar junto a sus dos hermanos.

Junto a Damon, que acaba de echarme otra mirada desde el retrovisor. Me ha pillado mirándolo otra vez y sí, me estoy replanteando ir y venir a pie todos los días, sin importar el tiempo que me toqué emplear para eso.

***

Con una botella de vino en la mano cruzo la calle para ir a la casa de la madre de los hermanos Crowell. Me quito una pelusilla de la camiseta de manga larga blanca, miro a ambos lados de la calle —como si esperara ver a alguien o comprobara que sigo sola— y oprimo el timbre repasando mentalmente mi atuendo: vaqueros y camiseta; sencilla pero mona. Cuando estoy a punto de darme la vuelta para coger una chaqueta con la que darle un toque más elegante a mi ropa, la puerta se abre y aparece mi amiga con una sonrisa, consiguiendo con ese gesto que todas mis dudas se evaporen.

—Pasa, pasa —dice, para después de cerrar la puerta darme un abrazo rápido—. Creo que te voy a atosigar a achuchones este verano. ¡Todavía no me creo que estés aquí! —Sonrío mientras Brooke me coge de la mano y me arrastra por la casa de su madre, donde me deleito por el delicioso aroma de la comida recién hecha. Y compruebo que mi amiga va con ropa informal, algo que me hace respirar aliviada—. Mamá, ¡ya ha llegado mi amiga!

Entramos en la cocina y una mujer mayor, con el cabello gris recogido en un impecable moño, se gira hacia nosotras. Hace una mueca parecida a una sonrisa mientras se seca las manos con un trapo y no dudo en imitar su cálido gesto.

—¿Eres tú la famosa Emma? —me pregunta, y su voz suena hueca, lejana, como si no tuviera fuerzas—. Brooke no ha parado de hablarme de ti —añade mientras me tiende la mano y se la doy rápidamente, mirándola a los ojos. Estos son claros, más parecidos a los de los mellizos, pero el verde de sus iris no tiene casi brillo, como si estuviesen ensombrecidos—. Soy Harriet, encantada al fin de ponerte cara.

—Un placer, Harriet. He traído una cosa... —le digo mientras le tiendo la botella de vino.

—Oh, vaya, no hacía falta traer nada, cielo; pero gracias. Es un detalle. —Y coge la botella con lentitud, como si le costara incluso moverse—. Tus hermanos aún no han llegado, si quieres, enséñale la casa mientras el pollo se termina de hacer.

—¿No quieres que te ayude? —le pregunta su hija.

—Solo queda estar pendiente del pollo y lo puedo hacer yo sin niñera —contesta, moviendo la mano como animándonos para que salgamos de aquí.

Salimos de la cocina y Brooke me muestra el salón comedor, donde está ya preparada la mesa para cenar esta noche, y nos encaminamos a las siguientes estancias. Sin embargo, no presto mucha atención a las salas en sí. Nada más entrar me he dado cuenta de que la casa tiene calidez y personalidad, tiene ese aire náutico, donde el azul y el blanco son los protagonistas, colores predominantes que he podido encontrar también en la casa de Brooke... Supongo que por eso me fijo más bien en la multitud de fotografías que hay por todos los lados, parándome a observar cada instantánea mientras mi amiga sigue hablando de la casa. Todas son de sus tres hijos, en diferentes años, juntos o por separado, en distintas estaciones o fechas señaladas. Me doy cuenta de que Damon aparece serio en la mayoría, solo he visto una instantánea donde sonreía y creo que debía de ser muy pequeño ahí, porque sus hermanos eran bebés. Sin embargo, lo que más me llama la atención es que en ninguna salen los padres, ni siquiera en alguna fotografía en la que están los tres hermanos juntos celebrando algún cumpleaños...

—Y este es mi dormitorio —me dice cuando abrimos una puerta en la planta de arriba.

—Es una casa preciosa, Brooke —comento con sinceridad—. Tus padres... —Y dejo la frase así porque no sé cómo continuar.

Soy la primera que no me gusta hablar de los míos, pero la curiosidad que siento ha provocado que me salte mi propia norma. Supongo que no quiero meter la pata durante la cena, no sé por qué su padre no está en esta casa y no hay ninguna fotografía de él ni de su madre.

—Yo... —Se muerde el labio mientras cierra para tener más intimidad—. Nunca he hablado de esto contigo porque, bueno, pensé que nunca vendrías a mi casa —comenta señalando las paredes—. Mis padres se divorciaron cuando Nathan y yo teníamos nueve años y fue una separación un poco... dramática, por así decirlo —susurra mientras frunce ligeramente el ceño como si estuviese recordando esos momentos—. Mi madre... no llevó bien que mi padre se marchara, dejándola sola con nosotros tres, y durante mucho tiempo se encerró en sí misma. Fueron años duros, aunque nosotros no nos esteramos tanto como Damon, él tenía quince años cuando sucedió todo... Y, aunque mi madre ahora no está tan mal, todos sabemos que no ha vuelto a ser la que era.

—Siento haber sacado el tema, Brooke...

—Más siento yo no habértelo contado antes, pero no es un tema agradable para ninguno y preferimos, simplemente, omitirlo. Me temo que se ha convertido con el paso de los años en un tabú para los tres. Ni siquiera hablamos entre nosotros de lo sucedido, simplemente hemos aprendido a vivir con nuestra nueva realidad, sin hacer preguntas, sin buscar culpables, simplemente tirando hacia delante por mi madre y por nosotros mismos.

—Si necesitas que venga todos los días a esta casa o que os ayude en algo, dímelo.

—Ya lo has hecho, amiga. Que estés aquí para mí lo es todo —dice con una sonrisa, y escuchamos como la puerta de la calle se cierra—. Ya están aquí. Vamos a bajar a cenar, espero que tengas hambre. Hemos preparado cena para diez personas y solo somos cinco.

Bajamos juntas las escaleras y seguimos las voces que nos llevan al salón. Está Harriet en medio de tres hombres tan altos que ella —aun siendo mucho más alta que yo— parece pequeñita en comparación.

—¿En serio has traído a tu *novio* a la cena, Damon? —suelta Brooke, y veo como todos se giran en nuestra dirección—. Voy a pensar seriamente que no podéis estar el uno alejado del otro...

Parece que Damon y yo nos hayamos puesto de acuerdo, pues también va con una camiseta blanca, pero de manga corta, y vaqueros, y decir que está espectacular es quedarme corta. Nathan se ha quitado las gafas de sol y sus ojos verdes grisáceos brillan con guasa mientras sonríe divertido y... el tercer hombre, al que no conozco, enarca una ceja mirando a Brooke.

Es... atractivo. Pero ¿qué comen en Bar Harbor para que todos los hombres sean tan increíbles y altos? Su cabello rubio ceniza está peinado de una manera desordenada, como si se hubiera secado con la toalla y se hubiese quedado de esa forma. Sus ojos, de un tono ámbar, son llamativos, como su rostro afilado, como su pose confiada y esa sonrisita seductora que parece es innata en él...

—¿Celosa de la relación que tengo con tu hermano, rubia de bote? —le suelta ese hombre a Brooke, y esta resopla con frustración haciendo que este dibuje una sonrisa ladeada—. ¿Quién es ella?

—Es mi amiga Emma y preferiría que no te acerques a ella. No quiero que la espantes con tu manera de ser y le crees algún trauma que la aleje de mí —suelta Brooke, y lejos de molestarle lo que acaba de decir, este se echa a reír.

—Hola, Emma, soy Carter, el amigo de este tipo tan alto de aquí —añade señalando a Damon y, en respuesta, este alza una ceja, desganado.

La verdad es que Carter será uno o dos centímetros más bajo que Damon, no más...

—Encantada de conocerte, Carter.

—Eso lo dices porque aún no lo conoces —apunta mordaz Brooke, y Carter, ni corto ni perezoso, se acerca a ella y, rápidamente, le quita la goma que sujetaba su cabello para después colocársela en la muñeca—. Oye, devuélveme mi coletero.

—Tal vez luego cuando estés más simpática conmigo, *princesita* —indica, y veo como Harriet se ríe con timidez ante esta escena que, me temo, pasa de manera habitual porque ninguno de sus hermanos está pendiente, es más, ambos están atentos al móvil.

—Entonces, quédatela porque no puedo ser simpática contigo. Hazte a la idea: no te soporto y me da igual que seas el amigo de mi hermano.

—Ya que estamos todos —empieza a decir Harriet, y Carter, que parecía iba a decirle algo más a Brooke, cierra la boca para escucharla—, vamos a sentarnos y a empezar a cenar.

Me quedo detrás mientras observo como todos saben dónde sentarse, Brooke me busca con la mirada y me señala la silla que está a su derecha. Me siento a su lado y me doy cuenta de que... ¡Demonios! Estoy también al lado de Damon, aunque él preside la mesa y su madre el lado contrario. Nuestras miradas se encuentran por un breve segundo y siento como todo el aire se me escapa de los pulmones.

No puede afectarme su mirada a estas alturas, lo sé, sobre todo después de nuestra pequeña charla en la sala del personal, pero ahora mismo estoy alterada. Porque sus ojos grises se han posado en mí y nos hemos aguantado la mirada por unos segundos. Porque estamos muy cerca el uno del otro y, sí, su olor me llega de manera contundente.

No puede que su aroma, su maldito olor que ahora mismo inunda mis fosas nasales por culpa de la cercanía, provoque que tenga que frenar a mi cuerpo para no hundir mi nariz en su cuello, para poder diferenciar a qué huele este hombre y por qué me gusta tanto. Lo de convertirme en gata para restregarme en él, al final, se está convirtiendo en una necesidad.

No puedo ser tan consciente de su cuerpo, de sus largas y fuertes piernas que se encuentran cerca de las mías, como si mi ser estuviese pendiente de él, de cualquiera de sus movimientos, anhelando un pequeño roce casual.

Y no puedo dejar que esto vaya a más, porque no es un tipo más que conocí en el bar, sino el hermano mayor de mi amiga y mi jefe. Y, para rematarlo, él mismo me ha dicho en la cara que esa noche ya no existe para él echándome en cara mi edad y mi amistad con Brooke.

—Abre el vino, Nathan —le dice Harriet—. Nos lo ha traído Emma y tenemos que probarlo.

Nathan lo abre y comienza a rellenar su copa y la de su madre, que está más cerca de él, después pasa la botella al otro extremo de la mesa donde estamos nosotros. Brooke coge la botella y me señala la copa.

—¿Quieres vino?

—No, gracias, prefiero beber agua —le digo centrándome en mi amiga, en su madre y hasta en su mellizo; ignorando el ala derecha de la mesa adrede como si no hubiese nadie sentado ahí.

Sin embargo, veo movimiento delante de mí donde está Carter sentado, y me doy cuenta de que está comunicándose mediante gestos. Me giro para observar a Damon, que se encuentra ceñudo, serio, mientras le hace un gesto rotundo a Carter para que se esté quieto y coge, en vez de la botella de vino que he traído yo, otra que ya estaba puesta en la mesa.

Desvío rápidamente la mirada y me centro en mi plato vacío, notando como esa acción tan tonta ha conseguido que me dé un buen bajón.

Pero ¿qué más da que no quiera probar el vino que he comprado? No es nada para mí. Y tengo que eliminar de raíz el recuerdo de esa noche que no debió existir.

Si nos hubiésemos conocido antes, ni siquiera hubiese sucedido y nada de esto estaría pasando.

No nos hubiésemos sentido atraídos por el otro porque habríamos sabido quién es el otro desde el primer momento.

—Pues yo sí que voy a probar el vino que ha traído la dulce Emma —dice Carter haciendo una señal a Brooke para que se la dé. Esta lo ignora a propósito y la cojo yo para dársela—. Gracias, eres un encanto. Y, dime, ¿de dónde eres y por qué conoces a la borde, digo, a la hermana de Damon? —suelta buscando de nuevo la trifulca con Brooke.

Parece que le encante cabrearla, porque ahora mismo mi amiga le está echando una mirada fulminante.

—Pues... —Brooke me pasa una fuente con pollo para que me sirva—. Gracias —le digo mientras la cojo y empiezo a rellenar mi plato, para después ofrecérselo a Carter porque ni loca se lo voy a dar a Damon—. Podríamos decir que soy de Pensilvania, aunque llevo tantos años sin ir que no recuerdo nada de ese pueblo ni de la casa donde vivía...

—¿Por qué me parece tan interesante esa respuesta? —suelta Carter sin dejar de mirarme ni un segundo—. Por favor, explícate. Ahora me siento un aburrido, porque, cuando me hacen esta misma pregunta, siempre respondo igual: soy de Bar Harbor de toda la vida.

—Aunque lo parezca, no es para nada interesante —matizo, encogiéndome de hombros y centrándome en este hombre que parece mucho más simpático que su amigo—. He vivido en muchos sitios y no he permanecido en el mismo lugar más de un año seguido, por lo tanto, nunca me he sentido parte de ningún lugar en concreto —le digo con resignación—. Y conozco a Brooke de la universidad —añado rápidamente sintiendo como las mejillas comienzan a calentarse, metiéndome en la boca un trozo de comida. Odio hablar de mí, sobre todo porque no me siento orgullosa de la vida tan nómada que sigo teniendo, como si estuviese condenada a saltar de ciudad en ciudad buscando algo que nunca encuentro. Pero me temo que me siento más avergonzada porque siento la mirada de Damon sobre mí, ¿es posible eso o es lo que mi mente quiere creer, que él está pendiente de mí?—. El pollo está delicioso, Harriet.

—Muchas gracias, cielo, pero lo ha cocinado Brooke, yo solo he vigilado que no se quemase —susurra con un suspiro.

—Pero lo has vigilado la mar de bien —añade su hija, y su madre, simplemente, agacha la cabeza sobre su plato.

—¿Sabes qué, Emma? —suelta de repente Nathan—. Todavía recuerdo la primera vez que te vi por el campus —añade alzando el tenedor mientras me señala—. Era el tercer día de clase cuando mi hermana te vio entre la gente que cruzaba los jardines para empezar el día y me dijo que coincidíais en una clase. Parece que aún oiga sus palabras: «¿Ves esa chica? Sí, la que va caminando sola mientras aprieta sus libros contra ella como si temiera que se le fueran a escapar. Voy a intentar que sea mi amiga. Alguien que abraza a los libros de esa forma tiene que estar en mi vida».

Me giro sin dudar para mirar a mi amiga, pues nunca me ha contado eso.

—Y lo conseguí —dice Brooke haciéndome sonreír mientras me da un tierno apretón en el brazo.

—¿En serio dijiste eso? —digo casi con un hilo de voz, y mi amiga asiente con una cálida sonrisa que me calienta el corazón y me emborrona la vista por la emoción. Es como si el hecho de confesar que no me siento de ningún lado más darme cuenta de que mi mejor amiga dijo esas palabras al verme, hubiese abierto las compuertas de esas emociones que intento con tanto ahínco controlar.

—¡Joder, espera, que esto que acabo de recordar es mucho mejor! —exclama Nathan, provocando que desvíe mi atención hacia él, mientras dibuja una socarrona sonrisa—. A la tierna edad de catorce años, a nuestra querida Brooke, un chico del instituto le regaló un muslo de pollo como símbolo de su amor. —Y empieza a carcajearse.

—¡¡Era un secreto, Nathan!! —suelta ofendida.

—Ese secreto ya ha expirado.

—Espero que le dijeras que sí al rey del pollo —añade Carter, y mi amiga le lanza una mirada furiosa.

—Muy gracioso, sí —farfulla molesta, y Carter, simplemente, se carcajea en su cara. Sin embargo, Brooke desvía su mirada a su mellizo mientras levanta el cuchillo—. Entonces, te dará igual que les cuente aquella vez que tuve que ir a llevarte ropa al campus porque estabas desnudo, ¿no? Y no fue hace mucho, la verdad...

—¡Brooke! —suelta entre ofendido y divertido y, de repente, la extraña sensación de tristeza que me ha embriagado hace un momento se evapora sustituyéndola con la diversión al ver a los mellizos discutir.

8

Una enorme contradicción con pecas

Damon

Carter no para de mirarme y de hacerme gestos para nada disimulados, y juro que, porque es mi mejor —y único— amigo, si no ahora mismo lo echaría de esta casa para que me dejara en paz.

Ya sé que no he abierto la puta boca desde que Emma ha aparecido en el salón tan... jodidamente guapa que he tenido que obligarme a no mirarla. Pero mi maldito plan para eliminar de raíz esta atracción que siento cada vez que la tengo delante se está yendo a la mierda por culpa de mi hermana y su idea de cenar todos juntos. Necesito no verla a menudo y parece que estemos condenados a estar juntos, como ahora, los dos a pocos centímetros de distancia del otro.

Y, aunque no le he contado a Carter mi pequeño encuentro con ella, antes de saber que era la amiga de mi hermana, sé que sospecha que pasa algo entre nosotros.

Carter me conoce demasiado bien, sabe que estoy demasiado callado, tenso y demasiado irascible y dudo que se contente con una simple excusa. Sobre todo, después de que me impactara la tristeza que he percibido en Emma cuando nos ha contado que no pertenece a ningún lugar. Creo que Nathan también se ha dado cuenta y por eso ha soltado una de sus particulares bromas, para hacerla sonreír de nuevo...

De repente siento su pie impactar con el mío un segundo, para después apartarlo rápidamente como si hubiese sentido alguna descarga eléctrica. La miro y observo como sus mejillas se tornan rosadas, como se esfuerza en mirar a Brooke, a mi hermano o a mi madre, como si intentara fingir que no acaba de chocar, seguramente, sin querer su pie contra el mío.

¿Es posible que le afecte mi presencia como a mí la suya?

Es cierto que cuando la encontré en el bar no tuve dudas de lo que sentía por mí. Esa noche su mirada me gritaba lo mucho que me deseaba. Sin embargo, cuando me la encontré a la mañana siguiente en casa de mi hermana, me dio la sensación de que me había equivocado y que realmente no quería nada conmigo.

Como hoy cuando hemos hablado en la sala del personal y me ha asegurado, mirándome a los ojos, que no soy su tipo. Es cierto que yo también se lo dije, pero era una gran mentira porque Emma es, sin duda, el tipo de mujer en que me fijo.

Joder, ojalá que ella estuviese diciéndome la verdad, porque eso aliviaría un poco la tensión que cargo desde que me enteré de que iba a trabajar con nosotros.

Sin embargo, cuando subió en mi coche para volver todos juntos a casa, su mirada no paraba de encontrarse con la mía a través del retrovisor... Es como una enorme contradicción con pecas. Dice una cosa, pero actúa justo de la manera contraria...

Dejo de mirarla cuando escucho como Carter se aclara la garganta. Cuando presto atención a mi amigo, este tiene otra vez la maldita ceja levantada y pongo los ojos en blanco, porque parece un maldito perro guardián, esperando a que haga algo para reírse claramente de mí.

—Cállate —le digo entre dientes, y este simplemente se echa a reír.

No sé para qué cojones le he dicho que se viniera a cenar... Ah, sí, no le he dicho nada, ha sido él quien se ha invitado porque tenía ganas de conocer a la nueva incorporación de la empresa.

Carter hoy no ha trabajado porque tenía asuntos familiares que resolver, pero le he contado, cuando ha aparecido en mi casa sin avisar, que mi hermana ha contratado a su amiga a escondidas.

—La cena estaba deliciosa, muchas gracias —dice con dulzura Emma, y me obligo a no mirarla, centrándome en observar el gesto cansado de mi madre.

—Sí que lo ha estado —susurra mi madre mirando su plato casi intacto.

—Voy a traer el postre —informa Brooke levantándose de la mesa casi en un salto, y veo, con el rabillo del ojo, como Carter también se levanta.

—Voy a ayudarla porque es capaz de envenenar el mío y no me apetece pasarme abrazado toda la noche al váter —indica mi amigo, provocando que mi hermana resople.

Siempre están igual, como el perro y el gato...

Cuando se van el silencio se instala sobre nosotros, Nathan me mira, yo le aguanto la mirada y, al final, mi hermano, que es incapaz de mantenerse callado más de dos minutos, empieza a contar cualquier chorrada que le ha pasado en su vida. La verdad es que desconecto por completo y, ahora que mi amigo no está, miro a Emma, disimuladamente. Está callada, atendiendo a mi hermano, sonriendo tímidamente y, sin pensar, siguiendo mi maldito instinto, muevo mi pie un poco, hasta darle un golpecito al de Emma.

Esta aguanta la respiración, se le cambia ligeramente el gesto, sin dejar de mirar a mi hermano y, joder, me regodeo como un imbécil al darme cuenta de que la pongo nerviosa.

De que le hago sentir algo y no como ella me ha asegurado sin vacilar.

Sin embargo, tengo que dejar de mirarla cuando Carter y Brooke vuelven a entrar al salón, discutiendo, cómo no, mientras los dos traen el postre, casi a empujones.

—¡Eres insufrible! —suelta mi hermana, y mi amigo achica los ojos, divertido.

—El sentimiento es mutuo, enana —replica Carter, y Brooke gruñe, lanzándole una mirada envenenada.

Sé que a mi amigo simplemente le hace gracia hacer rabiar a mi hermana y que nada de lo que le dice es de verdad. Es más, si tuviera que confiarle el bienestar de mis hermanos a alguien, sería a él. Es un tipo legal, uno que sabe escuchar cuando uno lo necesita, pero, sobre todo, que está en los peores momentos. Además, Brooke y Carter se conocen de siempre, desde que ella era un bebé llorón y él el único que me comprendía en el colegio porque también ha tenido una niñez de mierda. Pero desde que ella empezó el instituto su relación se ha transformado en esto: en múltiples piques por tonterías que acaban con Brooke cabreada mirando mal a mi mejor amigo y él riéndose porque ha conseguido enfadarla, un hecho que consigue con demasiada facilidad...

—Deberías probarlo, es más, si quieres puedo enseñarte —dice Nathan mirando a Emma, y me doy cuenta de que no me he enterado de lo que estaban hablando.

—¿El qué? —pregunta Brooke sentándose en su sitio mientras empieza a repartir a cada uno un *whoopie pie*, y agradezco que mi hermana sea tan curiosa como es.

Porque yo también quiero saber qué quiere enseñarle.

—Le estaba diciendo a Emma que hacer *paddle surf* aquí es una experiencia única y que debería probarlo. Es más, me he ofrecido a enseñarle y ahora estoy intentando convencerla para que acepte.

—¡No! —suelto sin pensar, y todos me miran como si acabaran de darse cuenta de que estoy en esta misma casa que ellos.

Y, ya sé que es la primera vez que abro la boca desde que nos hemos sentado todos en la mesa, pero no he podido frenar mi reacción.

—Y, ¿por qué no? —pregunta mi hermano cogiendo un *whoopie pie*, que es un pastel de bizcocho de chocolate relleno de crema blanca, para darle un bocado.

—Porque eres capaz de llevarla a una zona para expertos, y te recuerdo que está en nómina. No quiero que se accidente cuando aún no ha empezado a aprender cómo funciona el trabajo y la necesitamos para la temporada alta —comento como si nada, y mi hermano, como el imbécil que es, resopla como si se estuviese burlando en mi jeta.

Demasiada paciencia tengo con los mellizos...

—No la iba a llevar a las zonas más peligrosas, Damon.

—Si es sencillo, sí que me gustaría intentarlo —dice Emma con esa vocecilla de no haber hecho nada malo en su maldita vida, algo que seguramente sea así, y cojo el pastel y le doy un enorme mordisco para no abrir la puta boca.

—¿Te gusta, Emma? —le pregunta Brooke—. Este postre es muy típico en Maine.

—Está delicioso —contesta sonriente, para después darle otro mordisco.

Observo como degusta el dulce, como sus ojos se achican en una sonrisa mientras escucha a mi hermana hablar de cómo se hace este postre. Asiente y, de repente, observo como se relame los labios de manera lenta, deslizando la punta de su lengua rosada por el labio inferior y mi polla, en contra de mi jodida voluntad, se pone dura de golpe.

La hostia...

Engullo el jodido *whoopie pie* obligándome a mirar al frente, donde se encuentra mi madre sentada, y me fuerzo a centrarme en otra cosa que no sea ella comiendo. Además, sé que, si miro a mi amigo, me estará esperando una sonrisilla guasona y ahora mismo no puedo gestionarla.

***

Miro a mi perro, que me sigue el paso sin dificultad mientras, de vez en cuando, me mira para no dejarme atrás. Me he levantado esta mañana muy temprano para salir a correr con Apolo porque necesitaba eliminar esta jodida sensación que me incómoda desde que averigüé que esa chica no era una turista más. Pero, sobre todo, quitarme de la cabeza lo que sucedió anoche con Emma. No me puedo empalmar con cualquier cosa que haga esa chica. Joder, es mi vecina, trabaja para mí y, además, es la amiga de mi hermana. Sin embargo, mi polla estuvo dura hasta que llegué a mi casa. Sin importar que Emma estuviera todo el rato ignorándome. E incluso, cuando se despidió, a todos les dio un abrazo menos a mí, de quien, simplemente, y casi a regañadientes y sin mirarme, se despidió con un cortante: «buenas noches».

Cuando salimos de casa de mi madre, el cabrón de mi amigo quiso hacerme hablar intentando invitarme a una copa, pero me negué en rotundo diciendo que estaba cansado, aunque lo que me ocurría es que no quería aceptar ante nadie la realidad. Sin embargo, a solas en mi casa, tuve que hacerme una paja para quitarme la tensión de encima y lo peor de todo es que pensé en ella.

En ella y en ese vestido que llevaba la primera vez que la vi.

En ella y en esos labios rosados tan exuberantes.

En ella y en esa lengua que deslizó lentamente por su jugoso labio.

Estoy jodido, lo sé, y lo peor es que no puedo simplemente dejarla de ver porque por culpa de mi hermana la voy a tener delante de mí todo el maldito verano.

—Vamos, Apolo —animo a mi perro, que incluso salta al escuchar mi voz, y me esfuerzo por correr más rápido observando como las primeras luces de un nuevo día empiezan a iluminar la carretera.

Tengo que aceptar que Emma es atractiva y que tiene algo que provoca que me cueste tanto mantenerme quieto. No sé si es esa timidez unida con esa fuerza que de vez en cuando aparece, que la hacen jodidamente irresistible. Además, anoche me di cuenta de que no soy el único que esa chica le ha llamado la atención porque mi hermano no paró de mirarla... Conozco a Nathan y sé que es dado en pensar con la polla sin importar las complicaciones de después. Por eso tengo que hablar con él esta mañana y decirle que, si ella quiere hacer *paddle surf*, seré yo quien la lleve. Sé que también me atrae físicamente, pero sé controlarme y jamás, aunque mi cuerpo me arrastrara una y otra vez, intentaría nada con ella.

Para mí, Emma se ha convertido en una señal de prohibido tan brillante que jamás la rebasaría.

Mucho más relajado tras la carrera, vuelvo a mi casa, le cambio el agua a Apolo, que bebe con ganas, para después entrar en la ducha y prepararme para un nuevo día en el trabajo. Cuando salgo de casa, después de ponerle la comida a Apolo, veo a Emma, con la sudadera de la empresa y unos vaqueros ceñidos que le hacen un culo increíble, al lado de mi *pickup*. Ni siquiera la saludo cuando abro el coche y me meto en el asiento del conductor, cerrando tras de mí para no darle opción a entablar una conversación conmigo.

Tengo que ser distante con ella.

Tengo que caerle mal porque no quiero que mi cuerpo me arrastre a hacer algo que yo mismo me he prohibido.

***

—Contigo quería hablar —le digo a Nathan cuando este entra en la sala de empleados, en la cual llevo unos minutos.

Cuando hemos llegado al muelle, me he esperado en el interior del coche a que ellas abrieran y dejaran sus cosas en la sala, antes de entrar en la oficina. Ahora, tanto Brooke como Emma están fuera porque las oigo hablar y mi hermano, el cual no se ha presentado esta mañana a la hora acordada para salir todos juntos de casa, acaba de llegar con señales visibles de que anoche estuvo de juerga.

Mi hermano siempre está de fiesta...

—Ya sé que me he quedado dormido, pero tampoco he llegado tan tarde —suelta este mirando su reloj.

—Tienes suerte de que aún no nos han reservado cruceros tan pronto, pero no es eso de lo que te quería hablar —indico, y este, sin disimulo alguno, porque él es así de natural, resopla con alivio—. Te recuerdo que tenemos una norma de empresa muy estricta y es que están prohibidas las relaciones personales entre los trabajadores.

—Todos los años me lo recuerdas, Damon —resopla sin fingir que le aburre este tema. Lo peor es que no sabe lo que me cansa a mí tener que decírselo, año tras año.

—Te lo recuerdo porque esa norma la puse por ti y ambos sabemos que no eres dado a pensar con la cabeza. Ayer vi cómo mirabas a Emma y olvídate, ¿vale? Está trabajando aquí, forma parte de la plantilla y eso significa que está prohibido que te acuestes con ella.

—¿Crees que tengo posibilidades? Joder, la verdad es

que siempre ha sido guapa, pero este año… ¡uf! Se pasa, hermanito. ¿Has visto qué culo tiene? Y daría mi mano por acelerar el tiempo y ver cómo le sientan las camisetas de manga corta y los pantalones más cortos. Anoche me quedé loco cuando la vi con esa camiseta blanca. ¡Menudas tetas!

—¡Nathan! —gruño haciéndolo callar, porque, por supuesto que me he dado cuenta de todo eso, joder. Pero no hace falta que me lo recuerde—. Tienes prohibido estar a solas con ella. No me fío de ti.

—¿En serio? Que no soy un puto crío.

—Ahora mismo lo pareces.

—Está bien, está bien… Al final siempre se hace lo que tú dices.

—Porque aquí soy el que manda, ¡hostias! —bramo un poco cansado de su actitud desenfadada.

—Anoche le dije de ir una mañana antes de empezar a trabajar a hacer *paddle surf* y quedamos en vernos el viernes —dice encogiéndose de hombros.

—Pero ¿cuándo ocurrió eso? No os escuché…

—Tengo su número de teléfono —añade tan tranquilo, y tengo que hacer un esfuerzo titánico por no partirle la cara a mi hermano.

—El viernes la llevaré yo —mascullo apretando los dientes y los puños para frenar las ganas de gritarle a Nathan su mala cabeza—. Y ahora a trabajar.

—Antes de eso, hay algo más que deberías saber… —Y hace una mueca con su cara y resoplo con frustración, porque me temo que lo que va a decir no me va a gustar nada—. Ruby me ha enviado un mensaje hace unos minutos y me ha comentado que se ha despertado mala. Había pensado que Emma la sustituyera.

—¿Para qué crucero sería?

—Los que tengo durante el día, me puedo apañar con el guía y tal vez con Tim. Pero para el último, sí que necesitaría a alguien. Sería al atardecer y han contratado el servicio de cena a bordo. Es una pareja, quieren celebrar su aniversario en el océano. Solo necesitaría una persona para que sirviera la cena y estuviese pendiente de los clientes.

—¿Y no hay nadie más que pueda sustituirla?

—No, nadie más. A esa hora dos de los barcos estarán volviendo al muelle y el otro estará en medio de otro crucero al atardecer, pero para un grupo.

—Haz tú el mío y yo haré ese.

—¿En serio? Voy a estar concentrado en el timón, tampoco es que fuera a ligar con Emma.

—Sinceramente, Nathan, no me fío de ti.

—Pero ¿tú crees que ella querría si yo le digo algo? —pregunta con demasiada curiosidad.

—Aunque te lo implorara de rodillas, Nathan, deberías negarte. Tú eres parte de esta empresa y tienes que pensar en lo mejor para esta y no para tu polla. Iré yo, no hay más que hablar.

Mi hermano mueve los brazos en señal de desesperación, pero me da igual. Es posible que esté pecando en exceso, pero sé que Nathan no es dado a cumplir órdenes. Hemos tenido en el pasado varias bajas de empleadas en plena temporada por culpa de él, por no mantener las manos quietas y la polla en los pantalones, y no quiero que la fastidie con la amiga de nuestra hermana.

Brooke no se lo perdonaría.

Me levanto de la silla, me pongo la gorra y salgo de la sala sintiendo sobre mí la mirada airada de mi hermano. Aún no se da cuenta, pero lo hago por él, ¡por todos, maldita sea!

Empiezo a caminar en dirección a la salida y veo a Emma encima de una escalera, ordenando una estantería. Tengo su culo a la altura de mis ojos y me tengo que obligar a dejar de mirarla, porque, como le he dicho a mi hermano, aunque ella quisiera algo conmigo, yo tendría que rechazarla, sin importar que fuera en contra de mis malditos deseos.

Me doy cuenta de cómo la escalera se mueve, como si estuviese temblando por alguna extraña razón, me giro en su dirección por puro instinto y la veo a punto de caerse.

Brooke grita.

Su amiga suelta un jadeo entrecortado.

Ni siquiera dudo en estabilizar la escalera con una mano, para después con la otra sujetar a Emma.

Sus preciosos ojos se encuentran con los míos casi a mi misma altura. Tiene las mejillas rojas, los labios entreabiertos y tengo su culo apretando mi entrepierna...

—¿Estás bien, Emma? —pregunta Brooke acercándose a nosotros a la carrera.

Su amiga asiente sin dejar de mirarme, para después obligarme a soltarle la cadera que tenía sujeta para que no se cayera y alejarme de ella después de asegurarme de que está estabilizada.

Ni siquiera me giro cuando me acerco a la salida a grandes zancadas, notando como mi cuerpo está alterado al tenerla tan cerca de mí y sintiendo un fuerte hormigueo en mis manos por querer tocarla. Mi polla se ha puesto dura nada más sentir la redondez exquisita de su culo apretándola y...

Tengo que salir cuanto antes de esta maldita oficina.

9

Primer atardecer

EMMA

—No te lo vas a creer, hoy vas a ayudar en uno de los barcos —me dice Brooke con tanto entusiasmo que parece que la que vaya a ir sea ella, y sonrío contagiándome de su actitud, porque me apetece mucho montar en un barco.

—¿En serio?

—Sí, una de nuestras ayudantes en cubierta se ha puesto mala y no tenemos otra persona que la pueda sustituir.

—Pero yo no tengo ni idea de lo que hacer.

—No te preocupes, te ha tocado un crucero sencillo: «Atardecer para dos» —me explica, y abro los ojos con sorpresa porque suena fenomenal y muy romántico—. Solo tendrás que estar pendientes de ellos, servirles la cena cuando te avisen y, después, recoger la mesa. Nada más.

—Suena sencillo.

—Y lo es. Lo mejor es que podrás ver tu primer atardecer en alta mar. Es una experiencia única y seguro que inolvidable.

—Suena muy bien —digo llenándome de emoción, y ella sonríe con alegría.

—Además, el cliente me comentó que quería pedirle matrimonio a su novia cuando se pusiera el sol. ¡¡Qué suerte tiene esa mujer!! No quedan hombres que tengan esos detallazos.

—La verdad es que no. Cuando vuelva, te explicaré todo lo que ha sucedido.

—¡Por faaaavor, sí! Mira, soy lo peor, siempre reniego del romance pasteloso, pero necesito saber si ella llora mientras le dice que sí —añade ilusionada, y asiento porque, ¡maldita sea!, yo también lo estoy y ni siquiera conozco a esa afortunada mujer.

—¡Dalo por hecho! Aunque a mí sí me gusta el romance pasteloso —confieso, y mi amiga se echa a reír ante mi aclaración.

—Entonces, he escogido a la persona indicada para que me lo cuente todo con pelos y señales —añade con gracia y asiento con entusiasmo, para después ponerse seria—. Pero te tengo que informar que el capitán será Damon. Pero vamos, que seáis la única tripulación a bordo no va a ser un problema. Él estará pendiente del puesto de mando y tú de los clientes.

—¿Con Damon? ¿No puede ser otro el capitán? A ver, no me importa, pero creo que no le caigo especialmente bien.

—Siento decirte que es el único que está libre, pero ya verás como el crucero no es tan malo como crees. No he comprobado qué barco es, pero seguro que no le tendrás ni que ver en toda la travesía —dice mientras me aprieta con cariño el brazo, y hago una mueca parecida a una sonrisa.

Solo espero que Brooke tenga razón, que no sea tan malo como creo, porque ahora mismo la felicidad de saber que iba a montar en barco por primera vez la han sustituido los nervios al enterarme de que voy a estar en el golfo de Maine junto con Damon Crowell.

Junto al hombre que consigue que me ponga tan nerviosa que atraigo a mí las catástrofes. Como hace unas horas, cuando he perdido el equilibrio y he estado a punto de caerme de la escalera porque lo he visto con el rabillo del ojo. Damon no ha dudado en coger la escalera y poner su enorme, fuerte y cálida mano en mi cadera de una manera tan posesiva que... He sentido como si el tiempo se detenía en ese instante y nuestras miradas se enredaban desapareciendo todo lo de nuestro alrededor...

Pero en cuanto Brooke se ha acercado para saber si estaba bien, Damon me ha soltado, notando como mi cuerpo se enfriaba de golpe porque él no estaba y, sin abrir esa boca que me llama tanto la atención, ha salido de la oficina como si alguien lo estuviese persiguiendo.

Debo de ser un auténtico fastidio para Damon y, en unas horas, voy a estar en un espacio reducido con él.

Puf...

—¡Maldita sea! —suelta de repente Brooke mirando hacia la puerta de cristal y sacándome de golpe de mis pensamientos—. ¿Te puedes creer que algún gracioso ha pegado un papel justo encima del cartel que puse de que aquí se hablaba español? —añade yendo hacia ahí, abriendo la puerta y arrancando la hoja.

—Debe de ser cosa de críos —indico, pues es una hoja en blanco que, simplemente, la han puesto tapando el cartel de Brooke.

—Pues me tienen hasta el gorro ya —brama, mientras arruga la hoja y la tira a la papelera—. A ver si dejan ya de pegar cosas a los cristales...

***

Casi no he probado bocado. Llevo todo el día con un nudo en el estómago que me está haciendo más torpe en el trabajo, hasta tal punto de tirar una preciosa y perfecta torre de peluches de langosta y ballena. Por supuesto, Brooke no me ha echado la bronca, es más, se ha reído y me ha ayudado a colocarlo de nuevo, diciéndome que no recordaba lo torpe que me pongo cuando estoy nerviosa y que llevo un día para coronarme. Pero, claro, ella no sabe que lo estoy no solo por el crucero en el que trabajaré dentro de un rato, sino porque voy a estar con su hermano mayor, con el cual no sé cómo comportarme y con el que tiendo a ser mucho más torpe de lo normal.

No paro de mirar la hora, sintiendo como un sudor frío me baja por la espalda a medida que el tiempo avanza y, con este, el momento en que tendré que subir a ese barco con Damon.

Los dos juntos.

Solo con una pareja más.

En medio del golfo de Maine.

Y-nada-más.

—Deberías salir ya hacia el muelle. Te ha quedado claro dónde está el barco, ¿verdad? No tiene perdida, todas nuestras embarcaciones tienen nuestro logo en la popa y en los costados del navío.

—Sí, sí.

—Lo vas a hacer bien. Hemos estado repasado durante horas todo lo que tienes que hacer a bordo —me recuerda, y asiento.

Mi amiga se cree que estoy nerviosa por si la cago en cubierta, pero la verdad es que es sencillo lo que tengo que hacer. Incluso hemos estado practicando todo lo que tengo que decir, desde el saludo hasta la despedida, mientras estemos en el océano.

Estoy preparada para esta tarea, lo sé, pero no confío tanto cuando tenga delante a Damon.

—Seguro. Ya te contaré —indico cogiendo la mochila térmica donde está toda la cena que han elegido los clientes y que nos la han traído de un restaurante próximo con el que trabajamos.

Una sonrisa y un cariñoso apretón en el brazo me ayuda a salir de la oficina, a bajar la cuesta hasta el muelle y a disfrutar del tibio sol que comienza a perder fuerza. Me dirijo donde me ha señalizado Brooke, a la izquierda del todo, en una plataforma privada donde atracan los barcos de la compañía de cruceros de los hermanos Crowell. Solo hay un barco, uno que no es tan grande como yo me había imaginado, sino más bien de un tamaño normal tirando a pequeño. No entiendo de embarcaciones, solo sé que no es tan grande como para no tener que ver a Damon. Sin embargo, no puedo hacer nada para evitar esto, tengo que subir a ese barco con él y es mejor tomármelo como si no fuera importante.

Cojo aire y lo suelto lentamente intentando desprender de mi ser estos nervios ilógicos que provoca una sensación extraña en el estómago. Cuando estoy cerca alzo la cabeza y veo a Damon sentado tan tranquilo cerca del borde. Está mirando el cielo, con esa gorra negra coronando su cabeza y ocultando su mirada. Incluso así, despistado y relajado, parece un modelo; menos mal que cuando abre esa boca me recuerda que los tipos así no son beneficiosos para mi salud.

—¿Por dónde subo? —le pregunto, y Damon desliza despacio su mirada hacia mí provocando, cómo no, que se me olvide respirar.

—Por esa plataforma. —Señala una rampa de acero que une el barco con el muelle, sin barandillas ni nada a lo que cogerme.

Sin embargo, levanto con orgullo la cabeza, cojo con fuerza la mochila y me dirijo hasta ahí.

«Voy a subir sin ayuda y no me va a pasar nada», me repito como un mantra.

Pongo un pie encima de esta base plateada y siento como se mueve.

Ay, mierda, ¿a que me voy de cabeza al agua con mochila y todo?

Me quedo quieta, casi congelada, como si intentara estabilizar la base, con un pie arriba y el otro en el suelo, cogiéndome de las asas de la mochila, como si esta tuviese un propulsor que me ayudara a saltar este obstáculo. Me imagino que no deberá ser difícil subir por aquí, pero ahora mismo estoy replanteándome dar media vuelta y decirle a Brooke que no puedo hacerlo. Y me temo que este temor a lo desconocido se debe a mi torpeza sin fin.

¡No sirvo para ser aventurera!

—¿No te atreves a subir? —escucho su voz, pero con un tono socarrón que no me gusta nada, y deslizo lentamente mi mirada hasta encontrarlo delante de mí, con los brazos cruzados, mostrando a todo aquel que mire sus fuertes músculos.

Pero ¿este hombre nunca tiene frío?

—Solo necesito un segundo —susurro mientras me quito la mochila y se la tiendo sin moverme de donde tengo anclados los pies desde hace demasiados minutos—. No quiero que se caiga al agua —añado al ver que no hace el ademán de cogerla.

Damon enarca una ceja, coge la mochila, así como sin ganas e incluso como si le estuviese pidiendo mucho, la deja en el barco, salvándola de un destino peor y cojo aire para decidirme a moverme. Cuanto más rápido lo haga, mejor.

A la de una...

A la de dos...

Y ¡tres!

Estoy subiendo la plataforma y...

¡Diablos!

Mi cuerpo se va hacia un lado, abro los ojos y observo

horrorizada que no he puesto el pie delante del otro, sino hacia un lado y, claro, no hay otra cosa que aire, por lo tanto... mi cuerpo comienza a inclinarse hacia un lado. Me voy de cabeza al agua, algo que ya temía en cuanto he visto la plataforma y me estoy preparando mentalmente para el chapuzón. Pero, de repente, siento como una enorme y fuerte mano me agarra con seguridad del brazo y tira de mí hacía arriba. Trastabillo, por poco pierdo la zapatilla, siento como no puedo controlar mi cuerpo hasta tal punto que acabo aterrizando contra el duro y cálido pecho de Damon.

—¡Maldita sea!, ¿estabas subiendo con los ojos cerrados? —Y aunque suena a pregunta parece que me esté echando la bronca y alzo la cara, para observar como sus iris grises ahora mismo son como un cielo amenazando una fuerte tormenta.

—Yo... —balbuceo mientras me separo de él (casi a regañadientes, porque mi cuerpo ha decidido que se está muy bien ahí pegado), y doy gracias al cielo por seguir seca—. Lo siento, no sé cómo funciona eso y al ver que se movía, me ha dado miedo porque no quería caerme. ¡Yo qué sé! Me he puesto nerviosa, ¿sabes? Y tú tampoco te has ofrecido a echarme una mano. Que, digo yo, podrían ponerle una barandilla, ¿no crees? Para estar una más segura... —suelto sin parar ni siquiera para respirar, expulsando nerviosa todas las palabras que se me amontan en la cabeza.

—Espera —dice con seriedad mirándome con tanta frialdad que hasta siento como un escalofrío me cruza el cuerpo—, ¿es la primera vez que subes en barco?

—Sí. —Y hago una mueca porque el gesto se le ha crispado incluso más.

—¡Cojonudo! —masculla cogiendo la mochila térmica que ha dejado en el suelo.

—Lo siento, pero no todo el mundo hemos nacido al

lado del océano y... Bueno, nunca he tenido la oportunidad de subir a uno..., hasta hoy. —Otra mirada envenenada que me hace encogerme de hombros.

Yo he intentado explicarme, es él que no acepta que haya gente por el mundo que sea más de estar con los pies sobre la tierra... Pero parece que a Damon le molesta todo, incluso eso, y comienza a caminar sin decirme ni media palabra para ver después cómo se mete en una especie de cabina donde parece que está el puesto de mando.

—¿A qué esperas para venir? Tengo que explicarte dónde están las cosas antes de que aparezcan los clientes.

Ni siquiera abro la boca porque se nota que está cabreado y es conmigo. Aunque no entiendo qué es lo que más le ha enfadado: mi inexperiencia subida a un barco o estar a punto de bautizarme antes de subir a este. Sin embargo, me trago la necesidad de hablar de este tema porque tengo por delante unas cuantas horas con él encerrados en esta lata de sardinas y prefiero que los ánimos se calmen. Por eso me acerco donde está y me doy cuenta de que, en efecto, la cabina es pequeña, pero que hay de todo: una nevera pequeña, un microondas y lo que supongo es lo que hará que este barquito navegue.

—Brooke me ha dicho lo que tengo que hacer y decir mientras estemos a bordo del barco.

—Mejor, ahora te voy a decir dónde está todo y espero que estés atenta, porque no me gusta repetir las cosas dos veces. Cuando estén aquí los clientes, serás tú la encargada de interactuar con ellos y yo de navegar, ¿de acuerdo?

Asiento y Damon, sin mirarme ni una sola vez, empieza a señalarme dónde está todo: platos, vasos, cubiertos, copas, champán, bebidas, servilletas y un largo etcétera para cumplir con las expectativas de los clientes. Y es cierto que intento prestar atención a todo lo que me dice, pero también me pierdo en cómo mueve su boca cuando habla, en cómo sus músculos se tensan cada vez que señala algo y en cómo su maldito olor ahora es incluso más potente porque estamos uno muy pegado al otro.

—Ve a popa a preparar la mesa. En diez minutos los esperaremos en cubierta, uno enfrente del otro para darles la bienvenida —me dice señalándome un mantel, un jarrón con flores frescas y un par de mantas que tengo que disponer en el asiento.

No me atrevo a preguntarle dónde está popa porque me imagino que la encontraré y, además, necesito salir de esta cabina para que no se dé cuenta de que no le he quitado la vista de encima y no precisamente por motivos laborales. Agacho la mirada, cojo todo lo que me ha dicho y me dirijo a fuera. Encuentro la mesa pegada al extremo más ancho de esta embarcación, tiene un banco con la forma de la parte trasera para sentarse, casi como una forma de u alargada, una pequeña mesa ovalada anclada al suelo y me parece tan ideal este lugar que estoy ya deseando ver de primera mano la pedida.

Hago lo que me ha pedido Damon sin dejar de observar el océano, el cielo con finas nubes grises y la suave brisa que mueve la cola de mi coleta. La verdad es que debe de ser increíble ver el atardecer rodeada de agua, con el sonido delicado de las olas al romper contra el casco, sin el bullicio de la gente, solo nosotros y la naturaleza. Y solo espero que Damon no me jorobe esta primera vez.

Al acabar con mi tarea vuelvo a la cabina donde está él comprobando los mandos. Al verme, me hace una señal para posicionarnos en cubierta, cerca de la endiablada plataforma de acero.

—Todavía no me creo que hayas subido con los ojos cerrados —rumia, y le echo una mirada fulminante.

—Tenía miedo de caerme.

—Con los ojos cerrados, créeme, te ibas a caer seguro —añade con arrogancia.

—Podrías haberme ayudado —le digo apretando tanto los dientes que hasta me duele la mandíbula.

—Podrías haberme pedido ayuda —suelta tan campante, y tengo que hacer un esfuerzo titánico por no mandarlo a paseo—. ¿Tengo que obligarte a ponerte un chaleco salvavidas o conseguirás mantenerte en cubierta?

—Qué gracioso.

—Intenta ir con los ojos bien abiertos —suelta cada vez más serio.

—Buenas tardes —nos dice un hombre de repente, y ambos miramos al muelle para darnos cuenta de que nuestros clientes ya han llegado—, somos Ben y Amy.

—Bienvenidos al Antiguo Langostero de Sunset Board —comenta Damon alargando la mano para ayudarlos a subir.

«Andaaa, a ellos sí y a mí ha tenido que verme casi cayéndome para hacer algo», pienso sin dejar de mirarlo y de dibujar una sonrisa a los pasajeros. Primero sube a la mujer, que le sonríe extasiada —«ay, querida, si supieras el genio que tiene tras esa cara tan atractiva, dejarías esas miradas para tu futuro prometido»—, y después al hombre, que nos sonríe con dicha.

—Esto es increíble —nos dice Ben, y Amy asiente emocionada—. Y ¿era un antiguo langostero?

—Exacto. Esta embarcación se utilizaba para capturar las langostas, pero hace unos diez años lo restauramos para convertirlo en un barco de recreo.

—¡Me encanta! —exclama Ben—. Es precioso, ¿verdad, Amy?

—Sí —dice la mujer mirando a su alrededor y echándole otro repaso al capitán.

No sé si se ha fijado más en la embarcación o en el hombre imponente que nos va a llevar a ver el atardecer...

—Por favor, acompáñenme a popa, donde ya está preparada la mesa —les digo, sintiéndome hasta una profesional al utilizar esa palabra tan náutica, y comienzo a caminar asegurándome de que me siguen y que la futura prometida de Ben deje de comerse con los ojos al capitán de este langostero.

Por supuesto, no puedo evitar echarle una mirada a Damon, que ahora mismo está cabizbajo y... ¿es eso una sonrisa?

No sé si se ríe por mí o por algo que hayan hecho los clientes, pero no haber visto esa sonrisa que tanto me gusta porque la ha ocultado bajo la visera de su gorra de capitán me frustra mucho. Como también el hecho de que me dé rabia esa simple circunstancia.

Definitivamente me voy a volver loca.

10

¿Siempre es así?

Damon

Desde que hemos salido del muelle, Emma no ha parado quieta. Entraba y salía del puente de mando con tanta rapidez que parecía que tuviéramos cincuenta pasajeros en vez de dos. Incluso he tenido que contenerme para no partirme de la risa cuando la he visto sacar un papel del bolsillo de su vaquero, con gran disimulo, cuando Ben le ha preguntado qué parte del Parque Nacional de la Acadia estábamos viendo y, para mi sorpresa, le ha respondido bien. No dudo ni un instante en que mi hermana tiene algo que ver con esa chuleta que se ha sacado a escondidas. Brooke se conoce cada travesía que hacemos, incluso las exclusivas como esta. Normalmente las excursiones que hacemos para que la gente disfrute del atardecer son más animadas, tenemos un guía que va comentando lo que los pasajeros van viendo e incluso les narra un poco la historia del entorno. Pero a veces, cuando el cliente nos lo pide expresamente, nos convertimos solo en un medio de transporte para que disfruten de los últimos rayos de sol para después degustar una cena en alta mar.

Si tuviera que escoger uno de los cruceros que hacemos a diario, sería este: en silencio, observando la naturaleza abriéndose paso, contemplando cómo el día va finalizando para dar paso la noche... Aunque hoy me esté poniendo nervioso por culpa de Emma.

—Déjales un poco de privacidad —le pido cuando entra por..., he perdido la cuenta, pero son muchas veces—. El cliente ha pagado un crucero privado para algo.

—Les estaba rellenando el vino —suelta cruzándose de brazos, y me doy cuenta de cómo su cuerpo tiembla.

—Tienes frío, ¿no te has traído el cortavientos?

—No, se me ha olvidado en la oficina. Además, pensé que con la sudadera estaría bien.

—Coge el mío —le digo señalando donde lo tengo colgado, en una percha cerca de la puerta abierta del puente de mando.

Emma me mira escéptica, como si no se creyera que puedo comportarme como un ser humano empático y se creyera que mi amabilidad esconde algo retorcido detrás. No dudo en alzar las manos en señal de derrota mientras me encojo de hombros.

—Yo estoy acostumbrado a estas temperaturas —le digo mostrando mis brazos desnudos—. Puedes usarla cuando reconozcas que tienes frío.

Sin embargo, ni Emma se mueve para ponerse la maldita chaqueta y mucho menos abre la boca. Por eso, me centro en la navegación. Acabamos de pasar por las islas Frenchman Bay, que se encuentran cubiertas de árboles de hoja perenne, y cuando alcanzo el lugar que siempre escojo para contemplar el atardecer, paro el motor, envolviéndonos de golpe el silencio.

—¿Siempre es así? —me pregunta después de unos segundos en silencio con la mirada puesta en el horizonte.

—¿Así cómo?

—Así de precioso y... especial —susurra mirando al frente donde el cielo comienza a teñirse de naranjas y cobrizos. Pero todavía quedan unos minutos antes de que el sol empiece a descender del cielo ocultándose en el océano—. O ¿llega un momento en que todos los atardeceres son iguales?

Me pierdo en su perfil sereno, en su mirada empañada por las emociones, y dudo un instante si esas palabras esconden algo más que la simple curiosidad de saber si alguna vez uno se cansa de esto.

—Depende de la persona —le contesto en el mismo tono, como si tuviésemos miedo de romper el silencio con nuestras voces.

—Y ¿para ti? —Y me mira de reojo para después, rápidamente, volver su atención al horizonte.

—Esto forma parte de mi trabajo, a veces ni siquiera me doy cuenta de cuándo atardece.

Emma vuelve a mirarme, pero esta vez sus ojos se quedan unos segundos enredados con los míos. Son azules cristalinos y tienen ese maldito fuego que vi la primera vez en ella. Como si ocultara su verdadera naturaleza entre sonrisas tímidas, pasos acelerados y tropiezos. Como si realmente hubiese otra Emma agazapada detrás de tanta contención, nerviosismo y dulzura.

—Si pudiera pedir un deseo y que este se cumpliese, pediría vivir cada atardecer como si fuera como la primera vez —dice con ternura, para después deslizar sus ojos hacia mis labios y, veloz, girar la cabeza hacia el frente.

Descubro en su mirada reflejada el entusiasmo de no querer perderse ni un segundo, de querer impregnarse de cada segundo como si temiese no poder repetir esta experiencia. Pero también nerviosismo, no sé si por estar a mi lado, por estar los dos solos en un espacio tan reducido o porque esta es su primera vez en barco...

—Tienes que convencer a Brooke para que te lleve a ver el amanecer desde la montaña Cadillac —suelto, dejándome llevar por ese entusiasmo que percibo en ella, y veo como sus enormes ojos azules me miran un segundo para después volver la vista al frente, donde el sol cada vez está más cerca del agua—. Seguro que te encantaría.

—Seguro.

Nos quedamos en silencio, nuestros clientes ni siquiera hablan, están observando este fenómeno natural que ocurre todos los días. Emma tampoco quita la mirada del horizonte y yo... me permito el pequeño lujo de ver el atardecer a través de sus ojos.

Ni siquiera puedo pensar porque todo lo llena ella y las emociones que ahora mismo cruzan sus iris azules.

Cuando al final el sol se esconde del todo, Emma suspira mientras pone su mano sobre el pecho, como si estuviese extasiada o emocionada, no lo sé. Es como si todo lo viviese de manera contundente, sin fingir que le es indiferente o que no le importa. De repente, me mira, pillándome con mis ojos anclados en ella desde hace demasiado tiempo, abre tanto los ojos que podría zambullirme sin problemas en el mar sereno que son sus iris, para después dar un salto y asomarse por el quicio de la puerta para ver a nuestros clientes.

—¿Te gusta mirar a las parejitas, Emma? —le pregunto en voz muy baja, y ella se gira para lanzarme una mirada airada.

—Le va a pedir que se case con ella, solo quiero ver qué dice y qué hace ella.

—Puf... —resoplo porque no sabía que este crucero era uno de esos: la excusa para atar a alguien.

—Ay, ¡se ha puesto de rodillas! —dice entre susurros, y niego con la cabeza.

Deberíamos marcharnos ya, pero al saber que nuestros clientes están en plena pedida de compromiso, me toca esperar con el motor apagado. Me giro y miro a Emma, que sigue cogiéndose de la abertura de la cabina del puente de mando, sin perderse nada de lo que sucede afuera. Ya que no tengo nada que hacer me acerco y me pongo detrás de ella. Cuando siente que estoy cerca, se yergue, me mira un segundo, se encoge de hombros, sin decir nada, y vuelve su atención a la pareja.

—No me lo digas: eres de esas mujeres que sueñan con que un insensato le pida matrimonio de esta manera —le digo muy cerca de su oreja y observo como su cuerpo se tensa, e incluso escucho como traga saliva lentamente.

—Es muy romántico —susurra encogiéndose de hombros.

—Es muy cliché.

—Mejor un buen cliché que algo frío y para nada especial. Piensa que él ha creado un precioso momento que recordaran toda la vida. —Suspira—. Ay, ¡¡ha dicho que sí!! —dice apretándose más contra el borde para no perder detalle—. ¿Cómo se sentirán?

—Lo que sientan será efímero.

Se gira para mirarme y alza una ceja escéptica.

—Hablando de clichés y tú eres uno con gorra —murmura echando un vistazo rápido a mi cabeza, y no dudo en demostrar con mi gesto que no me hace gracia lo acaba de decir de mí—. No me mires así, es algo obvio. Si me equivoco, dímelo, pero desde que te vi sabía que eras de los que huyen de una relación seria, ¿a que sí?

—Y tú de las que buscan un «para siempre». Siento decirte que eso no existe, Emma.

—Tal vez sí o tal vez no... Lo que tengo claro es que lo voy a intentar encontrar y no pararé hasta conseguirlo. Quiero enamorarme, quiero que un buen hombre se enamore de mí y quiero algo así: un amor bonito, dulce, romántico —dice señalando hacia fuera, donde acaban nuestros pasajeros de comprometerse.

No contesto, solo la miro y su sonrisa se ensancha a medida que avanzan los segundos.

—Emma, ¿nos puedes traer champán? —escuchamos la voz de Ben y esta alza una ceja, de un modo socarrón, como dándoselas de ganadora para después girarse.

—Ahora mismo voy.

Coge la botella de champán que tenemos en la nevera, la pone en una cubitera, coge dos copas y se va hacia fuera y yo... Es la primera vez que una mujer me dice realmente lo que quiere y no lo que cree que quiero escuchar y, a pesar de que estoy en contra de cada una de sus palabras, ahora mismo estoy fascinado por su sinceridad.

11

En *shock*

EMMA

Damon y yo no hemos vuelto a hablar desde que nuestros pasajeros se comprometieran, para después, en el viaje de vuelta, los recién prometidos degustar la deliciosa cena que han contratado. El capitán del barco ha estado ceñudo, distante, mientras nos llevaba al muelle sin abrir ni una sola vez la boca y, aunque tenía ganas de hablar con alguien de lo increíble que ha sido mi primer atardecer en el océano, me ha tocado tragarme las palabras que querían escapar con emoción de mi garganta.

Tengo que confesar que ha sido duro, pero en cuanto miraba a Damon y lo veía tan rígido, tan distante, se me quitaban las ganas de hablar...

El silencio nos envuelve cuando el capitán detiene el barco y lo amarra. Mientras charlo con los pasajeros no pierdo detalle de cómo baja esa endiablada plataforma de acero, para después ayudar a nuestros clientes a bajar del navío más contentos que un niño en una feria.

—Vamos a guardarlo todo y nos vamos —murmura

por lo bajo cuando vuelve a subir al barco, después de despedirnos de los recién prometidos.

Y, los dos sin hablar, comenzamos a guardarlo todo en la cabina: mantas, mantel, velas y todo lo que he sacado para esta travesía. Después, recojo las sobras y las vuelvo a meter en la mochila, para tirarlo cuando lleguemos a la oficina.

Observo como Damon cierra con llave la cabina y baja antes que yo la rampa; sin embargo, se gira y me tiende la mano.

Creo que no me esperaba que tuviera este detalle conmigo y, viendo como la he liado al subir, ni siquiera dudo en posar mi mano sobre la suya. Nuestras miradas se enredan sin remedio, siento el pulso en mis oídos, mi respiración se corta y me sorprende que su mano, su enorme y fuerte mano, esté tan caliente y que encaje tan bien con la mía.

¡Demonios!

Hay algo que me empuja a él y da igual las veces que me haya dicho que no puede ser. Es como visceral, como si fuera la fuerza del agua que se dirige hacia el océano sin pensar, un impulso irracional, algo que me deja temblorosa y encadenada a esa mirada inquietante.

Sin embargo, en cuanto mis dos pies pisan el muelle, Damon deshace ese contacto que tanto me ha hecho sentir, para después girarse y comenzar a caminar a tres pasos delante de mí hacia la oficina.

Mientras lo sigo, no dudo en mirarme la mano en la que todavía siento el hormigueo que ha dejado su piel en contacto con la mía. Creo que jamás he sentido algo parecido cuando un chico me ha cogido la mano...

Lo veo desaparecer dentro de la cabaña donde está la oficina y cuando llego, después de un par de minutos, me doy cuenta de que solo está mi amiga, que me sonríe. Me imagino que su hermano mayor estará en la sala de empleados...

Ayudo a Brooke a preparar la oficina para el cierre sin poder mantenerme por más tiempo callada, contándole con todo lujo de detalles cómo ha sido la pedida, para después relatarle lo mucho que me ha gustado la experiencia de ver el atardecer en el barco. Creo que no lo voy a olvidar jamás y solo espero repetir la experiencia, a poder ser con otro capitán y con una chaqueta para no pasar tanto frío.

Y ya sé que podría haberme puesto la de Damon, pero no quería correr el riesgo de tener su increíble aroma pegado a mi cuerpo.

—Espero que mi hermano no te jorobara mucho el momento —susurra Brooke, después de cerrar la oficina y poner la alarma, mientras caminamos en dirección a la *pickup* de este, que nos espera para volvernos juntos a casa.

—No mucho. Se nota que odia los compromisos a bordo —le digo en el mismo tono.

—Odia los compromiso y punto —añade alzando una ceja, para después echarse a reír.

Nos metemos en el coche y Damon arranca el motor mientras Nathan me pregunta qué tal me ha ido mi primer atardecer. Y me pongo a explicarle tooodo lo que he visto sin disimular lo emocionada que estoy. Sin embargo, mis ojos, de vez en cuando, van a parar al retrovisor central y se encuentran con los del conductor, que me observan con curiosidad...

***

Anoche me costó la vida dormirme porque no paraba de reproducir, segundo a segundo, el atardecer que compartí con él. Y es posible que me explayase más de lo debido en el momento en que su mano tocó la mía. Recordando exactamente cómo me sentí cuando noté su piel contra mi piel. Cómo mi cuerpo se tensionó e incluso cómo dejé de respirar para centrarme en ese pequeño instante.

Y ya lo sé, ¡soy patética!

Porque no debería gustarme tanto o sentirme así a su lado, pero me pasa y no puedo hacer nada para evitar verlo o para frenar esto que siento cuando él está cerca. Y ya sé que solo es un tío al que tengo que ver a diario, alguien que debería mantener alejado de cualquier pensamiento romántico, pero ahí estaba yo, metida en la cama, sin dejar de pensar en Damon...

Y la cosa no ha ido a mejor. Mis ojos se abrieron antes de que sonara la alarma —no quiero contar las horas que habré dormido porque no quiero deprimirme—, he dado tantas vueltas en la cama que, al final, me he puesto unos leggins, una sudadera y he salido al jardín para limpiar los cuatro escalones que hay hasta la entrada. Y aquí estoy, observando el cielo iluminado con las primeras horas del día, dándome cuenta del silencio que hay a estas horas en Bar Harbor. Sin embargo, la soledad no me frena y me pongo a trabajar intentando no hacer ruido, porque son las cinco de la mañana y la gente todavía duerme. Pero es la única manera que se me ha ocurrido para dejar de pensar en quien no debo.

Cuando termino de limpiar la entrada, puerta acristalada incluida, solo han pasado veinte minutos. ¡¡Madre mía, ¿cómo puede pasar el tiempo taaan lento?!! Me muerdo el labio inferior observando unas ramas de una planta o arbusto —no entiendo de jardinería—, que están muy largas y casi llegan a la entrada. Me dirijo hacia la puerta del garaje, debe de haber algunas tijeras o algo similar para podar en alguna parte. Nunca lo he hecho, pero no creo que sea difícil. No tardo nada en encontrarlas y me pongo a cortar esas ramas tan inoportunas, primero con miedo. A ver, a veces me entra la locura y me lanzo de cabeza a lo desconocido, pero tampoco estoy loca. Y cuando le cojo el gusto a esto de cortar, me vengo arriba, cojo velocidad y voy pasando de arbusto en arbusto, cortando todo lo que veo demasiado largo.

¡Al final me va a gustar y todo! Solo espero que a Brooke no le moleste mi iniciativa y si es así, bueno... Esto es como el pelo, crecerá en unas semanas y volverá a estar como antes.

—¿Qué estás haciendo?

—¡¡AAAAH!! —Me asusto tanto que la tijera se me cae de las manos y me golpea en el pie—. Auuuu —me quejo mientras me giro para ver a Damon, tan imponente (e insultantemente guapo), mirarme como si estuviese chalada.

—Joder, ¿te has hecho daño? —me pregunta acercándose a mí.

—¡¡Me has asustado!! —suelto cojeando, y siento como su mano me coge del brazo.

No puedo evitar alzar la vista para encontrarme con su atractiva cara a un suspiro de mí, me ayuda a sentarme en los escalones que hay en la entrada de mi casa y yo como una fan enloquecida no le quito la mirada de encima.

—Tienes que tener más cuidado, Emma —me dice, cabreado, como si lo hubiese hecho a propósito, mientras se arrodilla delante de mí y me quita la deportiva. «Vaaaale...»—. ¿Te han caído las tijeras de punta en el pie? —me pregunta quitándome el calcetín y examinando mi pie exhaustivamente.

A mí se me salta un par de latidos al sentir su mano sobre mi pie, sus ojos centrados en él y esa preocupación que ni siquiera intenta disimular.

—Creo que no... Ha sido solo el golpe. —Y hago una mueca de dolor cuando me toca el empeine, justo donde ha ido a parar la tijera.

—Voy a traer hielo —resopla mientras se pone de pie y entra en su casa sin darme tiempo a protestar.

Me quedo quieta mirando mi pie y una ligera hinchazón que comienza a resaltar sobre mi piel pálida. Resoplo frustrada porque no sé qué me pasa con este hombre que es escucharlo o saber que está cerca y sentir mis extremidades como si fueran chicle.

Debe de pensar que soy torpe de más...

¡Qué vergüenza!

Damon no tarda en volver con una plaquita de hielo, un trapo de algodón y una crema. Se vuelve a arrodillar —me lo vuelvo a comer con los ojos porque soy torpe, pero no tonta— y me pone el hielo con tanto cuidado que incluso dudo de que sea la misma persona que habla sin tapujos y me mira mal...

—¿Qué haces en la calle tan temprano? —me pregunta después de unos segundos callados, él sujetando el hielo en mi pie y yo... bueno, es absurdo negar que sigo mirándolo embobada.

—No podía dormir y he decidido hacer cosas antes de trabajar, ¿y tú?

—Yo siempre me despierto temprano —farfulla, para después quitar el hielo y abrir la pomada—. Es para los hematomas —me informa, y asiento para darle permiso.

Aunque me temo que Damon no pide permiso para nada... Cuando quiere algo va a por ello, y tener esa certeza me hace sentir una especie de hormigueo que asciende del pie hasta la cabeza, pasando por zonas muy íntimas que no suelen comportarse de esta manera.

Vale, esto no es nada normal.

Trago saliva cuando sus dedos rozan mi empeine con la suavidad de una pluma. Me muerdo el labio inferior para no soltar algún sonido que desvele lo mucho que me está gustando que él me toque, que él me esté echando la crema, que él me esté cuidando y, de repente, sus ojos se desvían de sus dedos para anclarse en mí.

Nos miramos y siento como si el tiempo se detuviera

de golpe, como si la gente no existiera y solo estuviéramos él y yo en el universo.

Sus ojos son...

Atrayentes, enigmáticos y seductores, algo que provoca que me acerque sutilmente hacia él.

Sus labios... Tiene que ser una delicia sentir esa boca sobre mi piel, saborearla, apreciar su textura y su temperatura.

—Toma la pomada y échatela esta noche otra vez —comenta de golpe con la voz muy ronca mientras se levanta del suelo y me tiende la crema.

Y sin decirme una palabra más —y yo menos porque sigo en *shock*—, lo veo alejarse para meterse en su casa como si le estuvieran persiguiendo unos coyotes.

Me quedo un segundo aquí sentada, mirándome el pie como si pudiera sentir todavía sobre mi piel los fuertes dedos de Damon. Como si pudiera verlo delante de mí. En mi mente, él no se marcha, ni siquiera deja de tocarme, nuestros labios están cada vez más cerca y me imagino una escena que jamás debería hacerse realidad.

12

Siempre está de broma

EMMA

—Ahora que está Emma aquí, no tienes excusa para negarte —empieza a decir Nathan nada más sentarnos en el asiento trasero del coche de Damon—. Esta noche hay una fiesta, cuento con vosotras, ¿verdad?

Acabamos de cerrar la oficina después de un día donde puedo decir que he hecho algo más que escuchar y ver a mi amiga trabajar. Todavía no me creo que haya realizado la reserva sola de mi primer crucero e incluso he vendido varias cosas en la tienda y me siento bien. Muy bien, de hecho. Si no cuento el hecho de que he pensado en Damon más de la cuenta, pero por esta tarde me permito ser benevolente conmigo misma y lo paso por alto.

¡Bien por mí!

—¿Qué fiesta? —le pregunta Brooke, y Damon pone el motor en marcha para llevarnos a nuestras casas.

—En la casa de Ryder. Sus padres se han ido de fin de semana y va a aprovechar que no están para hacerla. Va a ser brutal, yo de vosotras no me lo perdería —indica girándose para mirarnos con una amplia sonrisa.

—Uf... hace demasiado que no voy a una fiesta —resopla mi amiga mientras se gira para mirarme—. ¿Qué me dices, Emma, nos apuntamos? —Y me sonríe de una manera que sé sin duda qué quiere que conteste.

Y aunque sea miércoles, esté cansada —sobre todo por culpa del madrugón de esta mañana y su consiguiente momentazo: te pongo cremita en el pie— y lo único que me apetezca es estar tumbada en el sofá viendo cualquier cosa que echen por la tele —hasta quedarme roque—, voy a darle el gusto a mi amiga. Sin embargo, antes de abrir la boca para responder a su pregunta, mis ojos van a parar al espejo retrovisor central donde me encuentro con la mirada furiosa de Damon, que provoca que desvíe rápidamente mi atención de él.

Desde que esta mañana temprano nos dejara en la oficina en el más absoluto de los silencios —omitiendo, por supuesto, nuestro encuentro matutino en el jardín—, no lo he vuelto a ver hasta ahora y no sé si es algo normal en él —el hecho de no aparecer por ahí, me refiero—, o se debe a que no quiere coincidir conmigo después de cuidarme el pie. Un pie que no me ha vuelto a doler y todo gracias a él. Pero lo que es incomprensible es que, después de no vernos durante todo el día, él ahora esté pendiente de lo que vaya a contestar.

—Claro, seguro que nos lo pasamos bien —le digo intentando forzar una sonrisa que ahora mismo me sale sin fuerza.

—¡¡Aaaah!! —grita de emoción, consiguiendo que su hermano mayor gruña una maldición, pero parece que a Brooke le da igual porque empezamos a hablar de lo que nos pondremos para esa fiesta.

—Os recuerdo que mañana trabajáis los tres —dice Damon, y tanto Brooke como Nathan lo miran como si estuviera hablando en otro idioma.

—Como si tú no salieses por las noches... —masculla mi amiga, y su hermano mayor se gira para lanzarle una mirada furiosa.

—No te preocupes, hermanito, el trabajo siempre es lo primero —suelta Nathan jocoso, y me doy cuenta de cómo Damon aprieta con fuerza el volante.

Brooke, como si todo esto fuera más que normal, se gira y comienza a hablar de quedar para prepararnos juntas para la fiesta. Me centro en exclusiva en ella, asintiendo o contestando lo que me dice; sin embargo, otra vez mis ojos van al retrovisor donde la mirada perturbadora de su hermano mayor provoca un estremecimiento que cruza todo el cuerpo.

«Pero ¿por qué no para de mirarme?»

«Y ¿por qué no paras de mirarlo tú?», me digo, agachando los ojos y centrándome en mis manos que no paro de retorcer, nerviosa.

—¿Paso a por vosotras? —nos pregunta Nathan cuando Damon ya ha detenido la *pickup* delante de su casa.

—No, que te conozco y desaparecerás a la mínima oportunidad. Iremos en mi coche —dice Brooke antes de abrir la puerta para bajar de la *pickup*, algo que también imito—. En media hora me paso por tu casa para prepararnos juntas. ¡Qué emoción! Parece que volvamos al primer año de universidad.

No puedo evitar sonreír al ver a mi amiga cruzar la calle mientras habla con Nathan. Cuando me giro me encuentro a Damon de pie, al lado de su coche, sin hablar y mirándome fijamente.

—Hasta mañana —le digo porque... no sé qué hace aquí quieto sin abrir la boca, cuando, estos días atrás, siempre ha sido el primero en meterse en su casa.

—Las relaciones entre trabajadores están prohibidas en la empresa —me suelta casi con rabia y tan serio que incluso dudo un instante en haberlo escuchado bien.

—Creo que ya hemos dejado claro que entre tú y yo no va a pasar nada...

—No me refiero a ti y a mí —gruñe, literalmente, como si fuera un perro a punto de atacarme, y frunzo el ceño porque juro que no entiendo nada—. Lo decía por Nathan.

—Ah... —Vale, esto no me lo esperaba para nada, porque Nathan nunca me ha mirado de esa forma y no sé por qué me lo nombra ahora.

—Solo quería informarte que, si ocurre algo entre vosotros dos o con cualquiera de los que trabajen en mi empresa, puedo despedirte al instante y me da igual que te haya contratado Brooke.

Y sin darme opción a responder, se da la vuelta, malhumorado, y se mete en su casa dejándome congelada en medio de la calle.

Vaaaale, no entiendo nada.

***

La casa donde se celebra la fiesta es enorme y está enfrente del océano. Nada más entrar nos engulle la música, las risas y las ganas de pasarlo bien. Brooke saluda a varias personas y no puedo evitar observar lo feliz que está.

Con un refresco en la mano nos ponemos a bailar mientras vemos como la gente no cesa nunca de entrar. Tengo la sensación de que todo Bar Harbor está en esta fiesta.

—No sabes las ganas que tenía de venir. Llevo tanto tiempo sin salir —me confiesa Brooke cogiéndome del brazo.

—Y ¿por qué no sales con Nathan?

—¿Estás de coña? —suelta bailándole una sonrisa en los labios—. Nathan me dejaría sola al segundo de pisar una fiesta. Tiene muchos amigos y le encanta dejarse ver para encontrar alguna incauta a la que seducir. —Alza una ceja mientras niega con la cabeza con resignación—. Y tú, ¿qué?

—¿De qué? —pregunto despistada, y mi amiga se echa a reír.

—Si llevas mucho tiempo sin salir por ahí.

—Ya sabes que no soy muy amante de las fiestas.

—Es verdad... Normalmente te quedabas en la residencia leyendo o viendo Netflix —dice asintiendo a sus palabras sin quitarme la mirada de encima, como extrañada al recordarlo, y sonrío porque todavía se acuerda—. Y aun así estás aquí.

—Eres mi amiga, no iba a dejarte sola.

—¡Eres la mejor! Y, dime, ¿qué tal la Universidad de Cornell? Al final, nos hemos liado estos días con el trabajo y casi no nos hemos puesto al día —me comenta, y se me congela el gesto porque... no es el mejor momento para contarle la verdad.

Aunque así llevo desde que llegué, sin encontrar el momento para hablar de este tema.

—Ya sabes... Como tú en Maine —contesto encogiéndome de hombros sin darle importancia, y veo como Brooke se ha quedado mirando al frente, como si acabara de ver algo o alguien.

—Ay, me va a dar algo..., ¡está Lucas! —me dice Brooke cogiéndome del brazo y acercándome a ella para que nadie más nos escuche.

—¿Quién es Lucas?

—Es un amigo de Nathan y llevo colgada de él desde... hace dos años. Pero nunca me ha hecho caso.

—Pero ¿le has dicho tú algo?

—¿Qué quieres que le diga? Soy la hermana de su amigo, dudo que me vea como una mujer... Además, me temo que no soy su tipo. Siempre se lía con chicas más bajitas y... rubias naturales.

—Eres preciosa, Brooke, seguro que él no te ha dicho nada porque cree que no le interesas. Demuéstrale que se equivoca.

—¿Tú crees?

—Dime, ¿qué puedes perder? —Y Brooke frunce ligeramente el ceño mientras asiente lentamente.

—¡¡Estáis aquí!! —grita Nathan abrazándonos a las dos a la vez provocando que ambas nos echemos a reír, porque tampoco hace tanto que nos hemos visto para un saludo tan efusivo—. Venid que os presente a la gente.

Y sin darnos opción a decir nada, nos coge a cada una de la mano y nos arrastra hacia el salón donde la música se escucha de manera más suave. Nathan empieza con las presentaciones sin soltarme la mano —la de su hermana hace rato que la ha liberado—, no para de hablar, de hacernos reír y yo me contagio de su buen humor.

—Es el de la izquierda —susurra Brooke contra mi oído, y mis ojos, como no, van a buscar al tal Lucas.

Él es... casi igual de alto que mi amiga, moreno y tiene una sonrisa de esas canallas que me temo desata pasiones. En ese momento lo pillo mirando a Brooke, para después desviar su mirada hacia mí... Dejo de mirarlo para observar a Nathan, que sigue hablando y haciendo reír al grupo, abro la mano para intentar liberarme de su agarre, pero este en vez de soltarla, me la aprieta más.

—Necesito mi mano —le digo en su oído porque no quiero que nadie sepa que seguimos cogidos, y este gira la cabeza hacia mí y me muestra una divertida sonrisa.

—¿En serio? Me gusta cómo queda contra la mía —suelta canalla, y no puedo evitar sonreír divertida.

Nathan siempre está de broma.

—Pero tengo que ir al aseo y sin esta mano me temo que no puedo.

—No veo dónde está el problema porque te puedo acompañar —susurra alzando una ceja, provocador, y...

no puedo evitar echarme a reír mientras me zafo de su agarre.

—Siempre tan gracioso —le digo dándole unas palmaditas suaves en su mejilla—. Una pregunta: ¿tu amigo Lucas tiene novia?

—¿Lucas, novia? ¡Qué va!

—¿Nunca ha tenido novia o qué?

—Somos muy jóvenes para tener novia, Emma. Además, es mucho más divertido y excitante estar libre por si se cruza alguna mujer que nos atraiga... —De repente achica los ojos mirándome fijamente—. ¿Te gusta Lucas?

—Y no dudo en sonreírle mientras me encojo de hombros sin afirmar ni negar esa suposición, para después girarme hacia Brooke—. ¿Me acompañas al aseo?

—Claro.

—He averiguado que Lucas no es de tener novias —le susurro cuando salimos del grupo para comenzar a caminar en dirección al aseo—. Lo único que tendrás de él es un rollo pasajero.

—¿En serio? —suelta abriendo tanto los ojos que veo cada matiz verde de sus iris—. ¿Cómo lo sabes?

—Se lo he preguntado a Nathan. —Y le guiño un ojo haciendo que esta sonría.

—La verdad es que no busco el amor, Emma. Sé lo que el amor puede hacer con las personas y te aseguro que ese sentimiento lo quiero alejado de mí.

—¿No quieres enamorarte? —No puedo frenar mi pregunta y mi amiga me sonríe mientras niega con la cabeza.

—Jamás. Y tampoco quiero que nadie se enamore de mí —dice con rotundidad—. ¿Tú sí?

—Sí, me encantaría encontrar el amor y estoy preparada para una relación.

—Y seguro que lo encuentras. Seguro que eres de esas pocas personas que son felices para siempre. Pero yo... —Y niega con pesar la cabeza—. Siempre he tenido claro que no quiero comprometerme con nadie. Me temo que soy más parecida a Nathan de lo que me gustaría admitir —añade con una sonrisa muy pequeña—, aunque me gusta ver el amor reflejado en los otros. Ver que hay gente que sí se atreve a dar ese paso y que les sale bien. Supongo que no soy tan valiente como esa gente y prefiero no arriesgarme por si sale mal.

—Si lo tienes claro, te puedo ayudar a que Lucas se fije en ti.

—¿En serio? —Asiento con una sonrisa—. Pero no quiero dejarte sola la primera noche que sales conmigo.

—No te preocupes. Le diré a Nathan que me lleve a casa si la cosa funciona. Te mereces pasarlo bien, Brooke, y yo te ayudaré.

13

Me desea y lo deseo

EMMA

Cuando salimos del aseo ya tenemos un pequeño plan ideado. El grupo de amigos de Nathan se ha separado por la inmensa propiedad y vemos como Lucas está hablando con Ryder. No dudamos ni un segundo en acercarnos a ellos, siento a Brooke nerviosa a mi lado, incluso me coge la mano y la aprieta con fuerza. Sé que quiere hacerlo, pero también es lógico que las dudas de que salga mal la hagan sentirse insegura.

—Tu casa es increíble —le digo a Ryder así sin preámbulos ni nada—. Pero nos estábamos preguntando si tienes una mesa de billar para jugar.

—Sí tengo, pero la sala de juego está cerrada con llave para que la gente no entre —me comenta, algo que ya sabía gracias a que Nathan se lo contó hace tiempo a Brooke.

—Pero podríamos ir nosotros cuatro sin que nadie se entere —le sugiero con una amplia sonrisa y este no duda en mirar a Lucas, que ya estaba esperándolo.

Ambos se miran, hacen pequeños gestos con su cabeza a modo de comunicación, para nada sutil, todo hay que decirlo, para después volver la mirada a nosotras.

—¿Por qué no? —suelta Ryder, y las dos sonreímos con felicidad porque... no nos ha costado nada conseguir que Lucas esté a solas con Brooke.

La sala de juegos se encuentra en el sótano de la propiedad y es tan grande como toda la casa. Ryder nos enseña que hay un cine con butacas hipercómodas, una pequeña cocina integrada con la sala de juegos donde hay de todo lo que puedas imaginar y un cuarto de baño. Aunque es tentador tumbarse en el cine a ver una peli, seguimos con el plan de jugar. Los chicos preparan las bolas del billar, Brooke y yo nos hacemos un gesto para proceder al siguiente nivel, y comenzamos a jugar. Mi amiga, la cual sabe de sobra jugar porque fue ella quien me enseñó a mí en la universidad, hace ver que no tiene ni idea y yo, así como casual, sugiero que Lucas sea quien la ayude.

Creo que Ryder se da cuenta de que no tiene nada que hacer conmigo porque no le permito ni que se acerque más de la cuenta. Sin embargo, observo que la química entre Brooke y Lucas va en aumento. La partida avanza y ellos empiezan a tontear, hasta tal punto que no paran de tocarse con cualquier excusa. Roce aquí, roce allá. Risas por aquí y miraditas intencionadas por allá.

¡La cosa funciona!

Y..., adrede, cuando veo que la cosa va a más, meto la bola negra para así acabar con la partida.

—¡Qué pena! —suelto con cara de fastidio, como si realmente me diese rabia haber jorobado la partida.

—Habéis jugado muy bien —me dice Ryder, y me encojo de hombros—. ¿Otra ronda?

—Aún tengo el ego herido —le contesto con una sonrisita—, pero creo que nos animaría una copa, ¿verdad, Brooke?

Esta asiente, para después seguir hablando con Lucas y los cuatro volvemos a adentrarnos en la fiesta. Ryder y yo encabezamos la comitiva y, cuando llegamos a la cocina y me giro, veo a Brooke y a Lucas besarse en una esquina apartada de todos.

No puedo evitar sonreír porque mi amiga ha conseguido lo que quería y me vuelvo hacia Ryder, que también está pendiente del giro de acontecimientos.

—Creo que ellos no van a querer esa copa —me dice volcando una botella vodka en un enorme vaso de plástico—. Tendremos que beber solos.

—Suena genial, pero si no te importa, voy a buscar a Nathan —le digo con una sonrisa—. Gracias por la partida, ¡habéis jugado de escándalo! —añado para después darme la vuelta y alejarme de él.

Hay tanta gente que me resulta difícil ver al mellizo de mi amiga, pero al fin lo encuentro, está, como no podía ser de otra forma, rodeado de chicas que se lo comen con los ojos. Sin embargo, cuando me ve, ni siquiera duda en salir de ese grupo para venir hasta a mí.

—Ey, ¿qué haces sola?

—Te estaba buscando.

—Eso me gusta —dice con una amplia sonrisa, y no puedo evitar contagiarme de él.

—¿Lucas es un buen tipo? —le pregunto, y esa sonrisa se desinfla.

—Al final voy a aceptar que te gusta mi amigo —añade, y niego con la cabeza—. Es un buen tipo.

—Genial. —Y mis ojos buscan a Brooke y a Lucas, que siguen besándose donde estaban.

—Pero ¿qué coño hace con mi hermana? —suelta Nathan con rabia, transformándole incluso el gesto, y lo cojo del brazo frenando su avance.

—A Brooke le gusta Lucas.

—Pero, él solo va a querer de ella...

—Y ella de él —añado rápidamente, y este frunce el ceño, mirándome como si intentara comprender lo que le estoy diciendo—. No me dirás que eres de esos tipos que no aceptan que las mujeres hagamos lo que queramos con quien queramos, ¿verdad?

—Por supuesto que no —masculla con dificultad, como si realmente le costara soltar esas palabras y realmente pensara de diferente manera.

—Eso pensaba yo. —Le sonrío—. Nathan, ¿me podrías llevar a casa? Y luego vuelves por si Brooke te necesita, ¿vale?

—¿Te quieres ir ya?

—Sí. Te voy a confesar una cosa: no soy muy de fiestas —le contesto haciendo una mueca de disgusto, pero es la verdad. Me siento rara, como si no fuera conmigo esta manera de divertirse, y Nathan asiente.

—Dame un segundo que hable con Ryder por si Brooke me busca y nos vamos.

Me deja sola unos minutos, pero como ha prometido enseguida vuelve para llevarme a casa. Me meto en su todoterreno Ford de color rojo, y pone el motor en marcha.

—Y yo pensando que a quien le gustaba Lucas era a ti... —refunfuña, y no puedo evitar sonreír.

—Soy su amiga, Nathan, solo quiero lo mejor para ella.

—Todavía no asimilo que ella también pueda tener vida sexual... —Y sin más se estremece como si le diese cosilla que su hermana hiciera lo que él seguramente hace mucho más a menudo, pero con otras mujeres—. ¿Y tú?

—¿Yo qué?

—¿También buscas un rollo pasajero?

—Nop —suelto encogiéndome de hombros—. Busco el amor.

—¡¡Emma!! —suelta ofendido—. Tienes solo veinte años.

—Aún no los he cumplido —digo con una sonrisilla.

—Pues con más razón. Eres muy joven para pensar en esas cosas.

—Creo que da igual la edad que uno tenga. Simplemente se sabe cuándo ha llegado el momento y yo lo supe hace unos meses...

—¿Y cómo va la cosa?

—¿La verdad? ¡Peor que mal! Pero me imagino que algún día la suerte cambiará.

—Es una pena que busques el amor, porque tú y yo nos lo hubiéramos pasado muy bien...

—Espero que eso no sea una insinuación, Nathan Crowell —añado apuntándole con el dedo en broma.

—Por supuesto que no, es una realidad, Emma Carpenter —indica guasón, y no puedo evitar echarme a reír.

Lo que yo digo: Nathan siempre está de broma; y no dudo en seguirle el rollo.

—Te recuerdo que las relaciones entre compañeros están prohibidas —añado con soniquete, y este se gira mirándome sorprendido.

—¡¡No me jodas!! ¿También te ha dado la charla Damon?

—Sip.

—Mi hermano tiene un problema con que la gente se divierta, ya te lo digo yo —resopla mientras comienza a aminorar de velocidad deteniéndose en mi casa. La verdad es que no hemos tardado nada porque no había prácticamente tráfico, me imagino que a estas horas la gente está durmiendo—. Hemos llegado.

—Sí... —Me giro para mirarlo—. Gracias por traerme y... cuida de tu hermana.

—Aunque me cueste decirlo, sé que Brooke sabe cuidarse sola —dice con tranquilidad, y sonrío al ver que este confía en ella—. Nos vemos mañana.

—Hasta mañana.

Me bajo del coche y, nada más cerrar la puerta, él acelera el todoterreno para salir en dirección a la fiesta. No puedo evitar sonreír mientras me doy la vuelta y me dirijo a mi casa. Sin embargo, un jadeo perruno me hace detenerme a escasos pasos de la puerta. Me giro en dirección a ese sonido y, hasta que no lo tengo a cuatro pasos —por culpa de la escasez de luz, porque en la calle no hay farolas y solo está la iluminación que tiene cada casa y la luz de la luna—, veo como viene corriendo hacia mí un enorme perro.

Trago saliva quedándome anclada en el suelo cuando el animal, negro como la misma noche, me mira con curiosidad. Ha frenado su carrera y comienza a caminar en mi dirección, lentamente, como si me estuviese analizando o acechando, la verdad es que no lo sé. Aunque, lo que sí sé es que debería moverme y largarme. Es un perro enorme y no sé qué carácter tiene.

¿Y si es un perro salvaje?

Sin embargo, hay algo en la mirada de ese animal que me hace mover la mano hacia él, lentamente, para que vea que no soy una amenaza. Este, con curiosidad, me olfatea.

—¿Qué pasa, chico? —susurro observando cómo me huele y tragando con dificultad la bola de miedo que se me había formado en la garganta—. Eres muy guapo, sí...

Le acaricio el pelaje y este me lame toda la mano haciéndome sonreír.

—Pero también eres muy simpático. Claro que sí, y yo creyendo que me ibas a atacar —le vuelvo a decir al animal y este, como si me entendiera, no para de lamer mis manos—. Pero tú eres un sinvergüenza, claro que sí. Quieres mimitos, ¿verdad? —le pregunto, mucho más confiada mientras me agacho a su altura y le rasco tras las orejas consiguiendo que me lama toda la cara—. Pero, buuueno, vas muy lanzado, ¿eh? Todavía no nos conocemos para andar con estas libertades, guapetón. Me gusta ir poco a poco, ¿sabes?

—Apolo.

Escuchar esa voz tan contundente y masculina nos hace reaccionar a los dos. Al animal, girándose a la izquierda mientras mueve la cola de lado a lado para acercarse a Damon, que está parado a escasos pasos de nosotros; y a mí, poniéndome de pie sin evitar echarle un repaso a este hombre que nos ha interrumpido. Él va con ropa de deporte: pantalones cortos que dejan ver unas piernas musculadas y una camiseta azul de manga cortas que se pega con descaro a su torso.

Es como si para él no existiese el frío...

Es como si no importase la ropa que lleve puesta, porque siempre está impresionante.

Sus ojos me encuentran mirándolo; sin embargo, él no me aguanta la mirada, sino que desliza sus ojos por todo mi cuerpo, provocando que un fuego abrasador recorra cada centímetro de este.

—¿Es tu perro? —pregunto con un patético hilo de voz y observo como Apolo, como este lo ha llamado, se ha sentado al lado de Damon, con la lengua hacia fuera sin dejar de mirarme con curiosidad.

—Sí —contesta con furia.

—Es precioso. ¿Qué raza es?

—Un rottweiler —añade con la misma ferocidad en su voz—. Has vuelto pronto.

—No me gustan mucho las fiestas...

—¿Has venido sola? —pregunta después de mirar a la acera de enfrente, donde no se encuentra ninguno de los coches de sus hermanos.

—Me ha traído Nathan.

—Y ¿has incumplido las normas de la empresa? —susurra dando un paso hacia mí, provocando que tenga que alzar la cara para mirarlo a los ojos.

Su cuerpo sudoroso está muy cerca del mío y puedo llegar a sentir el calor que emana de su piel. Sus ojos están anclados en mí y siento como todo me da vueltas, como aquella noche que nos vimos por primera vez.

—Por supuesto que no —suelto con un suspiro porque todo lo que se refiere a él me afecta y odio que sea así—. ¿Qué haces corriendo a estas horas?

—Me gusta correr a estas horas —gruñe, y observo como aprieta la mandíbula con fuerza como si estuviese frenando algo.

—¿A las dos de la madrugada?

—Entra en casa, Emma —susurra omitiendo mi pregunta y, no sé por qué, mi cuerpo cree que está despierto por mí.

Porque tiene que ser así, ¿no?

No es lógico que corra a estas horas, que nos encontremos aquí por casualidad.

Me estaba esperando, lo intuyo, pero... ¿por qué?

Asiento lentamente sintiéndome encadenada a sus ojos grises, notando como mi respiración se ha visto afectada por esta pequeña conversación. Trago con dificultad saliva, noto la garganta tan seca que no entiendo cómo he conseguido hablar antes. Quiero negarme a hacer lo que me ha mandado, rebelarme contra él; pero me temo que, si lo hago, todo se pueda complicar más. Por eso, doy un paso para atrás, otro más, todo ello sin dejar de mirarlo fijamente a los ojos. Damon no me quita la mirada de encima, mi cuerpo me pide que me mueva, pero en su dirección y no en sentido contrario como estoy haciendo. De repente, me tropiezo con algo, no sé qué es, porque sigo encadenada a sus ojos, y noto como me tambaleo para atrás.

No llego a caerme porque Damon me coge antes del brazo y me estabiliza hasta acabar los dos casi pegados.

Tan juntos que su calor me quema.

Su mirada provoca que mi piel arda.

Y su fuerza me desarma.

—Tienes que empezar a mirar por dónde vas —susurra cabreado deslizando la mano que me agarra del brazo hacia arriba, consiguiendo que mi piel reaccione a esa simple caricia.

—Y tú tienes que dejar de ponerme nerviosa.

—¿Te pongo nerviosa, Emma? —pregunta con una chispa presuntuosa en su voz, e intento erguirme, pero su mano se cuela en mi nuca y su pulgar roza mi mejilla.

Todo me da vueltas y el centro de este torbellino es Damon, que me mira muy de cerca.

—Me... aturdes —confieso, escapándose un estúpido jadeo por mis labios.

Damon posa sus ojos en mi boca entreabierta sin dejar de acariciarme lentamente la cara y siento que mi cuerpo grita que lo haga, pero a la misma vez, me gustaría empujarlo lejos de mí. Es totalmente contradictorio, lo sé, pero ahora mismo mi cabeza está hecho un lío y todo mi ser lo gobierna él y su presencia. Esta caricia y el calor de su cuerpo. Esta necesidad de estar más pegada a él y la urgencia de separarme lo máximo de su cuerpo.

—Si no trabajaras para mí, Emma, ahora mismo te comería la boca —dice muy bajito, y siento un chispazo entre mis piernas—. Si no fueras la mejor amiga de mi hermana, te llevaría a mi casa y te quitaría este vestidito tan corto que llevas lentamente —añade provocador, y tengo que apretar las piernas para aliviar estas palpitaciones que se han despertado nada más tenerlo delante, nada más escuchar su seductora voz—. Si no vivieras en la casa de al lado, deslizaría mi lengua por cada milímetro de tu cuerpo hasta lograr que me suplicaras que te follara. —Ahogo un jadeo y me muerdo el labio inferior para no gemir con lo que me está diciendo—. Y si no tuvieras diecinueve años me dedicaría en cuerpo y alma a que esta noche tuvieses tantos orgasmos que se te olvidara incluso cómo te llamas.

—Confías mucho en tus habilidades —susurro con la voz temblorosa.

—Sí, aunque confío más en cómo tu cuerpo reacciona a mí. Como ahora, simplemente estando cerca de ti noto como tu pulso está alterado, tu respiración es pesada y, sin verlos, podría jurar que tus pezones están duros. ¿Lo están, Emma? —Trago saliva como respuesta porque ni loca voy a confirmárselo—. Y, dime, si meto la mano entre tus piernas, ¿cómo me encontraré tus bragas? Porque eres una buena chica y llevas bragas, ¿verdad? —dice con un hilo de voz acercando tanto su cara a la mía que siento su aliento contra mi piel que me hace poner los ojos en blanco. Quiero que me bese. Quiero que me toque. Y quiero cada maldita cosa de lo que acaba de decir—. Vete a casa, Emma —murmura tan bajito que incluso dudo que haya dicho esas palabras. Pero Damon se yergue, aparta su mano de mi piel para después apretar con fuerza los dientes—. Porque nada de lo que te he dicho va a ocurrir. ¡Vamos, Apolo!

Y se da la vuelta, caminando con paso tranquilo al lado de su perro dejándome a mí temblorosa y tan excitada que no tengo ni idea de cómo lo ha hecho. Me obligo a caminar cuando él desaparece de mi vista. Me meto en casa, cierro la puerta tras de mí, me apoyo contra la puerta y cierro los ojos, sintiendo como mi piel arde sin importar el frío que hiciera en la calle.

¡Un momento! Sabía exactamente la edad que tengo. Parpadeo confundida porque en ningún momento se lo he dicho a él... Supongo que lo habrá averiguado al leer mi contrato, ese mismo que he firmado esta mañana...

Todavía me cuesta verlo como a mi jefe, pero lo es, ¡demonios!

Además, no hay dudas: me desea y lo deseo, pero ni él va a hacer nada y... yo tampoco debería querer que sucediera nada porque... No me gustan los tipos como él, es más, jamás me he fijado en alguien tan arrogante y descarado. Aunque es cierto que nunca he conocido a nadie como Damon Crowell. Tan seguro de sí mismo, tan distante y enigmático. Sin embargo, tengo que aceptar que mi cuerpo se despierta con su presencia, con cada una de sus palabras y cada vez que él posa sus ojos sobre mí. Y, aunque mi cuerpo implore que sus manos se posen en mi cuerpo, su boca sobre la mía y su cuerpo pegado al mío, tengo que mantener a raya este deseo y sé cómo hacerlo. Voy a volver a utilizar la aplicación de citas y voy a tener tantas citas como necesite para olvidarme de esta atracción que no debería sentir.

No tengo dudas de que Damon no es el hombre indicado para mí. Y no solo porque esté prohibido tener algo con él, sino porque él es un hombre que está orgulloso de huir del amor y yo quiero encontrar a un buen tipo para tener una relación seria.

14

Una cita

Emma

No he pegado ojo en toda la noche. Saber que está en la casa de al lado, tener la certeza de que me desea y aceptar lo mucho que lo deseo ha hecho que esta noche dé más vueltas en la cama que otra cosa.

¡Y ya he perdido la cuenta de las noches que he pasado en vela por su culpa!

Pero aquí estoy, al lado de su *pickup*, esperando a que los hermanos Crowell aparezcan para empezar a trabajar sin importar lo nerviosa que me siento por volverlo a ver después de que me soltara lo que haría si no fuera quien soy. Pero lo peor es no tener dudas de que le hubiese dejado hacer todo lo que me dijo y... ¡¡diablos, no debería ser así!!

Como suele ser costumbre, el primero de los hermanos en aparecer es Damon, con el cabello todavía humedecido, con la camiseta del trabajo y unos pantalones cortos. Y he aceptado que da igual lo que se ponga este hombre, porque es él, su esencia, lo que hace que cualquier prenda le quede espectacular sobre su increíble cuerpo. Me doy cuenta de que desliza lentamente sus ojos en mi cuerpo, de abajo hasta arriba, hasta detenerse en mis ojos. No me habla. No le hablo. No hace falta ni siquiera escuchar su voz, porque su simple presencia provoca que hasta los dedos de los pies se me encojan. Jamás he sentido una atracción tan ilógica por nadie y lo peor es que tengo que verlo a diario. Él, como si nada ni nadie le afectase —y mucho menos yo—, abre el coche y entra, algo que yo, por supuesto no hago porque no necesito ahora mismo mortificarme con su increíble aroma. Sé que huele extraordinariamente bien y por eso estoy fuera del coche.

Después de unos minutos mirando la puerta de la casa de la madre de mi amiga, al fin aparece Brooke, que cruza la calle corriendo mientras se abrocha el pantalón. Me sonríe ampliamente y yo suelto el aire agradecida de que no se le haga tarde y tener que irme a solas con su hermano mayor al trabajo.

—Perdonadme —dice Brooke entrando en el coche a la misma vez que yo—. Se me ha hecho un pelín tarde.

—¿Y Nathan? —pregunta Damon con brusquedad.

—Cuando me volví de la fiesta, él todavía seguía ahí...

—Espero cinco minutos más y si no viene... —Y deja la frase así, dejándonos claro que después de ese tiempo, nos iremos sin él.

—¿Qué tal anoche? —le pregunto en un susurro, y Brooke desliza una amplia sonrisa que me hace respirar tranquila.

—Muy muy, pero que muy bien. Luego, cuando estemos solas, te cuento detalles. Pero gracias por ayudarme a que se fije en mí.

—Creo que ya se había fijado en ti, simplemente te ayudé a darle un empujoncito.

—Es posible que quedemos esta noche otra vez —me dice, y enarco una ceja sin poder reprimir una sonrisilla—. No es lo que crees. Ninguno de los dos quiere una relación, pero… nos lo pasamos muy bien anoche.

—Si los dos estáis de acuerdo, lo veo estupendo —digo, y al mirar al frente me sorprende la mirada incendiaria de Damon, que no nos quita ojo desde el retrovisor—. Pero luego seguimos hablando —añado girándome hacia mi amiga que me sonríe feliz.

—Por ahí viene —murmura Damon con rabia, y vemos como Nathan corre desgreñado hacia nosotros—. Apestas a alcohol —le dice a su hermano nada más sentarse en el asiento del copiloto.

—Ahora me tomaré un café bien cargado —contesta este con la voz pastosa y muy ronca, seguramente no habrá dormido nada por las pintas que lleva—. ¿Qué tal, chicas?

—Mejor que tú, seguro —responde su hermana, y este le guiña el ojo mientras Damon pone en marcha la *pickup*.

No hablamos de nada comprometido, sin embargo, de vez en cuando, los ojos del hermano mayor de Brooke me pillan mirándolo.

***

Cada día que pasa tenemos más clientes y más reservas de cruceros y, también, me siento cada vez más segura en mi nuevo puesto de trabajo. Además, creo que ya he conocido a toda la plantilla que trabaja en Sunset on Board. Son personas de distintas edades, que viven en Bar Harbor o alrededores, gente que lleva toda la vida viviendo del turismo o del océano y la verdad es que me siento cómoda entre ellos.

Entre reserva y reserva, Brooke me ha contado que anoche no se acostó con Lucas, pero que sí se besaron mucho y que se manosearon tanto que acabaron masturbándose el uno al otro. Estaba tan contenta de haber hecho realidad lo que tanto deseaba que incluso no le ha molestado las provocaciones de Carter cada vez que venía a la sala de empleados. Hasta tal punto que el propio Carter me ha preguntado si le pasaba algo a mi amiga. Por supuesto no le he contado la verdad y simplemente le he dicho que Brooke tenía un buen día. No sé si el amigo de Damon se lo ha tragado o no, pero de lo que no tengo dudas es de que, antes de salir de la oficina, Carter ha mirado a Brooke con demasiada curiosidad...

Y es posible que, a medida que avanzaba el día, me haya frustrado un poco no ver a Damon entrar o salir de la oficina con esos andares de arrogante todopoderoso. O no sentir sobre mí su intensa mirada que provoca que mi piel se erice o se me encojan los dedos de los pies, pero sé que es lo mejor. Ya nos vemos demasiado como para sumarle más momentos incómodos que intentar capear.

—Entonces, ¿vas a tener una cita a ciegas? —me pregunta Brooke mientras estamos organizando la tienda minutos antes del cierre.

Estamos las dos solas, pues ninguno de sus hermanos ha llegado aún. El resto de la plantilla ha ido entrando y saliendo en diferentes momentos de la tarde, dependiendo de a qué hora terminaban sus cruceros.

—No es a ciegas. Sé cómo es, también cómo se llama e incluso sus gustos —le contesto mientras me encojo de hombros. Ayer utilicé la aplicación y enseguida hice *match* con un hombre—. Creo que me puede gustar.

—¿Quién te puede gustar? —pregunta Nathan, que acaba de entrar.

—Emma tiene una cita esta noche.

—¡¡Eeeeh!! —suelta guasón mientras mueve las cejas provocando que me ría—. ¿Alguno de mis amigos?

—Creo que no, aunque es de Bar Harbor.

—Lo ha conocido a través de una aplicación de citas —le informa Brooke, y Nathan me mira frunciendo el ceño.

—No necesitas una cosa así para ligar, Emma —me dice justo en el momento en que Carter y Damon entran en la oficina—. Varios de mis amigos me preguntaron anoche por ti.

Mis ojos se encuentran con el mayor de los hermanos Crowell y me obligo a mirar a Nathan.

—Ya sabes que no busco un ligue, sino una relación estable.

—En esas aplicaciones, la mayoría de tíos lo que buscan es sexo, Emma —suelta Nathan, y frunzo el ceño porque... eso no es así, ¿verdad? Es una aplicación para buscar el amor y no sexo...—. Si quieres me paso esta noche por donde has quedado por si necesitas que te ayude.

—No hace falta. No es la primera vez que tengo una cita de este estilo, pero gracias —le digo sintiendo sobre mí sus impresionantes ojos grises.

No quiero girarme para comprobarlo, de verdad, pero lo hago simplemente para corroborar que no estoy loca y que, sí, Damon me está observando ceñudo y en silencio.

—Por si acaso ten a mano mi contacto y llámame si me necesitas —indica Nathan, y asiento conforme, para que lo deje correr, pero, sobre todo, para que deje de hablar de este tema—. ¿Estamos todos? Vámonos, que la cama me está llamando a gritos —añade, y no puedo evitar sonreír porque se nota que el mellizo de mi amiga está agotado de todo un día trabajando sin haber dormido prácticamente nada la noche anterior.

Y sé que debería estar igual que él: con ganas de meterme en la cama; pero tengo la esperanza de que esta cita sea la que me ayude a quitarme de la cabeza al mayor de los Crowell.

***

El lugar elegido para mi cita es el mismo bar en el que acabé con Berni, el amante de las langostas. No sé si el dueño sabe que soy menor de veintiún años —edad legal para poder entrar en bares y beber alcohol—, o no, pero me deja sentarme sin pedirme el carné de conducir. La verdad es que, aunque tuviera la edad legal, tampoco bebería alcohol porque odio sentir que no controlo lo que hago o digo. El barman me sirve mi Coca-Cola con una sonrisa, mientras espero a Simon, mi cita de esta noche.

Al cabo de unos minutos sentada, tomando pequeños sorbos de mi refresco, se abre la puerta y miro por si es él. Sin embargo, quien entra no es Simon: moreno, estatura media y ojos marrones como he visto en su perfil de la aplicación, sino un tiarrón de casi dos metros con unos ojos grises que me hacen estremecerme y preguntarme por qué demonios he elegido este bar de entre todos los que hay en este pueblo para tener otra cita.

Porque en Bar Harbor, como su nombre indica, hay muchos bares...

Nos aguantamos la mirada unos segundos, hasta que me da la espalda y no pierdo detalle de cómo ocupa el taburete en el que se sentó la primera vez que llegué a Bar Harbor. Es como si estuviésemos repitiendo esa misma noche, pero ahora sabiendo quiénes somos y... ¡Maldita sea! Saberlo es incluso peor que no tener ni idea de quién era el extraño de la barra.

—¿Emma?

Desvío mi mirada de Damon —sí, no me he perdido detalle de cómo hablaba con el barman que está detrás de la barra— para observar al tipo que tengo delante y que coincide con la foto que he visto de él en la aplicación de citas. Me levanto de la silla mientras sonrío y nos damos la mano, antes de volver a ocupar la mesa.

—Eres mucho más guapa que en las fotos —me dice sin dejar de mirarme de arriba abajo, y sonrío con coquetería.

—Muchas gracias, tú también.

—Y ¿qué hace una chica de Pensilvania en Bar Harbor? —me pregunta, y sonrío agradecida de que por lo menos quiera saber algo de mí.

Creo que no aguantaría otro monólogo sobre la vida de las langostas.

—Mi amiga vive aquí y me apetecía pasar el verano con ella —le contesto, omitiendo adrede la verdadera razón de que esté aquí.

—Entonces, ¿solo estarás durante el verano?

—De momento sí, aunque nunca se sabe lo que puede ocurrir... —Alzo una ceja dejándole claro que puedo cambiar de idea. Que si encuentro el amor o si encuentro ese lugar que me haga sentirme bien, me quedaré sin dudarlo. Es más, estoy deseando que llegue ese momento—. Y dime, Simon, ¿siempre has vivido aquí?

—Sí, nací aquí y aquí me quedé. Es un buen pueblo para vivir.

—Ciertamente lo es —digo con una sonrisa, y con el rabillo del ojo veo cómo Damon comienza a caminar hacia nosotros, pero eso es imposible, ¿verdad? Me centro en mi cita sintiendo como los nervios comienzan a pellizcarme el estómago—. En la aplicación ponías que trabajas como camarero en un restaurante de la zona.

—Sí y me encanta mi trabajo. Disfruto hablando con la gente del pueblo y con los turistas —comenta, y sonrío.

Sin embargo, no puedo dejar de mirar de reojo que Damon cada vez estás más cerca.

Pero no puede ser que venga hacia nosotros. Seguramente vaya a saludar a alguien que esté sentado cerca y me esté poniendo nerviosa sin razón alguna. Mi sonrisa flaquea cuando los ojos grises de Damon se encuentran con los míos y un escalofrío recorre mi cuerpo de la cabeza a los pies al darme cuenta de que su atención se centra en mí.

Solo en mí.

15

Trapos sucios

EMMA

—Simon —dice Damon arrastrando una silla, y se sienta en el lateral de la mesa, como si estuviese en medio de los dos, como si alguien le hubiese invitado a sentarse con nosotros.

Pero... ¿qué está haciendo?

—Oh, Damon, ¿qué tal te va, tío? —susurra mi cita, nervioso, y frunzo el ceño al no comprender qué narices hace aquí el mayor de los Crowell.

Como tampoco entiendo por qué no me mira, es como si se hubiese sentado a hablar con Simon, aunque al principio, cuando venía hacia aquí, no me quitaba los ojos de encima... A lo mejor son amigos y por eso se ha acoplado a nosotros. Me remuevo inquieta en mi asiento mientras aparto mi pierna de la cercanía de la suya. Incluso puedo sentir el calor que emana...

Todo él me confunde y eso no es bueno.

Como tampoco es bueno el cosquilleo que siento en la boca del estómago al saber que se ha colado en mi cita. Al saber que está a mi lado.

—Muy bien, aquí tomándome una cerveza. Y ¿cómo están tu mujer y tus hijos? —suelta, y siento como si me acabaran de echar una jarra de agua helada por mi espalda.

Me yergo y espero la reacción de mi cita, que no tarda en llegar.

Simon sonríe, titubea, me mira, para después mirar a Damon, que espera tan tranquilo a que este le responda, sin dejar de mirarlo, como si estuviese más que acostumbrado a involucrarse en mitad de una cita. Sin embargo, Simon no dice nada, solo abre la boca para después cerrarla, mientras su gesto afable se transforma en una mueca difícil de definir.

—¿Estás casado? —le pregunto al ver que sigue callado sin dejar de mirarnos al uno y al otro, casi en bucle—. ¿Y tienes hijos?

—Ya te digo yo que sí —suelta Damon por él echándome una mirada rápida—, a las dos cosas. —Para después levantar la cerveza que todavía lleva en la mano y darle un trago, tan campante.

—Yo... —murmura por lo bajo para después levantarse casi a trompicones y salir del bar a la carrera sin ni siquiera despedirse.

No puedo evitar resoplar con frustración mientras apoyo la espalda contra el respaldo de la silla. Miro a Damon, que ya tiene sus ojos fijos en mí, y me encojo de hombros.

—No lo sabía.

—Lo sé —dice sin dudar—. Simon le ha puesto tantas veces los cuernos a su esposa que no sé cómo sigue con él...

—Menuda mierda. ¿Por qué hay tíos así?

—Porque hay tías que se creen que, casándose con ellos, los pueden cambiar, pero no es así... —suelta, y siento un regusto amargo en la boca que me hace mirarme las manos—. No comprendo cómo has tenido una cita con él, Simon es mucho mayor que tú. Joder, incluso es mayor que yo.

—No me gustan los hombres de mi edad —susurro, y sus ojos me penetran bajo la piel provocando que me mueva inquieta en la silla—. Supongo que te tengo que dar las gracias...

—Pero no eres de las que dan las gracias —me dice alzando una ceja guasona y provocando que sonría, porque ha recordado lo que le dije cuando nos encontramos en la casa de su hermana y me sacó de la despensa.

—Es cierto, pero esta vez te la has ganado: gracias por no dejar que pierda el tiempo. —Y Damon se encoge de hombros como si no hubiese hecho nada, pero vaya que si lo ha hecho.

—Lo hubiese hecho con cualquiera —murmura hosco; sin embargo, no me importa. Se ha acercado adrede para avisarme que mi cita estaba casado.

En serio, ¿por qué hay hombres que juegan a dos bandas? ¿Por qué les gusta engañar a las mujeres?

Intento tranquilizarme, pero la rabia sigue palpitando dentro de mí. No me gustan las mentiras y, gracias al mayor de los hermanos Crowell, he podido ver la verdadera cara de un tipo que podría haberme engañado con facilidad. Al final voy a tener que darle la razón a Nathan y voy a empezar a pensar que las aplicaciones de citas solo son para buscar sexo...

—¿Qué haces aquí? —le pregunto intentando desviar mi atención en otra cosa que no sea el mentiroso de Simon.

—Siempre vengo a este bar, Emma —dice mientras coge la cerveza y le da otro trago.

—¿Bebes y luego conduces? —Damon desliza una pequeña sonrisa ladeada que provoca que mi ser se encoja.

—Llevo muchos años sin beber ni una sola copa de alcohol.

—¿Por qué? —pregunto sin frenar a mi lengua.

—Soy el responsable de llevar a mis hermanos a casa desde hace demasiado tiempo...

—Ah, claro... —titubeo, nerviosa—. Bueno, creo que me voy a ir ya...

—Aún no te has acabado tu refresco —dice señalando mi Coca-Cola—. Cuando acabes, te llevaré a casa. Al fin y al cabo, vamos los dos para el mismo lugar...

—Espero que esto no sea un intento por seducirme —murmuro frunciendo el ceño, y me arrepiento en el acto de soltar semejante tontería por mi boca.

Damon simplemente alza la cabeza y se carcajea de una manera que provoca una vibración en mi cuerpo.

—Si algún día intentara seducirte, lo sabrías con certeza.

—Lo siento, yo... Lo que ha pasado me ha alterado y... —Me mordisqueo el labio inferior—. Es que tengo la cabeza hecha un lío, Damon. Me dejas caer, así como si nada, que me deseas, para después ignorarme hasta tal punto de que ni me hablas y ahora... me ayudas en esto. No sé cómo comportarme cuando estoy contigo y... estamos mucho tiempo juntos.

—Para mí tampoco es fácil. Es la primera vez en mi vida que no puedo tener lo que deseo —dice, para después coger su cerveza y darle un largo trago dejándome hechizada al ver sus labios mojados—. Deja de mirarme la boca, Emma, eso no va a pasar.

Me muerdo el labio inferior y agacho la mirada sintiendo las mejillas que me queman.

—Lo siento, yo... —Niego con la cabeza y cojo el refresco para darle dos grandes tragos, dejando la frase así porque... ¿qué voy a decirle?

¿Siento que tenga ganas de besarte, pero a la misma vez no quiera dar ese paso? Pero si yo misma soy una contradicción con patas desde que Damon entró en mi vida.

—Me lo estás poniendo jodidamente difícil, Emma, entre estos vestidos que llevas, cómo me miras cada vez que nos encontramos, cómo te muerdes el labio y ahora que te has sonrojado, me está costando demasiado quedarme quieto en esta maldita silla —susurra con voz ronca, y no puedo evitar mirarlo con curiosidad. Él ya tiene sus ojos posados en mí de esa manera que tanto me gusta y aborrezco a la vez—. Hagamos una cosa, cuéntame algo sobre ti que jamás le dirías a nadie en tu primera cita porque sabes que lo echarías para atrás —dice con rabia mientras aprieta los puños con fuerza.

—¿Qué? ¡Ni de coña te voy a contar mis cosas!

—Solo quiero saber tus trapos sucios, necesito dejar de imaginarme cómo es tu cuerpo sin estos vestidos tan sugerentes que te empeñas en llevar en mi presencia.

—Yo... —Trago saliva, sintiendo como mi piel se convierte en lava al escuchar su confesión y niego con la cabeza, para desechar esta sensación y centrarme en su petición.

¿Quiere que le cuente lo peor de mí? ¿Es eso lo que me está pidiendo? Es una locura. No hablo de mis problemas con nadie, ni siquiera las sabe mi supuesta mejor amiga, que es, precisamente, su hermana. Y mucho menos se las voy a contar a un hombre que me altera con su presencia, que con cada frase sugerente que dice provoca que mi cuerpo se caliente y que mi mente entre en una vorágine de confusión.

—Vale, empiezo yo. Nunca he tenido novia y nunca la tendré, porque creo que las relaciones están destinadas al fracaso. Pero también porque no tengo dudas de que no valgo para estar con ninguna mujer. No soy bueno para esa mierda y no quiero hacer daño a nadie. Además, me gusta estar solo. Y, aunque no he elegido la vida que tengo, no me puedo quejar.

—Yo... —titubeo nerviosa mientras me muerdo el labio inferior.

—Emma, no te muerdas el labio y suelta lo que quieres decir ya. No te voy a juzgar, y nada de lo que digamos saldrá de aquí

—Me canso cuando estoy mucho tiempo en un sitio —suelto casi sin respirar, y me vuelvo a morder el labio esperando su reacción.

—¿En qué sentido?

—En que no duro mucho en los lugares a los que voy. Como me pasó cuando fui a la Universidad de Maine. Estaba desesperada por que se acabase el curso, y cuando me marché a Boston a ver a mi padre duré allí dos semanas, y después me fui a ver a mi madre a Connecticut y me pasó igual. Al final me marché antes a la Universidad de Cornell en Nueva York y... —Trago saliva mientras me retuerzo las manos queriendo desviar mi mirada de sus ojos, pero sintiéndome atrapada por ellos, que no me dejan de observar—. A mitad del segundo semestre abandoné los estudios.

—¿Por qué?

—Por lo mismo. Cuando llego a un sitio nuevo creo que es justo lo que necesitaba, empiezo con muchas ganas y... poco a poco, me voy desinflando como un globo y me doy cuenta de que me he equivocado. Nunca he podido sentirme en casa porque nunca he tenido una residencia fija, Damon. Desde que mis padres se divorciaron cuando yo tenía once años, he ido de casa en casa, de ciudad en ciudad, cambiando de colegio e instituto, haciendo siempre nuevos amigos y dándome cuenta de que no pertenecía a ninguna parte. Siempre era la chica nueva. La rara. La forastera. La que siempre se marchaba cuando se acababa el curso. Estaba condenada a ir con una maleta a rastras para siempre, despidiéndome de todos y horrorizada por empezar de nuevo en otro lugar. Cuando me tocó elegir una universidad tenía claro que quería tomar yo esa decisión y no ellos. Pensé que esa sería la solución, que encontraría la estabilidad que llevaba años sin tener, que lo que me ocurría era que había estado años yendo de aquí para allá porque ellos querían y que lo que necesitaba era tener la capacidad de elegir. Pero no fue así y... ¡Aquí estoy!, en Bar Harbor, buscando algo que se me resiste y necesitando desesperadamente dejar de dar tumbos de aquí para allá porque estoy cansada de empezar de cero. Estoy cansada de sentirme un bicho raro. Estoy cansada de ser así. Y tengo miedo, estoy cagada de miedo, por si nunca encuentro lo que quiero.

—Joder... —resopla, y me encojo de hombros.

—¿A que tu opinión de mí ha cambiado después de esto?

—Sí... —susurra, y me centro en mi refresco, sintiendo como me desinflo por completo y sintiéndome más que nunca un bicho raro.

Alguien con una tara tan enorme capaz de anular cualquier deseo que pudiera tener Damon por mí.

Cojo la Coca-Cola y me la termino para dejar el vaso con un golpe en la mesa, Damon me mira y me encojo de hombros.

Demonios, pero ¿por qué tengo ganas de llorar?

No pasa nada.

Le he dicho la verdad a alguien por primera vez en mi vida y ya sé que Damon es quien es, pero quería una excusa para dejar de sentirse atraído por mí. Pues ya la tiene.

¡Que le aproveche!

A ver si así dejamos este estúpido juego erótico y puedo centrarme en lo que realmente me preocupa.

A ver si así dejo de sentirme atraída por él.

A ver si así encuentro lo que deseo con cada partícula de mi ser.

—¿Nos vamos? —le pregunto, y Damon asiente mientras se levanta de la silla dejándose la mitad de su cerveza intacta—. ¿No te la acabas?

—No me apetece.

Salimos juntos del bar, sin hablar, y lo sigo hasta donde tiene estacionada su *pickup*. Damon me abre la puerta del copiloto para que entre y, aunque me extraña este gesto tan caballeroso, no abro la boca. Supongo que está horrorizado por lo que le acabo de contar y quiere asegurarse de no perder el tiempo para llevarme a casa lo antes posible.

Lo entiendo. Si hasta se le han quitado las ganas de beber por mi culpa.

—¿Tus padres están con otras personas? —me pregunta justo después de poner el motor en marcha y salir del aparcamiento.

—Desde que se separaron, mis padres siempre han estado conociendo a alguien nuevo. A veces pensaba que tenían algún pique entre ellos, para ver quién era el primero en comprometerse, en pasar página y todo eso —confieso encogiéndome de hombros—. Sin embargo, esas relaciones nunca llegaban a nada más. No sé si esa razón, unida a que por sus respectivos trabajos tienen mayor libertad de movimiento, ha provocado que se cambiaran de ciudad en varias ocasiones más... Hace relativamente poco se han estabilizado los dos. Hace cinco años, el primero en dar ese paso fue mi padre, y después mi madre encontró a un buen hombre que la hace sonreír.

—¿Han tenido más hijos?

—Mi padre sí ha tenido un hijo con su nueva esposa, ahora tiene tres años. Mi madre ha acogido en su casa con alegría a los hijos de su nueva pareja, dos chicos adolecentes que tienen energía para aburrir...

—Y ¿siguen cambiando de domicilio cada poco tiempo?

—No... —susurro encogiéndome de hombros—. Aunque ellos sí siguen viajando por necesidades de su trabajo, no han cambiado de domicilio en los últimos años.

—¿Por eso crees que lo que necesitas en tu vida es

una relación estable? —me pregunta perspicaz, y tiro el aire por mis labios, con fastidio, porque odio hablar de este tema.

—Ellos siguen viajando, Damon, la única diferencia es que sus respectivas parejas no los acompañan. No han cambiado, aunque ahora tengan otras parejas. Sé que incluso pueden llegar a estar semanas sin ir a casa por cuestiones laborales y jamás han sentido la necesidad de cambiar de trabajo o cambiar a un puesto donde estén más estables —aclaro, y siento la necesidad de seguir hablando de ellos—. Al principio teníamos una residencia fija en Milton, Pensilvania, muy cerca de la de mi abuela paterna. Durante esos años, mis padres se turnaban para no dejarme sola en casa cuando era pequeña e, incluso, algunas veces, cuando sus agendas coincidían, me dejaban al cuidado de mi abuela. Recuerdo que discutían mucho cuando coincidían en casa. A veces, incluso, optaban por no estar cuando el otro no tenía que viajar... Cuando mi abuela falleció, tardaron un par de meses en divorciarse y me tocó ir de aquí para allá con ellos... Me temo que mis padres no son personas de quedarse quietas durante mucho tiempo en un mismo lugar y, muchas veces, tengo miedo de parecerme a ellos... Por eso necesito sentirme parte de un lugar. He intentado impregnarme de los sitios a los que he ido, hacer amistades y formar parte de algo, pero no he tenido tiempo de casi nada, porque esta maldita sensación de vacío —digo señalándome el pecho— me impide quedarme el tiempo suficiente para dar ese paso. Y, un día se me ocurrió que, tal vez, si encontrara el amor, todo sería más sencillo porque tendría un motivo de peso que me obligaría a dejar de marcharme. Que podría quedarme el tiempo suficiente en un lugar para sentirme parte de él y... es lo que quiero encontrar.

—Entonces, buscas un novio que te ayude a quedarte quieta en un lugar.

—Sí, algo así. Creo que, si me enamoro de un buen tipo, ese hecho, el estar enamorada, me refiero, me ayude a quedarme más tiempo de lo normal en un lugar y que precisamente eso lo cambie todo. Me cambie a mí.

—Eres muy joven para ir buscando ese tipo de estabilidad, aunque... ahora comprendo que la quieras —comenta con seriedad—. Sin embargo, no debería ser así. Deberías estar buscando divertirte y pasártelo bien como hacen mis hermanos. Disfrutar de la vida sin pensar en nada más que en eso. Pero supongo que no somos dos jóvenes más en el mundo —añade, y no dudo en girar mi cara para mirarlo con atención—. Nuestros padres nos han condicionado para mal, Emma. A ti, arrebatándote la experiencia de sentirte parte de un lugar, y a mí, convirtiéndome en lo que soy.

—¿Convirtiéndote en lo que eres?

—Tal vez otro día te lo cuente. Creo que, por hoy, ya hemos sacado a relucir suficientes trapos sucios —responde mientras detiene el coche delante de su casa y para el motor. El silencio nos envuelve de golpe.

—Damon...

—Vete a casa, Emma —dice sin soltar el volante y mirándome fijamente—. Buenas noches.

Frunzo el ceño, me muerdo el labio inferior obligándome a no abrir la boca y asiento para susurrar una despedida mientras me bajo de la *pickup*.

No miro hacia atrás.

No compruebo si me mira o no. Si baja del coche o sigue metido en él, porque me temo que después de esta noche, entre nosotros todo ha cambiado.

Su deseo se ha esfumado, lo sé, lo presiento; aunque yo no pueda decir lo mismo. Hablar con él de este tema, que sea la primera persona con la que he podido abrirme en canal ha conseguido que lo vea de distinta manera. Que yo me sienta de diferente manera, como más libre, sin este peso que cada vez noto que me hunde más. Como también el hecho de que he podido vislumbrar un aspecto en él muy diferente a como yo creía que era.

Es como si me hubiese enseñado de manera muy fugaz una versión distinta del hombre en que se empeña en mostrar.

Algo que me ha creado mucha curiosidad, como esa frase que todavía retumba en mi mente: «Nuestros padres nos han condicionado para mal, Emma. A ti, arrebatándote la experiencia de sentirte parte de un lugar, y a mí, convirtiéndome en lo que soy».

«¿Qué habrá querido decir con eso?»

16

Dejando la oscuridad para el olvido

Emma

La alarma de mi móvil ha sonado a las cuatro y cuarto de la mañana y, aunque parezca imposible, no estaba dormida.

Anoche, cuando llegué de mi fracasada cita y entré a casa intuyendo que Damon había dejado de sentirse atraído por mí al revelarle uno de mis trapos sucios, como él los llamó, saqué el móvil para comprobar si Brooke me había hablado y me di cuenta de que tenía un mensaje de Nathan. Lo abrí contenta de que no se hubiese olvidado de mí, porque me dijo que el viernes me llevaría a hacer *paddle surf* antes de trabajar. Lo que no me esperaba es que, en el mensaje, aparte de decirme la hora en la que quedaríamos, me confesara que él no iba a ser quien me llevaría a hacer ese deporte, sino su hermano.

Me quedé congelada con el móvil en la mano sintiendo como el corazón retumbaba con fuerza en el pecho. Incluso miré a la pared que separa su casa de la mía, como si pudiera tener rayos X y poder verlo ahí.

Iba-a-ir-con-Damon, pero... ¿por qué no me comentó

nada cuando me dejó en casa después de nuestra íntima conversación? ¿Por qué ha tenido que ser Nathan el encargado de decirme que su hermano mayor iba a enseñarme a hacer *paddle surf*?

Y así, una tras otra pregunta, se han agolpado en mi mente sin poder darles respuesta, provocando que no pudiera pegar ojo y que viera pasar todas las horas, hasta que la alarma me ha anunciado que me tenía que levantar.

Es cierto que estoy dudando de que él aparezca, sobre todo después de mi confesión; sin embargo, me preparo e incluso salgo a la calle a la hora acordada. Me mordisqueo el labio inferior al verme en la calle sola, a oscuras, solo iluminada con las luces encendidas de los porches; pero esa sensación de abandono, de sentirme tonta por creer que, después de lo que hablamos anoche, él querría pasar tiempo conmigo, se desvanece cuando escucho una puerta cerrarse y, al girarme hacia su casa, lo veo aparecer con ese temple característico suyo.

¡Diablos!, si incluso suspiro aliviada de que no me deje colgada y sé que no debería estar contenta de pasar más tiempo con él.

No debería buscar cualquier excusa para verlo, pero aquí estoy, después de contarle una parte de mí que me avergüenza, dispuesta a que sea él, y solo él, quien me enseñe a practicar ese deporte.

¡Sueno taaaan patética!

—Buenos días, por decir algo, porque todavía ni ha amanecido —le digo nerviosa, porque tampoco sé qué decirle después de lo que vivimos anoche.

Damon mueve la cabeza a modo de saludo, para después señalarme que entre en el coche que acaba de abrir. Enarco una ceja, perpleja, pero, aun así, hago lo que me ha pedido sin abrir la boca. Desde dentro veo cómo abre el garaje y saca dos enormes tablas que coloca con facilidad en la parte de atrás de la *pickup*, enganchándolas con una especie de cuerdas. Cuando lo tiene todo listo, cierra la puerta de su propiedad y entra en el coche provocando que me retuerza las manos con nerviosismo.

—No tienes por qué hacerlo —susurro cuando Damon arranca el motor y, antes de pisar el acelerador, me mira a los ojos consiguiendo que deje de respirar.

—Lo sé —dice encogiéndose de hombros—. Pero tú sí quieres aprender a hacer *paddle surf*.

Y pone en marcha el coche dejándome un poco aturdida con esa respuesta, porque ¿qué más da que yo quiera aprender con que él sea quien me enseñe? Sin embargo, no suelto esta pregunta que me ronda la cabeza y simplemente observo la quietud de las calles y la oscuridad envolviéndolo todo. Supongo que no quiero tentar a la suerte y que al final me haga salir del coche antes de llegar al destino.

—¿Dónde vamos? —le pregunto después de varios minutos en silencio, solo roto por la música en un volumen muy bajo que llena la *pickup*.

—Antes de ir a Long Pond a hacer *paddle surf*, quiero que veas algo antes de que los turistas lo colapsen todo —contesta con voz calmada.

No me dice nada más, no le pregunto nada más porque... ahora mismo no me salen las palabras y miro por la ventana la negrura de la noche, intentando imaginarme dónde me quiere llevar antes de meternos en el agua...

Es extraño, pero no estoy nerviosa por no saber adónde me lleva, sino por estar con él a solas...

Unos minutos más, Damon coge una carretera que serpentea una especie de montaña. Miro a los lados, todo oscuro, sin rastro de luces, solo algún que otro coche que ha cogido la misma dirección que nosotros.

—Esto es la montaña Cadillac —me informa después de tanto rato sin abrir la boca, y arrugo el ceño porque ese nombre ya lo he escuchado antes, precisamente saliendo de sus labios hace unos días...—. Hay que reservar antes de subir porque, sobre todo en verano, esto se llena de gente.

—¿Por qué?

—Porque aquí es donde se puede ver el primer amanecer de Estados Unidos —me dice con un hilo de voz, y siento como el entusiasmo recorre mi cuerpo—. No me mires así —gruñe echándome un rápido vistazo para después seguir concentrándose en la carretera—. Sé que mi hermana al final no te iba a traer, le gusta demasiado dormir y es una pena que estés aquí y te pierdas algo así.

—Yo... no sé qué decir.

—Entonces, no digas nada —gruñe, malhumorado, apretando las manos al volante, y una especie de cosquilleo asciende por la parte más baja de mi estómago hasta alcanzar mi garganta.

Damon detiene el coche en una plaza de aparcamiento situada al borde de un acantilado. Me retuerzo las manos, observando a las pocas personas que también han venido a ver el amanecer y deseosa de no perderme ni un segundo.

—Podemos quedarnos aquí y verlo en el coche o, si lo prefieres, podemos caminar un poco y verlo fuera, un poco más elevados...

—No sé, ¿qué es lo mejor? —pregunto, nerviosa, ¡ansiosa!, de no perderme nada.

—Anda, vamos —dice con un tono divertido en su voz mientras sale del coche y cierra la puerta esperando a que yo haga lo mismo.

Salto literalmente del asiento y lo sigo con cuidado de no caerme porque es una zona donde no hay asfalto.

—Ten cuidado, Emma —me dice a la misma vez que me coge de la mano para evitar que me tropiece—. Creo que hubiese sido mejor quedarnos en el coche, eres muy torpe —gruñe mientras aprieta más su mano y su agarre, su calor, provoca que una oleada de lava recorra mis terminaciones nerviosas.

—No veo bien, ya sabes, es de noche y tal —me defiendo con un hilo de voz y este, simplemente, se ríe por la nariz.

Y yo me acabo de perder cómo sonríe porque no dejo de mirar la negrura del suelo y porque su cálido agarre me está despistando demasiado.

Como el simple hecho de que me esté cogiendo la mano.

¡A mí!

Damon nos detiene cerca de la cima de la montaña mientras me suelta y, aunque el frío asciende sobre mí por haber dejado de cogerme, me obligo a fijarme en el entorno. Hay varias personas que también han escogido este lugar, no muchas, tal vez una decena de ellas. Todos estamos nerviosos, pero nadie levanta la voz, como si no quisieran romper la quietud de las últimas horas de la noche.

—Tienes que mirar justo ahí —susurra Damon señalándome un lugar concreto, y asiento concentrada donde me ha dicho.

Y... empieza. La gente suspira cuando el cielo deja de estar tan oscuro y empieza a tener luz, justo en el lugar donde me ha dicho Damon. El cielo pasa del negro al morado en una infinidad de tonalidades, creando un espectáculo al contrastar con el azul oscuro del océano. Lentamente, el naranja comienza a tener más protagonismo, creando un juego de luces y colores que me encantaría retener en mi memoria para siempre. Y, ahí, tímidamente, como si surgiera del agua después de dormir durante horas, una pequeña pero muy brillante luz naranja provoca que todos exhalemos con emoción. No puedo evitar sonreír al ver como poco a poco el sol comienza a salir del agua, como todo se llena de luz, de contrastes, dejando la oscuridad para el olvido y regalándonos, de paso, una espectacular vista desde lo alto de la montaña.

Esto es taaaan bonito que hasta me entran ganas de llorar.

—¿Te gusta? —me pregunta Damon muy cerca de mí, pudiendo sentir su cálido aliento rozar mi oreja, y asiento sin poder disimular la emoción que me embriaga en este momento.

Es precioso.

Único.

Y no quiero olvidarme de esta sensación, de esta emoción que ahora mismo galopa a sus anchas por mi ser con la fuerza de un huracán. Por eso cojo mi móvil, lo desbloqueo y se lo tiendo a Damon.

—Hazme una foto, por favor.

Este coge el móvil mientras poso con el sol del amanecer a mi espalda. Sonrío, sin disimular mis ojos brillantes por la emoción, sé que, si ahora mismo parpadeara, una lágrima se me deslizaría por la mejilla.

Y no me avergonzaría.

Esta vez no.

—Os puedo hacer una foto a los dos —nos dice una señora muy mayor después de que Damon haya tocado varias veces la pantalla para inmortalizar este momento que tanto me ha impactado, y ambos la miramos.

—No hace falta —le digo con una sonrisa nerviosa, porque es posible que se haya confundido al vernos a los dos aquí, juntos y solos.

—¿Cómo que no hace falta? Es un lugar precioso para haceros una foto de pareja y recordar este día tan especial. Dame el móvil, guapetón —añade, y siento como mis mejillas arden ante esa declaración.

Ninguno de los dos contradecimos a la mujer, supongo que el hecho de haberlo intentado antes y que esta ni siquiera me hiciera caso nos ha disuadido a los dos. Damon le tiende el móvil a la señora, para después ponerse a mi lado.

—Pero coge a la muchacha. Ay, estos jóvenes de hoy qué poco cariñosos que son... —se queja esta, y no puedo evitar morderme el interior de mis mejillas para no echarme a reír.

O a gritar como una loca.

Damon, casi a regañadientes, pasa su mano alrededor de mis hombros, para después estrecharme contra él.

Me trago un jadeo de sorpresa.

Siento mi cuerpo arder por su cercanía.

E intento, por todos los medios, sonreír ante la foto, aunque ahora mismo mi cuerpo se haya desvinculado de mi razón porque Damon está cerca de mí.

Me está tocando.

Y su enorme mano abarca buena parte de mi brazo, provocando que su calor recorra cada terminación nerviosa de mi ser.

—Habéis salido guapísimos —nos dice la mujer mientras me devuelve el móvil—. Sed muy felices y quereos siempre mucho, como nosotros —añade señalando a un hombre que espera con paciencia a su lado—. Esta semana hemos hecho cuarenta años de casados —comenta con orgullo, y trago saliva.

—Cuarenta años casado con la mujer de mi vida —declara el anciano cogiéndola de la mano y provocando que la mujer sonría como una colegiala.

—Muchas gracias y... enhorabuena —les digo, y estos nos sonríen mientras se despiden de nosotros con la mano.

—Si quieres que hagamos *paddle surf*, tenemos que irnos ya —me comenta Damon, y asiento mientras bloqueo el móvil, incapaz ahora mismo de mirar la foto que nos ha hecho esa mujer.

Echo un último vistazo al sol, que cada vez está más arriba del cielo y sonrío sintiéndome llena de energía, como si hubiese dormido toda la noche del tirón, cuando la realidad ha sido otra...

Nos subimos de nuevo a la *pickup* y Damon desanda el camino mientras de la radio suena la música a un volumen muy suave.

—Gracias —le digo sin poder frenar a mi boca.

—Menos mal que no eras de las que dan las gracias —me repite con una chispa de burla en su voz, y sonrío sin poder evitar encogerme de hombros.

—Lo soy, pero otra vez te lo has ganado. Me ha encantado ver el amanecer desde la montaña Cadillac.

Damon me mira un segundo para después volver su atención a la carretera.

—Espero que debajo de esa ropa lleves un traje de neopreno —me suelta sin venir al caso.

—Sí, me lo ha dejado Brooke, aunque... me queda un poco largo y estrecho.

—Lo importante es que evite el frío en el agua.

—¿Es difícil hacer *paddle surf*?

—Es como todo, cuestión de práctica y de equilibrio.

Media hora después estamos en el embarcadero de Long Pond, donde me ha comentado Damon que es el lugar más sencillo para comenzar a hacer este deporte. Baja las tablas y los remos, para después quitarnos la ropa y dejarla en el interior de la *pickup*. Me ato el cabello en una trenza mientras observo como acerca las tablas al agua, y cuando meto el pie me congelo por completo.

¡Está helada!

—Lo bueno de este lugar es que no hay olas ni corrientes, por lo tanto, es más sencillo mantener el equilibrio. Fíjate bien, tienes que poner los pies a ambos lados de la tabla, en la mitad, para después moverte con el remo así —me explica subido a su tabla, y no pierdo detalle de nada, sobre todo de cada movimiento que hace él.

Es muy posible que a cualquiera que se ponga este traje —en el grupo en el que me incluyo— nos haría parecer una morcilla para nada sexi. Pero Damon en traje de neopreno es como una fantasía hecha realidad. Poder ver su cuerpazo cincelado de negro, casi tatuado en su piel, perfilando sus músculos ha conseguido estimular a mi imaginación de una manera que no debería. Como tampoco debería empezar a pensar que el agua comienza a no resultarme tan fría ahora que lo veo moverse con esa ropa... Como tampoco me debería alegrar que ahora mismo, en este lugar tan alejado de la población, solo estemos él y yo y nadie más.

17

Eclipsar el amanecer

DAMON

Me bajo de la tabla después de mostrarle lo que tiene que hacer y me acerco a ella para atarle la tobillera. Emma me mira de esa manera que tanto me gusta, pero intento hacerme el loco. O, mejor dicho, ya estoy loco por haber venido sabiendo que ahora esta chica no es como yo creía...

—Vas a subirte a la tabla, pero de rodillas —le digo sujetándole la tabla y el remo para que ella pueda subir sin dificultad.

—Me veo en el agua... —farfulla entre dientes mientras pone una rodilla encima para después subirse por completo como le he dicho.

—Ponte más en medio —le señalo mientras ayudo a estabilizar la tabla para que no se caiga nada más subirse y... mis ojos se van de nuevo a cómo se le ciñe la prenda en el culo.

Joder.

En cuanto la he visto quitarse la ropa y ha dejado al descubierto el neopreno de mi hermana, me he arrepentido de haberle dicho a Nathan que yo le enseñaría. Porque Emma rellena el neopreno de una manera demasiado pecaminosa. Sus pechos están aprisionados contra la tela negra, sus torneados muslos y ese culo son ahora mismo el flanco de todas mis miradas y su cintura se acentúa todavía más con la tela. Y sé que no debería mirarla de esta manera por demasiados motivos, pero, joder, me lo está poniendo cada vez más difícil.

—Y ¿ahora qué? —me pregunta con la voz temblorosa, y tengo que utilizar toda mi fuerza voluntad para no hacer o decir algo inapropiado.

—Ahora coge el remo y muévelo en esta postura. Cuando cojas el ritmo al remar, probarás a ponerte de pie.

—Vale —dice mientras le tiendo el remo y lentamente comienza a hundirlo primero en un lado y después en el otro—. ¡Me estoy moviendo! —exclama con entusiasmo, y agacho la cabeza para sonreír, divertido.

Es como si todo fuera novedoso para ella.

Como si no hubiese vivido nada, pero, a la vez, hubiese probado ya la parte más amarga de la vida...

Me subo a mi tabla y me pongo a su lado con facilidad. Emma me mira desde abajo, con sus enormes ojos azules y una sonrisa capaz de eclipsar el amanecer que acabamos de presenciar hace unos instantes.

Intento borrar el recuerdo de su cara al ver el alba, de cómo sus ojos se han empañado con las emociones y como, vivirlo a través de ella, ha hecho que recuerde lo increíble que es observarlo desde este lugar privilegiado que tenemos en Bar Harbor.

—Este lugar, vuestro pueblo, es... mágico —me dice al cabo de un rato remando uno al lado del otro sin hablar.

—Sí que lo es —le digo sin dejar de mirar este pequeño lago donde la he traído para que se inicie en este deporte—. ¿Te atreves a ponerte de pie?

—¿Crees que podré?

—Si no cierras los ojos, seguro —le digo simplemente para provocarla y, rápidamente, Emma frunce el ceño y se pone a la defensiva.

—Lo hice sin pensar —suelta cabreada, y no puedo frenar una sonrisa mientras esta me mira tan quieta que parece que se haya quedado hipnotizada mirándome.

—Entonces, ¿te atreves?

—Ya que estoy aquí... ¿qué me puede pasar? ¿Acabar en el agua? —suelta casi para sí misma.

—Espera a que me acerque por si necesitas ayuda y haz todo lo que te digo.

—Eso es lo que más te gusta —rumia entre dientes, y la miro sin ocultar la gracia que me ha hecho su comentario—. ¿Qué? Es la verdad. Te encanta ser el que manda y los demás los que te obedezcamos.

—Es verdad. Me encanta —digo muy bajito, y ella alza una ceja, para después negar con la cabeza con resignación—. Clava el remo en la arena y, muy lentamente, pon primero un pie sobre la tabla y después el otro, ¿de acuerdo?

Emma asiente con la cabeza y hace, paso por paso, lo que le he dicho. Estoy atento a cada uno de sus movimientos, por si veo que pierde el equilibrio y poder ayudarla.

—Lo he conseguido —dice muy bajito de pie sobre la tabla mientras me mira emocionada—. ¡Lo he conseguido! —repite, pero esta vez más alto mientras muestra una radiante y amplia sonrisa que la hace incluso más guapa de lo que es.

Porque, ¡maldita sea!, lo preciosa que es esta chica, junto con su manera de ser y su cuerpo de escándalo, está convirtiendo mi vida en una tortura diaria.

Sin importar que ni siquiera haya cumplido aún los veinte años.

Sin importar que sea mi empleada, la mejor amiga de mi hermana y que vivamos uno al lado del otro.

—Ya lo estoy viendo y ahora a remar, pececillo.

—¿Pececillo? —suelta arrugando la nariz mientras saca el remo del agua—. Soy una sirena, chaval —añade con altanería, y me carcajeo al ver lo segura que está ahora. Y de nuevo, se queda prendada mirándome a la cara, como si no pudiera apartar la mirada de mí.

—Bueno, me pensaré el subirte de categoría, de momento eres un pececillo muy pequeño.

—Sí, claro... —suelta embalada, y de repente se balancea un poco—. Ay, no.

—Mantén el equilibrio, Emma.

—Me voy a caer —susurra con voz temblorosa.

Su tabla comienza a temblar cada vez más, ella empieza a moverse tanto que me temo que acabe en el agua. Alargo el brazo para cogerla y ella no duda en agarrarme con fuerza como si fuera su salvavidas; sin embargo, he llegado demasiado tarde porque la inercia de su cuerpo, unido a mi postura adelantada, me arrastra al agua sin que pueda hacer nada, cayendo los dos al frío lago.

—¡¡Agggh!! —grita al salir del agua a la misma vez que yo—. Está congelada.

—Está más fría en noviembre —le digo con tranquilidad, y ella me mira como si estuviese loco, algo que, por extraño que parezca, me parece gracioso y me echo a reír.

—No le veo la gracia —murmura cabreada castañeándole los dientes, pero sin dejar de mirarme, como si le impresionara cada vez que me río.

Y es cierto que me cuesta hacerlo, pero con ella... no puedo evitar echarme a reír.

No puedo evitar sentirme más joven y no como un señor de cuarenta años...

—Ven que te ayude a subir a la tabla.

—Puedo sola —suelta resolutiva, y veo como nada

hasta su tabla para después intentar subir sin éxito—. Es este maldito traje, me aprieta tanto que no puedo moverme —rezonga con rabia.

—Espera que te ayude —le digo, y me pongo a su lado.

El lago no tiene casi profundidad y ambos hacemos pie, aunque a Emma le cubra por el cuello. La cojo por debajo de las axilas para levantarla y... me arrepiento en el acto de tocarla. Sus ojos se ponen a mi altura, su boca está tan cerca que podría besarla y sus tetas ahora mismo empujan mi pecho. Trago saliva intentando centrarme en dejarla sobre la tabla y nada más, pero el deseo vuelve a nublar mi razón. La siento sobre la tabla para después deslizar mis manos por el contorno de su sugerente cuerpo hasta alcanzar sus prietos muslos.

Nos miramos a los ojos, con las respiraciones alteradas.

Sus labios están humedecidos por el repentino chapuzón y mi cuerpo me arrastra hasta ellos, para acabar con esta agonía desde que ella apareció en mi vida.

Todo desaparece y me sumerjo en las profundidades de sus iris azules que me miran sin parpadear.

Es tan guapa, joooder...

—Cuéntame otro trapo sucio —susurro con la voz ronca, y observo como Emma traga saliva con dificultad, como si también a ella le afectase mi cercanía.

Mi tacto.

No puedo separar mi mano de su pierna y sé que debería, pero joder, me encanta cómo me siento al tocarla. Me vuelve loco sentir su piel sobre mis yemas sin importar que una tela de neopreno interfiera en la experiencia más real y las hundo un poco más en su piel, provocando que esta abra un poco los labios, jadeante. Necesito romper este momento con urgencia, por eso le he pedido que me diga algo malo de ella. Porque anoche, cuando me confesó lo que le sucede por culpa de sus padres, no consiguió el efecto que yo quería, sino al contrario.

Me he dado cuenta de que he juzgado mal a Emma, no es una chica con una vida perfecta y sin problemas.

Está rota, como yo... y saber eso, tener esa maldita certeza, hizo que quisiera besarla anoche. Que quisiera invitarla a mi casa, para después hacer lo que llevo soñando hacerle desde que la vi en aquel bar.

—No... —Y se muerde el labio inferior provocando que un rayo de lujuria se vaya directo a mi entrepierna.

—No te muerdas el labio, Emma —suplico porque si sigue así, al final, voy a ser yo quien se lo muerda y, cuando lo haga, ya no podré parar—. Y sigue hablando.

—No me gusta el sexo, soy asexual —suelta tan rápido que incluso ella se sorprende y se tapa la boca, sonrojándose de golpe, como si acabara de confesar algo vergonzoso.

—¿Por qué no te gusta? ¿Te ha pasado algo...?

—¡No! —dice apresuradamente, y respiro aliviado—. Yo... No siento lo que debería sentir cuando..., ya sabes... —contesta cada vez más roja.

—¿No te corres? —le pregunto, y se muerde el labio inferior de una manera jodidamente adorable que provoca que mi polla salte de emoción.

—No... Nunca he sentido lo que es un orgasmo.

—¿Ni cuando tú te tocas? —le pregunto, y sé que tratar este tema cuando yo estoy empalmado por su culpa, sin importar que esté debajo del agua fría, no es la mejor de las ideas. Pero quiero saber por qué para ella eso es un trapo sucio que haría que la viese mal.

—Nunca me he tocado. —Y cada vez sus mejillas están más rojas—. Me da... cosilla tocarme ahí —dice señalándose, y juro que ahora mismo me muero por ser yo quien lo haga.

—Es tu cuerpo.

—Lo sé. Pero... ¡yo qué sé! N-no sé por qué te cuento estas cosas. No debería contarte mis intimidades...

—Eres preciosa.

Y ambos nos callamos, sintiendo como esa confesión que se me ha escapado sin querer sobrevuela entre los dos. Pero ¡maldita sea!, lo es. Es jodidamente preciosa y por eso llevo unos días de mierda por su culpa.

Porque la deseo como un puto desquiciado y yo mismo me obligo a apartarme de ella.

Porque no soy bueno para ella ni para nadie.

Porque solo le podría hacer daño.

Y porque iría en contra de mis malditas normas.

—Túmbate bocabajo y luego ponte de rodillas —le digo muy despacio, y observo como su respiración, a medida que verbalizo esas palabras, se hace más inestable.

Emma asiente y hace lo que le digo y yo, como un jodido imbécil, no le quito la mirada de encima. Joder, es tan receptiva, tan increíble, y yo me estoy muriendo de las ganas de derribar todas mis normas por ella. No me pierdo detalle de ese cuerpo que tiene tan sugerente que muero por tocar. De esos labios que ahora mismo aprieta concentrada y que deseo arrancar gemidos de placer. De esta mujer que no era para nada como yo creía que era.

—Ahora —y mi jodida voz delata lo que me hace sentir Emma con tan solo su presencia—, ponte de pie despacio.

—Me caeré.

—Estoy aquí abajo y no dejaré que te caigas —le prometo, y Emma me mira, asiente despacio con la cabeza, como si confiara en mí plenamente, y hace lo que le digo—. Ahora rema, intentando mantener lo más recto posible tu cuerpo. Mantén la mirada en un punto fijo, eso te ayudará a no desequilibrarte.

—Vale.

Y hace lo que le pido, demostrándome una vez más que Emma ha venido a Bar Harbor para zarandear mi rutina y mi vida con tantas fuerzas que no sé cómo lograré seguir frenando este deseo que comienza a consumirme por dentro.

18

El encanto Crowell

EMMA

¡Lo estoy haciendo! Al fin estoy remando de pie.

Después de asegurarse de que no me caía, Damon se ha vuelto a subir a su tabla y hemos estado paseando por este lago. No podía parar de sonreír al ver que lo he conseguido, aunque... de vez en cuando, me asaltara el recuerdo de él cogiéndome para subirme a la tabla.

O cuando ha posado sus enormes y cálidas manos en mis piernas.

De cómo hundía sus dedos sobre mi piel, creándome tales sensaciones que pensé que me podía morir en ese momento.

Creo que incluso el tiempo se ha detenido por completo cuando he sentido su cálido y fuerte tacto en mis muslos. Como si el mundo hubiese dejado de girar. Como si los pájaros se hubiesen olvidado de cantar y el viento se hubiese detenido por completo.

Solo estábamos él y yo, mirándonos a los ojos, a tan poca distancia uno del otro que solo quería que sucediera. Que me besara de una vez para acabar con este sufrimiento cada vez que nuestros cuerpos se encuentran.

Pero, para mi frustración o para mi alivio —todavía sigo muy confundida—, no ha pasado nada de eso. En cambio, me ha pedido, otra vez, que le contara algo vergonzoso de mí y yo, como una idiota, le he soltado lo que me lleva torturando desde los diecisiete, cuando lo hice por primera vez con mi único novio, ese que luego me dejó porque estaba demasiado ocupado jugando a los videojuegos como para quedar conmigo...

Es cierto que solo me he acostado con un chico, pero lo hicimos varias veces en distintos días y mi reacción al acabar fue de indiferencia. La verdad es que no me gustó y empecé a pensar que el problema lo tenía yo, porque él se lo pasó en grande y, después, simplemente nuestra relación acabó y yo me quedé sin saber lo que era tener un orgasmo.

Y ¿cuándo me ha dicho que soy preciosa? ¿Perdona? Creo que mi ser ha sacado la artillería pesada, ha hecho un castillo de fuegos artificiales con su nombre y he pensado que iba a pasar. Que ya no había vuelta atrás. Pero otra vez me he tragado las ganas y me he dado cuenta de que Damon controla su ser con eficacia, algo que no puedo decir yo del mío...

Nos quedan unos pocos metros para alcanzar la orilla y siento como la brisa mueve algunos mechones que se me han soltado de mi trenza humedecida. Ha sido un día lleno de emociones y todavía tenemos que volver a casa para ducharnos, cambiarnos y empezar a trabajar... Sin embargo, darme cuenta de que me he mantenido recta en la tabla y no me he vuelto a caer me hace sentirme bien conmigo misma. Como si acabara de realizar un logro inmenso.

Como si este día pudiera marcar al antes y el después de mi existencia.

Damon saca su tabla del agua y después me ayuda a

sacar la mía. Cuando tiene las dos cerca del coche, junto con los remos, se desabrocha el neopreno y se quita la parte de arriba, dejando su pecho al descubierto.

Me quedo quieta mirándolo embobada. Creo que incluso empiezo a babear porque... ¡uf!, es impresionante y tan atractivo que no dudo en recorrer con mis ojos los suaves músculos que se dibujan sobre su piel. Su tonificado estómago. Y esas dos líneas a cada lado que señalan la parte más baja de su estómago.

—¿No te vas a quitar el neopreno? —me pregunta echándose el cabello para atrás, dejándome noqueada por unos segundos.

¡Es demasiado guapo y Damon Crowell debería venir con una advertencia! Sin embargo, ajeno a lo que despierta en mí, haga lo que haga, lo veo avanzar hacia la *pickup*, abrir el coche y quitarse totalmente el traje para ver que lleva un bañador debajo de color negro.

¡¡Dios míooo!! Este hombre me va a matar.

—Ehm... —Definitivamente he perdido la capacidad de hablar porque no puedo dejar de observar cada uno de sus movimientos.

Cómo sus músculos se contraen o se relajan, cómo se pone la sudadera rápidamente, provocando que toda mi atención se centre en su torso, o cómo su cabello, después de ponerse la prenda, está totalmente despeinado, creándome una necesidad ilógica para pasar mis dedos por este.

¿Cómo será tocar su pelo? ¿Será tan suave como creo?

Sigo sin hablar mientras Damon me echa una rápida mirada, para después ponerse el pantalón que llevaba, uno de chándal, la sudadera y calzarse las deportivas sin desatarse ni los cordones.

—Vas a coger frío si sigues así, Emma.

—Es verdad. —Parpadeo intentando centrarme en lo que tengo que hacer y comienzo a mover mi mano en la espalda para intentar alcanzar la cremallera.

—Espera... —suspira como si fuera un caso perdido y ya hubiese perdido la paciencia conmigo.

Se pone en mi espalda y siento como Damon coge la cremallera y, lentamente, la baja. Ni siquiera logro llenar mis pulmones de aire porque todo mi ser se concentra en esa pequeña acción que acaba de hacer Damon. Saber que está detrás de mí, sentir su cálido aliento impactar contra mi desnuda piel y notar como sus ojos atraviesan mi cuerpo como si fueran llamaradas.

Calor.

Mi piel me quema.

Y el único que puede extinguir estas llamas es él.

—Ya puedes —me dice muy bajito, y giro mi cabeza para observar que sigue quieto, observándome, como si a él también le hubiese afectado este pequeño momento.

Me quito despacio el traje, intentando parecer sexi, de espaldas a él. Escucho su respiración pesada y siento como todo mi cuerpo se eriza por su culpa. Me bajo el traje por la cintura y levanto una pierna para quitármela, sabiendo que solo llevo un bikini azul debajo. Sin embargo, noto como el traje se queda atascado en mi pie, hay demasiada tela y mi piel está aún humedecida. El momento sexi que pretendía que fuera se va a la mierda, cuando noto como pierdo el equilibrio e impacto contra el pecho de Damon.

Siento sus manos sobre mis brazos desnudos.

Noto su cuerpo pegado a mi espalda.

Su respiración impacta con fuerza en mi cabeza, en mi frente, para después, cuando me he girado para mirarlo, observar como sus ojos se han convertido en lava candente.

—Emma... —susurra con voz ronca, y mi cuerpo se vuelve gelatina ante su tono.

Me muerdo el labio inferior al sentir como Damon desliza sus dedos por mis brazos, aflojando el agarre. Un escalofrío me cruza el cuerpo y no es por culpa del frío, sino por él, por su caricia, por tenerlo tan cerca de mí.

Una de sus manos alcanza mi rostro y libera el labio que estaba mordiendo con ganas. Nuestros ojos están conectados, su otra mano se ancla en mi cintura desnuda y un gemido bajito se me escapa de los labios, al sentir cómo sus dedos se hunden en mi piel.

«Hazlo», pienso con fuerza al observar como Damon me mira la boca.

«¡Demonios, hazlo!», ruego en silencio mientras me cojo de su sudadera para atraerlo más a mí, para que se dé cuenta de que lo deseo.

Damon acaricia mi labio inferior con su dedo, lentamente, sin perder detalle de esa caricia, para después observar como traga saliva y dar un paso hacia atrás.

«¡¡Nooo!!», tiemblo de frustración al ver que de nuevo me deja con las ganas.

—Siéntate en el coche para vestirte —gruñe mientras se acerca a las tablas—. Nos tenemos que ir ya al trabajo si no queremos llegar tarde.

Y, como una tonta, agacho la cabeza para entrar en la *pickup* y poder quitarme de una vez el traje de neopreno.

Sé que debería estar contenta de que no haya pasado nada entre los dos. Sin embargo, mi ser ahora mismo está frustrado y muy cabreado porque él no me ha besado.

Definitivamente me estoy volviendo loca y necesito con urgencia un hombre decente con el que poder olvidar esta extraña atracción que siento por mi jefe.

Esto que siento no es bueno, ni tampoco real, y tengo que pararlo ya.

El viaje de vuelta lo hacemos en silencio, sin ni siquiera hablar de lo que ha estado a punto de suceder, y la verdad es que lo agradezco. Ahora mismo no sabría qué decir, porque yo quería que pasara, aunque me alegra saber que al final no ha ocurrido nada. En serio, desde que he puesto un pie en Bar Harbor estoy metida en una vorágine de contradicciones, de noches en vela, de sensaciones jamás antes vividas y me estoy volviendo loca.

Cuando detiene el coche en su propiedad, salgo casi a la carrera para entrar en mi casa y prepararme para trabajar. Ni siquiera le doy las gracias por esta mañana inolvidable y no es porque no me sienta agradecida, sino porque no sé si seré capaz de mirarle a la cara después de haber deseado con cada centímetro de mi cuerpo que me besara.

A la hora acordada, y después de desayunar rápidamente y de cambiar la foto de fondo de pantalla por la que me ha hecho Damon cuando amanecía —obligándome a no dar un vistazo a las fotos que nos ha echado esa anciana a los dos juntos—, salgo de nuevo a la calle. Sin embargo, la *pickup* de Damon no está y me quedo unos segundos confusa de pie en medio de la acera.

¿Se han largado sin mí?

La decepción, la vergüenza, la incredulidad se resbalan por mi piel provocando que me sienta muy pequeña. Casi enana. Y siento unas enormes ganas de desaparecer.

Pero ¿qué pretendía? ¿Que siguiera deseándome cuando conoce lo que más me avergüenza de mi vida?

—¡Emma! —escucho la voz de mi amiga, que está al otro lado de la calle, al lado de su coche, un Jeep negro—. Hoy nos vamos con el mío, ¡vamos!

Hago un esfuerzo por sonreír y mostrar a Brooke que sigo siendo la de siempre; sin embargo, tengo una extraña sensación en el cuerpo al ver que Damon no nos va a llevar en su coche como era ya costumbre.

—Buenos días —le digo sentándome en el lado del copiloto, y mi amiga me sonríe con alegría.

—¡Sí que lo son! Tengo que contarte lo bien que me fue con Lucas —comenta con entusiasmo—. Creo que hoy no me arruina el día ni ver a Carter. ¡menuda noche, amiga!

—Me alegro mucho.

—¿Y tú? ¿Cómo te fue la cita?

—Horrible. Me enteré de que estaba casado y con hijos —suelto omitiendo quién fue la persona encargada de decírmelo—. ¿Por qué nos vamos en tu coche? —pregunto al ver que estamos esperando, supongo, a que aparezca su mellizo.

—Damon ha tenido que salir antes y me ha dicho que os llevara yo. —Y se encoge de hombros sin darle importancia—. De verdad, ¡qué tardón es este tío! —se queja al ver como Nathan camina con parsimonia hacia nosotras—. Vamos, que se nos hará tarde —le grita abriendo la ventanilla para que este lo escuche.

Sin embargo, su mellizo ni siquiera acelera el paso, para después dejarse caer en el asiento trasero. Nada más cerrar la puerta, Brooke pone en marcha el coche.

—Esto de dormir mucho es una mierda —suelta con voz adormilada.

—Lo tuyo es quejarte —murmura Brooke sin quitar la vista de la carretera.

—Aunque hoy no me quejo mucho porque no tengo que ver el semblante serio de nuestro hermano tan temprano... —suspira con alivio—. Joder, ¡es verdad!, ¿qué tal te ha ido haciendo *paddle surf* con Damon?

Su melliza se gira para mirarme sorprendida y yo sonrío intentando aparentar tranquilidad, aunque por dentro esté hecha un flan. No quiero que noten que ha estado a punto de ocurrir algo entre nosotros dos. No quiero que piensen que me siento atraída por su hermano mayor, porque sé que esto será algo pasajero, hasta que consiga encontrar a alguien que me aleje lo suficiente de la imagen tentadoramente atractiva de Damon Crowell. Además, está claro que él ya me ha superado.

Madre mía, ¡qué flipada soy! Como si le hubiese costado mucho olvidar siquiera que alguna vez, se sintió atraído por mí. ¡¡Es Damon Crowell!! Solo hay que verlo para saber que puede tener a la mujer que desee y, por supuesto, yo ya no entro en esa categoría.

—Bien —les digo encogiéndome de hombros, así sin darle importancia a lo que ha sucedido esta mañana, cuando ha sido el día más increíble de toda mi vida—. Me he caído una vez de la tabla, pero al final le he cogido el gusto a eso de remar de pie.

—Pero ¿no ibas a ir tú a enseñarle? —pregunta Brooke sin ocultar su extrañeza y mirando por el retrovisor central a su mellizo.

—Damon me lo prohibió, dice que no se fía de mis intenciones —suelta, y no dudo en girarme para mirarlo.

Nathan, simplemente, se encoge de hombros mientras me muestra una socarrona sonrisa, como si fuera algo normal en su vida. Pero a mí me extraña y mucho. Porque... ¿Damon se cree que su hermano me va a insinuar algo? O lo que es todavía peor, ¿se cree que voy a liarme con su hermano? ¿Que no tengo decisión o no me puedo controlar si estoy al lado de un hombre?

Es posible que cuando se trata de Damon, el control que normalmente tengo se evapora. Pero solo me ocurre con él y no con todos los hombres que tengo alrededor. ¡¡Demonios!!, para ser sincera, es la primera vez que siento una atracción tan fuerte por alguien.

—Bueno... —susurra su hermana—. Lo entiendo. Todos los años la lías con alguna empleada y es él quien da la cara por la empresa, es normal que no se fíe de ti.

—Tampoco es que las obligue a liarse conmigo, ¿sabes? Además, yo no tengo la culpa de que Damon sea un muermo y no me deje disfrutar de la vida. Soy joven y simplemente me dejo querer.

—Diría que te dejas demasiado querer, Nathan.

—Como tú con Lucas, ¿no? —suelta su mellizo, y Brooke le echa una fulminante mirada.

—¿Con cuántos tíos me he liado yo en estos últimos años? —pregunta visiblemente molesta.

—Yo qué sé, Brooke. No es algo que quiera saber.

—¡Exacto! No es algo que un hermano quiera saber. Pero ¿sabes lo peor de todo? Que yo por desgracia sí soy conocedora de toooodos vuestros ligues. No sé si en Bar Harbor y alrededores habéis dejado a alguna mujer libre del encanto Crowell —brama mientras gesticula con la mano sin dejar de mirar la carretera—. Los dos sois unos mujeriegos. Y yo tengo un lío con un chico después de una eternidad... ¡¿y me lo echas en cara?!

—Mmmm, el encanto Crowell, me gusta —dice pensativo, obviando la última parte que ha dicho.

—Esto es a lo que me tengo que enfrentar a diario, Emma. El cielo lo tengo ganado desde hace tiempo con estos dos, ya te lo digo yo... —susurra mi amiga con tono cansado mientras me mira de reojo y niega con la cabeza.

Dibujo una sonrisa en su dirección, dándole a entender que estoy con ella, pero en mi interior esas palabras que ha dicho refiriéndose a sus dos hermanos se me han clavado como puñales en el estómago.

Porque sé de lo que habla. Yo misma me he visto influenciada por el encanto Crowell, más concretamente, por el magnetismo de su hermano mayor... Y ya sé que mi intuición me gritó que Damon era un mujeriego desde la primera vez que lo vi, pero saberlo por boca de su hermana lo hace más real.

Lo hace más peligroso e incluso me hace sentir como una mosca tonta que va volando alegremente hacia la telaraña que ha tejido Damon para después de atraparme, devorarme y tirar lo que sobre sin titubear.

¡Necesito otra cita ya!

19

Esta rabia que calienta mis entrañas

DAMON

—No has abierto la boca desde que te has presentado en mi casa antes de que amaneciera —me recrimina Carter mientras se apoya en el costado de estribor que estoy limpiando.

—Hacía rato que ya había amanecido, no seas exagerado. Además, solo faltaba una hora para empezar a trabajar, tampoco es que haya ido a las cuatro de la mañana —murmuro poniéndome recto, intentando capear con soltura el recuerdo latente del sugerente cuerpo de Emma pegado al mío en el lago mientras siento los brazos pesados.

Llevo todo el día en este barco intentando dejarlo como estaba porque alguien le ha dado por mancharlo con pintura roja.

—Estaba durmiendo, algo que deberías estar haciendo tú a esas horas —replica, y resoplo agotado de este día atípico y que ha acabado de la peor de las maneras—. ¿Qué te pasa?

—¿Qué quieres que me pase, Carter? Mira el maldito

barco. Llevo todo el día con esto, desde que me han llamado avisándome de que alguien había pintado en el barco, y estoy hasta las narices que esa gente se salga con la suya.

—¿Crees que han vuelto a las andadas?

—No tengo dudas. Somos la empresa que más cruceros reserva en Bar Harbor y ya no saben qué hacer para jodernos.

—Son unos cabrones.

—Totalmente de acuerdo, pero te aseguro que esto no se quedará así. Estoy hasta la polla de que, todos los veranos, nos boicoteen el negocio, intentando hundirnos.

—Espero que no hagas ninguna gilipollez.

—No me voy a rebajar a su altura, si es lo que estás insinuando. Solo les voy a dar donde más duele. Voy a comprar otro barco para añadir un crucero más a nuestra flota —comento, porque esa idea la llevo rumiando todo el maldito día.

—Entonces, nos va a tocar limpiar más a menudo sus rabietas.

—Contrataré un servicio de limpieza, pero te aseguro que esa gente no me va a derrocar —suelto con garra, y de repente el sonido de mi móvil me hace alzar la mirada al cielo—. Joder, mi hermana. A ver qué hostias quiere ahora —murmuro mientras acepto la llamada—. Dime.

—Mira, no sé qué narices estás haciendo el día de hoy, pero voy como loca intentando cuadrar los cruceros con Nathan y con Joseph —dice refiriéndose al otro capitán que navega nuestros barcos—. Y ahora acabo de cerrar un crucero al atardecer para un grupo de personas y... no tengo capitán ni siquiera tripulación para ayudar a bordo porque Ruby sigue mala, tú les has dado día libre a la tripulación del Corazón Bar Harbor y hemos tenido que ajustarnos lo mejor que hemos podido. ¿Qué narices hago, Damon? ¿Lo anulo? Porque tú no estás operativo hoy, y no me has explicado por qué, y Carter hace una hora ha acabado su jornada y, como comprenderás, no pienso llamarle ni loca.

—¿De cuántas personas es ese grupo?

—De trece. —Y suspira como si estuviese agobiada por dar una solución rápida a este problema.

—Los puedo llevar yo en el Aurora de Acadia —digo pensando en el barco que está atracado junto a este.

—Puede ir contigo Emma, pero necesitaría a alguien más que narre todo lo que verán los turistas. —Y siento como se me tensa todo el maldito cuerpo solo al escuchar el nombre de su amiga.

La posibilidad de volver a verla después de estar toda la mañana con ella...

—Carter estará encantado de hacer de guía —comento mirando a mi amigo, que acaba de abrir los ojos, sorprendido, al escucharme—. También le diré a Tim que venga con nosotros y así, entre todos, podremos salvar el crucero.

—Vale —suspira aliviada—, Emma estará ahí en quince minutos y los clientes en media hora. Y... me tienes que contar qué te ha pasado para desaparecer durante todo el día.

—No te preocupes por eso, Brooke —mascullo porque no quiero inquietar a mis hermanos con esto. Ellos se irán a finales de agosto a la universidad y yo seguiré lidiando con la competencia desleal.

—No sé por qué te pido que me cuentes nada, si luego haces lo que te sale de las pelotas —brama demostrando el fuerte carácter que sé que tiene mi hermanita.

Y sin más palabras, Brooke finaliza la llamada.

—¿En serio ahora voy a ser guía?

—Ni Tim ni Emma están preparados para hacerlo —le digo a Carter.

—Uuuh... ¿Va a venir Emma? Entonces, no digo nada, porque me da a mí que esta tarde me voy a divertir —suelta el muy cabrón mostrándome una sonrisa repleta de significado.

Sin embargo, me hago el loco y dejo la escoba de cerdas duras dentro del cubo. Por lo menos he podido limpiar la enorme mancha roja y mañana podremos utilizar el barco con normalidad...

Cuando guardo todo lo que he utilizado para limpiar el Corazón Bar Harbor, nos bajamos para subirnos en la Aurora de Acadia y prepararlo todo para cuando empiecen a llegar los turistas. Carter no para de intentar sonsacarme información de manera para nada disimulada sobre la amiga de Brooke. No sé qué vio la noche en que cenamos todos en casa de mi madre, pero desde entonces, así de manera casual, siempre que puede me pregunta por Emma. Por supuesto, no le doy pie a nada y mucho menos le he contado que hoy la he llevado a ver el amanecer a la montaña Cadillac antes de enseñarle a hacer *paddle surf*. Sé que, si se lo contara, estaría dándome la paliza de una manera bestial y paso de verbalizar algo que intento, por todos los medios, frenar.

Aunque cada día que pasa me cuesta un poco más, sobre todo hoy, cuando he estado tan cerca de saltarme mis normas que hasta he podido imaginarme cómo sería saborear su boca...

—¡Hola! —escucho su voz de muy cerca, y mi cuerpo se tensa de golpe.

No puedo evitar girarme para mirarla, está al lado de Tim, que la mira como si acabara de ver algo demasiado bonito como para apartar la vista. Y, joder, lo entiendo. La imagen de ella en bikini me está torturando todo el día, como también haberla tenido entre mis brazos, tan cerca de hacer algo que no paro de prohibirme, pero que deseo con cada partícula de mi ser. Sin embargo, Emma ni siquiera me presta atención, como si se estuviese obligando a no mirarme, algo que me cabrea y no debería, ¡joder!

Debería alegrarme que no se fijara en mí y no sentir esta rabia calentando mis entrañas.

—Ey —suelta Carter—, pero si ya estamos todos —añade con una sonrisa girándose hacia Tim y Emma.

—¡Uf! Y menos mal que he encontrado a Tim en el muelle —comenta tiñéndose sus mejillas de rosa de una manera jodidamente adorable—. Así me ha ayudado a subir por esa plataforma del demonio.

—Creo que esas rampas no las hacemos más anchas para poder ayudar a las chicas guapas a subir a bordo, ¿verdad, Tim? —bromea Carter, y veo como mi ayudante sonríe dándole la razón.

—Ya está bien de tanta cháchara —gruño consiguiendo que los tres me miren extrañados, pero no me gusta que ese crío la mire de esa manera. Aunque... él está más cerca de la edad de Emma que yo—. Vamos a prepararnos para que este crucero sea inolvidable para las trece personas que van a ir a bordo.

***

Me llega la voz de Carter desde el puesto de mando gracias a los altavoces que tenemos instalados para que todo aquel que esté en la embarcación pueda escuchar bien.

Llevamos una hora de travesía, surcando los puntos de interés de los turistas, mientras mi amigo, con gran destreza y aplomo, les relata todo lo que están viendo, como si estuviese más que acostumbrado a ser guía. Me imagino que, después de tantos años escuchando a los guías hablar mientras navega, se le han grabado en la mente sus eternos monólogos, las anécdotas e incluso los chistes que suelen hacer reír a los turistas.

—¿Cómo va todo por ahí? —le pregunto a Tim, que acaba de entrar para coger una manta para alguien.

—Sobre ruedas, capitán —suelta haciéndome el dichoso saludo militar.

—¿Y Emma? —le pregunto, y me sermoneo por no poder aguantar mi curiosidad. Pero desde que han subido los turistas, no la he vuelto a ver.

Ni siquiera he escuchado su melodiosa voz y eso me ha cabreado incluso más que no parar de ver a Tim entrar y salir como si no hiciese otra cosa.

—Bien —dice con una amplia sonrisa—. Es muy simpática y agradable con la gente. ¿Sabías que habla español? Está fuera hablándolo sin parar con una pareja —añade, y trago saliva porque, joder, siento la curiosidad de escucharla hablando en ese idioma—. Y he venido a coger una manta porque me lo ha pedido ella para la mujer de esa pareja.

—Si quiere algo, que venga ella. Tú también estás para ayudar a la gente y no a lo que ella te pida —gruño con rabia, sin entender por qué.

Porque, ¡joder!, debería estar agradecido que esa chica no quiera verme después de haber estado a punto de besarla dos malditas veces esta mañana; sin embargo, me frustra que ella me ignore.

Que ella me evite.

Que ella no quiera verme...

—Claro, capitán, no se repetirá. —Y sale enflechado para fuera y maldigo por dentro por ser tan imbécil.

Me obligo a centrarme en la navegación y, cuando llego al lugar que siempre elijo para ver el atardecer, detengo el motor. Sin embargo, hoy el silencio no me llega, aunque sí la voz de mi amigo que no para de hablar y de hacer reír a todos los presentes.

El tío es un crac haga lo que haga y yo tengo una jodida suerte de que sea mi mejor amigo. De tenerlo en mi vida y pasar junto a él las etapas duras que nos ha tocado vivir.

Los dos contra el mundo.

20

La decisión más arriesgada de todas

DAMON

—¿Hay más mantas?

¡Su voz!

No puedo evitar sonreír pagado de mí mismo por conseguir que venga hasta a mí y cuando me giro para verla, me doy cuenta de que le castañean los dientes.

—¿Otra vez te has dejado la chaqueta? —le pregunto, y ella se encoge de hombros.

—Nunca me acuerdo de que aquí hace más frío...

Ni siquiera le pregunto, porque ya sé la respuesta. Cojo mi cortavientos que está colgado en un perchero y me acerco a ella. Emma no me quita la mirada de encima, abro la chaqueta para que cuele los brazos. Me sostiene la mirada como si me retase, como si no quisiera ponerse mi maldita chaqueta cuando, claramente, está tiritando de frío. Muevo otra vez la prenda, aguantando su mirada, encarándome a ella y a su cabezonería sin límites. Hasta que al final suelta el aire por sus sugerentes labios y cuela primero un brazo y después el otro. Ni siquiera dudo en ser yo quien le suba la cremallera, para asegurarme de que no pasa frío.

—No hacía falta... —masculla entre dientes.

—Creo que sí que la hacía —indico terminando de subirle la cremallera hasta el cuello, donde siento sobre mis nudillos su suave piel.

—Entonces... —Traga saliva y me fijo en sus labios entreabiertos. En su respiración entrecortada. En sus preciosos ojos que me miran fijamente—. ¿Hay más mantas?

—Sí. —Me obligo a separarme de ella intentando mantener de una jodida vez a raya este maldito impulso que me empuja hasta ella—. En ese armario, en el estante de arriba.

Asiente para después darse la vuelta, abrir el armario e... intentar sin éxito llegar arriba. No puedo evitar sonreír divertido y, cuando se gira, me pilla con la mirada anclada en ella y una risa en mis labios.

—Claramente no llego —murmura molesta, haciendo una mueca adorable con su cara—, ¿podrías ayudarme o se lo pido a Tim?

—Eres muy bajita —la hago rabiar, y ella me mira cada vez más cabreada, mientras avanzo y, sin esfuerzo alguno, alcanzo el estante—. ¿Una?

—Dos —me pide mientras comienza a meterse las mangas que le quedan muy largas.

Las atrapo y se las tiendo. Nada más cogerlas, las abraza con fuerza y comienza a salir del puesto de mando.

—Me ha dicho Tim que hablas en español —suelto antes de que se marche.

Se queda quita mientras gira su bonita cara en mi dirección.

—Sí. —Se encoge de hombros.

—¿Eres española?

—Mi abuela lo era. Sé español gracias a ella y a que siempre hablo en este idioma con mi padre.

—Mi hermana tuvo una idea fantástica al anunciar que podemos atender en español.

—Sí... —Y se muerde el maldito labio mientras agacha la cabeza.

—Espero que este segundo atardecer también lo disfrutes —suelto casi sin pensar.

Emma me mira extrañada, como si no se esperase que saliera de mis labios ese deseo, para después alzar la nariz y girarse para salir de aquí. Yo... no puedo evitar sonreír mientras me froto la cara, agotado de este día que parece que no quiere acabar.

Creo que no dormir y haber pasado tantas horas esta mañana con esa chica que incendia mis entrañas está haciendo que mi control absoluto cometa fallos.

Cuando empieza a atardecer mi amigo, al fin, se calla y no dudo en asomarme donde están todos. Veo a Emma, sentada al lado de unas personas mayores, mientras habla con ellos en susurros y no dudo de que sea la pareja que me ha comentado antes Tim con la que habla en español. Noto una extraña sensación de posesión al verla con mi chaqueta, que le queda demasiado grande. Nunca antes le había dejado mi ropa a ninguna chica —sin contar, claro, a mi hermana, pero ella no cuenta—, y ver a Emma usándola me hace erguirme como un maldito orangután.

Como si verla con mi chaqueta delante de toda esta gente la convirtiera en algo mío.

Mío y de nadie más.

Pero ¿qué idioteces estoy diciendo?

Ninguna mujer va a ser mía y mucho menos ella. Llevo años teniendo claro que el amor, que las relaciones, no son para mí, y no puede venir una chica con tendencia a la torpeza y con los ojos más azules que jamás haya visto a derribar mis convicciones.

Carter me hace una señal, como si me preguntara qué tal lo está haciendo como guía y yo alzo el pulgar, porque mi amigo nunca me ha defraudado. Después, el muy cabrón, se da cuenta de que no lo estoy mirando precisamente a él y me hace un gesto, como si me hubiese pillado.

Ni siquiera me esfuerzo en negarlo. Ahora mismo la sonrisa de Emma, mientras observa por segunda vez el atardecer, lo llena todo, sin importar nada de lo que haya pensado antes, porque mi mente está disfrutando como un maldito egoísta de este momento y de que lleva algo mío sobre su sugerente cuerpo.

—Te entiendo, tío —me dice Carter, que se ha acercado sin darme cuenta y al mirarlo, este se encoge de hombros—. Es muy guapa.

—Es demasiado joven y trabaja para mí —susurro cansado de ocultarle a mi amigo lo que de verdad me agobia estos días—. Además... ella busca el amor.

—Auch —suelta achicando los ojos como si le doliese lo que acabo de confesar—. Algo que tú no quieres ni de cerca.

—Exacto —susurro obligándome a dejar de mirarla para meterme en el puesto de mando.

—Pero, aun así, le has dejado tu chaqueta...

—Tenía frío —mascullo sin ni siquiera mirarlo.

—Nunca jamás te ha importado el frío que pudiera tener una mujer.

Ni siquiera le contesto porque no quiero escuchar lo que seguro me dirá si se entera de que estoy disfrutando al verla con mi ropa. Que mi ego se ha inflado como un maldito gorila y que quiero hundir mis manos en su suave melena para devorarle esa sugerente boca que es ya mi condena.

—Y ¿qué vas a hacer? —me pregunta cuando vuelvo a entrar en el puesto de mando y me giro para observar a mi amigo, que está pendiente de lo que voy a decir.

—Alejarme lo máximo de ella —contesto mientras me apoyo en el timón.

Porque sé que es eso lo que debo hacer, aunque de momento no lo esté consiguiendo y cada día me esté costando más.

***

Me meto en mi casa después de un día largo y agotador. Apolo sale a recibirme y agradezco que mi madre venga, de vez en cuando, a ver si mi perro está bien. Paso demasiadas horas fuera de casa y el pobre animal debe de encontrarse solo.

Me cambio y salgo con él a correr un rato, sin importar que lo que me apetezca ahora mismo sea echarme en la cama a dormir. Pero Apolo necesita ejercicio y sé que en fondo yo también, sobre todo después de ver cómo Emma se iba en el coche de mi hermana y Nathan le pasaba un brazo por los hombros, preguntándole qué tal le había ido a bordo del Aurora de Acadia.

No puedo comportarme así con ella, ¡joder!

No puede despertar en mi esta sensación de posesión porque Emma y yo no podemos ser nada más que un jefe y una empleada.

Nada más.

Con la ropa de deporte puesta y mis deportivas favoritas, salgo a la calle y observo que el coche de mi hermana ya está estacionado al lado de la casa de mi madre. Apolo me mira esperando a que comience a correr y no tardo en hacerlo, obligándome a no mirar la casa donde sé que estará Emma.

Una hora después volvemos a casa, Apolo jadeante y yo con ganas de meterme bajo la ducha y dormir hasta que haya pasado una semana.

Sigo paso a paso mi rutina marcada: le pongo agua, acaricio a Apolo en el lomo, para después ducharme, ponerme ropa cómoda y empezar a prepararme la cena. Sin embargo, cuando acabo de salir de la ducha y he terminado de ponerme el pantalón de chándal, escucho unos golpes que me hacen girar hacia la casa donde vive ahora Emma.

PUM, PUM, PUM.

Trago saliva debatiéndome en qué hacer, en si ir a ver si le ocurre algo o llamar a Brooke y que vaya ella. Por supuesto, la curiosidad o, tal vez, mi pesimismo que hace que piense siempre lo peor, hace que escoja la primera opción.

Sin importar las veces que yo mismo me he dicho que tengo que alejarme de ella, pero ¿cómo voy a conseguirlo si el universo no para de ponérmela delante?

Salgo de mi casa para encaminarme a la suya, sin dejar de escuchar esos golpes. Giro el pomo y me doy cuenta de que la casa está cerrada con llave. Sonrío al ver que me ha hecho caso y que se cierra cuando está dentro. Deslizo la mano por la parte superior del marco de la puerta, donde sé que Brooke deja siempre una llave doble por si se le olvida la suya. Cuando la encuentro, abro la puerta y su maldito olor hace que cierre los ojos.

Esta chica huele demasiado bien.

Trago saliva siguiendo los ruidos que me llevan al mismo lugar que la primera vez: la cocina. Miro la puerta cerrada de la despensa mientras niego con la cabeza. Solo ella podría quedarse encerrada dos veces...

—Emma —la llamo porque quiero que deje de dar golpes.

—¡¡Damon!! —resopla con alivio—. Por favor, no abras la puerta de golpe, yo... —Hace un pequeño silencio—. No estoy visible...

—¿Estás desnuda? —pregunto sintiendo como mi polla da un brinco al pensar en esa posibilidad.

—Casi... —susurra avergonzada, y es la combustión necesaria para que me empalme de golpe.

Tengo dos opciones: abrirle un poco la puerta y largarme para que ella salga cuando quiera o tomar la decisión más arriesgada de todas.

21

Condenado a salvarte

EMMA

Ahogo un grito mientras me tapo con mis brazos el pecho cuando la puerta se mueve. Sin embargo, Damon solo la abre un poco, para después meter una tela gris que agarra con fuerza con su mano por esa pequeña abertura.

—Ponte mi sudadera —me dice tras la puerta.

Cojo la prenda extrañada, sin entender por qué no se marcha tras abrirme, y me la pongo para salir a hablar con él. Noto su maravilloso olor envolviéndome por completo. Empujo la puerta mientras me bajo el borde de la sudadera por mis muslos. La prenda me queda grande, igual que me quedaba esta tarde su chaqueta, donde su olor me ha acompañado en mi segundo atardecer desde el océano, como si estuviera a mi lado...

Nada más abrir me lo encuentro con el torso desnudo, tan tentadoramente atractivo que no puedo hacer otra cosa que abrir y cerrar la boca como si fuera un pececillo al que acaban de pescar. Y en cierta manera, me siento un poco así. En sus redes. Atrapada en su seductora presencia. A merced de los impulsos más irracionales de mi ser que, ahora mismo, deciden pegarle tal escaneo sin disimulo que él, claro, sonríe pagado de sí mismo...

—Podías haberte ido... —murmuro con timidez porque es cierto que ha sonreído con arrogancia, pero ahora mismo me está mirando como si fuera un manjar que él está dispuesto a degustar lentamente.

Y, quiero que lo haga, sin importar que hubiese desaparecido toda la mañana tras volver de hacer *paddle surf*. Hasta que nos hemos encontrado en otro crucero al atardecer, pero esta vez con más personas. Y me viene a la memoria, segundo a segundo, cómo me puso su cortaviento en el barco para que no tuviera frío...

Este hombre es una contradicción, a veces frío y distante; y otras tan atento y ardiente que me entran ganas de acabar echa cenizas por culpa de su fuego abrasador, aunque después me congele.

—Quería inutilizar el pomo de la puerta para que no te vuelvas a quedar encerrada —me dice con voz ronca, y agacho la mirada mientras me mordisqueo el labio inferior—. Voy a coger unas herramientas que dejé hace tiempo aquí.

Y asiento sin perderme detalle de cómo camina, cómo levanta el brazo para coger una caja que se encuentra en lo alto de la despensa, para después girarse hacia mí y pillarme comiéndomelo con los ojos.

—Cre-creo que se me ha cerrado por culpa de la corriente del aire —digo, toda espléndida yo, y este asiente dándome otro repaso de arriba abajo.

—¿Te vas a algún sitio esta noche? —me pregunta, y frunzo el ceño porque no sé cómo ha podido sacar esa conclusión tan acertada.

¡Claro! Porque estoy maquillada.

Alzo los ojos al techo, porque de verdad, cuando está él delante las neuronas se me funden.

—Sí, Brooke y yo hemos quedado para salir un rato —le digo observando cómo se agacha y comienza a desmontar el pomo.

¡Uf!, esos músculos tensionándose... Esa increíble espalda ancha, esa cintura estrechándose hasta el borde del pantalón gris y sus largas piernas flexionadas. Damon ni siquiera me mira, está pendiente del pomo, pero tenerlo aquí, tan cerca, con su olor impregnando mis sentidos por culpa de su sudadera, provoca que me mueva nerviosa en mi sitio.

Que todo mi ser esté centrado en él.

Que mi mente comience a pensar en cosas que no debería porque él es mi jefe y yo su empleada. Pero ¡demonios!, es como si me diese igual y quisiera que dejara de frenar algo que deseo de una manera desesperada.

Y, jamás, en mis casi veinte años, me ha pasado algo así. Excitarme simplemente por tener a un hombre cerca de mí. Imaginarme cómo sería sentir sus brazos a mi alrededor, su boca fundiéndose con la mía, sus dedos explorando mi piel...

¡¡Qué caloooor!!

—Esto ya está —dice levantándose y, al girarse, me vuelvo a mover nerviosa en mi sitio, porque me arde la piel y noto como mi cuerpo está expectante por su proximidad, por llevar su sudadera y por estar los dos a solas...—. He quitado los pomos por completo y, si te vuelves a quedar encerrada, solo tendrás que empujar la puerta.

—Así no tendrás que venir a rescatarme otra vez —murmuro nerviosa, y este se acerca a mí con paso tranquilo.

—Y no tendrás que darme las gracias, con lo poco que te gusta... —Y sonrío retorciéndome las manos por dentro de sus largas mangas.

—Yo... —titubeo un instante—. Voy a ponerme algo

y te devuelvo la sudadera —comento señalando la puerta, para después comenzar a caminar hacia fuera.

Empiezo a reprenderme sin dejar de caminar por mi escasez de palabra y por no poder controlar estos nervios cuando está él delante. Hasta que soy consciente de que Damon me está siguiendo de cerca, algo que aumenta mi nerviosismo a niveles preocupantes. Cojo la barandilla y subo el primer escalón.

—¿Por qué has bajado desnuda a la cocina, Emma? —suelta antes de que siga subiendo y me giro para ver sus penetrantes ojos grises fijos en mí.

Aun estando encima de un escalón, él todavía es más alto que yo...

—No es que esté totalmente desnuda... —balbuceo, intentando aliviar la tensión que crece por momentos mientras estiro el borde de la sudadera hacia abajo tratando de taparme un poco más—. Había terminado de maquillarme y... me ha entrado hambre. Por eso he bajado, para picar algo antes de vestirme.

—Casi desnuda.

—No quería mancharme el vestido que me voy a poner para esta noche.

—Tú y esos malditos vestiditos... —literalmente gruñe y mi cuerpo se estremece ante ese sonido que nace desde lo más profundo de su garganta.

—¿No te gustan? —digo con un hilo de voz, y me riño por soltarle eso en la cara.

¿Qué más me da que le gusten o no?

—Me gustan demasiado como también verte con mi jodida ropa —ruge dando un paso hacia mí.

Y la tensión crece una octava por lo menos.

O eso, o que alguien ha encendido la calefacción poniéndola a la máxima temperatura.

—Oh... —suelto con la capacidad de hablar de una ameba sintiéndome todavía más nerviosa de lo que estaba, sin dejar de mirar sus perturbadores ojos que me miran fijamente—. Ehm... Creo que voy a cambiarme y así te puedo dar la sudadera. Seguro que tienes cosas que hacer y yo aquí entreteniéndote —añado casi a la carrera mientras me giro y empiezo a subir la escalera.

No obstante, los nervios, saber que está detrás y esas palabras que me acaba de decir provocan que esta torpeza, que siempre me acompaña en los momentos menos oportunos, me haga tropezar con un escalón. El cuerpo se me va hacia delante, pongo la mano para evitar la caída; sin embargo, una enorme y caliente mano me rodea la cintura para estabilizarme, apoyándome contra su torso desnudo.

Su cuerpo cálido bloquea por completo mi razón.

Cierro por un segundo los ojos al sentir su fuerte agarre, su magnífico cuerpo contra el mío y, cuando me doy la vuelta, Damon está demasiado cerca de mí, mirándome a los ojos, aprisionándome contra la barandilla.

Su mirada me desarma.

Su boca a escasos centímetros de la mía me hipnotiza.

Su torso desnudo casi pegado al mío provoca que me dé vueltas todo y que él, solo él, sea el centro de esta vorágine de sensaciones.

Se me hace la boca agua al tenerlo tan cerca, al observar su boca a un suspiro de la mía y, maldita sea, mi piel grita de una manera ensordecedora por sentir lo que es besar a Damon Crowell.

—¿Estás bien? —me pregunta sin soltarme la cintura, y asiento porque ahora mismo la garganta se me ha secado por sentir como mi piel responde a su agarre—. Parece que esté condenado a salvarte...

Mi mirada se va a sus labios, cómo los mueve para hablar, y cuando vuelvo a centrarme en sus ojos, estos están cada vez más oscuros. Como si el gris se hubiese convertido en negro...

—Y yo a tropezarme en tu presencia —balbuceo.

—Dime la verdad, Emma, ¿qué llevas debajo de mi sudadera? —pregunta con la voz muy ronca y provocando que se me encojan hasta los dedos de los pies.

—Solo un tanga...

—Joder... —susurra, y desliza su nariz por mi cuello, aspirando mi olor, provocando que un jadeo se me escape sin querer y que ponga los ojos en blanco. Este hombre me va a matar como siga así—. Joder, me vuelve loco tu olor —gruñe contra mi piel, y un pinchazo de excitación me hace apretar las piernas para aliviarlo—. Quiero besarte, Emma. Quiero ser yo el que consiga que te corras mientras dices mi maldito nombre —añade con la voz ronca, y me cojo con fuerza de la barandilla para no caerme, porque ahora mismo las piernas las noto temblorosas.

Si sigue así dudo que pueda sostenerme mucho más rato.

Y si vuelve a echarse para atrás, no sé lo que voy a hacer...

22

Porque lo deseabas

EMMA

—Hazlo —jadeo deseosa de que me toque, de que me bese, de que haga realidad lo que no para de decirme y que ansío con cada partícula de mi ser.

—Pero yo no creo ni busco el amor.

—Lo sé —gimo ansiosa por sentirlo.

—Infringiríamos la norma de la empresa.

—No me importa.

—Infringiría mi propia norma —susurra con la voz muy ronca.

Ahogo un suspiro de frustración y mi cuerpo, sin previo aviso, decide dejar de hablar tanto. Me acerco a él y le doy un beso, un pequeño beso en sus tentadores labios. Un pequeño y suave beso que me sabe a muy poco. ¡Demonios! ¿Por qué he hecho eso? Ahora quiero más. Mucho más de este hombre que me enloquece como ningún otro lo ha hecho antes.

Damon me mira serio, tanto que temo que se largue de aquí para después despedirme. Porque sé que he infringido la norma de la empresa, pero no podía más. Quería saber cómo me sentía al rozar mis labios con los de él y me ha gustado mucho. Tanto que quiero repetir.

—Emma... —me recrimina, y trago saliva sumergiéndome en la oscuridad que albergan ahora mismo sus ojos grises.

Un jadeo se me escapa cuando los poderosos labios de Damon se funden con los míos con desesperación. Su boca me reclama con ansia, con frenesí, con hambre, mientras su mano me alza más la cara y la otra se posa en mi espalda para apretarme contra él. Mis manos saltan de la barandilla a sus fuertes hombros y le pego más a mi cuerpo, como si tuviese miedo de que otra vez se echase para atrás. Sin embargo, Damon esta vez no tiene intención de recular, sino que el beso comienza a volverse caliente, osado y su lengua empieza a bailar con la mía, rozándola, tentándola y volviéndome loca. Escucho un gruñido que se le escapa de la garganta mientras la mano que estaba en mi espalda comienza a bajar hasta mi culo. Aprieto las piernas intentando aliviar un poco el cosquilleo cada vez más latente que nace en el interior de mis muslos.

—Joder... —gruñe apretando mi culo con su enorme mano para después apoyar su frente contra la mía—. Esto no está bien, joder...

—No, no... —le suplico—. Sigue besándome, Damon —le ruego buscando su boca, donde me recibe con tentadores besos que provocan llamaradas en mi piel, en mi ser.

Su mano vuelve a colarse por debajo de su sudadera, apretando mi nalga desnuda. Gimo contra su boca, él gruñe contra la mía, sin dejar de acariciarme, de besarme, de conseguir algo que pensé nunca experimentaría.

Me besa.

Me devora.

Me posee de una manera desquiciante que me deja sin aliento y con las emociones a flor de piel.

—Quiero verte, Emma... —gruñe contra mi boca.

—¿Verme? —jadeo, temblorosa, para después sentir sobre mí otra vez sus feroces labios que me reclaman más besos húmedos, excitantes, que abotargan mi mente por completo.

—Quiero ver cómo estabas dentro de la despensa... —susurra deslizando sus dedos por mi mejilla, por mis labios para después observarme, esperando a que lo haga.

Me muerdo el labio y Damon no duda en soltarlo con sus dedos, para después cogerlo entre sus dientes con suavidad provocando que jadee.

—Joder, llevaba días queriendo mordértelo —gruñe, para después clavar ligeramente sus dientes sobre mi labio de nuevo y lamerlo con su lengua, para después darme un beso lujurioso que anula mis capacidades para pensar con claridad—. Entonces... ¿me vas a dejar ver cómo estabas cuando he llegado, Emma?

Asiento con la cabeza mientras cojo el borde de su sudadera y voy lentamente subiéndola por mis muslos, observando como Damon no pierde detalle de nada de lo que hago. Me siento sexi, me siento irresistible solo al darme cuenta de cómo me mira y no dudo en quitármela entera, quedándome solo con un tanga de encaje.

Nada más.

Damon traga saliva mientras se pasa la lengua por el labio inferior, como si le hubiese dejado sin palabras y, esa suposición, me hace sentirme poderosa.

—Eres un sueño, Emma... —susurra con la voz tomada por el deseo mientras desliza sus dedos por mi cintura desnuda provocando que el calor se extienda por todas mis terminaciones nerviosas.

Observo como su mirada está anclada en mis pechos, en cómo desliza lentamente un dedo por el contorno de este. Lo veo contenerse, como si estuviese frenando algo mucho más primitivo, para al final escuchar un gruñido ronco y notar su cálida boca sobre mi pezón.

Gimo.

Me lame.

Le cojo la cabeza.

Me succiona el pezón.

La piel me arde.

Él me reparte besos por toda mi piel, hasta alcanzar el otro pecho que adora y tienta como el anterior, arrebatándome la poca cordura que me quedaba.

—Me vuelve loco tu sabor —susurra con un pezón en su boca, y juro que esa imagen me hace apretar con más fuerza las piernas. Lo deseo. Lo deseo con cada milímetro de mi piel—. Túmbate, Emma.

Y noto como él me ayuda a echarme sobre las escaleras, sin dejar de acariciar mi cuerpo, sin dejar ni un resquicio de piel sin besar, sin tentar, sin adorar con su boca o sus dedos. Siento una ligera caricia en el triángulo de mi tanga y jadeo echando la cabeza para atrás, como si me acabaran de dar una descarga de energía justo ahí.

¡Demonios!, solo me ha acariciado y he sentido como un chispazo que ha viajado por todo mi cuerpo.

—Estás tan mojada... —susurra mirándome como si fuera una preciada obra de arte.

—Damon... —jadeo porque ahora mismo no sé qué decirle, pero he creído imperioso llamarlo.

Este coge los laterales de mi tanga y comienza a bajarlos por mis piernas, sin quitarme la mirada encima, como si no pudiera apartar sus ojos de mí. Ver su dedicación, su pasión, me excita igual que cada caricia que me da.

—Tu piel me vuelve loco —susurra besándome el interior de mis muslos, cada vez más cerca de... ¡¡mi vulva!!

—¿Q-Qué vas a hacer? —pregunto nerviosa al ver su cara muy cerca de mi entrepierna.

—Relájate, Emma... Solo quiero ser el primero en darte placer y quitarte esa idea equivocada de que no te gusta el sexo.

—Es que no me gusta... —susurro poniendo los ojos en blanco cuando deposita un beso en mi vulva.

—¿Nadie te ha besado antes aquí? —me pregunta colocándose entre mis piernas, y esta imagen de él, mirándome desde abajo, quiero guardarla para la eternidad porque es increíblemente excitante.

—No —jadeo, sintiendo como todo me da vueltas.

—¿Con cuántos chicos te has acostado?

—Solo con uno...

—Pues qué imbécil ha sido ese tipo por no disfrutar de tu cuerpo como se merece.

Y sin decir más palabra, su boca se hunde en mi vulva y su lengua, su increíble y diestra lengua, comienza a juguetear con mi clítoris.

Jadeo.

Gruñe.

Le tiro del pelo.

Me abre más para alcanzar mejor mi sexo.

Gimo descontrolada echando la cabeza para atrás, porque lo que siento es tan potente que no puedo ni siquiera gestionarlo.

—Qué bien sabes —susurra entre mis piernas, y lo miro con los ojos empañados por el deseo—. Relájate y disfruta, Emma. No frenes nada de lo que sientas, simplemente, déjalo libre.

Damon vuelve a besar mi sexo, a hundir su lengua en mi interior, a tentar a mi clítoris, a degustarlo como si fuera un plato exquisito, a gruñir de placer como si él disfrutara haciéndome esto, para después, sin avisar, introducir uno de sus largos dedos en mi interior.

Ahogo un grito cuando empieza a bombear en mi interior sin dejar de lamer mi clítoris con desesperación.

Comienzo a sentir que la piel se me empapa de sudor.

Un calor extraño cruza todas mis terminaciones nerviosas.

Damon, ajeno a lo que estoy sintiendo, empieza a darme pequeños golpecitos con su lengua en mi clítoris, mientras me penetra con su dedo, arqueando de tal manera que roza algo en mi interior que me da placer.

Mucho placer.

¡¡Dios, pero ¿esto qué es?!!

Cierro los ojos y echo la cabeza para atrás porque lo que siento ahora mismo es demasiado. Demasiado para gestionarlo. Demasiado para ponerle nombre. Cada roce de su lengua, cada movimiento con su dedo, su mirada pendiente de mis gestos, este hombre lamiéndome y acariciando mi cuerpo como si fuera una obra de arte valiosa.

—Córrete para mí, Emma —gruñe para lamerme con más dedicación.

Y, de repente, un cosquilleo extraño nace en mi interior, va creciendo lentamente, conquistando cada recoveco de mi ser, hasta acabar explotando en mi interior y dejándome sin respiración.

¡¡Guuuuuuauuuu!!

—Damon —jadeo entrecortadamente, asustada, complacida y sintiendo como mi cuerpo tiembla de placer.

Cuando abro los ojos, Damon ya me está sonriendo, arrogante, entre mis piernas, me da un último beso que me hace estremecer, para después repartir multitud de besos por mi piel hasta alcanzar mis labios. Me besa despacio, saboreándome, mientras serpentea con delicadeza con sus manos todo mi cuerpo.

—¿Te ha gustado? —me pregunta pegado a mi boca.

—Mucho.

—¿Ves cómo estabas equivocada y sí te gusta el sexo? —dice tentadoramente—. Pero tenemos que dejarlo aquí, preciosa —añade dándome otro beso lento, deslizando su lengua con la mía de manera pausada, como si quisiera memorizar cada movimiento de mis labios.

—Pero tú...

—No voy a follarte, Emma. Solo quería ser el primero en conseguir que te corrieras y, como ves, lo he conseguido sin problemas —suelta engreído, como si volviese a ser el Damon frío y distante—. Además, esto no va a volver a suceder. No podemos tener una relación sexual, porque eres mi empleada y yo tu jefe. Porque eres demasiado joven y además la amiga de mi hermana.

—Entonces, ¿por qué has hecho esto?

—Porque lo deseabas —dice muy bajito, como si esa explicación bastase para lo que ha hecho, mientras coge la sudadera que estaba en el escalón y se la pone sin dejar de mirarme un segundo.

Me ayuda a levantarme y me besa en los labios. No un besito, sino un beso de esos que dejan con ganas de más, que me vuelve a calentar sin importar que acabe de tener mi primer orgasmo gracias a este hombre.

—Sube a prepararte antes de que venga mi hermana, Emma —susurra contra mi boca.

Titubeo, totalmente confundida porque me había olvidado de que había quedado con Brooke, mientras cojo el tanga que estaba sobre un escalón y subo totalmente desnuda hacia arriba. Al girarme, me doy cuenta de que Damon no me ha quitado la mirada de encima.

—Siento haberme lanzado a besarte —susurro, y este aprieta sus puños con fuerza sin dejar de mirarme.

—Más lo siento yo que no he conseguido frenarme —murmura entre dientes, quieto, donde lo he dejado.

No puedo evitar fruncir el ceño mientras termino de subir y me meto en mi habitación. Me quedo quieta, delante de la cama, tocando mi cuerpo, sin poder creer que haya conseguido lo que pensaba jamás iba a experimentar.

Con él.

Con Damon Crowell...

Con el único hombre que ha incendiado mi piel desde que nuestras miradas se encontraron hace días en aquel bar.

Y ahora... Ahora he traspasado una línea que no debería.

Nos hemos besado.

He tenido un orgasmo con él y... ¡¡mañana me tocará verlo en el trabajo!!

Pero ¿en qué demonios estaba pensando cuando me he acercado a besarlo?

Sin embargo, tengo que dejar de pensar en lo sucedido, cuando veo la hora que es.

¡¡Brooke está al llegar y no quiero que sospeche nada!!

23

Borrachos por el deseo

DAMON

No dejo de dar vueltas por el salón bajo la atenta mirada de Apolo, que no para de mover su cola pendiente de cada uno de mis movimientos.

Me froto la cara.

Me rasco la cabeza sin importar cómo acabe mi pelo.

Para después mirar en dirección a la casa donde está Emma, como si pudiera verla a través de las paredes.

Ha sido sentir su boca en contacto con la mía y no he conseguido detenerme porque su sabor ha viajado directo a mi polla.

Besarla ha sido lo más jodidamente excitante que he hecho en estos últimos años. ¡Qué hostias digo! En toda mi maldita vida. Como lamer su piel, como escuchar cada maldito gemido sugerente que salía de sus preciosos labios. Como verla desnuda ante mí, solo con un pequeño tanga que la hacía tan sexi que ahí, justo ahí, mi razón ha cerrado la puerta dejando libre a mis impulsos más primarios. Lamerla hasta escuchar cómo se corría ha sido tan increíblemente estimulante que no sé todavía cómo no la he cogido en brazos y me la he traído aquí para saborearla y hacerle gritar unas cuantas veces más.

Supongo que por eso mismo sigo dando vueltas en el salón, debatiéndome entre ir y acabar con esta tensión sexual que llevo a cuestas o quedarme quietecito como debería permanecer.

Porque es justo eso lo que tenía que haber hecho: largarme cuando le he arreglado la puerta y no preguntarle si había bajado a la cocina desnuda.

Joder, ¡¡la he cagado!! Lo sé.

Sé que debería arrepentirme, pero ¡hostias!, todavía siento su sabor en mis papilas gustativas, su calor en los dedos de mi mano y quiero más, maldita sea. Quiero recorrer con mis dedos de nuevo su cuerpo, lamer cada centímetro de su piel y hundirme en su prieto coño hasta volver a hacerla correr mientras dice mi nombre. Sin embargo, sé que es mala idea.

No puedo mezclar el placer con el trabajo, joder.

No puedo liarme con la amiga de mi hermana pequeña.

No puedo tener solo sexo con la chica que vive en la casa de al lado, aunque esa deslumbrante mujer se esté convirtiendo en una obsesión para mí.

Y aunque sé que todo eso es verdad, no puedo dejar de pensar en ella, de recordar lo increíblemente preciosa que está cuando se corre, en lo bien que suena mi nombre saliendo de sus labios cuando está disfrutando y en que he sido yo, solo yo, quien ha conseguido que tenga su primer orgasmo.

¡¡Maldita sea!!

He cruzado esa línea y ahora me tocará vivir con las consecuencias, pero tengo que intentar no volver a traspasarla.

Aunque esté deseando como un puto desquiciado volver a hacerla gemir de placer.

El sonido de mi móvil consigue que deje de moverme en bucle. Lo desbloqueo y veo un mensaje de Carter preguntándome si salimos esta noche.

No me doy tiempo a pensar y acallo a mi cuerpo, que desea que diga que sí. Sin embargo, sé que, si salgo esta noche, intentaré por todos los medios dejarme caer por donde está Emma.

Y no puedo volver a hacer eso.

Tengo que alejarme de ella de una vez y quedarme en casa es la única manera de hacerlo.

***

Llevo seis días yéndome a trabajar antes para no tener que esperar a mis hermanos porque estoy intentando mantenerme alejado de ella.

De Emma.

Seis días en los que no he pisado la oficina para nada. Ha sido Carter quien me ha informado de los cruceros, aceptando que es parte de mi plan para alejarme de la amiga de Brooke sin contarle, claro está, que me he saltado mis propias reglas con ella.

Seis días donde he trabajado de sol a sol, para después correr con Apolo, hasta acabar los dos tan agotados que no tuviéramos fuerzas para nada más que tumbarnos en la cama para dormir.

Pero sé que debo volver a la normalidad. Brooke está empezando a sospechar que me ocurre algo y Carter ya me ha dejado caer que Nathan le ha preguntado qué hago todas las mañanas para salir antes de casa.

Esta mañana, cansado de dar vueltas en la cama, me he levantado incluso más temprano de lo normal y me he ido a correr con Apolo. El pobre creo que debe de pensar que estoy loco porque lo estoy machacando con nuestras carreras matutinas. Cada día, voy corriendo un poco más, hoy durante casi dos horas sin parar, y cuando hemos llegado a casa ha ido enflechado a su cuenco de agua fresca.

Una ducha, un desayuno completo para aguantar el día y abro la puerta dispuesto a enfrentarme a la primera vez que me he saltado mis propias normas, después de estar tantos días evitándola. Y ahí está la causante de haber cambiado mi jodida rutina, de que me hubiese agotado físicamente cada día para no tener fuerzas para acercarme a su casa con cualquier excusa. Está de espaldas a mí, mirando al otro lado de la calle esperando al lado de mi *pickup*.

Emma lleva el cabello trenzado, con unos vaqueros claros rectos que se ciñen a su cadera, a ese culo que he tenido la jodida suerte de tocar. Se me reseca la garganta, las yemas de los dedos me hormiguean y solo quiero hundir mi mano en su cuello y besarla, joder. Besarla hasta acabar los dos borrachos por el deseo. Sin importar que lleve días intentando olvidar el sabor de sus labios o de su piel.

Comienzo a caminar, abriendo y cerrando las manos, para desechar esta desquiciante sensación, irguiéndome y poniendo mi mejor cara de indiferencia absoluta. Emma se gira al escuchar pasos, sus deslumbrantes ojos azules me dan un buen repaso que provoca que mi ego saque pecho como un orangután. Sus exuberantes labios, que hoy lleva con una especie de brillo, se estiran ligeramente, para después mordérselos y bajar la cabeza.

Quiero ser yo quien le muerda el labio, joder.

No la saludo.

Ella no pronuncia palabra.

Me meto en el coche y agarro con fuerza el volante para quedarme donde estoy y no hacer otra estupidez.

Y menos mal que mis hermanos no tardan en aparecer, porque me duelen los nudillos de tanto que estoy apretando el volante, para frenar a mi cuerpo, que lo único que desea es tocarla.

Parece que no ha servido de nada estar tantos días obligándome a no verla, porque ha sido tenerla de nuevo delante y recordar, segundo a segundo, lo que es besar a esta increíble mujer.

***

—Al fin te veo el pelo —me dice Carter subiéndose al Navegante, donde estaba terminando de recoger después de mi último crucero del día.

—Hoy he ido liado.

—Desde que cierta chica con los ojos azules ha llegado, andas demasiado liado.

—No me hables de Emma —farfullo cerrando con llave el puesto de mando.

—Uuuuh... —suelta el cafre de mi amigo, y le lanzo una mirada asesina—. Vale, está bien. Hoy el señor no tiene ganas de bromas.

—Estoy agotado —resoplo mientras bajamos al muelle por la plataforma y mi mente, como lleva todo el puto día haciéndome, me recuerda a Emma.

Hoy no he parado de trabajar, obligándome a no ir a la oficina para nada porque no quería volver a verla. No quería tenerla de nuevo delante porque no sabía si podría frenar esta necesidad de tocarla. De volver a sentirla. De volver a besar su boca.

—Bah, lo que necesitas es salir esta noche conmigo. Unas cervezas, buena música y, tal vez, ¿una mujer que te ayude a alegrar esa cara?

Abro los labios, dispuesto a negarme porque, joder, estoy tan cansado que no sé cómo no me duermo de pie, pero lo último que me ha dicho provoca que se me ilumine una bombilla. Si me lío con otra mujer dejaré de sentirme atraído por ella...

—Hecho —le digo a mi amigo, que sonríe mientras me coge del cuello con el brazo, como si fuera una llave de yudo, provocando que me ría.

—¡¡Eso es lo que quería escuchar, joder!!

24

Dispuesta a todo

EMMA

Llevo seis días sin hacer otra cosa que trabajar y meterme en la cama, porque estoy tan agotada que no tengo ganas de nada más.

Seis días donde Damon ha desaparecido por completo. Sé que estaba en el muelle, subido a cualquiera de sus cuatro barcos, porque Brooke me informa de los cruceros, pero no lo he visto, hasta esta mañana que ha aparecido como si nada.

Como si no hubiese pasado nada entre los dos y, después, hubiese puesto distancia adrede, haciéndome sentir incluso más rara de lo que he estado estos días sin saber nada de él.

Y ya sé que debería dejar de pensar en él, pero no puedo.

Incluso he intentado volver a tener una cita, pero, simplemente, no tenía fuerzas para conocer a alguien cuando mi mente no para de recordarme, minuto a minuto, lo que sucedió con Damon.

Además, pensé que, al llevarnos a la oficina, todo volvería a la normalidad entre los dos, pero no ha sido así.

No ha pasado ni una sola vez por la sala de empleados, como ha estado haciendo estos días atrás.

En el coche, no me ha mirado desde el retrovisor central.

No me ha echado ni siquiera una simple mirada cuando he bajado de la *pickup*.

Y ya intuía que, después de lo sucedido, iba a volver a estar frío y distante conmigo, pero es que lo ha estado incluso más.

¡Soy taaan tonta! Durante estos días no he parado de rememorar nuestro increíble beso o cómo consiguió que alcanzara el orgasmo y seguramente él esté tan pancho trabajando ajeno al caos que reside mi mente.

Seguramente no fuese tan importante para él.

Seguramente esa atracción que sentía hacia mí se ha evaporado después de todo esto.

De verme desnuda.

De lamer mi cuerpo.

De darme mi primer orgasmo.

Como si así se apuntara ese hecho en su libreta de hazañas sexuales y ya pasara a su próxima víctima.

—¿Te puedes creer que acabo de recibir un mensaje de Lucas? —me suelta Brooke poniendo una mano sobre su cadera y negando con la cabeza, consiguiendo que salga de mis pensamientos, para prestarle atención a mi amiga.

—Anda, y ¿qué quería?

—Que nos volviésemos a ver. Lo que en el lenguaje de los tíos quiere decir que quiere acostarse otra vez conmigo —masculla desganada.

—Y ¿qué le has contestado?

—Que no. —Y se encoge de hombros—. A ver, ha sido divertido mientras ha durado, pero no quiero que esto se convierta en una costumbre, ¿sabes? No quiero tener un follamigo, porque luego esas cosas siempre acaban mal. Además, ahora quiero pasármelo bien con mi amiga, que la tengo demasiado abandonada. Esta noche podríamos ir a Carmen Verandah, es el único pub que tenemos en el pueblo, pero tiene un buen ambiente y podríamos intentar ligar.

—Te recuerdo que todavía no tenemos los veintiuno —indico con una sonrisilla.

—Damon conoce al dueño y desde el año pasado, gracias a eso, nos deja entrar a Nathan y a mí con la condición de no beber alcohol —comenta guiñándome un ojo, y mi cuerpo se estremece simplemente al escuchar el nombre de su hermano—. ¿Qué dices?

—Que me vais a matar con tanta fiesta —resoplo haciéndola reír.

—Pero si has estado esta semana yendo de casa al trabajo —me riñe, y hago una mueca porque tiene razón. Estos días no he salido a ninguna parte y lo único que he hecho es ver la tele y dormir—. Además, mañana entras por la tarde, te he dado la mañana libre para que no tengas ni una excusa para negarte —comenta sonriente esperando a que conteste y yo... Bueno, estoy agotada, pero también sé que si me quedo en casa no dejaré de pensar en Damon—. ¿Y bien?

—Pues habrá que ir al único pub de Bar Harbor, ¿no?

—¡¡Esta es mi amiga!! —exclama mientras me abraza, y en ese momento se abre la puerta y aparecen Carter, Nathan y, cómo no, Damon—. ¡Genial! Estamos todos, pues vamos a cerrar.

***

Brooke no me ha dejado sola ni un solo momento, algo que agradezco en el alma porque me ha evitado pensar en quien no debo.

Bueno, he pensado menos veces de las que hubiera

asumido si hubiese estado sola, y tengo que confesar que he cometido un desliz chiquitín. Después de tantos días aguantándome las ganas, al fin he mirado la famosa foto que nos hicieron cuando fuimos a ver el amanecer sobre la montaña Cadillac y me he quedado embobada observando cómo Damon me cogía, cómo su mirada era más cálida de lo normal y cómo sonreía yo como una boba hechizada por el encanto Crowell. La foto es tan bonita que he estado más tiempo de lo necesario admirándola por todos los ángulos, incluso le he hecho *zoom* a su cara. Y sí, he descubierto que Damon es guapo desde todas las distancias. Sin embargo, he conseguido bloquear el móvil y no volver a mirarla más, y es un logro porque, ¡diablos!, saber que puedo verlo cuando me apetezca es demasiado tentador.

Al margen de mi batalla para no pensar en quien no debo, me lo he pasado bien con mi amiga. Hemos cenado juntas unos sándwiches mientras hablábamos de los tíos que conocimos en la Universidad de Maine. Para después prepararnos juntas, maquillándonos, peinándonos sin dejar de hablar de tonterías, provocando que las risas nos animaran todavía más. La verdad es que trabajar con ella, pasar todo el día a su lado, es increíble y nuestra amistad se ha reforzado. Aunque... todavía no le contado mi secretito.

¡Lo sé! Soy la peor persona del mundo, pero no quiero defraudarla o jorobar este increíble verano que estamos pasando juntas.

A la hora que abren el pub, salimos de la casa, nos subimos en el coche de Brooke y nos vamos al pueblo con la misma buena vibra. Mi amiga selecciona su canción favorita y cantamos dejándonos la voz en el coche mientras suena a un volumen enloquecedor *Espresso* de Sabrina Carpenter.

—Ojalá la pongan en el Carmen Verandah —dice Brooke cuando termina la canción, y asiento emocionada.

¡Demonios! Como dice la letra de la canción, me encantaría que algún día un hombre no pudiera dormir pensando en mí... Pero con la racha que llevo, lo veo casi imposible.

Después de dar unas cuantas vueltas, al final Brooke aparca el coche. Caminamos sin dejar de hablar y mi amiga me señala el edificio donde se encuentra el único pub del pueblo.

Subimos las escaleras, después de que Brooke hable con el dueño, dejando el bar restaurante en la parte de abajo y, a medida que avanzamos, la música comienza a llegar alto y de manera más contundente. No puedo evitar sonreír al ver el increíble ambiente que hay esta noche aquí. Deben de estar todos los jóvenes del pueblo y alrededores en este lugar.

¡Amooo!

—¿Qué quieres tomar?

—Una Coca-Cola —le digo a Brooke en el oído, como ella ha hecho antes, porque es imposible hablar normal por el volumen de la música.

La acompaño a la barra, pide nuestros refrescos y nos ponemos en un lateral cercano a la terraza abierta donde, los más calurosos, bailan al aire libre. Cuando haga más calor debe de dar gusto salir ahí, aunque ahora no apetezca mucho, sobre todo con la ropa que llevamos mi amiga y yo: vestidos ajustados de tirantes y sin medias.

¿No estamos en verano? ¡Pues a enseñar la piel!

Bailamos sin parar, sin dejar de reírnos, de hablar a gritos, de mirar a los chicos que comienzan a acercarse a nosotras. Me estoy divirtiendo mucho y eso que a mí las fiestas no me van, pero hoy me he permitido liberarme y dejar que la cosa fluya.

Eso es.

Estoy cansada de esquematizarlo todo: las citas, los momentos en que debo o no divertirme, en cómo debo o no comportarme, en que tiene que ser ahora y no en otro momento cuando encuentre el amor y esta noche, junto a mi amiga, he decidido ser simplemente yo. Sin pensar, sin valorar pros y contras, sin limitarme. Esta noche voy a ser una joven más. Una chica con hambre de pasárselo bien y hoy estoy dispuesta a todo. Hasta de enrollarme con un extraño para intentar conseguir borrar de mi mente el increíble y apasionado beso de Damon.

O cómo mi cuerpo experimentaba mil y una sensaciones cuando él me tocaba.

Porque es absurdo negar que en mi mente sigue sobrevolando como un anuncio parpadeante todo lo que sucedió hace casi una semana entre los dos, provocando que mi piel se erice simplemente al recordarlo.

Muevo la cabeza desechando esos recuerdos, esas increíbles sensaciones y me río al ver a Brooke haciendo *twerking*. Pero ¿desde cuándo sabe bailar así?

Sin embargo, la sonrisa se me congela cuando veo al otro lado del pub a Damon.

Sus ojos grises están fijos en mí.

Su increíble presencia me hace titubear.

Trago saliva intentando mantener mi postura relajada y no mostrar que me afecta, aunque sea así.

Va con una camiseta negra que se pega con descaro a su espectacular torso. En su mano una cerveza, a su lado Carter y delante de ellos, dos preciosas mujeres que intentan llamar la atención de los dos amigos...

—¡¡No me lo puede creer!! —suelta Brooke cogiéndome del brazo mientras salta—. *¡¡Espresso!!* —Y señala al techo mientras las primeras notas de esa canción suenan en este pub.

Me obligo a desviar mi mirada y me centro en mi amiga, que ha empezado a cantar esta canción y me contagio de ella. Cantamos. Bailamos sugerentemente. Nos reímos al ver a un par de tíos que se han acercado demasiado a nosotras y disfrutamos del momento.

La canción termina, pero empieza otra igual de buena. Brooke y yo saltamos mientras empezamos a cantar junto a Rihanna este temazo titulado *Don't stop the music.*

¡¡Adorooo!!

Y mientras cantamos esta letra, mis ojos van a parar a Damon, que sigue con la mirada anclada en mí. De repente, siento un cuerpo muy cerca del mío y al girarme veo que el tío que antes se ha acercado con su amigo se ha aproximado más de la cuenta a mí. Le sonrío y empiezo a bailar con él, deseando que sea otro. Deseando que este chico se convierta en el único con el que quiero bailar y el único al que no debería desear.

La canción avanza y cuando llega a la parte donde Rihanna canta que no importa lo que pase entre ellos porque nadie va a enterarse, mis ojos lo vuelven a buscar por la sala.

Me sigue mirando.

Sus ojos ahora mismo me queman y no dejo de bailar con este tipo al que ni siquiera he mirado la cara dos veces.

Las manos de ese tipo se posan en mis caderas y mi cuerpo, en el acto, lo rechaza. Porque no son las manos de Damon, ¡maldita sea!

Me giro hacia él y me acerco a su oído.

—Ahora vuelvo.

—No te vayas —me dice volviéndome a coger de las caderas.

Fuerzo una sonrisa que me sabe amarga, niego con la cabeza mientras le quito sus manos de mi cuerpo. Este las alza en señal de respeto y le sonrío. Me giro hacia mi amiga, que está ahora mismo bailando con el amigo del tipo al que acabo de parar los pies, como si fueran solo un ser, tan pegados el uno al otro que no sabría dónde empieza mi amiga y dónde acaba ese tipo. Me acerco a Brooke y le hablo en el oído.

—Voy un segundo al aseo.

Mi amiga levanta el pulgar para después colocar sus manos alrededor del cuello de ese tipo que se le pega como si fuera una pegatina.

Dejo de mirarlos y me dirijo hacia la barra, pues no he visto el cartelito de dónde están los aseos. Le pregunto al camarero que, amablemente, me señala dónde lo puedo encontrar y ahí que me dirijo obligándome a no mirar en la dirección donde sé que está Damon.

Lo estoy consiguiendo.

Un paso detrás de otro y mirada al frente.

Sin tropezarme, algo que es casi un logro viniendo de mí.

Sin embargo, antes de abandonar la sala —pues el baño se encuentra entremedias del bar y el pub—, no puedo evitar girarme y mirarlo.

Damon ya me está mirando, ignorando a la mujer que se esfuerza en llamar su atención y yo..., ¡demonios! ¿Se puede una sentir poderosa y sexi porque un tío como él no le quita el ojo de encima?

Me muerdo el labio inferior y me obligo a bajar la mirada para centrarme en mi destino.

Encuentro el baño sin problemas, dejo salir a unas chicas y me dirijo al cubículo que hay libre. Me giro para cerrar la puerta, pero una enorme mano la detiene y cuando alzo la cara, los enigmáticos ojos de Damon me reciben provocando que mi cuerpo se erice por completo.

25

Nuestro juego ha terminado

Emma

No puedo hablar.

Ahora mismo mi garganta se ha cerrado al tenerlo delante, en el aseo de mujeres, mirándome de esa forma que provoca llamaradas en mi piel.

Damon avanza, yo retrocedo y observo contrariada como cierra el cubículo tras él. Es tan grande que prácticamente no hay espacio para movernos...

—¿Qué haces aquí? —le pregunto con un triste hilo de voz.

Damon traga saliva mientras da un paso más hacia mí provocando que su cuerpo entre en contacto directo con el mío.

—Estoy cansado de mirar cómo bailas con otros con este vestidito. De cómo me miras desde lejos como si quisieras que yo estuviera a tu lado —susurra con la voz muy ronca—. No me quito tu sabor de la cabeza, Emma... Y lo he intentado, juro que lo he intentado con todas mis fuerzas...

—¿Por eso desapareciste? —pregunto con un jadeo, y este aprieta la mandíbula mientras asiente lentamente.

—Pero no ha servido de nada, porque ha sido tenerte de nuevo delante y volver al punto de partida.

—Damon... —jadeo chocando contra la pared del cubículo y siento como su mano se cuela en mi cuello rozando con su pulgar mi clavícula.

—Dime que me vaya y me iré —gruñe apretando los dientes, como si siguiera frenándose, aun estando aquí: en el baño de mujeres conmigo—. Dímelo, Emma.

—Y ¿si no quiero que te vayas? —digo con la voz entrecortada.

Pero tenerlo tan cerca después de tantos días, diciéndome estas cosas, ha provocado que mi cuerpo se vuelva a incendiar.

—Entonces, te besaré y haré que te corras otra vez. ¿Quieres eso, Emma?

—Sí —gimo cogiéndome de sus hombros, preparada para todo eso.

—Solo lo haremos una vez —susurra deslizando su nariz por mi cuello y repartiendo húmedos besos por mi cuello—. Y no lo haremos más.

—Vale —jadeo ansiosa por sentirlo sin importar sus condiciones.

Hoy estoy dispuesta a todo.

Preparada para todo lo que él me quiera dar.

—Pero no puedes gritar, preciosa —murmura mientras desliza sus manos por mi cuerpo, hasta alcanzar el borde de mi vestido y acariciar mi nalga desnuda con devoción—. Joder, me vuelves puto loco.

Y sin darme tiempo a contestarle, su boca aterriza contra la mía con hambre, con desesperación, como si llevara siglos anhelando besarme. Gemimos los dos a la vez nada más sentirnos, para después devorarnos con gula, como si estuviésemos sedientos y el otro fuera el agua más fresca del manantial. Mis manos surcan sus fuertes hombros, su duro torso, su estrecha cintura; mientras las de él se afanan por subirme el vestido, para acariciarme sin obstáculos el culo, para dibujar con sus yemas el encaje del tanga, gruñendo contra mis labios y apretándose más contra mí.

Una de sus manos se cuela en la parte de delante de mi tanga y se cuela en su interior buscando mi hinchado clítoris. No puedo evitar gemir cuando siento su caricia, cómo mi cuerpo responde a ese sutil roce, cómo mi ser se empapa de excitación porque es él y solo él quien me toca; mientras su boca no dejar de devorarme los labios, tragándose los jadeos de placer que se me escapan.

—Quiero sentir tu cálido y prieto coñito en mi polla, Emma —susurra contra mi oreja, y todo me da vueltas—. ¿Quieres notar mi polla?

—Sí —contesto sin dudar porque lo deseo con cada partícula de mi ser.

Porque nunca en mi vida he deseado tanto un hombre como lo deseo a él. Lo quiero todo con él, sin restricciones, sin limitaciones, sin peros y mucho menos sin arrepentimientos.

Me da igual que mañana vuelva a ser el jefe frío y distante o que vuelva a desaparecer para no tener que verme, si ahora puedo tener solo para mí al hombre fogoso, dominante pero generoso que sé que es.

Damon me deja de tocar y de besar, pero sigue mirándome fijamente como si no pudiera apartar sus ojos de mí. Traga saliva, como si ahora mismo su mente fuese un caos de pensamientos contradictorios. Tensa la mandíbula para después sacar del bolsillo de su pantalón un envoltorio de preservativo. Lentamente se baja la cremallera de su vaquero, se lo desabrocha por completo y baja el elástico de sus calzoncillos negros para así sacar su increíble erección que me hace apretar con fuerza las piernas.

Vaaale, esto es nuevo para mí. Es cierto que solo he visto una en toda mi vida, pero no me excité al verla, más bien la miré con cierto asquillo; sin embargo, la de Damon... Joder, quiero tocarla, quiero saber qué tacto tiene, quiero incluso saber a qué sabe. Pero me temo que todas esas incógnitas se quedarán sin resolver, porque esto no se volverá a repetir y me centro en absorber al máximo este momento.

Damon se coloca el condón y se acerca de nuevo a mí, con su lujuriosa mirada impregnando dentro de mi piel.

—Cógete de mis hombros, preciosa —dice mientras me levanta por el culo y rodeo mis piernas alrededor de sus piernas—. No te puedes ni imaginar la de veces que me he masturbado pensando en este momento —susurra contra mi boca, para después darme un beso húmedo mientras siento cómo ladea el tanga y noto contra mi vagina su duro pene—. Quiero que te corras con mi polla, Emma. Quiero demostrarte que has nacido para disfrutar de esto.

Y de repente cierro los ojos al sentir como se introduce lentamente en mi interior.

Gimo entrecortadamente para después abrir los ojos y encontrarme con la increíble mirada gris de Damon. Me acaricia la cara con una de sus manos, para luego besarme lentamente, como si adorara mis labios mientras comienza a penetrarme con ese mismo maldito ritmo. Es desquiciantemente excitante. Es...

—Agh —gimo, poniendo los ojos en blanco al sentir un chispazo de placer y sintiendo como mi cuerpo está totalmente entregado a esto.

Entregado a él.

—Esto es demasiado bueno, joder —gruñe apretando mi culo con fuerza—. ¿Te gusta, Emma?

—Sí, ¡sí! —gimo sin poder evitar cerrar un segundo los ojos.

Pero sentirlo en mi interior, pegado a mi cuerpo, sintiendo su mano en mi culo, que cada vez me va abriendo más a él, y escuchando su voz ronca es demasiado.

Demasiado para gestionarlo.

Demasiado para intentar dar sentido a todo lo que mi cuerpo, mi ser, siente ahora mismo.

—Eeeeh, ¡¡dale duuuuro, hermana!! —escuchamos desde fuera a unas mujeres que se ríen entre ellas.

—Ignóralas —me pide con un susurro, para después besarme los labios con lascivia, provocando otro chispazo de calor en mi entrepierna—. Nadie nos puede ver aquí, preciosa —me dice sin detener ni un segundo sus embistes.

Y aunque confío en él, no puedo evitar mirar hacia arriba y hacia abajo, comprobando que estos cubículos van del techo hasta el suelo, sin dejar espacio para que nadie se asome para mirar. Sin embargo, creo que me daría igual si alguien nos viera. Ahora mismo no podría parar porque he deseado esto durante días.

—Mírame, Emma —susurra sin dejar de penetrarme lentamente, y después, no sé muy bien cómo, cuela uno de sus dedos entre nosotros, para poder acariciar mi clítoris. Y otra vez, un chispazo de placer cruza mis terminaciones nerviosas—. Solo estamos tú y yo aquí. Solos tú y yo y esto... Esto es jodidamente bueno. Un maldito sueño del que no quiero despertar, joder.

—Damon —jadeo echando la cabeza para atrás al sentir un ramalazo de placer que cruza mi columna vertebral.

—Lo notas, ¿verdad, Emma? No es solo cosa mía, joder —gruñe para después lamer mi cuello y buscar mi boca a la que besa con gula sin darme tiempo a pensar.

Y eso mismo, el no poder pensar, provoca que todo vaya más deprisa.

Ese dedo que no para de tentar a mi clítoris.

Sus embestidas cada vez más rápidas, cada vez más profundas.

El sonido de nuestros cuerpos chocando, llenando el silencio.

La lujuria.

La desesperación por besarnos, por tocarnos, por estar cada vez más pegado el uno al otro.

La pasión.

El frenesí.

Me agarro con fuerza de sus hombros y me abro más de piernas para acogerlo más profundamente.

Damon gruñe contra mi cuello.

Gimo entrecortadamente sintiendo que me voy a marear en cualquier momento porque las sensaciones son tan brutales que no puedo racionarlas.

Placer.

Locura.

Deseo.

Su boca.

Su dedo acariciando mi clítoris.

Su voz ronca.

Su feroz mirada.

Todo lo llena Damon Crowell y giro como un torbellino a su alrededor, quemándome, abrasándome, convirtiendo en cenizas todo lo que creía sobre el sexo para detenerse por completo.

Dejo de respirar.

Abro los ojos porque, ¡demonios!, no quiero perderme ni un instante de Damon, y, de repente, exploto en mil colores sintiendo como cada resquicio de mi cuerpo se empapa en placer.

Gimo.

¡Grito!

Sin importarme quién me oiga porque lo que ahora

mismo siento empapa mi razón e incluso la poca vergüenza que pudiera tener.

—Joder, sí, Emma. Córrete para mí, estrangúlame la polla. Joder, qué bueno, yo...

Y lo oigo jadear entrecortadamente, sin dejar de mirarme, sin quitarme los ojos de encima como si no pudiera o no quisiera perderse ni un segundo de mis gestos.

Nuestras respiraciones son un auténtico caos. Nuestra piel se encuentra sudorosa. Nuestros cuerpos todavía tiemblan mientras siguen todavía unidos.

Ha sido brutal.

Una vivencia que siempre permanecerá en mis recuerdos.

Una locura para los sentidos que ha provocado que mi cuerpo colapse, se reinicie y que entre en otro estado distinto.

—¿Estás bien? —me pregunta con un hilo de voz, y asiento al sentir que no puedo ahora mismo articular palabra.

A ver, no me preocupa porque ¡¡acabo de tener un orgasmo de diez!!

Damon me sonríe, se acerca a mis labios, que besa por última vez de una manera suave, tierna. Después sale de mi interior y me ayuda a que baje al suelo, sin apartar ni un segundo sus ojos de mí, como si quisiera asegurar que, en efecto, estoy bien.

Me recompongo la ropa mientras observo cómo se quita el condón y lo tira en la papelera que hay cerca del váter. Se sube los calzoncillos y se ajusta bien el vaquero, para después volver a mirarme.

—Ha sido increíble, Emma —me dice, y asiento dándole la razón.

—Pero esto no se va a repetir, ya lo sé —suelto rápido, y este frunce ligeramente el ceño, para después tensar la mandíbula.

—Exacto. —Unos segundos extraños donde el silencio se interpone entre los dos consiguiendo que este maravilloso momento se convierta en incómodo. Tan incómodo que no sé cómo actuar ahora que todo ha acabado—. Sal tú primero. Luego saldré yo.

—Claro.

Y es lo que hago. Salgo la primera sin ni siquiera mirarlo una vez más, aunque las ganas de besarlo de nuevo y de estrecharlo contra mí me están arañando por dentro. Sin embargo, sé que he conseguido más de lo que quería esta noche y con la única persona con la que de verdad deseaba estar, y ahora me tocará pagar las consecuencias.

Nuestro juego ha terminado.

Ahora comenzará nuestra nueva realidad.

Porque él ya ha tenido lo que tanto deseaba de mí y, aunque yo también, es posible que quisiera un poco más...

No tardo en encontrar a Brooke, que está en la barra hablando con Carter, los dos muy juntos, como si compartieran confidencias... Mi amiga, al verme, se yergue, le dice algo más al amigo de su hermano y se acerca a mí.

—¿Había mucha cola en el aseo? —me pregunta con una sonrisa.

—Sí —le miento—. ¿No estabas bailando con ese tipo de antes?

—Uf, calla. Era un sobón y he tenido que dejarle las cosas claras.

—Y ¿qué hacías con Carter?

—Ya sabes, discutir, es lo único que hacemos —contesta mientras se encoge de hombros—. Vamos a bailar, Emma. Te estaba esperando.

Y sin darme tiempo a negarme, me coge de la mano y me arrastra hasta la pista. Intento divertirme, lo juro, pero hay algo que sobrevuela mi mente que no me permite estar tranquila.

Me giro de manera inconsciente, como si pudiera sentir

sobre mi piel su mirada, y me doy cuenta de que mi instinto no se ha equivocado. Damon está al lado de Carter, con una cerveza en la mano, mirándome en estos momentos. Sin embargo, esta vez se gira cuando nuestras miradas conectan y me da la espalda para centrarse en su amigo.

Sí, irremediablemente, todo ha cambiado y la desilusión llena todo mi ser.

26

No es justo

Damon

He traspasado la línea que yo mismo marqué en cuanto supe quién era esa mujer que me llamó la atención aquella noche en el bar. Y sé que debería arrepentirme, maldecir como un puto loco mi flaqueza, mi incapacidad de quedarme quieto cuando ella está delante. Como esta noche, cuando la he visto bailar de manera sugerente con ese cretino que se acercaba a ella y una fuerza visceral me ardía en las entrañas, arrastrándome a ella una y otra vez.

Una y otra vez, hasta que la he visto abandonar la sala y sus genuinos ojos me han buscado.

A mí.

A mí, ¡¡hostias!!

Y no he podido hacer otra cosa que seguirla, que meterme en el cuarto de baño de mujeres, para poder calmar a mi cuerpo que me exigía tocarla, besarla y tenerla solo para mí. Sin importar todo el esfuerzo gastado en estos días para mantenerme, precisamente, alejado de Emma.

Y sé que debería arrepentirme de todo ello, pero, joder... Solo con recordar la preciosa cara de Emma, sus suaves labios entreabiertos, húmedos, jadeantes; su increíble cuerpo, receptivo, tan suave como la seda y al alcance de mi mano; y la puta maravilla de sensación que es estar en su interior, y se me olvida que debería estar cabreado conmigo mismo.

Porque, ¡hostias!, no me arrepiento de lo que ha sucedido y lo peor de todo es que, en cuanto la tuve otra vez delante, después de salir del baño unos minutos después que ella y la volví a ver con ese sugerente vestido negro que se amolda a cada una de sus curvas, supe que algo estaba fallando porque...

Mi cuerpo quería más.

Yo quería más.

Y eso sí que no puede volver a pasar.

Porque una cosa es cometer un desliz. Un error. Un fallo que ha provocado que me salte mis normas y que haga algo que yo mismo prohíbo a los demás hacer. Y otra muy distinta sería repetir porque solo conseguiría que nuestra relación profesional se viese afectada y que todo se complicara todavía más de lo que ya está después de lo sucedido.

Porque no tengo dudas de que después de lo que ha pasado en el baño no vamos a poder estar igual que antes... Jamás hay que mezclar el trabajo con el placer, pero qué difícil me ha resultado seguir esa norma cuando la he tenido delante.

—Desde que has vuelto de a saber dónde, estás como más callado de lo normal —me dice Carter, y me encojo de hombros, sin abrir la boca. Sigo demasiado conmocionado por lo sucedido y mi mente no ayuda, porque no para de recordarme lo que ha pasado hace unos minutos en el baño de mujeres—. ¿Celoso de todos los tíos que se acercan a la amiguita? —me suelta, y resoplo con desdén para después darle un trago a la cerveza.

—Me voy a largar a casa.

—¿Ya? Pero si todavía no te has ligado a ninguna tía —indica señalando a todas las mujeres que se nos han ido acercando desde que hemos entrado en el Carmen.

—Hoy no estoy de humor.

—Tío —me dice, serio, y murmuro una maldición porque sé lo que me espera ahora—, mira. Ya sé que te has prohibido tener algo con Emma, pero ¿tan malo sería?

—¿Qué quieres decir? —le pregunto, con una chispa de curiosidad.

—A ver, te gusta, eso es incuestionable; y me da que ella también se siente atraída por ti, porque, si no, no tendrías el modo prohibición activado —añade perspicaz—. Entonces, ¿qué más da que ella sea más joven que tú, que seas su jefe y que sea la amiga de tu hermana?

—Son demasiados inconvenientes, Carter, ese es el problema; además de que, como te comenté, esa chica no quiere un rollo pasajero. Quiere enamorarse, ¡hostias! —suelto moviendo la mano en la maldita dirección de Emma—. Y yo no quiero hacerle daño.

Porque ahí está el quid de la cuestión, nunca ha sido mi intención lastimar a ninguna mujer y mucho menos a ella. Y si seguimos por este camino, si doy rienda suelta a lo que mi cuerpo me demanda, sé que al final lo único que conseguiré es hacerle daño.

Y eso es lo último que deseo.

—Y ¿si no se lo hicieras? —me pregunta, y lo fulmino con la mirada, porque esta puta conversación ya la hemos mantenido antes, años atrás, cuando le confesé que jamás tendría novia.

—Mira, Carter —suelto con hastío—, estoy cansado y no tengo fuerzas para discutir algo que ya hemos hablado en varias ocasiones. Esa chica está mejor sin mí, lo que pasa es que todavía no lo sabe; y ahora ¡me largo!

—¿Ni siquiera me preguntas si te acompaño?

—Tienes a una rubia pendiente de ti desde que hemos llegado, sé que te quedas y solo espero que te diviertas mucho con ella —le digo, señalando a la mujer en cuestión que no se ha separado de mi amigo en todo el rato que estamos aquí.

Sé que es su tipo y también sé que se estaba frenando por mí. Ahora puede llevársela a casa si es lo que desea.

—Divertirme, siempre —indica mi amigo, y le doy un par de palmadas en la espalda a modo de despedida.

Sin embargo, antes de girarme para marcharme, la busco por la sala. Sigue con mi hermana bailando ajena a todo lo que ha despertado en mí en ese pequeño cubículo del baño.

No me mira.

Se ríe de esa manera natural que la hace resplandecer por encima de todas las mujeres.

Balancea su cuerpo al ritmo de la música de manera tentadora y mi maldito cuerpo, cómo no, vuelve a excitarse solo con su imagen perfecta.

Y me obligo a girarme para largarme de aquí antes de que cometa otra estupidez.

***

La mañana ha pasado de manera lenta y mi cabreo ha ido aumentando sin razón alguna.

Tal vez sí que haya una razón, pero no quiero aceptarla, porque ¿qué más da que esta mañana no haya visto a Emma delante de mi *pickup*? ¿Qué importa que haya ido a la oficina con la esperanza de verla ahí, cuando sé que tiene la mañana libre?

Este tema se me está escapando de las manos y ya no sé qué hostias hacer.

Estaciono la camioneta delante de mi casa, porque

cuando los cruceros me lo permiten, vengo a pasear a Apolo o a darle de comer; como hoy que tengo un rato antes del siguiente paseo en barco. Cierro la puerta y empiezo a caminar en dirección a la puerta de mi casa; sin embargo, me llega su voz suave, melodiosa, que provoca que cambie de dirección mis pasos...

—Tenías hambre, ¿eh? —la escucho mientras voy caminando hacia ella. Todavía no la veo, debe de estar en el jardín que separa las dos casas—. Eres un embaucador, sí. —Se ríe y mi polla se endurece de golpe al escucharla—. Y muy besucón también.

Aprieto los puños preparado para cualquier escena rocambolesca, sin embargo, lo que veo es a Emma de cuclillas, hablando con mi perro mientras no deja de acariciar al animal. La imagen es... preciosa. Ella en pantalones cortos, con la parte de arriba de un bikini negro, el cabello atado en una trenza, sin rastro de maquillaje y una amplia sonrisa dirigida a Apolo, que no para de mover la cola y de lamer sus manos con devoción.

Joder, te entiendo, Apolo, Emma tiene un sabor jodidamente adictivo.

En este momento Apolo me detecta, deja de lamer a Emma y se gira en mi dirección, ni siquiera me hace falta llamarlo, pues el animal comienza a caminar en mi dirección para que lo acaricie. Y aunque lo hago, no puedo desviar mis ojos de ella. Emma se levanta, se limpia las manos en la parte de atrás de esos cortísimos vaqueros y sus mejillas se tiñen de rosa.

Es tan bonita, joder, que me desarma por completo.

—N-No sabía que ibas a venir —susurra sin dar ni siquiera un paso en mi dirección, y soy yo quien empieza a acortar nuestra distancia con Apolo pegado a mi lado—. He ido a ver a tu madre y me ha dicho que el perro tenía que comer y... Me he ofrecido para hacerlo. Yo... ¡No he entrado en tu casa! —suelta rápidamente como si le diese mucha vergüenza y, joder, está tan adorable ahora mismo que la besaría hasta saciarme de ella—. Bueno, un poquito, lo justo para abrir la puerta, llamar a Apolo y que saliese para darle de comer. Pero te prometo que no he curioseado ni nada. —Y se muerde el maldito labio provocando, cómo no, que mi polla se endurezca todavía más.

—Y ¿debería confiar en tu palabra? —suelto simplemente porque tengo ganas de hacerla hablar, pues, por extraño que parezca, sé que ella no entraría en mi casa a fisgonear.

—¡Claro! —suelta irguiéndose mientras abre mucho los ojos—. Yo... Tengo más pollo para Apolo dentro de casa, voy a dártelo para otro día.

—¿Le has dado pollo?

—Claro, ya te he dicho que he entrado lo justo en tu casa para darle de comer —indica encogiéndose de hombros.

Después la veo girarse, abre la puerta trasera que da directamente a la cocina y que suele estar cerrada con llave, y mi perro, simplemente la sigue, como si se hubiese convertido en su otra persona favorita; algo que yo imito, claro.

El delicioso olor a comida casera provoca que mi estómago se queje mientras cierro la puerta, dándome cuenta de que tiene el estor echado para que nadie la vea desde la calle. Buena chica, ¡joder! Me la quedo mirando cómo se detiene delante de la encimera, cómo pone en un plato varios muslos de pollos y cómo Apolo la mira como si fuese una diosa que acaba de bajar del cielo para hacer que su vida tenga algo de brillo.

Joder, cómo entiendo a mi perro...

—¿Sabes cocinar? —le pregunto, y esta desvía la atención que le estaba prestando a Apolo, después de llenar el plato, para mirarme a mí.

Esconde una pequeña sonrisilla que va directa a mis pantalones.

—No tuve más remedio que aprender cuando mis padres estaban tan absortos en el trabajo que se les olvidaba que tenía que comer —contesta, y aprieto los puños con rabia, al imaginármela tan pequeña, flaca y haciéndose su propia comida—. Al principio —se ríe aligerando la rabia que empapa mis sentidos—, la comida que hacía era incomible. Pero poco a poco, y gracias a los tutoriales de YouTube, he mejorado la técnica y, bueno, está feo que lo diga yo, pero hago unas comidas deliciosas.

Y mi polla se mueve con alegría en mis calzoncillos, pensando en el doble sentido de esa frase. Porque es absurdo negar que me he imaginado esa preciosa boca rodear mi polla mientras sus ojos azules me miran desde abajo...

—¿Por qué has ido a ver a mi madre? —le pregunto, y mi puta voz sale como un gruñido.

Pero es que tenerla delante así es como una tortura porque quiero lamer ese cuello, quiero liberar de esa fina tela sus redondos y tentadores pechos, quiero pasar mi lengua por sus inhiestos pezones que ahora mismo puedo entrever a través del bikini, quiero que gima contra mi boca y quiero follarla hasta conseguir saciarme de ella, hasta que esta obsesión se detenga, hasta eliminar cualquier rastro de ella de mi cuerpo.

—Bueno... —Se encoge de hombros y me detengo a un paso de ella. Emma está apoyada en la encimera y yo prácticamente delante de ella. Sus enormes ojos azules me observan tímidos y yo me la quiero comer a ella entera, aquí, en mi casa, en cualquier lugar porque me da igual, con tal de repetir la experiencia—. Brooke me comentó que vuestra madre estaba pasando por un mal momento, que siempre estaba sola y yo había preparado comida de más, así que le he llevado un poco de sopa y carne y he estado un rato con ella. —Se encoge de hombros como si lo que hubiese hecho fuese insignificante, cuando demuestra la gran persona que es esta chica—. Necesita ayuda, Damon —susurra, y frunzo el ceño—. Sé que me estoy metiendo donde no me llaman, pero... No quiere hablar, no quiere salir, no quiere seguir hacia delante y, por lo que me contó Brooke, lleva muchos años así. Creo que necesita ir a un psicólogo.

—Brooke intentó convencerla hace años, pero ella no quiso. Se rindió hace mucho, Emma.

—¿Y lo has intentado tú?

—¿Yo? Mi madre y yo no tenemos la mejor de las relaciones —murmuro moviendo los hombros, al sentir el peso de esta conversación sobre ellos.

No me gusta hablar de mis padres, de lo sucedido y mucho menos de las consecuencias de todo eso.

—Creo que, si se lo dijeras tú, ella te haría caso. Me he dado cuenta de que no paraba de mirar tu foto cuando hablábamos...

—¿Qué foto? —pregunto con curiosidad.

—La última en la que sales sonriendo —susurra, y sé cuál es, porque justo después de ese año me di cuenta de los problemas que acarreaba mi familia. De cómo era en realidad mi padre. De lo mucho que estaba sufriendo mi madre por eso—. Tienes que intentarlo, Damon, ella... Ella necesita hablar.

—Hace demasiado que ella dejó de luchar por sí misma y por nosotros, Emma. —Abre los labios para contradecirme, pero me adelanto—. No puedes venir, sin saber nada de lo ocurrido, sin saber por todo lo que hemos pasado, y soltarme eso, joder. Porque no tienes ni idea de lo que he tenido que hacer para sacar a flote a mi familia, ¡hostias! No te imaginas lo que es llevar el peso de esta responsabilidad con quince putos años. Y ya sé que mi madre está mal, pero te aseguro que podría haber estado peor si yo hubiese obrado de la misma manera que ella. Si yo me hubiese mirado el ombligo como hizo ella sin importar que tenía a tres hijos a su cargo.

—Yo no te estoy echando en cara su situación —jadea temblorosa mientras posa un segundo su mano en mi brazo, para después apartarlo rápidamente. Mi piel quema ante su contacto—. Yo... Está claro que no sé toda la historia. Brooke me dijo que no es algo de lo que os guste hablar. Solo... Solo quería que supieras que creo que ella sí te haría caso a ti, Damon.

—Pues será ahora —gruño sintiendo el sabor amargo de esas palabras impregnando mi boca—. Cuando mi padre se largó dejándonos solos, intenté hacerla reaccionar, ¡joder! —Muevo los brazos, con frustración—. Intenté que luchara por nosotros, por los mellizos que solo tenían nueve años y ¿sabes lo que hizo, Emma? ¡¡Nada!! —bramo dando un paso hasta ella—. ¿Sabes quién tuvo que compaginar sus estudios con sacar adelante la empresa familiar? ¿Sabes quién tuvo que aprender a cocinar para que mis hermanos, para que mi madre, no se murieran de hambre? ¿Sabes quién tuvo que hacer malabares para llegar a todo? ¿Quieres que te lo diga o te lo imaginas? Porque te puedo asegurar que no fue fácil y me costó muchas noches sin dormir, muchos días en los que no paraba de trabajar, estudiar, limpiar y hacer la comida para que a mis hermanos no les faltara de nada. Porque no solo era aprobar mis exámenes, es que no tenía ni puta idea de la vida real, de los negocios, de hacer un plato de comida nutritiva o de cómo ser el maldito jefe y cabeza de familia; pero lo hice, mientras ella seguía sin hacer nada. Porque es lo único que sabe hacer: quedarse quieta, esperando a que las cosas se resuelvan por sí solas, mirar hacia el otro lado cuando hay complicaciones, no hablar del tema, no mencionar al malnacido de mi padre, no explicarnos por qué razón se largó dejándonos solos con ella. No hace nada, ¡¡NADA!! Es esa la manera que tiene mi madre de afrontar la vida y ¿sabes lo peor? Que le ha dado igual que yo haya renunciado a todo, a mi juventud, a mis estudios, a mi jodida vida por ellos. Por todos ellos, ¡hostias! Y no es que me queje, no es que quiera una puta medalla, porque sé que lo volvería a hacer con los ojos cerrados, pero me da rabia que ella, que se supone era la persona que debía cuidarnos, nos abandonara igual que hizo nuestro padre.

Frunce el ceño, levanta las manos y abarca mi cara para apoyar su frente contra la mía.

—Lo siento mucho, Damon —susurra, y su aliento impacta contra mi rostro provocando que eche de golpe el aire que estaba aguantando—. No es justo que tú hayas afrontado su responsabilidad —me dice, y siento sus labios posarse en mi mejilla con suavidad—. No es justo que hayas abandonado tu vida por ayudar a tu familia. —Otro tentador beso en la otra mejilla consigue que mis manos se anclen en sus caderas—. No es justo que hayas tenido que madurar tan rápido. —Otro beso, esta vez en la mandíbula, provoca que mis dedos se hundan en su piel.

—Emma... —gruño sintiendo como mi respiración comienza a salir pesada, por tenerla tan cerca, por sentir sus labios contra mi piel, su suave voz diciéndome esas palabras que no he escuchado salir de la boca de mi madre ni de nadie de mi familia.

—No es justo que hayas tenido que vivir eso. No es justo lo que os ha sucedido...

Posa un pequeño beso en mis labios para después mirarme de muy cerca. Sus ojos azules, expectantes. Su respiración alterada como la mía. Su pecho rozando mi torso.

Toda mi atención está pendiente de ella, de Emma, de esta chica que ha conseguido que hable de un tema que intento evitar por todos los medios.

No sé cómo lo ha hecho, pero he desnudado mi alma ante ella sin dudar, sacando de mi interior el dolor que he ido guardando para mí. Le he contado cosas que solo sabe Carter a grandes rasgos y, por sorprendente que parezca, me siento bien al haberlo hecho.

Como si ella me entendiese, como si Emma fuese la única capaz de sanar esta herida profunda que todavía sangra en mí.

Pero es que, además, es como si, con cada beso que me da, ese peso que llevo acarreando demasiado empezara a pesar menos.

27

Tatuar en mi memoria este momento

Emma

No sé qué impulso me ha llevado a besar sus mejillas, a tocarlo, a reconfortarlo, a aliviar ese dolor que he presentido, pero no he podido frenarlo. Verlo así de roto, de desesperado por que comprendiera lo duro que ha sido sacar adelante su familia, me ha hecho ver esa parte de él que tanto se afana en ocultar. Como si no quisiera que nadie viese que él también es vulnerable, que también siente dolor, sufrimiento y que sigue luchando contra una vida que no ha elegido. Me temo que lleva años sin otra opción que ser el fuerte de todos, la roca en la que todos se sostienen, el sustento de su familia, el jefe de la empresa familiar, el único que ha tirado hacia delante cuando su padre se largó y su madre se hundió en la desdicha. Pero es que, además, he vislumbrado cansancio tras su mirada, como si llevara demasiado batallando, luchando e intentando salir a flote. Como si se sintiera un incomprendido, algo con lo que he conectado al instante, porque a mí me pasa igual.

Somos dos almas perdidas en un mundo donde la perfección se publica constantemente y que nos hace recordar lo destrozados que estamos.

Como le he dicho a Damon, no es justo para un chico de quince años ser el cabeza de familia, la persona que les ha dado una estabilidad a los mellizos, le ha aliviado la carga a su madre y se ha puesto al frente de todo. El único que se ha preocupado de que el negocio siguiese adelante para poder subsistir, para poder tener un plato de comida en la mesa, para seguir hacia delante cuando su familia se rompió hace años después de que su padre los abandonase.

Quiero borrar de su rostro ese dolor, esa frustración, esa desesperación que ha ido acarreando año tras año.

Quiero aliviar ese peso que sostiene sobre sus hombros.

Quiero que se dé cuenta de que estoy aquí, a su lado y que lo comprendo, ¡demonios! Lo entiendo tan bien que no tengo dudas del duro camino que ha tenido que cruzar hasta llegar aquí.

Hasta convertirse en el hombre que es hoy.

Después del pequeño beso que le he dado en los labios, nos miramos con las respiraciones chocando entre sí. Sus dedos se clavan más en mi piel y un pequeño gemido se me escapa de los labios. Justo en este momento, como si ese sonido fuese el desencadenante de todo, su boca aterriza contra la mía y nuestras lenguas se enredan como si se echasen de menos.

Damon gruñe contra mis labios mientras sus manos perfilan mi cuerpo con desesperación.

Gimo contra los suyos mientras meto mis manos por debajo de su camiseta para tocar su caliente piel.

Sus labios ruedan por mi cuello, por mi clavícula, hasta mis hombros, y siento como sus dedos apartan la fina tela de mi bikini, liberando mis pechos. Noto frío, pero enseguida la diestra boca de Damon calienta mis pezones provocando corrientes de placer que cruzan todo mi cuerpo.

—Me vuelves loco, Emma —me dice sin dejar de adorar mis pezones, de tentarlos, mientras sus manos me cogen del culo para levantarme del suelo y sentarme sobre la encimera.

Enrosco mis piernas alrededor de él y comienzo a levantarle la camiseta negra del trabajo. Quiero tocarlo. Quiero verlo. Quiero besarlo. Quiero tantas cosas que no sé si podré ejecutarlas en este tiempo.

Damon se incorpora ligeramente cuando levanto la tela para pasarla por sus brazos y mis manos, rápidamente, se deslizan por su piel caliente. Mientras, él ha liberado mi otro pecho para darle el mismo trato que el anterior. Mis muslos se cierran y aprieto con mis piernas sus caderas. Necesito que esté más cerca. Necesito que me toque más. Necesito a Damon de todas las formas posibles.

—Esto sobra, preciosa —me dice rozando con sus dedos el borde de mi vaquero corto.

—Y esto también —le indico haciendo lo mismo, pero con su pantalón.

—Las damas primero —susurra el muy canalla mientras me sonríe de esa manera arrogante que calienta mi cuerpo.

Me ayuda a bajar de la encimera y me observa mientras me desabrocho el pantalón, para dejarlo caer sobre el suelo, quedándome solo con la parte de abajo del bikini.

—Joder, Emma... —gruñe dando un paso hacia mí y abarcando mi culo con sus enormes manos—. ¿Sabes lo que consigues tan solo con verte?

—No —jadeo, y su mano coge la mía para que toque su entrepierna. Está tan dura y grande que tengo que cerrar las piernas al sentir como mi clítoris palpita desquiciado—. Quiero... Quiero verte.

—Luego, preciosa, ahora... Ahora voy a comerte.

Y sin darme tiempo a asimilar esas palabras, Damon se agacha, me quita la braguita del bikini casi con desesperación, me pone una pierna por encima de su hombro y su lujuriosa boca se hunde en mi vulva.

Gimo mientras le cojo la cabeza acercándolo más a mí, sin perder detalle de cómo me mira desde abajo, de cómo me degusta como si fuera el mejor de los manjares. Jadeo sin poder evitar temblar al sentir cómo mi cuerpo responde a él, a cada roce de su lengua, a cada gruñido que nace de su garganta, a esta imagen tan tentadora de él arrodillado ante mí.

—Damon —jadeo cerrando un segundo los ojos al sentir que estoy cerca, muy cerca, maldita sea, y lleva tan poco que quiero tardar un poco más.

Quiero más de él.

—Estás tan preciosa así, Emma —gruñe contra mis piernas, para después deslizar un dedo en mi interior, mientras sigue tentando mi clítoris con su lengua.

—Yo quiero... —Jadeo sintiendo como mi cuerpo responde a todo lo que me hace—. Quiero sentirte dentro.

—Luego, preciosa. Ahora quiero que te corras en mi boca y después quiero que lo hagas en mi polla.

Aprieto más su cabeza contra mi vulva, extasiada, tan al borde del clímax que podría rozarlo con los dedos. Damon arquea el dedo sin dejar de penetrarme con este, sin dejar de darle golpecitos con la base de su lengua a mi clítoris y grito su nombre cuando el fuego abrasador de la lujuria impregna mis sentidos, mi piel y mi cuerpo arrasando con todo.

Cuando dejo de temblar, Damon me da un suave beso en el pubis, para después deslizar sus manos por mis muslos, por el contorno de mi cuerpo, hasta dibujar mis pechos con suavidad.

—Damon —susurro, cogiéndole del borde del pantalón y bajándole la cremallera, porque no quiero que se largue.

Pero no tiene intención de irse. Saca del bolsillo de su pantalón un condón que deja sobre la encimera y después me besa mientras me deja hacer. Le bajo los pantalones y él, con dos patadas, los tira lejos de nosotros. Después deslizo el elástico de sus calzoncillos negros y libero su erección. Trago saliva, lo miro a los ojos y me lo encuentro ya pendiente de mí.

—Quiero tocarla —le digo, y este me sonríe, arrogante.

—Tócala.

Miro hacia abajo y veo cómo se mueve, como si tuviera voluntad propia. Me muerdo el labio y deslizo lentamente mis yemas por toda la longitud de su pene. Damon resopla bajito y, al mirarlo, me percato de que sus ojos no me quitan la vista de encima. Le sonrío mientras vuelvo a centrar mi atención en su duro pene. Su piel es muy suave, tanto que no dudo en rodearla con mis dedos, para comenzar a moverla de manera lenta.

—No quiero correrme en tu mano, Emma, y si sigues así voy a quedar muy mal —comenta con la voz muy ronca.

—Yo... quiero. —Y me agacho dispuesta a metérmela en la boca, pero Damon me detiene antes de que mis labios lo alcancen.

—Te puedo asegurar que estoy deseando ver cómo te metes mi polla en la boca, Emma, pero si lo haces ahora, voy a quedar como un niñato. Te tengo muchas ganas. Muchas, joder —dice para después atacar mi boca mientras acaricia todo mi cuerpo—. No consigo saciarme de ti —murmura entre mis labios, y siento como me coge de nuevo del culo, me sienta sobre la encimera, donde siento la fría superficie, y noto su pene muy cerca de mi vulva.

La quiero dentro.

Nunca he querido tanto algo y él no para de besarme, de tentarme, de rozar con su pene la entrada de mi vagina. Lo acerco más a mí con ayuda de mis piernas, su pene impacta contra mi vulva y se me escapa un gemido.

—Eres una chica muy mala, Emma... —susurra mientras coge el envoltorio del condón—. Y me encanta que seas así.

Lo veo colocarse el preservativo, para después acercarme más al borde de la encimera y ver cómo lentamente entra en mí.

Nos miramos jadeantes, como si ambos estuviésemos impresionados de que esto haya vuelto a pasar después de tan pocas horas de nuestro primer encuentro sexual. Y después, su boca reclama la mía, sus manos vuelan a mi cuerpo y su pene entra y sale de mi interior a una velocidad de vértigo.

No puedo parar de gemir.

Sentirlo en mi interior es increíble, tan excitante que todavía no entiendo cómo pensaba que no me podía gustar el sexo.

Porque me gusta.

Me gusta muchísimo.

Pero con él.

Solo con Damon Crowell.

—Joder, Emma, esto es... una puta locura —gruñe contra mi boca, acelerando sus embistes y colocando una mano en mis piernas para tentar a mi clítoris—. Quiero que me aprietes como ayer, preciosa. Quiero que te corras en mi polla.

—Damon —gimo cogiéndome de sus hombros, abriendo más mis piernas, incapaz de decir nada más que su nombre.

Su nombre.

El único que ha conseguido que disfrute del sexo.

—¿Te vas a correr para mí? —me pregunta en un gruñido y lo miro.

Sus ojos grises están oscurecidos por el deseo, sus labios entreabiertos y yo... ¡¡Demonios!!, jamás me he sentido como me siento con él.

—Sí, ¡sí!

—Me encantaría tatuar en mi memoria este momento, Emma. Tus preciosas tetas rebotando por mis embistes. Tus piernas abiertas acogiéndome. Tu deliciosa boca entreabierta. Tus ojos enfebrecidos por el placer mirándome.

—¡¡DAMON!! —grito al sentir un chispazo de placer.

—Eso es. Dámelo, preciosa.

Y hundo mis uñas en sus hombros notando como el placer, uno que va de manera creciente, viaja por mi ser inundándolo todo y enmudeciendo cualquier atisbo de duda. No paro de decir su nombre mientras siento como los dedos de Damon se me clavan en la cadera, para escuchar sus gruñidos pesados que me avisan de que él también ha alcanzado el orgasmo.

Nuestras miradas en ningún momento se han desviado del otro. Sus movimientos se detienen, pero no sale todavía de mi interior. Sus manos rozan mi cara, como si la estuviesen dibujando, para después besarme lentamente, despacio, como si quisiera impregnarse de este momento. Como si quisiera memorizar cada textura de ellos.

Después, sale de mi interior, ata el condón y lo tira a la basura, para después mirarme.

Se frota la cara y se queda con las manos ancladas en su cabello totalmente despeinado por mis manos.

Está tan guapo que me asusta, porque no debería haber vuelto a suceder esto, pero aquí estamos otra vez: desnudos delante del otro.

Damon abre la boca dispuesto a decir algo, pero en este momento su móvil interrumpe lo que quería decirme. Cierra los labios, me hace una señal para que me espere y busca el dispositivo en sus vaqueros.

—Dime —suelta como cabreado, y salto de la encimera para bajarme de esta. Sus ojos me buscan y me muerdo el labio—. He venido a darle de comer a Apolo.

—Da un paso hasta mí, libera mi labio de mis dientes y lo acaricia lentamente mientras escucha a quien sea que lo ha llamado—. En quince minutos estoy ahí. ¡¡Ya lo sé, Brooke!! —suelta airado, dando un paso hacia atrás y deslizando lentamente su mirada por mi cuerpo desnudo. Es tal la intensidad que desprende que mi piel se eriza y no por el frío—. Ahora voy. —Y cuelga para después frotarse la cara con la mano que tiene libre—. Me tengo que ir...

—Me imagino —susurro observando cómo empieza a vestirse rápidamente, y cuando ha terminado se gira para volver a mirarme.

Ni siquiera he hecho el amago de ponerme algo encima porque lo veo innecesario después de que este hombre haya besado, lamido y acariciado partes de mí que ningún otro ha tocado antes.

—Yo...

—No digas nada —le pido.

—Tengo que hacerlo —suspira—. Esto no lo puede saber nadie, Emma.

—Lo sé.

—Soy tu jefe, vivimos uno al lado del otro y eres la amiga de mi hermana. Yo... ¡maldita sea!, yo no quiero hacerte daño.

—Lo sé...

—Te mereces encontrar a alguien que te dé lo que quieres y ese no soy yo. —Y siento la desilusión impregnándome lentamente.

—También lo sé —susurro porque sabía dónde me metía, aunque parece que mi ser no había aceptado que fuera tan estricto en ese tema.

—Joder —maldice, y observo como se frota el cabello sin dejar de mirarme fijamente—. Si no buscaras el amor, si no fueras quien eres —susurra acercándose a mí para deslizar lentamente las yemas de sus dedos por mi cara, y siento como mi corazón palpita frenéticamente—. Me tengo que largar ya, hay un crucero que sale en media hora y...

—Antes de que te vayas, dime uno de tus trapos sucios —le pido, y este se me queda mirando serio.

Expulsa con lentitud el aire por sus definidos labios, para después deslizar lentamente sus ojos por mi cuerpo desnudo.

Necesito que me diga algo negativo de él, para dejar de sentirme así. Creo que lo acaba de entender y espero que me dé lo que yo, días atrás, hice por él.

—Cuando mi padre se largó, mi madre no paraba de decirme que soy como él —dice muy serio, y siento como se me estruja el corazón—. Solo tienes que mirarla a ella, para ver cómo será el futuro de cualquier mujer que se atreva a quererme.

Y siento un pinchazo en el corazón que provoca que me doble ligeramente.

—Vamos, Apolo —le dice al perro, que rápidamente se levanta de donde estaba tumbado para acercarse a su dueño.

—Toma —suelto con un hilo de voz, cogiendo el plato con el pollo para el perro.

—Gracias por darle de comer a mi perro.

—No ha sido nada.

Nos miramos un poco más, hasta que Damon expulsa de golpe el aire por sus labios y se gira para verlo desaparecer tras la puerta dejándome sola de nuevo.

Y ahogo un suspiro porque ahora sí que siento que va a ser la última vez que vea a Damon de esta manera.

Y sé que debería alegrarme de que este juego haya acabado, pero me siento vacía, como si acabara de perder algo importante... Pero también me siento mal porque su madre le haya dicho esas palabras tan hirientes. Unas palabras que le han hecho convencerse de que es como su padre...

Comienzo a coger mi ropa, me voy arriba dispuesta a darme una ducha y prepararme para empezar a trabajar después de comer.

No sé qué pasará cuando lo vuelva a tener delante.

No sé si volveremos al punto de partida de la indiferencia.

Lo que tengo claro es que lo que me acaba de contar, incluido su supuesto trapo sucio, no ha provocado el efecto deseado, porque ahora mismo lo único que deseo es abrazarlo bien fuerte y asegurarle que es incapaz de hacerle daño a ninguna mujer.

Definitivamente, no sé dónde demonios me estoy metiendo y, si fuera lista, haría lo que fuera para olvidarme de él.

28

Yo no soy así

DAMON

—Ya he hablado con Sullivan —me dice Carter nada más verme delante de él.

Estoy en el Aurora de Acadia y acabamos de terminar el último crucero del día. Los pasajeros ya han bajado, la tripulación ya ha terminado de recoger la cubierta y yo estoy cerrándolo todo para dar por finalizado el día.

—¿Tiene algún barco para mí?

—Sí —contesta con una sonrisa—. Te he enviado unas fotos a tu correo para que les eches un vistazo, pero hay uno en particular que tiene muy buena pinta. Está como nuevo, buena capacidad para pasajeros y una imagen acorde con la empresa.

—Me gusta como suena —concluyo echando la llave al puesto de mando.

—¿Has tenido noticias de nuestros amigos? —pregunta, y niego con la cabeza porque sé a qué *amigos* se refiere Carter.

A los mismos que me pintaron el Corazón de Bar

Harbor de rojo. Los mismos que, cada verano, desde hace ya tres putos años, intentan sin éxito que me rinda y deje de pelear por ser la mejor compañía de cruceros de la zona.

—No, pero las tendré. La temporada acaba de empezar y no se van a contentar con solo una pintada en un barco.

Porque esa es otra. Cada año, sus técnicas para sacarme del negocio han sido cada vez más sucias.

Empezaron con publicidad engañosa, con carteles falsos de cerrado, con cortar el amarre para que el barco saliese solo al océano, habladurías sobre que somos una mala empresa, que no cuidamos a nuestros trabajadores y ahora las pintadas... Y sé que esto no ha hecho más que comenzar.

—Pero tienes que denunciarlos, Damon. No puedes saber quiénes son y no hacer nada —indica mientras bajamos al muelle y comenzamos a caminar hacia la oficina.

—No tengo pruebas y no voy a denunciar nada sin algo que sustente mis palabras. Esa gente —digo en voz baja porque no quiero que nadie sepa a quién me refiero, aunque Carter sí que sabe de quién hablo— va a por mí y sabe cómo hacerlo para que no les pillen.

—Y entonces, ¿cómo sabes con tanta seguridad que son ellos?

—Porque, aunque no tenga pruebas, no tengo dudas de que son ellos. Incluso me presenté en su oficina el año pasado para hablar con el dueño y descubrí que es de Tremont. Pero el hombre no sé si estaba en la oficina o no, porque me pasaron con el imbécil de su hijo, que empezó a levantarme la voz como si hubiese profanado algo al presentarme ahí.

—Joder, y ¿por qué no me lo contaste? Podría haberte acompañado.

—Si me hubieses acompañado, hubiesen pensado que

iba a por ellos y solo quería hablar. Solo quería dejarles claro que sabía que eran ellos los que estaban detrás de todas las desgracias que últimamente nos pasaban. Pero me lo desmintieron en la cara y me soltó, el idiota ese de su hijo, que me quedaban los días contados en el negocio.

—No.

—Sí. —Me encojo de hombros—. Es un imbécil y me fui de ahí tranquilo después de soltarle lo que pensaba de él. Al día siguiente de esa charla, me encontré la oficina llena de papeles pegados en las ventanas con una palabra impresa: «Perdedor».

—¿Por qué no sabía yo eso?

—¿Para que te cabrearas y decidieras devolvérsela multiplicado por dos? No merece la pena rebajarse a su altura, Carter. Tenemos que ser más listos. Quieren arruinarme, así que conseguiré más dinero. Mucho más del que ellos pueden facturar.

—Pero primero tienes que comprar ese barco.

—Exacto, y cuando lo tenga añadiré un crucero más para arrebatarles clientela.

—Pues cuando puedas te espera Sullivan en Portland. Solo tienes que elegir el barco que quieres y avisarle con un día de antelación.

—En cuanto llegue a casa, miraré las fotos que me has enviado —comento mientras mi amigo abre la puerta de la oficina—. Me tendrás que ayudar a encontrar personal para ese nuevo barco. Sé que la temporada ya está en marcha, pero seguro que podremos encontrar a un par de personas dispuestas a trabajar durante el verano.

—Eso está hecho. Empezaré a preguntar por el pueblo.

—Sabía que podía contar contigo —le digo, porque siempre ha sido así.

Carter siempre ha estado a mi lado, sin importar las circunstancias por las que pasase. Sin él me temo que me hubiese rendido hace muchísimo tiempo.

—¿No vas a salir a tomarte una copa conmigo cuando acabe con mi ronda de todos los malditos días? —me pregunta en el momento en que mis ojos la ven.

Emma está hablando con mi hermana, con el cabello suelto, con un pantalón corto vaquero y la camiseta de la empresa. Sonriendo. Divirtiéndose con lo que sea que esté hablando con Brooke. Llevo todo el día obligándome a no verla porque lo que sucedió ayer en la cocina de su casa me persigue desde entonces, y no solo por el increíble sexo que compartimos, sino también por cómo desnudé mi alma ante ella. Sin embargo, es verla y... ¡hostias! Es como si diese igual lo mucho que me esfuerzo para mantenerme alejado de ella.

Trago saliva intentando mantener el control de mi cuerpo, de mis gestos, porque, maldita sea, no quiero que nadie se entere de que me he saltado mis propias normas. Y dos veces, para ser justos.

Y lo peor es que parece que mi cuerpo no ha tenido suficiente.

Quiero más.

Mucho más, y eso es preocupante porque es mi empleada y la amiga de mi hermana pequeña.

Y he dejado claro que no va a haber una tercera vez, ¡hostias ya! Porque todo se complicaría. Porque ella no se merece a un despojo como yo. Porque ella se merece vivir una historia de amor, tener una relación estable y su «felices para siempre».

—Damon —oigo a Carter, y me giro para mirarlo. Este ya tiene esa maldita sonrisa guasona bailándole en sus labios y resoplo con frustración, porque me temo lo que me va a soltar.

—Cierra el pico —murmuro.

—Si a mí me encanta cómo se te iluminan los ojos al verla —susurra el muy cabrón, y le lanzo una mirada cabreada que provoca que este se ría.

Menos mal que ni mi hermana ni Emma ha escuchado lo que ha dicho Carter, si no ahora mismo le borraría la sonrisa de la puta cara con mi puño.

***

Tengo la televisión encendida, pero ni siquiera le presto atención.

Después de traer a mis hermanos y a Emma a la calle donde vivimos, me he cambiado de ropa y he salido a correr con Apolo; sin embargo, he vuelto con la misma sensación con la que me he ido, como si no consiguiera calmarla con el ejercicio físico. Y ahora, después de ducharme, de darle la cena a mi perro y de tomar algo que sacie el poco apetito que tengo, estoy aquí, tirado en el sofá sin dejar de pensar en ella...

En ella y en sus labios.

En ella y en su bonita sonrisa.

En ella y en sus distintas miradas.

En ella y en cada uno de los sonidos que hace al correrse.

Joder, ¡soy un puto enfermo!

De repente, alguien pica sobre la puerta. Apolo levanta las orejas con atención e incluso se levanta de su enorme cojín para acercarse a la entrada y yo no puedo evitar mirar extrañado la puerta porque no espero a nadie. Además, mis hermanos, mi madre o incluso Carter directamente entrarían en casa y no llamarían antes.

Me levanto del sofá y me acerco hasta ahí, acaricio la cabeza de Apolo, que mueve nervioso la cola, y abro la puerta para encontrarme con la última persona que esperaba que llamase a mi puerta a estas horas de la noche.

—Emma...

Esta me lanza una mirada airada, se agacha para saludar a Apolo, que se deshace ante su atención, y pasa a mi casa sin esperar ni siquiera a que la invite. Sin embargo, no me molesta esa acción, al contrario, me gusta que tenga la confianza para entrar sin que le diga nada y cierro la puerta tras ella, mientras me la como con los ojos. Va con uno de esos vestiditos tan jodidamente sexis que tanto me vuelven loco. El de esta noche es de color rojo y decir que le queda espectacular sería quedarme corto.

—¿Estás bien? —le pregunto al verla moverse nerviosa, y cuando se gira me fijo en la furia que ahora mismo vibra en esos ojazos que tiene.

—No, Damon —suelta visiblemente cabreada—. No estoy bien y ¿sabes por qué? Porque acabo de tener una cita con un tipo y lo único que he podido pensar es en ti. Ni siquiera he podido prestarle atención, ¡demonios! Ni siquiera recuerdo ni una palabra de todo lo que me ha dicho y, al final, cansado de que le hiciera el vacío se ha marchado. Y... ¡¡me estoy volviendo loca!! Porque yo no soy así. No lo soy y no entiendo qué me pasa para que solo pueda pensar en... —Se queda callada y se muerde el labio.

—¿En qué? —quiero saber sintiendo la anticipación recorriendo mis entrañas.

Porque me puedo imaginar cómo acaba esa frase.

Porque yo tampoco puedo parar de pensar en ella.

—¡No me vengas con preguntitas! —suelta airada y, joder, tengo que controlar mi gesto porque ahora mismo me divierte verla así. Es una fiera cuando se enfada, y me encanta—. ¡Y encima se ríe! Pues mira, ¡a mí ya no me hace gracia!

—¿A qué has venido, Emma? —le pregunto mientras siento la sangre recorriendo veloz cada una de mis venas.

Pero ella, con su simple presencia, me afecta de una manera que no podría explicar. Es como si todo mi ser se concentrara en una sola cosa. Como si me diese cuenta de que antes de que ella apareciera en mi vida, estaba viviendo a medias, sintiendo a medias y ahora lo estoy experimentando todo de una manera plena.

—No lo sé, ¿vale? —suelta rabiosa, y no puedo evitar sonreír.

Me encanta ver ese fuego que tiene en su interior libre y que suele frenar demasiado a menudo.

Me gusta que se sienta libre conmigo, que pueda mostrarme esa versión que, me temo, muy pocos conocen, y me siento un jodido egoísta por ser uno de los pocos que sí lo ven y lo aprecian.

Me encanta el carácter altivo de Emma.

Me vuelve loco que esta mujer pueda ser a la misma vez tímida, torpe, poderosa, resolutiva, altiva y con una fuerza capaz de enmudecer a cualquiera.

29

Dilo

DAMON

—Sí lo sabes.

—Yo... —Otra vez se muerde el labio y doy un par de pasos hacia ella, acortando nuestra distancia—. Nunca me ha pasado esto antes.

—¿El qué? —Duda, pero estoy dispuesto a demostrarle que tiene el coraje suficiente para decir lo que desea a quien quiera—. ¿El qué, Emma? Dilo.

—Que no pueda parar de pensar en un hombre de esta manera —susurra, y sus mejillas se tiñen de un adorable rosa.

Mi polla, ya preparada en cuanto la he visto delante de mi puerta con ese ajustado vestido, se endurece incluso más.

—¿De qué manera?

—Damon.

—Dilo, Emma. —Y doy otro paso más, para acabar casi delante de ella.

—De manera... sexual —dice con un puto hilo de voz que viaja rápido como el rayo hasta mi polla.

Como siga así, voy a correrme sin ni siquiera tocarla, ¡joder!

—¿Por eso has venido a mi casa?

—¡No! Yo...

—Di la verdad, Emma —la animo, y esta se yergue, demostrándome que no me teme y, joder, me encanta que sea así.

Me encanta que esta mujer sea capaz de volverme loco de tantas maneras. Sin importar qué versión de ella me muestre, porque me encantan todas.

Todas, maldita sea.

—Sí —pronuncia de manera clara y directa y, ¡hostias!, sonrío al volver a ver esa insolencia que me desarma.

—Y ¿qué vas a hacer?

—N-no lo había pensado. Yo... Estoy furiosa contigo porque, por tu culpa, no he podido concentrarme en esa cita y, por esa razón, me he presentado en tu casa.

—¿Vas a seducirme? —tanteo, y observo como abre ligeramente sus ojos, sorprendida.

—Yo... —Frunce ligeramente el ceño y me mojo el labio inferior lentamente, algo que llama su atención.

—¿Vas a seducirme, Emma?

Nos aguantamos un par de minutos la mirada. Escucho su respiración alterada, la mía comienza a ser cada vez más pesada y lo único que deseo en tocarla, ¡hostias! Pero quiero demostrarle que ella puede tomar también la iniciativa, que ella puede conseguir todo lo que se proponga, aunque eso signifique romper otra vez las malditas reglas.

Emma suelta el aire por sus lujuriosos labios y, sin dejar de mirarme a los ojos, se baja lentamente la cremallera de su vestido, para después quitárselo y quedarse en ropa interior delante de mis putas narices.

—Joder —gruño, pero... ¡hostias!, esta mujer es un espectáculo haga lo que haga.

Comienza a caminar lentamente hacia mí, con un conjunto de lencería rojo tan sexi que ahora mismo odio al tipo con el que se ha citado. Todavía lleva los tacones puestos y no me atrevería a perderme ni un segundo de cada uno de sus movimientos.

Emma desliza lentamente una mano por mi brazo desnudo y tengo que controlarme para no cogerla y comérmela entera. De arriba abajo. Sin perderme ni un solo recodo de su increíble cuerpo. Pero quiero ver qué hace. Quiero que se dé cuenta del gran poder que tiene y del que todavía no es consciente, sin importarme que, tal vez, me pueda afectar a mí en cualquier otro momento.

—Damon... —susurra apoyando su cuerpo en el mío y deslizando una mano por debajo de mi camiseta, acariciando mi torso, dibujando con sus yemas cada uno de mis músculos.

—Dime, Emma, ¿qué quieres?

—Te deseo a ti —dice muy bajito, y con la otra mano tira de mi cuello, hasta alcanzar así mis labios.

Me besa primero despacio, como si le diese miedo que la rechace, pero cuando ve que no me muevo, ese beso comienza a ser más intenso. Más lujurioso. Y dejo de pensar, para dejarme llevar.

Emma empieza a empujarme hacia atrás y de repente siento que me choco con algo. Emma me mira con una increíble sonrisa mientras me empuja y caigo en el sofá. Se pone encima de mí a horcajadas y cojo su bonita cara para ahondar más en este beso. La oigo gemir contra mi boca, siento como sus uñas se clavan en mi piel y mi otra mano va a parar a su increíble culo. Juro que adoro este culo y ahora incluso más, porque, ¡hostias!, no para de moverlo, provocando aún más a mi dura polla. Emma comienza a tocarme por todos los lados como si quisiera aprovechar el tiempo al máximo y, cuando cuela su mano en mi pantalón, tengo que ahogar una maldición porque... Esta mujer me va a matar.

—Vas sin ropa interior —susurra contra mi boca, y siento como sus dedos aferran mi erección con avaricia.

—Me gusta dormir cómodo... —le digo con la voz muy ronca mientras Emma mueve lentamente mi polla.

De repente, me muestra una sonrisa tan traviesa que estoy a punto de aullar como un demente, para ver como lentamente, sin apartar su mirada de la mía, se baja de mi regazo y se agacha delante de mí.

¡La hostia puta!

Emma de rodillas, con sus ojos pendientes de mí, mordisqueándose el labio mientras tira de mis pantalones hacia abajo se ha convertido en mi imagen preferida de todas. Libera mi polla, la mira embelesada, yo no puedo apartar mis ojos de ella, aunque viniera ahora mismo un tornado, y veo como su pecaminosa boca se acerca a mi glande y ahí, justo en ese momento, dejo de respirar.

Tengo que hacer un esfuerzo sobrehumano para no poner los ojos en blanco, pero sentir su preciosa boca en mi polla es incluso mejor de lo que me había imaginado. Y puedo asegurar que mis expectativas estaban muy altas.

—¿Te gusta? —me pregunta con dulzura, y no tengo dudas de que es su primera vez.

—Mucho, pero utiliza también la lengua —digo con la respiración hecha un caos y esta, sin esperar siquiera, hace lo que pido—. ¡Hostia! —gruño porque...

Joder, qué boca tiene esta mujer.

Emma sonríe y comienza a lamerla, a metérsela cada vez más adentro en su preciosa boca, a no dejar de mirarme, como si no quisiera perderse ni uno solo de mis gestos y yo, joder, tampoco quiero perderme ninguno de los suyos.

—Emma —gruño sintiendo como mis pelotas se contraen y, si sigue así, joder...—. Ven —digo mientras la ayudo a ponerse de pie y ella me mira confundida. ¡Es que es adorable, joder! Y la vuelvo a subir a mi regazo, donde se sienta bien pegadita a mi polla—. No quiero correrme en tu boca, preciosa —le digo acariciando sus sugerentes labios antes de besarla y arrancarle un gemido.

—Pero yo quiero darte placer —susurra con timidez, moviendo su pelvis y rozándose contra mi polla.

—Y lo harás, pero antes quiero oírte gritar mi nombre —le digo, y esta me muestra una sonrisa que lentamente se va ensanchando.

Es preciosa.

Es un puto sueño y no voy a desaprovechar esta maldita noche con arrepentimientos o con mierdas que detengan esto.

Le quito el sujetador sin que Emma deje de moverse en mi regazo, gimiendo bajito, mientras se masturba con mi polla. Solo de pensar lo que está haciendo, incendia mi cuerpo por completo. Abro la boca y me llevo uno de sus duros pezones a la boca. Su sabor me hace gruñir, Emma jadea mientras tira el cuerpo hacia atrás y yo la atraigo más contra mi polla.

—Damon —jadea sin dejar de moverse. Siento que su braguita está cada vez más empapada y estoy deseando poder comprobar lo mojada que está.

De repente, se detiene, justo cuando estoy lamiendo como un puto loco su otra teta. Me vuelven locas las dos y no podría elegir solo una. Levanto la cabeza y veo como me mira con los ojos empañados por la lujuria, para después sentir su cálido coño en la punta de mi glande.

—¿Q-qué haces? —pregunto, y miro cómo ha ladeado su braguita para meterse mi polla.

—Yo... —Y jadea mientras lentamente desaparece mi polla en su interior.

—No llevo puesto el condón, Emma —la avisó cuando se la mete entera y... ¡joder! Sentirla sin barreras, su humedad, su estrechez y su calor es demasiado bueno.

Nos miramos, jadeantes, como si los dos estuviésemos asustados por la intensidad del momento. Emma se mueve lentamente, primero de manera torpe, pero, joder, lo suple con maestría con esos sonidos tan sexis que se le escapan de la garganta. Gruño, jadea volviéndose a dejar caer metiéndosela cada vez más adentro.

—Emma... —gruño apretando mis dedos en sus caderas, pero esta mujer me va a matar en cualquier momento.

—Damon... —susurra con los labios entreabiertos y, de repente, hace un movimiento rotatorio con sus caderas que me deja sin respiración.

¡La hostia!

Ni siquiera dudo, la cojo del culo y me levanto del sofá con ella todavía en mi interior. Emma ahoga un grito mientras me coge de los hombros y comienzo a caminar en dirección a mi dormitorio. Penetrándola de vez en cuando, escuchando sus suaves gemidos que me están llevando a la locura.

La tumbo con delicadeza en la cama mientras la beso con desesperación, para después salir de su interior casi a regañadientes.

—Damon —se queja, y sonrío mientras abro el cajón de la mesilla, cojo un preservativo y me lo pongo sin quitarle la mirada de encima.

Emma no duda en quitarse las bragas y lanzarlas por la habitación, es tan bonita, es tan increíble, que no sé qué hostias he hecho en esta vida para que esta mujer esté en mi cama.

Emma se abre para mí mientras me voy a acercando a su cuerpo, reparto multitud de besos por su piel, por su estómago, por sus perfectos pechos, por su cuello, hasta alcanzar su increíble boca que me recibe con desesperación. Guío mi polla por su húmeda abertura y la penetro de un movimiento, haciendo que los dos gimamos a la vez.

No puedo evitar mirarla mientras me muevo en su interior.

Sus ojos no abandonan los míos ni un instante.

Sus piernas se anclan en mi cadera, abriéndose más.

—Más fuerte —jadea, y sonrío.

—¿Más? —pregunto penetrándola más fuerte, y Emma pone los ojos en blanco, para después mojarse los labios y asentir con fervor.

—¿Te gusta, Emma?

—Mucho.

—Es esto lo que has venido a buscar esta noche, ¿verdad? —la provoco, porque me encanta ver esta versión desatada de ella.

Me encanta que haya descubierto que le gusta el sexo.

Me encanta haber sido yo quien se lo ha enseñado y que haya venido hasta aquí a esto, me vuelve jodidamente loco.

—¡Sí! —grita echando la cabeza para atrás, y lamo su cuello mientras mi dedo comienza a acariciar su clítoris—. Damon. Damon —susurra muy bajito mi nombre sin parar y la beso tragándome todos sus jadeos, mientras no detengo mis embestidas.

Más fuerte.

Más profundo.

Más húmedo.

Más Emma.

Más gemidos.

Y, de repente, grita mi nombre y siento como su coño aprieta mi polla con tanta fuerza que dejo de frenar mi propio orgasmo y simplemente lo libero.

Gruño, la muerdo en el hombro cuando el placer atraviesa mi cuerpo como un tsunami, para después, exhausto, caer encima de su cuerpo.

Emma acaricia mi espalda, lentamente, mientras nuestras respiraciones siguen descontroladas. Me levanto de encima a regañadientes, me quito el preservativo, le hago un nudo y lo dejo en el suelo, para después tirarlo en la papelera. Pero ahora mismo no puedo moverme y me tumbo al lado de Emma.

Esta se pone de lado, mirándome con sus preciosos ojos azules y acaricia lentamente mi cara.

Joder, qué bien se está aquí...

Los ojos se me cierran, siento el peso de mi cuerpo que me inmoviliza en el colchón y, simplemente, dejo de pensar, para sentir sobre mí las suaves yemas de Emma acariciar mi cara, mi pelo, mi alma...

30

Sin excusas

DAMON

Doy un manotazo a la alarma de mi móvil con un gruñido y vuelvo a la pose que tenía antes de esta interrupción.

Joder, estoy tan a gusto...

Abro los ojos de repente y me encuentro con el precioso cuerpo de Emma pegado a mí.

Con su cabello haciéndome cosquillas en la cara.

Su culo aprisionando mi polla que, por supuesto, ya está preparada para otra ronda.

Con mi mano sobre su estómago.

¡Hostias! Pero si la estoy abrazando como un imbécil.

Trago saliva al observar cómo se mueve, supongo que la alarma también la ha despertado a ella, y lentamente le quito la mano de encima.

—¡Mierda! —suelta incorporándose y...

Me quedo paralizado al verla tan jodidamente preciosa de buena mañana, con el cabello enmarañado, con su bonita cara medio dormida y sus labios enrojecidos por todos los besos que nos dimos anoche.

—No, no, no... —dice mientras empieza a buscar su ropa y, cuando encuentra sus bragas, se las pone—. No quería quedarme dormida en tu cama —me asegura, y asiento sin dejar de mirarla, porque me sorprende su reacción. A ver, es normal que yo esté conmocionado, nunca duermo con mis ligues. ¡Jamás! Pero ¿por qué lo está ella?—. ¡¡No me he quitado las lentillas!! —Y se lleva la mano a su cara mientras niega con la cabeza—. Ahora me tocará estar todo el día con las gafas y todo por mi mala cabeza. Si es que no pienso, no pienso y esto es lo que ocurre cuando una va así por la vida —suelta nerviosa.

—Pongo el despertador muy temprano para salir a correr con Apolo, aún queda mucho para empezar a trabajar.

Este, como si me hubiese escuchado hablar de él, hace su aparición por mi habitación y Emma, solo con esas minúsculas bragas, se agacha para llenarlo de mimos.

La imagen no puede ser más perfecta.

Ella y mi perro.

Ella medio desnuda, dándole mimos a Apolo, que la adora como nunca había sucedido con mis anteriores conquistas.

Ella llenando mi dormitorio, mi casa, con su simple presencia y noto una extraña sensación de intimidad, de comodidad, como si esta imagen fuera normal, cuando no lo es...

—Voy a ponerme la ropa y me voy a preparar para el trabajo —me dice sin ni siquiera mirarme—. Yo... —Me lanza una rápida mirada, para después agachar sus ojos—. Luego nos vemos.

Sale de mi habitación y juro que no sé qué me ocurre, pero me quedo quieto mirando a Apolo, que está pendiente de los movimientos de Emma. Cuando escuchamos la puerta cerrarse, suelto el aire, me miro las manos, observo la cama enredada, su olor impregnando todo mi dormitorio y noto una extraña sensación en mi interior.

—¿Qué hostias me pasa? —refunfuño mientras me froto el pecho, extrañado.

Para después taparme la cara y rascarme con fuerza el cuero cabelludo, intentando aclarar a mi mente que ahora mismo está confusa. Es como si los pensamientos se me agolpasen unos encima de otros, solapándose, y solo tuviera una cosa clara: Emma.

Apolo me ladra y me levanto para darme una ducha y sacar a pasear a mi perro, obligándome a no pensar y a ceñirme a mi rutina. Después, cuando volvemos de un atípico paseo, le pongo la comida y desayuno sin dejar de recordar lo que sucedió anoche con Emma. Intentando aclarar este meollo en el que ahora mismo se ha convertido mi mente...

A la hora de siempre, salgo de mi casa y dejo de respirar en cuanto la veo delante de mi *pickup*. Lleva sus gafas puestas, me sonríe con timidez y tengo que apretar los puños con fuerza para no plantarme delante de ella y besarla.

Hostias, ¡besarla, besarla y besarla!

La saludo con un puto gruñido.

Me saluda con una preciosa sonrisa.

Y me meto en el coche como un cobarde, mientras miro cómo mis manos sujetan con fuerza el volante.

No sé qué me pasa.

No sé qué hostias le ocurre a mi cuerpo, pero tengo que hacer algo para detener esto.

Para frenar esta puta locura porque jamás antes me ha ocurrido algo parecido.

Y lo tengo que hacer ya.

¡¡Sin excusas!!

***

He pasado dos putos días trabajando como un animal para no verla de nuevo. Soy un cabronazo, lo sé, y me siento peor que una basura, pero necesito poner distancia, aunque sé que no va a servir de nada.

Necesito controlar esto, aunque me temo que ya he perdido la capacidad de hacerlo.

Pero, sobre todo, lo que necesito es que nadie sospeche que me he saltado todas las normas por Emma...

—Vale, ¡suéltalo! —me dice Carter al verme caminar por el muelle después del último crucero del día.

—¿Qué quieres que suelte?

—Ya sabes el qué.

—No me vengas con adivinanzas, que no tengo el día para eso.

—Llevas unas semanas que no se te puede decir nada, Damon.

—Tengo demasiadas preocupaciones que atender.

—Por nuestros amigos, ¿no?

—Entre otras cosas, sí. Estoy esperando su siguiente movimiento y, la verdad, es que están tardando en mover ficha.

—Y estás preparado por si se despistan.

—Y atacar como un león hasta acabar con ellos —suelto mientras Carter abre la puerta de la oficina y... ¡hostias!, la veo.

Está hablando con unos clientes en español y me quedo quieto sin poder evitar impregnarme de ese acento. De ese idioma que no entiendo y cómo se le ilumina el rostro con cada palabra que vocaliza.

Jamás pensé que escucharla hablar en otro idioma me pudiera resultar tan sexi, pero es lo que me ocurre. Me desarma ese suave arrullo de palabras que no entiendo. Me encandila el brillo de sus ojos y esa maldita sonrisa que me llena el alma. Me zarandea con violencia su preciosa risa, provocando que esa pareja se impregne de su buen humor.

Emma se levanta de la silla a la vez que los clientes, nuestras miradas se encuentran por un segundo y siento como todo desaparece a mi alrededor, para después acompañarlos a la salida.

—Ya veo que este tema lo llevas cada vez mejor —susurra el cabrón de mi amigo, y no puedo evitar mirarlo con rabia—. Si yo no digo nada —suelta levantando las manos en señal de inocencia—. Es más, me gusta que hayas dejado ese estado de apatía profunda que llevabas arrastrando desde hace demasiado tiempo y que estés concentrado en una chica como ella.

No puedo evitar fruncir el ceño mientras miro a mi amigo, que simplemente se encoge de hombros. Sin embargo, la conversación de las dos amigas me saca de mis pensamientos para centrarme en lo que están hablando.

—Pues creo que deberías ir —le dice Brooke a Emma—. Podrías quedar con él mañana por la noche y ver qué pasa. Me has dicho que había cosas que teníais en común, ¿no?

—Ehm, sí... —titubea echándome un vistazo rápido para después observar a mi hermana—. Pero desde que Nathan me dijo que esas aplicaciones eran para buscar sexo, les he cogido un poco de manía...

—El otro día te citaste con un tipo y no pasó nada, ¿no? —le pregunta, y Emma me lanza una mirada fugaz.

—No, nada.

—¿Ves? Chica, tú prueba a ver qué tal es. Si ves que las intenciones de ese hombre son sexo, lo mandas a la mierda y te desinstalas la aplicación —indica para después girarse hacia nosotros—. ¿Vosotros también creéis que las aplicaciones de citas son para buscar sexo?

—Sí —suelto sin dudar.

—No —dice Carter a la misma vez que yo.

Los dos nos miramos, frunce el ceño, levanto una ceja y este niega con la cabeza como si no me entendiera.

—¿Sí o no? —pide Brooke al ver las distintas opiniones que tenemos al respecto.

—Sí —murmura Carter mirándome de reojo—. Lo siento, Emma, pero esas mierdas nunca sirven.

Emma se encoge de hombros y siento un impulso irracional por acercarme a ella, por estrecharla contra mis brazos, por levantar esa preciosa cara que tiene y besar sus jugosos labios hasta provocar que gima contra mi boca. Sin embargo, bloqueo ese deseo mirando a mi hermana, que comienza a animar a Emma y a decirle que no tenemos ni idea de nada. Ni siquiera me quedo a escuchar el monólogo de Brooke a favor de que acceda a esa maldita cita porque me giro, salgo de la oficina y me meto en el coche.

Sin decir ni una puta palabra más.

Muevo el cuello, que ahora mismo siento engarrotado, y una furia ilógica se expande por mi cuerpo.

Joder, esta mierda va a acabar conmigo.

No puede cabrearme que otro tío quiera tener una cita con ella. Le he dejado claro que ella y yo no podemos tener nada tantas veces que es normal que siga adelante.

Es normal que siga buscando lo que desea...

Sin importar que hayamos acabado saltándonos las reglas tres malditas veces.

—Pero, tío —me dice Carter sentándose en el asiento del copiloto, y resoplo con frustración porque, ¡hostias!, no me deja ni un puto minuto tranquilo—, ¿qué leches te pasa? Pensé que querías alejarte lo máximo de Emma, por eso he contestado que no y tú le sueltas que es una aplicación para tener sexo.

—Es que lo es.

—Me imagino que para según quién. Habrá de todo, ¿no? —indica para después mirarme—. ¿Estás bien?

—Todo lo bien que puedo estar a estas horas de la tarde —concluyo, observando como Brooke comienza a cerrar la oficina y la preciosa silueta de Emma acapara toda mi maldita atención—. ¿No tenías que ir a ver si tu padre la ha vuelto a liar? —murmuro sintiendo el regusto amargo de esas palabras.

Mi amigo me lanza una mirada furiosa que me he ganado a pulso, pero, joder, todo este tema me está trastocando demasiado y ahora mismo no puedo verbalizar que, yo que me vanagloriaba de controlar cada uno de mis movimientos, he perdido esa capacidad con ella. Que lo he vuelto a hacer y que parece que lo volvería a hacer un par de veces más porque mi cuerpo no ha tenido suficiente.

Pero tengo que detener esto ya, antes de que le haga daño.

Porque se lo haré, maldita sea.

—Si necesitas hablar o emborracharte, envíame un puto mensaje —dice dándome una palmada en el hombro, para salir del coche y dirigirse a pie hasta su casa.

Cierro los ojos un instante porque he sido un cabronazo con mi amigo y sé que le debo una disculpa, pero también darle una razón por comportarme de esta manera. Pero ¿cómo le voy a explicar que esto se me está yendo de las manos? ¿Cómo voy a mirarle a los ojos y decirle a mi amigo que he cometido el error de mezclar el placer con el trabajo? ¿Cómo voy a soltarle que esta mañana no quería que Emma se fuera de mi casa? ¿Cómo voy a decirle que no me había dado cuenta de que empiezan a importarme las cosas?

Desde que Emma apareció en mi vida, lentamente, he ido alejando de mi ser ese estado de apatía que gobernaba mis días. Todo me daba igual. Todo, a excepción del negocio, me importaba una mierda. Y ahora...

Cuando vuelvo a abrir los ojos, observo como Carter se acerca a Emma, se despide de ellas y Brooke, cómo no, le hace algún gesto del que no tengo dudas iría acompañado de algún ataque a mi amigo. Sin embargo, mi amigo simplemente se ríe mientras comienza a alejarse de la zona. Cuando han terminado de cerrar, se dirigen a mi coche sin dejar de hablar.

—¿Y Nathan?

—Hoy se ha ido antes a casa —me dice mi hermana y, cuando las dos están sentadas en la parte de atrás, como un maldito taxista, pongo el motor en marcha—. Entonces, ¿qué le vas a decir? —suelta a Emma, y la miro por el retrovisor central.

Ella ya me está mirando y, al cruzar nuestros ojos, desvía su mirada hasta mi hermana.

—No lo sé, lo tengo que pensar —susurra de una manera tan tímida que mi polla se endurece de manera ilógica—. Necesito... aclarar mis ideas después de la cita con el casado y con el que se fue dejándome a mí la cuenta.

—De verdad, ¡qué mala suerte tienes, Emma! Anda que no hay tíos y has ido a parar con lo peorcito de Bar Harbor.

—Sí... —susurra, y sus ojos otra vez me encuentran mirándola.

Apago el motor en cuanto aparco delante de mi casa. Brooke y Emma salen rápido del coche, sin dejar de hablar de una serie que están viendo. Después se despiden y Emma enseguida se esconde en su casa, tras echarme una rápida mirada que no me pierdo.

—Brooke —la llamo, y corro hasta ponerme a su altura—, ¿cómo ves a nuestra madre?

Lo suelto sin pensar. Pero, joder, desde que Emma me dijo hace días que mi madre necesitaba ayuda, no he parado de darle vueltas a ese tema. Sé que lo hemos intentado todo, pero ¿y si ella tiene razón? ¿Y si, después de todo, ahora sí me hace caso?

—Como siempre.

—¿Está más triste?

—Está igual, Damon. No habla, algo que parece hemos heredado nosotros y solo mira la televisión. Nada más.

—¿Sigues pensando que debería ir al psicólogo?

—Por supuesto, pero es nombrárselo y, chico, como si le estuviera nombrando al mismísimo diablo. No me escucha y yo ya me he cansado de repetírselo.

—¿Nathan se lo ha pedido?

—Sí, y la misma respuesta. ¿Por qué?

—No puede seguir así.

—Lo sé. Todos lo sabemos, pero me temo que ella todavía no lo sabe.

—No pierdo nada por decírselo yo.

—¿Lo vas a hacer? —me pregunta visiblemente sorprendida—. A ver, que me parece una idea estupenda porque ella siempre te escucha, Damon. —Frunzo el ceño, porque eso mismo es lo que me ha dado a entender Emma—. Venga, tío, no me vengas ahora con extrañezas, que se nota que te respeta. Abres la boca y enseguida mamá hace lo que dices.

—Eso no es así.

—Lo es, pero aún no te has dado cuenta. Venga, venga —me coge del brazo—, que no quiero que te eches ahora para atrás.

—No lo iba a hacer.

—Bueno, por si acaso. Los Crowell somos dados a frenar en seco cuando la cosa se pone intensa.

31

Todo ha acabado

EMMA

Estoy parada delante de la *pickup* de Damon sin dejar de mirar la puerta de su casa.

He pasado una noche para olvidar. Ni siquiera quiero calcular las pocas horas que he dormido porque sé que me deprimiría. Como tampoco quiero contar las veces que miré la foto que nos hizo esa anciana sobre la montaña Cadillac, cómo dibujé con mis dedos el atractivo rostro de Damon y cómo no pude dejar de mirarla hasta caer rendida a unas horas intempestivas.

Pero ayer fue entrar por la tarde en casa y no parar de recordar cada instante que he compartido con Damon. Cada beso. Cada palabra. Cada gemido... Y ya sé que no debería montarme películas con él, pero mi mente, la muy demente, no ha cesado de darme esperanzas de que él vendría a verme...

Porque volvió a mirarme en el espejo retrovisor.

Porque estaba atento a la conversación que mantenía con Brooke.

Y porque parece que no pierdo la esperanza de que soy más que un ligue esporádico.

De que empieza a tener sentimientos hacia mí...

Por supuesto, eso no ha sucedido y mi frustración ha ido en aumento de una manera desquiciante.

Tengo que olvidarme de él, lo sé. Juro que lo sé y no solo porque sepa a ciencia cierta que no voy a tener nada más que sexo con él, sino que, cuando ocurre algo entre los dos, él simplemente desaparece... Para después de unos días sin verle el pelo, aparecer como si no hubiese ocurrido nada entre los dos. Como si no hubiésemos acabado durmiendo uno abrazado al otro, para después ver su gesto asustado cuando se dio cuenta de que todavía estaba en su cama...

Pero ¿cómo consigo que mi ser deje de estremecerse cada vez que lo tengo delante? ¿Cómo hago para que mi alma no se inquiete cada vez que escucho su voz? ¿Qué puedo hacer si mi mente espera expectante a que él vuelva a besarme?

¡¡Demonios!! Estoy colada por él.

—¡Buenos días! —escucho a mi lado, y mi cuerpo se sobresalta al no esperarme que mi amiga llegue tan temprano—. Te tengo que contar algo —añade, cogiéndome del brazo y abriendo tanto los ojos que puedo diferenciar cada matiz verde y gris que cruzan sus iris.

—¿Sobre Lucas?

—¿Lucas? —resopla—. Mira, no me hagas hablar de él... —añade negando con la cabeza—. Ya te contaré la última de él, porque lo que tengo que contarte es incluso mejor.

—¿En serio? Vaya, pues cuéntame.

Sin embargo, el sonido de una puerta cercana al abrirse y después al cerrarse provoca que mi atención se desvíe de mi amiga a su hermano mayor. Me trago un suspiro, siento sus ojos grises un segundo encima de mí, pero es suficiente para que mi cuerpo se estremezca. Damon camina, con esos andares confiados, hasta el asiento del conductor. Nos saluda, le devolvemos los buenos días, sin que su mirada se enrede con la mía, algo de lo que me estaba empezando a acostumbrar y me obligo a meterme en el coche a la misma vez que mi amiga.

Nathan no tarda en aparecer, parece que los mellizos se han puesto de acuerdo para ser puntuales esta mañana, y Damon arrancar el motor para poner rumbo a la oficina.

No paro de mirar el retrovisor central, con la esperanza de que Damon me mire por ahí, como normalmente ocurre, pero, mientras Nathan no para de hablar de la fiesta a la que fue anoche, mi esperanza comienza a marchitarse al no llegar esa mirada que tanto deseo que me eche.

Cuando Damon estaciona el coche, salgo de un salto, más cabreada que un mono porque no ha parado de ignorarme. Y ya sé que yo solita me he metido en este embrollo, que lo nuestro, sea lo que sea, estaba condenado a acabar así. Pero, aun así, me siento mal, triste y frustrada, porque... estoy colada por él.

Frunzo el ceño mientras me miro las manos esperando a que Brooke abra la puerta, dándome cuenta de que he perdido el norte en este tema y que ahora no sé qué hacer. Porque una cosa es que sienta o no atracción por un hombre, pero ahora hay algo más... hay sentimientos. Unos sentimientos que empiezan a crecer ajenos a mi voluntad.

Damon, Nathan y Carter, el cual acaba de llegar, entran en la sala de empleados mientras Brooke y yo empezamos a preparar la oficina para el inicio de la jornada. Mi amiga, de vez en cuando, me echa una mirada nerviosa. Se nota que está deseando contarme algo y que está esperando a que estemos completamente a solas.

Cuando sus hermanos y Carter salen de la sala de empleados, Brooke se acerca a ellos para explicarles las reservas que hay hechas para el día de hoy. Yo... me afano por limpiar las mesas, obligándome a no mirar en dirección donde sé que está Damon y, aunque me está costando toda mi fuerza de voluntad, consigo no echarle ni siquiera una mirada. Es más, escucho cómo se despiden de nosotras —les respondo con la mirada anclada en la mesa—, cómo se abre la puerta para después cerrarse, sin que mis ojos se posen en Damon Crowell.

¡¡Me merezco una medalla!!

—Parecía que no querían irse —murmura Brooke acercándose a mí—. Voy al meollo del asunto, que no quiero que me interrumpan los clientes. ¿A que no sabes lo que sucedió ayer por la tarde?

—Ni idea.

—Damon habló con nuestra madre y le soltó sin vacilar que tenía que ir al psicólogo —suelta, y se me salta un latido del corazón al escucharla—. Mi madre ni siquiera abrió la boca mientras mi hermano hablaba de la importancia de que sane de una vez por todas, de que pase página, que sea fuerte, aunque sea por nosotros... Joder, te juro, Emma, que se me saltaron las lágrimas y me tuve que ir a la cocina para llorar sin que nadie se diera cuenta. Pensé que este día no llegaría. No somos de hablar nuestras cosas, ya lo sabes. Pero ahí estaba Damon, serio, pragmático y dispuesto a que mi madre entendiera que ya había pasado suficientes años viviendo como una sombra de lo que fue. Que debía dejar de compadecerse a sí misma y centrarse en cualquier cosa que le hiciera feliz. Jamás he escuchado a Damon hablar de esa manera, tan contundente y duro, es cierto, pero fue paciente y calmado. Como si de verdad le importara el estado mental de nuestra madre.

—Pero ¡es una noticia estupenda, Brooke! —suelto tan emocionada como ella—. Y ¿qué dijo tu madre?

—En ese momento nada. Se levantó del sofá y se metió en su dormitorio sin ni siquiera abrir la boca... Damon se quedó con una cara el pobre... Se fue bastante cabreado de nuestra casa, pero... ¡y aquí viene la parte buena! —suelta ensanchando una enorme sonrisa—. Antes de irme a dormir, mi madre me llamó. Entré en su dormitorio y me dijo que iría al psicólogo, que le pidiera cita lo antes posible. ¡Dios, Emma! No pude evitar abrazarla y que se me saltaran las lágrimas. Sé que queda muuuucho camino por recorrer, pero que quiera sanar, que esté dispuesta a ir al especialista es un paso enorme.

—¿Se lo has contado a Damon?

—¡Claro! Madre mía, si hasta fui a su casa en pijama. Y, menos mal que no había ninguna de sus amiguitas con él, porque entré en su dormitorio como una loca para contarle la buena noticia sin pensar en que podría tener compañía.

—¿Se alegró cuando se lo contaste? —le pregunto sintiendo un nudo en el estómago, porque si hubiese entrado hace tres noches, me hubiese pillado a mí entre las sábanas de su hermano mayor.

—Pues no lo sé. Ya sabes cómo es Damon. —Hace un gesto de resignación—. Creo que se traga sus sentimientos o que, directamente, no tiene. No lo sé. Pero no importa, porque esta tarde voy a acompañar a mi madre al psicólogo. He tenido que pedir un par de favores para que me den cita tan pronto, pero no quiero que se eche ahora para atrás.

—Me alegro muchísimo.

—Lo sé, amiga. Eso sí, te quedarás un par de horas sola en la oficina —dice, y dibuja una sonrisa—. No pongas esa cara, ya lo tienes todo controlado. Además, si tienes alguna duda o problema, puedes llamar a alguno de los chicos. Ya se lo he comentado a Damon y me ha dicho que estarán todos pendientes de ti.

—Ah... —Mi cuerpo se llena de nervios que intento

disimular al imaginarme a su hermano mayor pendiente de mí—. Bien. Pero ahora, lo más importante de todo es que tu madre quiere ponerse bien.

—¡Sííí! Qué ganas de que llegue la tarde.

Sonrío sin poder dejar de pensar que Damon me ha hecho caso y que ha ido a hablar con su madre, sin importar el dolor y la rabia que sentía hacia ella...

Esto tiene que significar algo, ¿no?

—¿Y qué ha pasado con Lucas? —pregunto, y mi amiga cambia su sonrisa por una mueca de fastidio.

—No te lo vas a creer... —Frunzo el ceño y mi amiga comienza a negar con la cabeza—. Me ha pedido que salgamos juntos como... novios. —Y pone cara de asco al pronunciar esa palabra.

—Por tu expresión, le habrás dicho que no.

—Por supuesto. No valgo para eso, Emma.

La puerta se abre y aparecen unos clientes, mi amiga se acerca a ellos y yo me quedo mirándola.

Debe de ser genética esa aversión al compromiso porque ninguno de los hermanos Crowell quiere tener una relación...

***

Tim ha venido antes de que Brooke se fuera.

Sé que he intentado fingir alegría al ver al ayudante de Damon, pero creo que ha notado que no estoy como siempre, porque intenta animarme con sus publicaciones en redes sociales.

—¿Y qué quieras que diga? —le pregunto después de cerrar una reserva con unos clientes y despedirnos de ellos.

Tim está toqueteando su móvil y sé que quiere que salga en uno de sus vídeos, pero no sé qué se supone que debo decir.

—Pues lo que haces aquí o lo que crees que la gente debería saber de Sunset on Board.

—No sirvo para esto, Tim —titubeo, y este me muestra una amplia sonrisa.

Es un poco más alto que yo, larguirucho y tiene una cara de esas de las que puedes confiar al instante, además me cae bien. Es más joven que yo y, me imagino, que por esa razón me da como ternurilla al verlo. Además, me encanta que tenga las cosas claras, porque me ha contado que quiere ser capitán de barco.

—Emma, lo hago yo, seguro que tú lo bordas. Relájate y habla conmigo, olvídate del móvil, ¿vale?

—Bueno, vale... —Suelto el aire, destenso el cuello y sonrío mientras me pongo delante de una pared donde aparece el logo de la empresa—. Soy Emma y este es mi primer verano trabajando en Sunset on Board. Antes... Nunca había montado en barco. —Y me río al recordar la cara de Damon cuando se enteró—. La primera vez que monté en uno de los barcos de esta empresa me fascinó el paisaje y cómo nos envolvía la naturaleza. Había momentos en que se me olvidaba de que existía un mundo fuera del barco. Fue como si toda mi vida hubiese esperado ese momento para darme cuenta de que me encanta navegar. —Tim sonríe—. Mi primer crucero fue un atardecer en el océano y fue inolvidable. Os animo a que vengáis a ver los maravillosos cruceros que tenemos porque son una experiencia única. Ya estoy deseando volver a montar en otro barco y dejarme envolver por la maravilla de este entorno. Ya sabéis, Sunset on Board es vuestro próximo destino, además es posible que conozcáis en persona a Tim, yo no me lo perdería —indico guiñándole el ojo, y este oprime algo en la pantalla para dejar de grabar.

—Lo voy a subir ya. ¡Has estado espectacular, Emma! —exclama con entusiasmo.

—Tim. —Su voz retumba por la oficina y mi cuerpo

se tensa al reconocerla. Al girarme, Damon está apoyado en el marco de la puerta, tan atractivo que incluso suspiro al verlo...—. Puedes irte ya a casa, me quedo con Emma al cierre.

—¡Genial! —exclama para después mirar otra vez su teléfono—. Ya está subido. Mañana te cuento qué les ha parecido a mis seguidores. Gracias por salir.

—Ha sido un placer —le digo, de repente, muy nerviosa.

Esta mañana me ha ignorado por completo, no lo he vuelto a ver en todo el día y ahora está aquí, mirándome fijamente, provocándome sin ni siquiera abrir los labios.

Y ¡quiere quedarse a solas conmigo!

—¡Nos vemos mañana! —Y Tim sale rápidamente de la oficina dejándonos solos.

—¿Qué tal sin Brooke? —me pregunta deteniéndose demasiado lejos de lo que me gustaría a mí.

—Bien. Tim me ha ayudado con un par de clientes y me ha convencido para que salga en una de sus publicaciones para TikTok.

—Lo sé, te he visto... —dice, y escondo los labios sintiéndome avergonzada—. Emma...

—Ya estás aquí —escuchamos de repente a Nathan, y me sobresalto tanto que doy hasta un saltito para atrás—. Menudo día. Creo que voy a echarme a dormir en cuanto llegue a casa. —Se queda callado mirándonos—. ¿Pasa algo?

—Por supuesto que no —contesta Damon dándose la vuelta—. Ayuda a Emma a cerrar, voy a ver dónde está Carter...

Y sin más se larga dejándome con su hermano.

Nathan me mira de reojo mientras empiezo a recogerlo todo para después ponerme a hacer la caja como me ha enseñado Brooke a hacer.

—¿Te ha dicho algo Damon? —me pregunta apoyándose en la mesa en la estoy sentada.

—¿Qué me debería de decir?

—No lo sé. Estabais los dos como muy raros cuando he entrado.

—Me ha pillado haciendo un vídeo para la cuenta de Tim.

—Nooo —suelta carcajeándose—. Al final te ha enganchado, ¿eh? Este Tim es tremendo, joder.

No dudo en sonreír mientras empiezo a contar el dinero.

Cuando he terminado y, con la ayuda de Nathan, cerramos la oficina y nos dirigimos a la *pickup* de Damon. Él ya está dentro, serio, mirando el móvil con tanta atención que ni siquiera se da cuenta de que nos sentamos.

—¿Todo bien, Damon? —le pregunta el mellizo al ver que no hace el amago de poner el motor en marcha.

—Sí, claro. Vamos.

Arranca el coche y salimos de aquí.

No me mira ni una sola vez.

No habla, aunque Nathan le formula un par de preguntas. Al ver que este pasa de contestarle, empieza a contarme qué tal le ha ido su día. Y a pesar de que lo estoy escuchando con atención, no dejo de mirar de reojo a Damon.

Está como distante, como si no quisiera estar aquí o, mejor aún, como si no quisiera que yo estuviese aquí.

Creo que ya puedo confirmar que entre Damon y yo todo ha acabado.

Y tengo que hacer algo para pasar página, para que Brooke no se dé cuenta de que ahora mismo me siento rechazada por el único hombre que me ha hecho sentir algo entre sus brazos.

Para que nadie averigüe que me siento desolada al comprobar de primera mano que Damon no mentía y que realmente no está hecho para las relaciones.

Que huye del amor.

Que pasa de mí absolutamente.

Una cita, eso es. Debo tener una cita, para que ese hombre me ayude a sacarme de la cabeza y del corazón a Damon Crowell.

32

¿Ilusionada?

DAMON

Apolo me mira con la lengua hacia afuera mientras corremos por la calle. Llevamos así más de una hora, el tío aguanta más que yo y, aunque tengo ganas de parar, me obligo a correr un poco más. Necesito calmar a mi mente que no para de recordarme a Emma.

Ayer fue un día extraño.

Tenía unas ganas tremendas de ver a Emma para contarle que había hablado con mi madre. Al principio pensé que no había servido para nada, porque ella ni siquiera abrió la boca después de darle la chapa. Pero luego vino mi hermana a contarme que nuestra madre había decidido ir al psicólogo. Me sentí... extraño. Se mezclaba el alivio al ver que quiere sanar con la frustración, al pensar que podía haberlo intentado antes... Que ella podría haber empezado a estar bien mucho antes si yo me hubiese dado cuenta de que lo único que necesitaba era que yo se lo dijera otra vez.

Cuando vi a Emma por la mañana parada delante de

mi coche, al lado de mi hermana, yo... Tuve que armarme de valor y dejar de mirarla. Tengo que detener esto que nos sucede, aunque me tenga que machacar todos los malditos días a correr para dejar de desearla.

Aunque me tenga que alejar de ella cada vez que estemos a solas.

Como ayer... cuando entré en la oficina y la escuché hablar de nuestra empresa. El entusiasmo que irradiaba cuando hablaba de Bar Harbor, la ilusión que percibí en su voz al hablar de las dos veces que ha subido en barco, y me sentí como un puto egoísta, porque esas dos veces fueron a mi lado.

Menos mal que Nathan nos interrumpió.

Menos mal que no llegué a decir lo que mi boca deseaba confesarle.

Lo que me moría por decirle.

Menos mal que salí de ahí para dejar de observar su bonita cara, de oler su increíble perfume y de desear como un desquiciado volver a hundir mi nariz en su cuello.

Y besarla, joder. Besarla sin importarme nada más que lo que me hace sentir cada vez que la tengo delante.

Para luego, en el coche, cuando ellos entraron al acabar de cerrar, leer un mensaje que me envió Carter y que provocó que los dejara en la calle, para salir directo hacia donde estaba mi amigo porque me necesitaba.

Y no tengo dudas que daría mi vida por mi amigo, porque nuestras vidas son un despropósito, una acumulación de mierdas y problemas. No sé por qué me sorprende que a ninguno de los dos nos ocurran cosas buenas. Desde siempre hemos tenido que pelear con uñas y dientes para sobrevivir. Para conseguir las cosas. Para estar donde estamos, como si no bastase con haber tenido una adolescencia dura que, además, nuestra vida adulta también está empañada en dificultades.

No hemos tenido ninguno de los dos una vida fácil,

pero aquí estamos, sin dejar de pelear y sin dejar al otro solo cuando más lo necesita.

Después, mucho más tarde, cuando Brooke me envió un mensaje diciéndome que mi madre había asistido a su primera sesión con el psicólogo, me hizo suspirar aliviado.

No las tenía todas conmigo. Me temo que me he acostumbrado a esperar lo peor de los demás.

A esperar lo peor y punto, porque es lo único que he aprendido en mis veintiséis años.

—Vamos, Apolo —lo animo a acelerar la carrera para llegar lo más rápido posible a casa.

Mi perro corre lo más rápido que puede y yo intento estar a su altura, algo que me cuesta bastante. Sin embargo, en cuanto la veo subida a una escalera cortando unas ramas de un árbol, todo lo que había conseguido al correr se evapora en el aire. Está de espaldas a mí, con unas mallas negras que se pegan con descaro a su increíble figura. Su cabello lo tiene levantado en un recogido abstracto y puedo ver un poco de su suave piel porque la camiseta se le ha levantado.

Apolo ladra con emoción cuando la ve.

Emma se gira y sonríe a mi perro resplandeciendo por encima de cualquier cosa. En este momento, se da la vuelta y me mira. Yo... Expulso el aire con fuerza deteniéndome a un paso de ella. Lleva puesta sus gafas negras, sin maquillaje, con el cabello de cualquier manera y, aun así, me parece la mujer más preciosa que he visto en toda mi maldita vida.

Titubea un instante.

Se gira hacia el árbol y observo, horrorizado, como la escalera comienza a temblar.

No dudo en acercarme y nada más hacerlo, observo como Emma se cae.

Ella ahoga un grito.

Yo la cojo con fuerza estrechándola contra mi cuerpo.

Sus ojos impactan contra los míos como si fuera un meteorito y siento como los pulmones se me vacían de aire.

—¿Estás bien? —le pregunto con un puto gruñido.

—Sí, yo... —balbucea y, lentamente, disfrutando como un maldito egoísta de su cercanía, la dejo en el suelo.

—Deberías dejar de trabajar fuera del horario laboral —suelto como un idiota, y esta frunce ligeramente el ceño, para después deslizar una preciosa sonrisa.

Quiero besarla, joder.

Quiero sentirla otra vez pegada a mi cuerpo.

Es como si ella fuera el fuego en medio de una tempestad de nieve.

Un fuego que me atrae como si llevara siglos congelado y ella fuera la única capaz de calentarme. La única capaz de alumbrar las sombras que gobiernan mi vida. Sin embargo, tengo que poner el freno ya.

No puedo dejar que otra vez mi cuerpo tome el control.

Ella no merece contentarse ni con una décima parte de lo que desea y yo no puedo darle lo que ella quiere.

—Le estoy cogiendo gusto a la jardinería —dice con dulzura mientras acaricia la cabeza de Apolo, el cual está más que complacido por las atenciones recibidas.

—Pues ten cuidado la próxima vez —gruño—. Apolo, vamos.

Y me obligo a caminar, alejándome de ella, sintiendo como mi cuerpo protesta. Pero no hay vuelta atrás, ya me he saltado tres veces mis reglas y no puedo permitir una cuarta vez más.

Aunque eso signifique que tenga que meterme en la maldita ducha ahora mismo para bajar a mi polla, que estaba emocionada al tenerla de nuevo delante.

***

—Qué bien que te haya pillado aquí —me dice Carter entrando en la sala de empleados.

Llevo aquí diez minutos, tomando un café y controlando la puerta por si tengo la suerte, o la desgracia, de que Emma entre...

Aunque la veo por las mañanas cuando los traigo al muelle, desde que ayer me la encontré en el jardín cortando el árbol, no he vuelto a hablar con ella. No he vuelto a estar a solas con ella y... joder, no debería desear tener esos momentos a solas con ella.

—Me estaba durmiendo y he venido a intentar despejarme —murmuro, para después darle un trago al café bien cargado y mi amigo se sienta en la silla que tengo delante—. ¿Qué pasa?

—Tengo que ir a acompañar a mi madre...

—Puf —suelto porque sé a lo que va.

—La historia de nunca acabar —indica encogiéndose de hombros.

—¿No te cansas de toda esta mierda, Carter?

—Sí, pero dime, ¿qué hago si no? Ella me necesita y él, aunque diga que no, también.

—Lo sé, tío... —Resoplo con frustración porque mi amigo tiene demasiadas preocupaciones encima—. ¿Tenías algún crucero ahora?

—Sí, «Atardecer para dos» —contesta, y asiento lentamente—. Iba a venir Emma conmigo porque...

—No me lo digas, Ruby sigue mala.

—Ruby está embarazada y me temo que le va a tocar estar en reposo... —suelta, y resoplo con frustración echando la espalda para atrás—. Creo que mañana quería venir a hablar contigo.

—Joder, en plena temporada...

—No todo el mundo vive para el trabajo...

—Lo sé, pero esto significa que tendré que buscar a una persona más para este verano. Las mierdas se nos acumulan.

—Seguro que encontraremos a alguien que la sustituya.

—Eso espero.

—Puedo pedirle a Nathan que me cubra esta tarde y tú le haces su crucero —tantea, perspicaz, y lo miro con gesto cansado.

—No... —Sonríe el muy cabrón—. No es por lo que crees. Es que no me fío de mi hermano.

—Pero ella no está interesada en él y... por lo que me he enterado, en ti tampoco —suelta esperando mi reacción.

—¿Qué quieres decir? —suelto con demasiado interés y, claro, Carter no duda en sonreírme el muy canalla.

—Me he enterado de que anoche tuvo una cita.

—¿Una cita? ¿De la aplicación?

—Ni idea, pero parece que está muy ilusionada porque esta noche repite con el mismo tipo.

—¿Ilusionada? —repito perplejo, y Carter se encoge de hombros.

—Entonces, ¿te haces cargo tú?

—Sí, anda, vete y cualquier cosa...

—Lo sé —dice levantándose de la silla—. ¿Damon? —Levanto la cabeza para que prosiga—. No la cagues.

—¿Con qué?

—Ya sabes con quién —añade aclarándome a quién se refiere.

A Emma.

Por supuesto que está hablando de ella.

—Ya... —susurro haciendo girar la taza sobre la mesa.

Carter me da una palmada en la espalda antes de salir de aquí, dejando esa frase sobrevolando en mi mente, porque me temo que ya la he cagado.

Desde el instante que mis ojos se posaron en Emma Carpenter.

Desde que me di cuenta de que no podía frenar a mi ser que deseaba estar con ella.

Aunque la he cagado de una manera brutal con ella, parece que me da igual porque ha sido escuchar que Emma anoche tuvo una cita y que hoy repite con el mismo tipo, y he sentido como si me arrancaran las entrañas de mi interior.

Sin embargo, tengo que dejarla marchar, tengo que alejarme lo máximo de ella, lo sé, pero, joder, qué difícil me está resultando.

33

Desnudando mi alma

Emma

Levanto la cabeza hacia el Antiguo Langostero, el barco en el que trabajaré esta tarde, para buscar a Carter, pero... no es él a quien veo sino a Damon.

Todavía no me ha visto porque está cabizbajo, pensativo; sin embargo, da igual en qué estado de ánimo se encuentre este hombre, es verlo y mi cuerpo se estremece, mi estómago se cierra y mi piel me arrastra hasta él.

Me quedo quieta, congelada, al darme cuenta de que otra vez estaré en ese pequeño barco con él, después de todo lo que ha pasado entre nosotros.

Después de que tuviera que poner en marcha un plan para desprenderme de su recuerdo, del sabor de sus labios, de cómo me siento cuando me toca, de lo que siento en mi interior cada vez que lo tengo delante...

De repente, sus ojos grises me pillan mirándolo. Se levanta y se acerca a la rampa sin que yo le tenga que decir nada. Adelanta su mano hacia mí y yo, sin ni siquiera pensar en las consecuencias de volver a tocar su piel después de estos días obligándome a olvidarlo, poso la mía sobre la suya.

Todo se detiene.

Incluso podría asegurar que la Tierra deja de rotar en este instante.

Lentamente, con su ayuda, cruzo la plataforma de acero y subo al barco, donde él, de una manera demasiado lenta, desliza sus dedos por mi mano hasta dejar de tocarme.

De repente, todo vuelve a la normalidad. Escucho el graznar de las gaviotas, el sonido de las olas chocando contra el casco del barco, las voces de los trabajadores al fondo, el murmuro persistente de los turistas admirando la belleza de este lugar; pero yo sigo encadenada a su mirada y al hecho de que volvamos a compartir un «Atardecer para dos».

—Pensé que el capitán sería Carter —le digo, muy espléndida yo.

—Tenía cosas que hacer.

—Pero hoy tenías la tarde libre —comento, pues eso es lo que me había dicho Brooke esta mañana.

Que él no estaría en el muelle.

Que no lo tendría que ver, algo que por supuesto no ha ocurrido.

—Lo sé.

Y sin más, se da la vuelta hacia la cabina. Ni siquiera dudo en seguirlo, porque sé que forma parte de mi trabajo. Tengo que dejar la mochila con la cena, preparar la mesa y estar lista para cuando lleguen los clientes a cubierta.

De repente, siento que la cabina es demasiado pequeña, su cuerpo demasiado grande y que me va a costar un mundo que mi cuerpo no roce el suyo en cualquier momento. Intento ir rápido, es la única manera de poder solventar esta extraña situación. Tengo que centrarme en el trabajo y dejar de pensar en lo cerca que voy a estar de Damon...

—Me he enterado de que anoche tuviste una cita —suelta casi con un gruñido, y me quedo con las mantas en la mano, tan quieta que incluso dejo de respirar.

—Ehm... sí —susurro girándome para ver que él ya tiene sus ojos puestos en mí.

—¿Te gusta?

—¿Cómo?

—¿Te gusta ese chico?

—No está mal... —susurro encogiéndome de hombros, para después salir de la cabina rápidamente sintiendo los latidos erráticos de mi corazón retumbando con fuerza en mis oídos.

Preparo la mesa lentamente, tardando más aposta porque no sé qué decirle cuando volvamos a estar a solas. Yo... no me esperaba que él se enterara de que anoche tuve una cita. Aunque para decir la verdad, para lo que no estaba preparada era para que él sacara ese tema con tanta normalidad. Como si se alegrase de que hubiese salido con otro hombre. Como si se sintiera aliviado de que estoy buscando el amor en otra parte.

La cita de anoche... no estuvo mal, es cierto. El tipo en cuestión es majo, pero no es Damon y ahí es donde la cosa se complica. Porque anoche me di cuenta, mientras estaba conociendo a mi cita, de que estaba comparándolo con Damon, ¡flipa! Que esos sentimientos que estaba empezando a tener, me temo, habían evolucionado sin darme cuenta convirtiéndolo en algo mucho más fuerte que no debería haber pasado. No es que estuviese colada de Damon, noooo. Es que me había enamorado como una tonta de él, que comparaba a todos los tíos que empezaba a conocer con él y, claro, todos salían muy mal parados...

Me temo que Archie, mi cita, se dio cuenta de que algo me pasaba. Sin embargo, no me dijo nada, mientras yo me repetía para mí misma que tenía que dejar de amar a Damon. Que no podía colgarme de esa manera por él. Supongo que, por esa razón, cuando Archie me acompañó a casa y me preguntó si quería quedar de nuevo esta noche, le dije que sí sin ni siquiera pensármelo.

Necesito arrancarme de mi ser a Damon Crowell.

Necesito verlo como a mi jefe, como al hermano mayor de mi mejor amiga y no como al hombre con el que he sentido por primera vez lo que es el deseo y al que he empezado a amar poco a poco a medida que iba conociéndolo de verdad.

Pero no puedo olvidar que Damon no quiere relaciones.

Él no quiere saber nada del amor y yo voy y... ¡pum!, me enamoro del único tío que no puedo tener.

Me obligo a caminar en dirección a la cabina, pero cuando llego en el interior no está Damon, y por eso no dudo en buscarlo al lado de la rampa.

Y aquí está, tan imponente, tan atractivo y con esa fuerza arrolladora que es su sello. Sus ojos me encuentran mirándolo y aprieto con fuerza los puños, clavándome mis uñas en las palmas, para mantenerme quieta, pero, sobre todo, para camuflar lo que siento cada vez que él me mira.

Cada vez que estamos uno al lado del otro.

Lo amo, esa es la verdad. Una verdad que me toca tragarme y empujar muy adentro de mi ser.

—Has tardado.

—Quería que todo estuviese perfecto —le digo sintiendo como su mirada me quema la piel y mi corazón late descontrolado por tenerlo de nuevo solo para mí.

—No quería hacerte sentir incómoda —susurra, y no puedo evitar abrir los ojos sorprendida de su confesión—. No volveré a hablar de ese tipo.

Abro los labios dispuesta a decirle algo, él no me quita

la mirada de encima y a mí no se me ocurre nada ahora mismo que pueda responder a lo que me acaba de decir. Porque no me ha hecho sentirme incómoda, sino frustrada porque él no quiera nada conmigo. Porque ya se haya olvidado de mí. Porque sea tan insignificante que no le ha costado nada apartarme de su vida cuando ha obtenido lo que quería. Y no me quejo de que quisiera sexo conmigo, porque yo también lo quería, pero ahora necesito más...

—Hola, somos los Bing —escuchamos de repente, y los dos nos giramos para ver a una pareja de mediana edad mirarnos con una amplia sonrisa.

—Bienvenidos al Antiguo Langostero de Sunset on Board —dice en tono profesional mientras los ayuda a subir a bordo, como si no acabáramos de tener una extraña conversación. Como si no hubiese sucedido nada entre nosotros. Aunque me imagino que para él sea así. Soy una conquista más—. Soy Damon y seré su capitán en esta travesía. Ella es mi ayudante, Emma.

—Un placer —dice el señor Bing estrechando la mano a Damon, para después hacer lo mismo con la mía—. Estoy deseando ver el atardecer desde el océano, me han dicho que es una experiencia inolvidable.

—Sí que lo es —susurro, y la mirada de mi jefe vuela hacia mí.

Acompaño a los pasajeros a su mesa, les ofrezco vino y entro en la cabina mientras Damon pone en marcha el motor para salir del muelle. No hablamos, ahora mismo estamos trabajando y sé que, ante todo, él es un profesional.

Después de estar todo el rato en la cubierta, hablando con los Bing, contándoles lo que estamos viendo —estuve atenta cuando Carter hizo de guía— y ofreciéndoles cualquier comodidad que necesiten, entro en la cabina para resguardarme del frío.

Vale, soy lo peor y otra vez se me ha olvidado la maldita chaqueta, pero es que siempre se me olvida que en el océano hace más frío que en tierra.

Lo bueno de que este sea mi tercer crucero al atardecer es que sé lo que viene ahora. Damon detiene el motor en el mismo lugar que las veces anteriores y el silencio lo llena todo.

—¿Puedo coger tu chaqueta? —le pregunto porque es absurdo estar pasando frío cuando sé que él tiene colgada esa prenda aquí.

—Claro —dice, y se apoya en un mueble sin dejar de mirarme—. ¿Sigue ilusionándote ver el atardecer? —me pregunta mientras me pongo su chaqueta.

—Sí —contesto con una sonrisa—. Es la primera vez que me ocurre, pero tengo muchas ganas de verlo. Es como si descubriese tonos distintos en cada uno de ellos. Además, hace ya bastante del último.

—Me ha contado Tim que ha triunfado el vídeo que grabaste.

—Sí, eso me ha dicho, y ahora está intentando convencerme para que salga de nuevo.

—Seguro que al final acabarás haciéndolo —susurra, y me encojo de hombros, porque yo tampoco tengo dudas de que al final lo haré.

—A él le hace ilusión y a mí no me cuesta tanto hacerlo...

Nos quedamos en silencio mirándonos y, después de unos segundos, me obligo a dejar de hacerlo para centrarme en el horizonte. El cielo comienza a teñirse de esos increíbles colores que presagian el final del día. Siento a Damon muy cerca de mí, pero sin tocarnos.

No hablamos.

Simplemente, observamos el atardecer juntos y, ¡demonios!, no sé por qué razón, cada uno de ellos es increíble, distinto y precioso. Es como si no me cansara de esto, no me cansara de esta experiencia, y eso sí que es una novedad viniendo de mí.

—Mi madre está yendo al psicólogo —dice con un hilo de voz, y me giro para mirarlo.

Él ya tiene sus ojos anclados en mí.

—Lo sé, me lo dijo Brooke.

—Nunca creí que llegaría a ver una chispa de ilusión en sus ojos, pero ayer la vi cuando me acerqué a su casa.

—Todos os merecéis pasar página y sanar. Creo que muchos de los problemas que tenemos, se resolverían hablando más. ¿Te puedes crees que todavía no le he contado a Brooke que dejé la universidad?

—¿Por qué no lo has hecho?

—No sé, tengo miedo de su reacción...

—Ella jamás te echaría en cara nada, Emma. Ella te quiere, te quiere mucho.

—Lo sé, y yo a ella. Gracias a ella, este verano he tenido una alternativa mejor que ir de casa de mi madre a casa de mi padre... —resoplo, y Damon frunce el ceño.

—¿Por qué no quieres estar con ellos?

—No lo sé...

—Sí lo sabes, pero no quieres decírmelo.

—No, yo... —Me muerdo el labio inferior y siento el dedo de Damon aflojar la presión. Y ahí me pierdo en sus ojos grises, notando como mi pecho se expande, como si me pudiera sumergir en las profundidades de sus iris. Como si pudiera confiarle mi alma a este hombre. Como si con él pudiera ser simplemente yo, sin artificios, sin medias verdades, sin ocultar la triste realidad de mi existencia—. Va a sonar como si fuera una envidiosa y yo... No quiero ser así, no quiero tener estos pensamientos, ¿sabes?

—Sé que no lo eres, Emma.

—Cuando voy a casa de mi padre y veo cómo trata a su hijo, a mi hermano, yo... —Me encojo de hombros sintiendo como los ojos me escuecen por las lágrimas, pero es que jamás he hablado de esto con nadie. Solo lo he pensado, solo le he dado vueltas una y otra vez en mi mente, para después desecharlo porque me hace sentir mal. Como si fuera una egoísta. Como si fuera una mala persona—. Yo nunca he tenido esa relación con él, Damon. Ellos juegan juntos, se ríen, se cuentan sus cosas y me siento como una extraña que estuviese contemplando la vida ajena de los demás. Como si estuviera de más en esa casa. Como si me tuviesen que acoger por ser quien soy y no porque quieran estar conmigo... Y, cuando estoy en casa de mi madre... —Suspiro mientras me limpio de un manotazo una lágrima que ha abandonado mis ojos sin permiso—. Siento como si molestara, ¿sabes? Como si todos ya tuvieran su marcha en esa casa, los hijos del marido de mi madre, ella y él; y yo, simplemente, entorpeciera su perfecta vida. Como si no encajara. Como si estorbara. Como si no me quisieran ahí...

—No digas eso, seguro que ellos quieren que vayas a su casa.

—Desde que estoy en Bar Harbor no me han llamado ni una sola vez, Damon. Ni siquiera un triste mensaje para saber si he llegado bien, si estoy a gusto o si me va todo bien con Brooke —confieso encogiéndome de hombros y observo como da un paso hacia mí—. No pasa nada, estoy acostumbrada a esta indiferencia. Siempre ha sido así, sin importar a donde fuera. Sin importar que empezara de cero en un lugar donde no tuviese a nadie. Ellos... a veces creo que nunca me han querido y simplemente me concibieron. Me dieron la vida, pero preferían que esa vida estuviera alejada de ellos.

—Emma... —Otro paso más hacia mí y otra lágrima que abandona mis ojos.

—A veces pienso que el problema soy yo, ¿sabes? A ver, no puedo gustar a todo el mundo, pero en principio tus propios padres deberían quererte un poquitito, ¿no? Pero no pasa nada, Damon, te lo aseguro. Estoy acostumbrada a esta indiferencia. A darme cuenta de que los demás sí que han tenido unos padres preocupados por ellos y que yo, bueno, en cierta manera debería estar agradecida porque no he tenido que lidiar con el hecho de unos padres sobreprotectores. Y, solo a veces, como hoy, me entra la llantera sin sentido, porque me da rabia que ese cariño que se suponía que debían tenerme se lo dan a otros —digo señalándome para después volver a secarme los ojos—. Estoy acostumbrada a estar sola, a ser la única que me quiera, a no ser suficiente para los demás...

Y, de repente, siento sus brazos estrechándome con fuerza contra él, en un abrazo muy prieto.

Su olor me hace cerrar los ojos con gusto, entrelazo mis brazos a su espalda y me pego como una lapa, sintiendo como las lágrimas continúan desbordándose sin control por mis ojos.

—No digas eso, Emma. El problema no eres tú —me dice sin dejar de abrazarme—. Cualquiera en su sano juicio te querría, preciosa. Los culpables son ellos porque no han sabido ser buenos padres. No han sabido darte lo que necesitabas, lo que necesita cualquier niño... Has tenido que crecer pensando que no eras suficiente, pero lo eres. Más que suficiente para arrebatar el corazón a todo aquel que se te cruce.

—Damon —susurro alzando la cara para observar cómo me mira. Sus dedos se afanan por secarme los ojos y su rostro se encuentra tenso, como si le doliese verme así.

De repente, su boca se posa contra la mía de manera suave, delicada, como si quisiera borrar mis lágrimas con sus propios labios. Gimo bajito y parece que es el desencadenante que necesitábamos, para devorarnos como si lleváramos lustros sin besarnos. Sus manos vuelan por mi cuerpo, por mi cara, por mi ser, como si quisiera borrar el dolor que siento al recordar a mis progenitores. Las mías se anclan en su ancha espalda, estrechándolo más contra mí, como si tuviera miedo de que se fuera a escapar.

—Emma —escuchamos de repente, y nos separamos jadeantes, sin dejar de mirarnos—, ¡Emma!

—Ya voy —les digo con la voz temblorosa, sin dejar de mirar a Damon.

Nos separamos, con la respiración hecha un caos, me limpio la cara mientras me acerco a la salida de la cabina, pero antes de salir de aquí, me giro para mirarlo. Damon sigue observándome con gesto preocupado y yo hago un esfuerzo titánico para volver a girarme y seguir caminando en dirección a nuestros clientes.

Nos hemos vuelto a besar, es cierto, pero eso no es lo que más me sorprende ahora, sino que no sé qué me ocurre con él porque las palabras, simplemente, vuelan de mi boca consiguiendo que la presión de mi pecho comience a ser más liviana.

Estoy desnudando mi alma con él con una facilidad que me asusta, porque jamás me he sentido tan cómoda como cuando estoy con Damon Crowell.

Jamás me he sentido más libre que cuando estoy entre sus brazos.

Jamás me he sentido tan especial como cuando él me toca.

34

No se merece ser infeliz

DAMON

Pongo rumbo al muelle después de que el sol se esconda en el océano. Emma no está en la cabina conmigo, desde que la llamase el señor Bing, ha estado fuera con ellos, hablando, riéndose, como si no acabara de llorar ante mí por culpa de sus malditos padres.

No sé qué me ha llevado a besarla de nuevo, joder, pero he sentido una fuerza enorme que me empujaba a ella.

Quería consolarla.

Quería demostrarle que era suficiente para cualquiera.

Que cualquiera daría su vida por amarla. Porque es preciosa, amable, compasiva, tierna, cariñosa y, además, no se merece haberse sentido tan poco querida por sus padres.

No se merece ser infeliz, joder.

Detengo el motor en cuanto llego al muelle, salgo de la cabina para poner el amarre y observo su preciosa sonrisa mientras acompaña a los señores Bing hacia la plataforma que acabo de poner.

—Muchas gracias por esta experiencia inolvidable —nos dice el hombre—. ¿Podríamos echarnos una selfi los cuatro?

—Claro —responde Emma por mí.

El señor Bing saca el móvil, ellos están delante y nosotros nos ponemos justo detrás de la pareja. Mi mano ni siquiera duda en posarse en el hombro de Emma para acercarla más a mí. Sus ojos me buscan y yo me sumerjo en sus genuinos ojos azules.

Quiero volver a besarla.

Quiero besarla hasta que amanezca, hasta que el sol se ponga de nuevo, hasta consumir cada día de mi existencia.

—Una sonrisa —nos anima la señora Bing, y dejamos de mirarnos para posar ante el móvil.

Un par de fotos con *flash* después, nos despedimos de nuestros pasajeros. Los ayudó a bajar por la plataforma y los vemos abandonar el muelle, felices, juntos, mientras miran las fotos que han hecho.

—Hoy es su aniversario de boda —me dice Emma muy bajito, como si no quisiera romper este silencio con su voz—. Llevan diez años casados y, en total, quince juntos; y se les ve tan felices... Gracias a ellos, gracias a todas las parejas que voy conociendo a través de los años, sigo creyendo en que el amor verdadero existe, ¿sabes? Ellos son la prueba de que es así.

—Y tú lo encontrarás —suelto sin pensar, y sus preciosos ojos se abren con sorpresa mientras me mira.

—¿Tú crees?

—No tengo dudas —añado sin poder reprimir estas palabras que salen sin permiso por mis labios.

Emma dibuja una sonrisa pequeña mientras agacha la mirada al suelo. Se encoge de hombros y se da la vuelta.

—Ojalá tengas razón —susurra caminando hacia la cabina.

Me froto la cara con rabia, sin tener ni puta idea de por qué hostias le he soltado esa mierda. Sin entender que el hecho de que ella encuentre el amor provoque que mi ser se tense por la rabia.

Como si me perteneciera.

Como si ella fuese algo para mí...

No creo en el amor, joder. Pero, aun así, le he dicho a Emma que ella sí que lo encontrará y he odiado a ese hombre que la hará feliz.

Porque no tengo dudas de que encontrará a alguien que la trate como se merece, con el que tenga la vida que tanto ansía vivir, con el que podrá tener esa relación estable que tanto desea vivir. Sin embargo, otra vez, unas garras afiladas se deslizan por mis entrañas doblándome de dolor.

Cuando hemos terminado de guardar todo en la cabina, la cierro para después dirigirnos hacia la plataforma. Solo hemos intercambiado algunas frases necesarias para el trabajo, nada más, y sé que soy el primero que intenta no mantener ninguna conversación, pero hoy sí me gustaría hablar con ella. Entretenerla un poco más para tener una excusa y volver a besarla. Sin embargo, no lo hago porque, ¡hostias ya!, soy un imbécil que solo quiere verla bien...

Bajo primero la rampa y le tiendo la mano para que Emma la coja.

—Algún día tendré que aprender a pasar sola esta plataforma maldita —me dice mientras me coge la mano y baja sin dejar de mirarme a los ojos.

—Es fácil, solo tienes que tener los ojos bien abiertos y confiar en que no te caerás —le digo, y esta se encoge de hombros mientras me muestra una pequeña sonrisa—. Mientras tanto, siempre me tendrás para ayudarte.

Emma titubea, agacha la mirada y observo como sus mejillas se tiñen de rosa.

No me dice nada.

La suelto casi a regañadientes cuando llega a tierra firme.

Y vuelve a mirarme un solo segundo, antes de comenzar a caminar hacia la oficina.

La sigo como un puto imbécil sin entender qué hostias me está pasando hoy... Por qué razón mi boca suelta frases que no debería decirle. Por qué mi ser se frustra cada vez que ella no me mira. Por qué me está resultando tan difícil dejarla marchar.

Nunca me había sucedido algo así. Cuando ponía punto final a una relación puramente sexual, no había vuelta atrás, sin importar que volviera a ver a la mujer en cuestión. No dudaba. No quería repetir más. No sentía que no podía controlar a mi cuerpo, no tenía este lío en mi cabeza, algo que sí me ocurre con Emma...

***

—Estás siendo una compañía terrible esta noche —me dice Carter, y me giro para mirarlo—. ¿Por qué no paras de mirar la puerta del bar?

—Por nada —contesto mientras me llevo la cerveza a los labios, para después darle un largo trago que me sacie esta ansiedad que siento sin importar que sea sin alcohol.

Esta inquietud que revoluciona mi interior, pensando que, tal vez, esta noche ella vendrá a este bar con su cita...

Que podré ver quién es el hombre que ha devuelto la ilusión a Emma.

El tipo que ha conseguido repetir una cita con ella.

La persona con la que me ha reemplazado.

—¿Cuándo vas a ir a Portland? —me pregunta sacándome de mis pensamientos, y me encojo de hombros.

—Mañana. Ayer hablé con Sullivan y me espera para poder hacer la transacción.

—Y ¿ya sabes qué barco vas a comprar?

—Estoy entre dos, pero cuando los vea, sabré cuál elegir.

—¿Se lo has contado a tus hermanos?

—Cuando lo compre, se lo contaré.

—Y ¿cuándo les vas a contar que estáis sufriendo competencia desleal?

—No tengo pensado contárselo, Carter. A mediados de agosto mis hermanos se largarán a la universidad. No necesitan preocuparse por algo que estoy intentando solucionar.

—Creo que deberían saberlo. Ellos también forman parte de la empresa.

—No quiero que se preocupen. Ellos necesitan estar centrados en sus estudios; además, espero solucionar esta mierda este verano.

—Con la compra del barco.

—Con el aumento de turistas que vendrán a nuestra empresa —indico para después terminarme la cerveza—. Pero dejemos de hablar del trabajo; cuéntame, ¿qué tal ha ido lo de esta tarde?

—Mejor no hablamos tampoco de ese tema —resopla encogiéndose de hombros y le hace una señal al camarero para pagar la cuenta.

—¿Tan mal ha ido?

—Lo peor es que no sé por qué me sorprendo. Era de esperar y, aun así, pensé que esta vez cambiaría algo.

—Todo es una mierda.

—Pero grande y apestosa —tercia mi amigo—. Creo que me voy a largar ya al sobre. Estoy que me caigo de sueño y sé que mañana tu hermana no me dejará en paz en todo el día. Llámame mañana cuando termines en Portland.

—Claro —digo observando como saca unos billetes para dejarlos sobre la barra—. Carter —lo llamo cuando salimos los dos a la calle.

—Dime.

—Sabes que estoy aquí para lo que necesites, ¿verdad?

—Joder, lo sé, tío —resopla con gesto cansado—. Hablamos mañana.

Y, sin más, se da la vuelta para dirigirse donde está su coche. Me quedo observando cómo se aleja cada vez más de aquí, hasta que decido dar la vuelta y dirigirme hacia mi *pickup*.

Cuando detengo el coche delante de mi casa, no puedo evitar echar una mirada a la casa donde vive Emma. Todas las luces están apagadas. Miro el reloj para ver la hora, es demasiado pronto para que esté durmiendo, eso significa que aún sigue en la cita...

Entro en casa, me cambio de ropa y Apolo y yo salimos a correr un rato. A la vuelta, la casa sigue a oscuras y mi frustración en aumento.

Me tendría que dar igual que ella saliese con otro hombre. Es más, tendría que estar feliz de que ella se fije en otro tipo, lo sé, pero aquí estoy perdiendo el tiempo en la calle, intentando encontrarme con ella casualmente.

Apolo me da con el hocico en la pierna y al mirarlo, este ya tiene sus ojos oscuros pendientes de mí.

—Tienes hambre, ¿verdad? Anda, vamos adentro a comer...

Le pongo la comida, me ducho y vuelvo a salir al salón para observar, por la ventana que da a la calle, si hay algún cambio en la casa de Emma.

Pero nada.

Todo sigue a oscuras.

Estoy girándome para largarme a dormir, cuando el sonido de un motor de coche me hace detenerme de golpe. Apago las luces —joder, soy un puto loco desquiciado y enfermo— y me quedo mirando la calle.

El coche se detiene en la casa de Emma. Tardan en bajar demasiado, joder, y siento como la rabia empapa mi ser al imaginarme lo que estarán haciendo en el interior del automóvil.

¿Se estarán besando?

¿Estará ese cretino acariciando su suave y perfecto cuerpo?

¿Estará gimiendo contra su boca de esa manera tan dulce que tiene?

Pero, de repente, la puerta del copiloto se abre y aparece Emma, tan guapa, joder..., que aprieto con fuerza el marco de la ventana. Va con un vestido de esos que tanto me gustan, uno azul, como sus ojos. Veo la espalda del tipo en cuestión acercándose a ella. Emma sonríe girándose hacia él, señalando la casa, encogiéndose de hombros y me obligo a quedarme quieto, porque quiero besarla.

Ser yo quien la bese.

Ser yo quien acaricie su piel. Quien le arranque esos delicados y sexis gemidos de sus labios. Porque como vea que ese idiota lo hace, no sé qué voy a hacer.

Hablan un poco, ella levanta la mano a modo de despedida mientras da un paso hacia atrás. Él le coge la mano y... Pero ¿qué hostias hace?, ¡¡le da un beso en la mano!! Me llega el sonido perfecto de su risa, para después ver como desaparece tras la puerta, dejando a su cita en la calle.

Joder, ¡buena chica!

Expulso el aire aliviado de que ella no lo haya besado, de que no lo haya invitado a entrar en casa. Joder, hasta estoy sonriendo como un imbécil al ver que lo ha dejado en la calle.

El tipo se gira y a mí se me quita la sonrisa de la cara de un puto plumazo.

No puede ser.

¡No puede ser que su cita sea Archibald Fletcher!

La rabia me ciega, me consume y sin pensar, dejándome arrastrar por mi ira, salgo a la calle para dirigirme a ese imbécil que, al verme, se hace el puto sorprendido.

—Damon —suelta el muy cretino—, buenas noches.

—¿Qué hostias estás haciendo? —suelto, sin disimular ahora mismo lo cabreado que estoy.

—¿Yo? —Y se señala como si no comprendiera por qué se lo estoy preguntando.

—Déjate de juegos, Archie —gruño apretando los puños con fuerza—. Te he visto traer a Emma a casa y ambos sabemos que no es una casualidad que, entre todas las mujeres que hay en Bar Harbor, hayas elegido a mi empleada para tener una cita. ¿Qué pretendes? ¿Que se vaya a tu empresa o destruir la amistad que tiene con mi hermana?

—¿Es tu empleada? —suelta el muy imbécil—. No pretendo nada más que conocer a una preciosa mujer con la que tengo mucho en común —indica haciéndose el santo.

Juro que estoy haciendo un esfuerzo titánico para no reventarle la cara con mi puño.

—Quiero que la dejes en paz. Que dejes de verla, ¡joder!

—Eso no va a poder ser... Y ¿sabes por qué? Porque ella ha accedido a tener otra cita conmigo mañana —dice con una maldita sonrisa—. Es preciosa, ¿verdad? —susurra señalando la casa de Emma—. Ha sido conocerla y sentir la necesidad de tener una relación formal.

—Escúchame bien, cabronazo retorcido —gruño dando un paso hacia él, sintiendo como la rabia me ciega por completo—. Como le hagas daño, como la hagas llorar, te juro que vas a arrepentirte toda tu maldita vida.

—Vaya, no sabía que Damon Crowell se preocupaba tanto por sus empleados —tercia caminando con tranquilidad hacia su coche—. O, tal vez, ¿no es una empleada más? —Dibuja una maldita sonrisa cínica antes de meterse en el coche.

El vehículo sale disparado por la calle y me quedo aquí, quieto, pensando en lo que me ha dicho.

Porque maldita sea, es cierto que me jodería que cualquier otra mujer de mi plantilla se mezclara con semejante calaña, pero jamás le diría a ese imbécil que la dejara de ver. Hablaría con mi empleada, la avisaría del tipo de persona que es Archie y me apartaría dejando que ella decidiera por sí sola. Eso es lo que hubiera hecho en una situación parecida. Sin embargo, al saber que la cita de Emma era este gusano, me he enfrentado directamente con él y le he dado la munición necesaria para destruirme: sabe que Emma es importante para mí.

¡¡Soy un puto imbécil!!

Mis pies avanzan en dirección a su casa.

Mis puños cada vez están más tensos.

Aporreo su puerta sin importarme llamar la atención de toda la puta calle, porque esto no puede quedar así.

No puedo permitir que utilicen a Emma para arruinarme.

Ella no se merece que jueguen con ella.

No se merece que nadie más le haga daño.

Y mucho menos por mi puta culpa.

35

En medio de esta guerra

DAMON

La puerta al fin se abre y aparece la preciosa cara de Emma, que me deja noqueado por unos segundos.

—¿Qué ocurre? —pregunta asustada.

Ni siquiera le respondo, simplemente entro, cierro la puerta y tengo que esforzarme para no estrecharla contra mis brazos, para después besarla y poder sentir que puedo controlar esta maldita situación que se me escapa de las manos. Pero no lo hago. Y mi cuerpo protesta porque quiere volver a tenerla cerca.

—Damon —me llama al ver que no hago otra cosa que frotarme, nervioso, la cara y tirarme el cabello con fuerza—. Me estás asustando, ¿ha pasado algo?

—¿Tu cita es el maldito Archibald Fletcher? —escupo con rabia, y ella abre los ojos un segundo con extrañeza—. No hace falta que me respondas, porque lo he visto hace unos segundos.

—¿Lo has visto? ¿Es que me estás controlando?

—No, joder, yo... —Doy un paso hacia ella—. Emma,

ese tipo no es bueno. Te va a hacer daño, joder. Tienes que confiar en mí y dejar de verlo.

—¿Por qué? ¿Está casado, tiene hijos...?

—No, simplemente es un cabronazo que lo único que busca es joderme la vida —suelto con rabia.

Emma frunce el ceño, se pasa las manos por sus muslos, como si quisiera calmarse o, tal vez, simplemente, pensar en lo que le he dicho.

—¿Me estás diciendo que Archie está saliendo conmigo porque quiere hacerte daño?

—¡Sí! —suelto aliviado de que lo comprenda.

Joder, Emma es increíble.

—Y ¿por qué te va a hacer daño eso? Tú no quieres una relación, tú no quieres una novia, a ti te tendría que dar igual que yo saliese con Archie o con cualquier otro.

—Emma, no lo entiendes, él... Él no es un tipo de fiar.

—¿Y si Archie fuera otro tipo no estarías esta noche aquí?

—Si sé que ese tipo te va a hacer feliz, no estaría aquí —susurro sintiendo un regusto amargo en la boca.

Sintiendo como unas garras afiladas se deslizan por mi pecho, porque me temo que esta sensación de ahogo la hubiese sentido igual si hubiese sido otro tipo. Pero lo que tengo claro es que no me hubiese plantado en su casa para esto.

—Sé que tiene una empresa de cruceros, esta noche me lo ha dicho. ¿Crees que yo diría algo a Archie de tu empresa?

—No, no es eso. Yo confío en ti, pero en quien no confío es en él.

—Archie no me ha dado ni un motivo para que desconfíe de él. No me ha preguntado nada referente a Sunset on Board, ni siquiera hemos hablado de vosotros. Es más, para decirte la verdad, es la primera vez que no siento la presión de ser perfecta, de comportarme de cierta manera, de tener que acceder a algo para lo que no estoy preparada. Él me entiende, es comprensivo y no me fuerza a nada...

—Archie es un manipulador profesional, joder —bramo, y observo como esta se sorprende ante mi tono brusco—. No quiero que te hagan daño, Emma —susurro dando un paso hacia ella y rodeando su preciosa cara con mis manos, para que me entienda. Para que se dé cuenta de que lo único que quiero es su bienestar, nada más—. No quiero que, por mi culpa, vuelvas a pasarlo mal.

—Damon...

Levanto su bonita cara y sus increíbles ojos azules me hechizan por completo. No puedo evitar buscar sus labios, besarla de una vez por todas y sentir como se estremece entre mis brazos. Un suave gemido se escapa de su boca y mi lengua se introduce buscando la suya. Nos besamos, siento sus manos en mi espalda, cogiéndome con fuerza, estrechándome contra ella. Pero de repente, ella se aparta, me empuja y me mira de una manera que nunca había hecho.

—No, Damon —suelta cabreada, y sus preciosos ojos brillan con rabia—. No puedes decirme sin parar que no podemos estar juntos, que no me puedes dar lo que yo quiero y luego besarme. Besarme como si en realidad te importara, porque ¡¡me confundes!! No puedes tenerme y después apartarme como si fuera un juguete, porque lo único que consigues es hacerme daño. Como ahora, no puedes venir y exigirme que no salga con un buen tipo porque creas que está conmigo para hacerte daño. Me está costando mucho apartarme de ti, dejar de pensar en ti, en cada momento que hemos vivido juntos, porque es lo que tú quieres. Porque soy todo lo que tú no quieres que sea. Y entiendo y respeto que no quieras tener una relación, te lo aseguro. Es tu decisión y la mía es seguir hacia delante. ¿No te das cuenta de que he empezado a salir con otra persona para olvidarme de ti? Eliminar lo que siento por ti es lo más complicado que he hecho en mi vida —dice señalándose el pecho, y siento como el mío se encoge al escuchar esas palabras. Al oír salir de sus labios esa confesión que ahora mismo palpita en mi ser con fuerza—. Tienes que marcharte —susurra señalando la puerta—. Ahora.

—Emma, yo...

—Por favor, Damon —me suplica, y veo que tiene los iris muy brillantes, como si estuviera a punto de llorar por mi culpa—, vete.

Agacho la mirada hacia mis puños y comienzo a caminar en dirección a la puerta. La abro, salgo y cuando me giro para decirle una última cosa, Emma me cierra en mis malditas narices.

Joder, la he cagado del todo.

Y lo peor de todo es que la he hecho llorar.

Soy una puta escoria.

***

He ido a Portland.

He comprado el maldito barco.

He vuelto a Bar Harbor y cada minuto que pasa estoy peor que el anterior.

No he vuelto a ver a Emma desde que anoche me cerrara la puerta en mi cara. Y saber que ella va a volver a ver a Archie esta noche me reconcome el alma y me calienta la sangre de una manera irracional.

Llego a la oficina a la hora del cierre con la esperanza de verla, de que ella haya recapacitado y haya anulado la cita. Cuando entro no la veo por la oficina, solo está Brooke, terminando de atender a unos clientes. No dudo en entrar en la sala de empleados, por si está ahí, pero solo está Carter, sentado en una silla.

—¡Has vuelto! —me dice, y asiento—. ¿Qué tal todo por Portland?

—Bien, ya tenemos barco nuevo. En unos días nos lo traerán al muelle —contesto sin dejar de mirar alrededor—. ¿Dónde está Emma?

—Ha salido antes y Nathan la ha acercado a casa. Creo que tenía otra cita, parece que ese tipo le gusta de verdad —suelta, y aprieto con fuerza los dientes—. ¿Qué pasa?

—Su cita es Archibald Fletcher.

—No me jodas —suelta levantándose de la silla, y suspiro aliviado de que mi amigo piense igual que yo. Que le horrorice la idea y que no sean imaginaciones mías—. ¿Se lo has dicho? ¿Le has contado lo que ese tipo os está haciendo?

—Anoche intenté hablar con ella, pero la cagué. Joder, la fastidié tantísimo que me cerró la puerta en la puta cara —gruño despeinándome con rabia.

—A ver, no nos volvamos paranoicos. Es posible que sea una coincidencia, ¿no? Emma es atractiva y no es de extrañar que haya llamado la atención de Archie. A lo mejor, nos estamos preocupando por nada.

—Archie sabe que Emma es importante para mí —confieso, y mi amigo me mira sin disimular ni un segundo su extrañeza.

—¿Por qué él sabe eso y yo me estoy enterando ahora mismo?

—Porque anoche salí a enfrentarme a él cuando lo vi dejarla en su maldita casa y se lo puse en bandeja, ¡joder!

—Y ¿qué vas a hacer?

—No lo sé. Ella no me quiere escuchar, él no tiene intención de parar y me temo que, al final, quien va a salir lastimada es Emma.

—Entonces, dile a Emma que es importante para ti.

—No puedo, joder. Ella... yo... Le haré daño, Carter. Y es lo último que quiero hacerle.

—¿Por qué hostias ibas a hacerle daño? Y no me sueltes la misma mierda, ¿eh? Porque ya sabes lo que pienso de eso —suelta mi amigo con rabia, y resoplo con frustración—. ¿La quieres?

—N-no lo sé... —titubeo sintiendo otra vez esta extraña sensación que se expande cada vez más por mi pecho.

—Sí lo sabes, pero estás la hostia de asustado y no te atreves a aceptarlo —me recrimina visiblemente cabreado, y empiezo a frotarme la cara, el cabello, intentando aliviar la tensión que siento ahora mismo. La preocupación. La angustia al saber que todo es por mi culpa.

—Yo... No quiero que nadie le haga daño a Emma, Carter. Ella no se merece estar en medio de esta guerra...

—Sea lo que sea que tengas en mente para acabar con los Fletcher, cuenta conmigo —dice mi amigo con seguridad—. Pero deberías hablar con Emma y contarle la verdad. Si la quieres, no hagas el gilipollas y lucha por ella.

—¿Qué hacéis aquí? —suelta Brooke después de abrir la puerta—. Ya es hora de irse. Dejad de hacer manitas a escondidas y vámonos —añade, y sé que esa pullita va dirigida a mi amigo.

Sin embargo, Carter esta vez no le dice nada. Me da una palmada en la espada y sale de la sala del personal sin ni siquiera mirar a mi hermana. Brooke abre los ojos extrañada, mirándome, como si no entendiera que mi amigo haya pasado de su provocación. Yo... no tengo fuerza para hablar más.

Tengo que tomar una decisión y lo tengo que hacer ya.

Y lo peor es que no tengo ni puta idea de lo que hacer.

36

Un escándalo

Emma

—¿Estás bien? Esta noche estás como más callada —me dice Archie, y sonrío tímidamente.

Lo miro, preparada para decirle que estoy más que bien, pero me detengo en observar su cara. Él es rubio, con el cabello corto, ojos azules, pero de un tono más oscuro que los míos; su rostro es afilado, como sus rasgos. Alto, delgado, un buen porte, como elegante, es... guapo, aunque, claro, si lo comparo con Damon sale mal parado en todos los sentidos.

Damon... Joder, no tenía que pensar en él, en cómo entró en mi casa anoche, como si estuviera fuera de sus cabales, como si estuviera celoso porque me esté viendo con Archie. En cómo me besó, con desesperación, como si le doliese estar más de un segundo sin tocarme. Como si le hubiese afectado ver que otro hombre está interesado en mí. Pero claro, es que no está celoso, simplemente se cree que este simpático hombre se ha acercado a mí para hacerle daño. ¿Por qué razón? No la sé, porque no me la quiso decir, solo que tenía que confiar en él.

Lo peor es que confío en él más que en muchas personas y sé que, desde que Archie ha aparecido en mi casa para recogerme, no he parado de lanzarle miradas curiosas. Como si intentara encontrar el fallo que me hará ver que Damon me decía la verdad.

Cojo mi Coca-Cola y la termino de golpe bajo la atenta mirada de Archie. No puedo parar de pensar en Damon, en cómo le dije, a la cara y sin titubear, que siento algo por él. Su gesto me lo dijo todo, sentí como mis pulmones se vaciaban por completo y que el vacío se esparcía por mi ser. Pero más me dolió ver como se marchaba, cabizbajo, como si yo también le hubiese hecho daño a él...

—Estoy un poco cansada —le contesto la pregunta dejando el vaso sobre la mesa—. Mi jefe me comentó que te conoce —susurro, sin pronunciar su nombre adrede.

—En este pueblo todos nos conocemos —indica con tranquilidad—. Sobre todo, si nos movemos por los mismos lugares. Mi familia y la suya llevan, más o menos, los mismos años en el negocio de los cruceros.

—No lo sabía.

—Me imagino que Damon contará lo que le interesa —añade con una sonrisa astuta—. ¿Te ha contado lo que ocurrió con su padre?

—Sé que se marchó...

—Fue un escándalo en el pueblo —dice echándose para atrás en la silla del restaurante en el que estamos cenando—. El padre de Damon se parecía mucho a él... Le gustaba ir saltando de mujer en mujer, sin importar estar casado. Pero hubo una a la que no le bastó con seducir y que, además, la enamoró. Tuvieron una relación de meses, hasta que el marido de ella se enteró y buscó al padre de Damon para darle una paliza...

—Y ¿qué pasó? —pregunto al ver que se ha quedado callado para darle un trago a su copa de vino.

—La mujer de ese hombre avisó al padre de Damon y se fugaron antes de que pudiera encontrarle. Por eso se marchó de aquí, porque se enamoró de otra mujer que no era la suya...

—Y ¿desde entonces no ha vuelto?

—No.

—Y ¿sigue con esa mujer?

—No lo sé, ninguno de los dos ha vuelto a Bar Harbor... —Se encoge de hombros, para después mirarme a los ojos con una sonrisa bailándole en los labios—. No sé lo que te habrá dicho Damon sobre mí, pero te aseguro que tu jefe no es un tipo de fiar.

—¿Por qué dices eso? —susurro, y este se vuelve a encoger de hombros.

—Como te he dicho, es un pueblo pequeño y todos nos conocemos. Damon tiene fama de mujeriego, de tipo complicado y difícil.

—¿Y tú?

—Puedes preguntar a quien quieras —susurra señalando a nuestro alrededor, donde hay muchas personas cenando como nosotros en este exclusivo restaurante—. Nadie podrá decirte ni una cosa mala de mí, Emma. Soy un buen tipo que está conociendo a la chica más preciosa que he visto en mi vida.

Sonrío sin saber cómo responder a eso, cojo el tenedor y empiezo a jugar con la comida, mirando alrededor, pensando en lo que me acaba de decir Archie y sin probar bocado, porque tengo el estómago cerrado desde que anoche Damon me volviera a besar...

***

Archie detiene su lujoso coche, un Mercedes de último modelo, en la puerta de mi casa y se gira para mirarme.

—Me he divertido mucho esta noche.

—Yo también... —le digo con una sonrisa.

—¿Me invitas a una última copa en tu casa?

—No... —Me muerdo el labio y, automáticamente, me viene a la mente Damon, por eso dejo de mordérmelo—. Estoy cansada y mañana me tengo que levantar temprano para trabajar.

—¿Qué vas a hacer cuando termine el verano?

—Todavía no lo sé...

—Los mellizos se irán a la universidad...

—Lo sé.

—Y tú, ya no estás estudiando.

—También lo sé. —Sonrío al no saber hacia dónde quiere ir a parar.

—Podrías venirte a trabajar conmigo —susurra, y no puedo evitar extrañarme ante esa petición.

—Eres muy amable, pero ahora mismo no podría tomar una decisión. Aún queda mucho para que acabe el verano.

—Pero tenlo en cuenta, Emma. Me gustas —dice cogiendo mi mano y llevándosela a sus labios calientes—. Me gustas mucho y no quiero que esto tenga fecha de caducidad.

—El tiempo lo dirá, ¿no? —suelto deslizando mi mano por su agarre para abrir la puerta y salir del coche.

—Emma, yo... —indica corriendo hacia mí para acompañarme a la puerta de mi casa, como está haciendo estas últimas noches—. No quería incomodarte. Solo quiero asegurarme de que sepas que voy en serio contigo y que, si tú quieres, esto no tendrá fin —dice entrelazando de nuevo su mano con la mía y caminando así, agarrados, hasta llegar a casa.

—Ya te dije que necesito ir despacio —le recuerdo, deshaciendo el agarre y buscando por mi bolso las llaves—. Me pareces un tipo estupendo, pero necesito seguir conociéndote.

—Entonces, quedemos mañana otra vez, pero esta vez en mi casa... Me gustaría hacerte la cena, tomar vino los dos solos y ver una película.

—Suena genial, pero...

—Sin peros. Di que sí y vendré a recogerte a la hora que me digas —dice cogiéndome de nuevo las manos, mirándome a los ojos, como si quisiera que confiara plenamente en él.

—Mañana no puedo. He quedado con Brooke para salir al Carmen Verandah.

—Entonces, pasado mañana.

—De acuerdo.

—Descansa mucho —dice mientras me da un beso en la mejilla y veo como se da la vuelta para meterse en el coche.

Definitivamente no tengo ni idea de lo que estoy haciendo con mi vida.

***

Nunca pensé que sería yo la que evitaría a Damon, pero esta mañana le he enviado un mensaje a mi amiga para avisarla de que nos veríamos directamente en la oficina, porque me apetecía dar un paseo antes de trabajar.

Me he venido caminando, aprovechando ese tiempo a solas para pensar, para intentar convencerme de que estoy haciendo bien en fijarme en otro hombre que no sea mi jefe. Sin embargo, sigo todavía hecha un lío y eso que he tenido tiempo suficiente para valorar pros y contras.

Durante el día lo he visto entrar y salir de la oficina. He sentido su mirada penetrante, incluso he percibido como si quisiera hablar conmigo, pero en cuanto veía que se acercaba, o bien me ponía a atender a unos clientes, o bien a hablar con su hermana, disuadiéndolo.

Sin embargo, no he podido evitar meterme en su *pickup*

al cierre, porque mi amiga hubiese sospechado que me pasaba algo. Y jamás un trayecto tan corto se me ha hecho tan lento en toda mi vida. En el interior del coche, me he obligado a centrarme en Brooke, en hablar de lo que íbamos a hacer esta noche, sabiendo que Damon nos estaba escuchando. Pero no he buscado su mirada en el retrovisor. No le he mirado cuando hemos bajado y mucho menos cuando he entrado en casa...

Brooke y yo hemos cenado juntas, nos hemos preparado y, como la primera vez, nos hemos ido en su coche al pub. La verdad es que no tenía ganas de salir, pero sé que a mi amiga sí que le apetecía y yo también necesitaba una excusa para no volver a ver a Archie tan de seguido.

Me estoy portando como una zorra con él al utilizarlo para olvidarme del hombre al que amo y me siento tan mal que no sé qué voy a hacer.

Lo justo sería dejar de ver a Archie y olvidarme de Damon a solas... Sin embargo, tengo miedo de no poder frenar a mi cuerpo y que, una noche, me presente en su casa para intentar seducirlo, contentándome solo con eso. Con lo único que me puede dar.

Y temiendo que, en algún momento, sea él quien me diga que no, que ya no podemos vernos de esa manera.

Y si llega ese momento, lo que siento ahora no será nada comparándolo a cómo me sentiré cuando no tenga dudas de que a Damon no le importo lo más mínimo.

37

No lo entiendo

Emma

—Yo te juro que no entiendo a Lucas —me grita Brooke por encima de la música, y me acerco un poco más a ella para escucharla bien—. Míralo —señala, y lo veo al otro lado del pub, mirando a mi amiga con tanta intensidad que no tengo dudas de que siente algo por ella—. Me mira cómo si fuéramos algo y solo nos hemos enrollado un par de veces.

—Le gustarás.

—Pero él no quería una novia, Emma —me recuerda, y asiento dándole la razón—. ¿Qué ha cambiado para que ahora sí?

—No lo sé...

—Te juro que no entiendo a los tíos —resopla girándose para darle la espalda, y de repente me coge el brazo—. Mira, mira —dice señalando con sutileza hacia un lado concreto de la sala—. Esa mujer, la que va con un increíble vestido negro —indica y la localizo—. Esa es Amber, un ligue de Damon... Uy, que lo ha visto.

Y siento como mi corazón comienza a latir frenético mientras dirijo mi mirada hacia donde Brooke está observando para ver a Damon, con los ojos fijos en mí, al lado de Carter y rodeados, cómo no, de muchas mujeres.

Frunzo el ceño, agacho la mirada y siento una extraña sensación de incomodidad que me hace moverme inquieta en mi sitio.

—Y esa mujer —le digo a Brooke, que está mirando hacia otro lado, donde unos hombres nos están echando un buen vistazo—, ¿salió mucho tiempo con él?

—¿Salir? —Y arruga la nariz mientras niega con la cabeza—. Mi hermano nunca ha salido con nadie, solo se lio con ella un par de veces y luego la dejó. Un día, me contaron las vecinas que la vieron salir muy temprano de su casa. Parece ser que se quedó a dormir con él, algo que, por lo que me han contado, no suelen hacer sus ligues. —Se encoge de hombros—. Lo que yo te digo, no quiero saber nada de los ligues de mis hermanos, pero la información llega a mis oídos sin quererlo.

Me obligo a sonreír mientras empieza a sonar una canción que hace gritar a Brooke mientras salta con emoción. Intento impregnarme de su entusiasmo, cuando *Apt.*, de Rosé y Bruno Mars, hace enloquecer a toda la sala.

Mis ojos, en contra de mi voluntad, lo buscan por la sala y veo como esa mujer, la tal Amber, se ha acercado a él. Está hablando con él demasiado cerca; Damon ni siquiera la mira porque sus ojos están pendientes de mí. Y bailo para él, aun sabiendo que estoy cometiendo un error, pero dejándome arrastrar por esta canción que combina el coreano y el inglés. Y cuando pregunta, en una de sus estrofas, si no la va a querer como ella lo quiere, siento un pinchazo muy fuerte en mi corazón. Porque es justo lo que me ocurre a mí. Pero noto aún un pinchazo todavía más profundo cuando la tal Amber se pone de puntillas y aplasta su boca contra el fuerte y largo cuello de Damon.

Me giro rápidamente porque no quiero ver como se enrolla con una tía en mis narices.

No quiero comprobar si Damon se agacha para besarla.

No quiero darme cuenta de que para él no significo nada, cuando ya es una idea que me ronda demasiado por la cabeza.

Y bailo, obligándome a no mirarlo, centrándome en mi amiga, que no para de reír, de contonearse, de seducir a quien le apetezca en ese momento y sintiendo que estoy perdiendo la capacidad de controlar lo que siento.

Porque ahora mismo me siento desolada por que otra mujer pueda tener lo que hace unos días yo tenía con él...

***

—¡Qué bien nos lo hemos pasado! —me dice Brooke apagando el motor de su coche, y sonrío dándole la razón.

Sin importar que yo he fingido pasármelo bien, cuando, después de estar obligándome a no mirar en dirección a Damon, lo he buscado por la sala y ya no lo he encontrado.

No estaba, aunque Carter sí.

Ni tampoco estaba esa tal Amber y...

No hay que ser muy listo para sumar dos más dos...

Después de eso, me he sentido tan mal que me he obligado a que mi amiga no se diera cuenta. Y he bailado tanto que ahora mismo me duelen los pies, y solo agradezco que Brooke haya decidido retirarnos pronto.

—Descansa —le digo dándole un fuerte abrazo.

—Nos vemos en un rato. —Y me guiña el ojo mientras se da la vuelta hacia la casa de su madre.

Cruzo la calle casi a la carrera, sin embargo, mis ojos se detienen unos segundos en la *pickup* de Damon, dándome a entender que está en su casa, ¿con Amber?

Entro en mi casa, como si me estuvieran persiguiendo, expulso el aire por mis labios en cuanto cierro la puerta tras de mí y siento en mi interior una extraña sensación que no me gusta.

¿Qué estoy haciendo?

Me quito los tacones de dos patadas, lanzo el bolso en el sofá y me quedo mirando la quietud del salón. No sé el tiempo que me quedo así, con la mente en blanco, quieta, como si mi cuerpo necesitara una pausa de tantas emociones vividas en estas semanas. Sin embargo, el ladrido de un perro provoca que mi atención se desvíe a la calle.

Me acerco a la ventana y veo a Apolo solo, mirando la puerta de su dueño, como si se hubiese escapado e intentara sin éxito entrar. Ni siquiera dudo en salir a la calle descalza, para acercarme al perro.

—Apolo —lo llamo, y el animal se gira para mirarme. En cuanto se da cuenta de quién soy comienza a mover el rabo con alegría—. ¿Qué haces aquí solo? Espero que no te haya sacado para tener más intimidad con esa mujer...

El animal, por supuesto, no me responde, solo mueve la cola sin parar. Me acerco a la puerta de Damon, con Apolo pegado a mis piernas y dudo un instante, pero no puedo dejar al perro solo en calle. Por eso, aguanto la respiración y toco dos veces el timbre.

Oigo pasos, Apolo empieza a moverse nervioso porque, obviamente, él lo escucha mejor que yo. El sonido de la llave al abrirse, la puerta se abre, Apolo entra hecho una bala y yo me quedo como un pasmarote observando la imagen de Damon.

Va sin camiseta.

Con el cabello totalmente despeinado.

Con unos pantalones muy cortos que le quedan por debajo de la cadera.

Guapo hasta decir basta.

Tentador.

Un sueño para cualquier mujer.

Y saber que yo he podido deslizar mis dedos por todo ese increíble torso no provoca que sea más fácil de gestionar tenerlo de nuevo así delante de mí.

Sobre todo porque no es solo un hombre irresistiblemente atractivo, sino que es un buen hombre al que le ha tocado una vida muy complicada.

Un hombre que ha peleado con uñas y dientes para salvar a su familia.

Un hombre que ha preferido alejarme para ahora estar con otra mujer...

—Apolo estaba en la calle —susurro con un hilo de voz.

Su sonrisa, canalla, arrogante, se desliza con soberbia por su cara y un chispazo de excitación viaja directo a mis bragas.

Este hombre me desarma, tiene algo, no sé el qué, que provoca que mi cuerpo se deshaga, se rehaga y se incendie a su voluntad.

—Se habrá escapado en un descuido —comenta repasando lentamente mi cuerpo con sus seductores ojos.

—Ya... —Carraspeo intentando controlarme—. Ya que está dentro, me voy a casa. No quiero entretenerte y que dejes sola a esa mujer.

—Estoy solo —dice rápidamente, tanto que no me ha dado tiempo ni a girarme para irme.

—Yo... Te he visto con esa mujer en el pub y... ¡Da igual! Es tu vida y puedes hacer lo que quieras.

—Esa mujer solo ha intentado algo que es imposible que tenga —me dice, y asiento lentamente.

—Claro —murmuro, porque yo también lo he intentado y, por supuesto, tampoco lo voy a tener—. Buenas noches.

—Emma —me llama en cuanto doy un paso hacia atrás, y me giro para volver a mirarlo. Sé que es un error, porque su imagen vuelve a desarmarme por completo.

¿Por qué tiene que ser tan injustamente atractivo? ¿Por qué me ha alegrado tanto saber que está solo, que ninguna mujer está a su lado? ¿Por qué mi ser se tiene que estremecer cada vez que lo tengo delante? ¿Por qué no puedo pasar página y fijarme en Archie o en otro tipo cualquiera?—. Mañana voy a ir a hacer *paddle surf*, vente conmigo.

—No creo que sea buena idea.

—¿Tan poco te gustó la experiencia que no quieres repetirla? —suelta, y enarco una ceja al darme cuenta de que está provocándome.

—Sí, pero...

—¿Te lo ha prohibido él?

—Archie no me ha prohibido nada —le digo irguiéndome.

—Ya... —Chasquea la lengua contra su paladar como si intuyera la razón de mi negativa—. Si quieres acompañarme, a las cinco de la mañana te espero en mi *pickup*. Si no estás a esa hora, me iré solo.

Y sin más, cierra la puerta dejándome con cara de boba.

¡Que alguien me explique lo que acaba de pasar aquí porque yo no lo entiendo!

38

Hasta que te conocí

DAMON

No he pegado ojo en toda la noche, pensando en si Emma vendría conmigo o no. Supongo que, por eso, cuando abro la puerta a las cinco de la mañana, aguanto la respiración por si me llevo un chasco; sin embargo, cuando la veo, quieta al lado de mi *pickup*, no puedo evitar soltar el aire con fuerza y sonreír como un crío.

—Borra esa sonrisa —me dice cuando avanzo hacia ella—. No estoy aquí por ti, solo quiero aprender bien a hacer *paddle surf* y así, a la próxima, ir con Archie.

¡Auch! Eso duele, joder.

No le contesto porque no sabría qué decirle sin que de mi boca no salieran cientos de insultos dirigidos a Archie. Por eso, abro la *pickup* para que entre, para después coger las tablas y los remos de mi garaje. Cuando lo tengo todo bien atado a la parte de atrás de mi camioneta, me siento en el asiento del conductor y su olor, su maravilloso olor, me zarandea con fuerza.

Joder, huele demasiado bien.

Cojo con fuerza el volante, arranco el motor y pongo rumbo al lago Echo. Un precioso y gran lago con un entorno espectacular. Sé que le va a gustar y ese pensamiento me anima a seguir hacia delante con este plan.

Sin embargo, no puedo evitar mirarla de vez en cuando de reojo.

Cuando la vi anoche en el pub, ¡hostias!, quise acercarme a ella, quise rodearla con mis brazos sin importarme una mierda que me viera todo el pueblo y quise besarla. Besarla como llevo frenándome a hacer desde hace demasiado tiempo. Sin embargo, tuvo que fastidiarlo todo Amber y esa manía que tenía de empeñarse en algo que ni había sucedido ni sucedería en la vida.

Me di cuenta de la expresión de dolor de Emma cuando me vio con Amber. Me fijé en cómo se daba la vuelta para no ver como esta tozuda mujer intentaba besarme. Por supuesto, la detuve sin dudarlo y le dejé claro, por millonésima vez, que lo nuestro había acabado hacia muchísimo...

Después... Emma me ignoró, Amber seguía dando vueltas sin sentido a mi alrededor y al final opté por volver a casa antes de hacer alguna estupidez de la que me arrepintiera por el resto de mi vida.

Llegué a mi casa solo, por supuesto, y es posible que mis ansias de tener a Emma solo para mí hiciesen que jugase un pelín sucio con ella. No dudé en sacar a Apolo a la calle adrede, cuando escuché el coche de Brooke llegar a la calle. Necesitaba que Emma lo encontrará y me lo trajera a casa, para poder conversar, aunque fuera un momento con ella. Sin embargo, no me imaginé que ella se creyera que había una mujer en mi casa.

¡Maldita sea!

Estuve a punto de meterla a la fuerza para que comprobara en persona que no era tan cabronazo. Que no podría liarme con otra mujer cuando llevo semanas pensando en ella.

Solo en Emma.

—Me encanta esta canción, ¿puedes subir el volumen? —me pregunta interrumpiendo mis pensamientos.

Ni siquiera dudo en hacer lo que me ha pedido y reconozco al instante la canción. Es *Die with a smile* de Lady Gaga y Bruno Mars.

La miro de reojo mientras Emma tararea muy bajito la letra, sin mirarme, atenta al paisaje, y escucho con atención esta preciosa melodía. Trago saliva, cuando las palabras que cantan con tanto desgarro calan en mí haciéndome pensar en qué haría yo si supiera que el mundo se acabara. Es posible que hace unas semanas mi respuesta hubiese sido correr con Apolo, pero ahora todo ha cambiado. No tengo dudas de lo que haría si supiera que solo tengo un día antes de que todo saltara por los aires y es compartirlo con ella. Con Emma.

Aprieto con más fuerza el volante, cuando llega la parte en la que dicen que nadie sabe lo que ocurrirá en el futuro, pero que ellos deciden amarse esa noche como si fuese la última...

Sin pensar en nada más que en el momento.

Joder, si fuese tan sencillo...

La miro de reojo, Emma sigue cantando bajito, como si se impregnara de esas palabras, como si le sucediese como yo que la veo reflejada en cada maldita canción que escucho. Como ahora.

La canción acaba, pero la sensación continúa empapando mi piel. Nunca me he enamorado. Nunca he sentido nada especial por ninguna mujer. Nunca he sentido la necesidad de estar con alguien sin que el sexo fuese el motivo, pero con Emma...

Me froto la cara e intento concentrarme en la carretera, pero estoy inquieto, nervioso, porque ahora no sé qué hostias voy a hacer.

—¿Estás bien? —me pregunta visiblemente preocupada.

—Sí... —miento, porque no estoy bien desde que me enteré de que ella empezó a tener citas, desde que se ve con Archie, desde que me plantó cara y me dijo que no.

Que no quiere volver a besarme.

Que no quiere estar conmigo porque ahora está con él...

Llegamos al lago Echo, Emma baja y me ayuda a quitar las tablas de la parte de atrás. Lo bueno de venir a estas horas es que no hay nadie. Los turistas empiezan a bajar mucho más tarde, cuando nosotros estamos trabajando. Estar aquí con ella a solas, solo con el sonido relajante del agua del lago, de los pájaros que sobrevuelan por encima, del suave viento es demasiado bueno y sé que podría acostumbrarme a esto.

A pasar el rato con ella.

A divertirme a su lado.

A arañar tiempo de mi ajetreada vida para hacer cosas juntos.

Nos quitamos la ropa para quedarnos con el neopreno, aunque sea verano a estas horas hace fresco, el agua está fría y es mejor ir preparado. Metemos las tablas en el agua, observo como Emma se queja por el frío cuando mete sus pies y no puedo evitar sonreír mientras la miro.

Quiero esto, joder.

Lo quiero todos los malditos días de mi vida.

Y tener esta certeza me paraliza de miedo, porque no sé cómo he llegado a esto. No sé en qué momento Emma ha pasado a ser tan importante para mí. A serlo todo. A ser el centro de mi universo. A ser lo único que deseo en mi vida.

—¿Me subo de pie o de rodillas? —me pregunta, y sacudo la cabeza para quitarme de encima estos pensamientos para centrarme en ella, que me mira con sus ojazos azules.

—Mejor de rodillas, cuando estemos en una zona donde cubre un poco más, te pones de pie.

—Vale —dice, y la veo subirse a la tabla como le enseñé.

Empezamos a remar, alejándonos de la orilla. Emma no para de mirar a su alrededor, de abrir esos ojazos para impregnarse de todo y sonrío con orgullo al intuir que le gusta el lugar que he elegido.

—Ahora, con cuidado, ponte de pie como te expliqué —le digo, y Emma asiente.

Lentamente, sin perderme ni un segundo de cada uno de sus movimientos, la veo levantarse. Cuando está recta, dibuja una resplandeciente sonrisa en mi dirección que me llena de calor, para después comenzar a remar lentamente.

—Lo estoy haciendo —susurra, como si tuviese miedo de hablar alto por si se cae.

—Lo estoy viendo —añado sin poder evitar sonreír con orgullo.

Y seguimos remando sin pronunciar ninguna palabra. Sé que la invitación era una excusa para hablar con ella de Archie, intentar que comprendiera la razón por la cual estoy preocupado, pero ahora... Ahora solo quiero que disfrute conmigo de este momento en soledad.

Quiero verla feliz. Quiero hacerla feliz, joder, aunque solo sea durante unas horas...

—Vamos a descansar un momento —le digo después de un buen rato sin dejar de remar.

Emma sonríe y expulsa el aire, para después, lentamente, sentarse en la tabla, algo que imito yo en la mía. Nos quedamos los dos mirando el horizonte, el suave movimiento del lago nos balancea y la brisa mueve algunos mechones que se han escapado de su cabello trenzado. Es tan bonita, tan increíble, que no entiendo por qué hostias la he apartado de mí, cuando debería haber hecho lo contrario.

—Ayer... —empieza a decir, para después detenerse de golpe.

—Si me vas a preguntar por esa mujer que se me acercó en el pub, te juro que antes de que tú llegaras a Bar Harbor, ya había dejado de verla —confieso, y Emma frunce el ceño, como si le sorprendiese lo que acabo de decir.

—No era eso, pero gracias por contármelo...

—Entonces, continúa con lo que me quería decir —la animo, y me mira con una extraña expresión.

—Es que no sé si es verdad. Ya sabes lo que ocurre con las habladurías..., y no quiero preocuparte sin motivos.

—Dime lo que sea, Emma.

—En el pueblo se cuenta que tu padre se fue de aquí porque se enamoró de una mujer casada. Los dos llevaban un tiempo viéndose a escondidas y, cuando la verdad llegó a oídos del marido, ellos escaparon de Bar Harbor...

—¿Quién te ha contado eso? —le pregunto, y ella se encoge de hombros, dándome la respuesta con ese simple gesto—. ¿Archie?

—No sé si es verdad, solo quería contártelo porque me comentaste que no sabías por qué os había abandonado.

—Y ¿crees que lo hizo porque se enamoró de otra mujer?

—No es tan descabellado si lo piensas. Dicen que el amor es capaz de desatar guerras y de detenerlas...

—Mi padre era un hombre solitario, Emma. Un hombre que solo se quería a sí mismo. Un hombre que ansiaba la libertad, algo que siempre que tenía ocasión, me recordaba. Incluso, minutos antes de abandonaros, me dijo que no debía atarme a ninguna mujer, porque ese es el fin de los hombres como nosotros. Según él era libre como el océano y un seductor nato, pero no le gustaba sentirse atado a nadie ni a nada... —susurro recordando sus palabras—. Es cierto que le fue infiel a mi madre repetidas veces. Lo descubrí de pequeño, cuando escuchaba a mi madre llorar por las noches porque él no volvía casa o, si volvía, lo hacía oliendo a otras mujeres... Él le hizo mucho daño, Emma. La defraudó de todas las maneras posibles, y creo que se marchó cansado de su vida. Agotado de una vida que no deseaba, de la que se había metido por falta de trabajo, pues el negocio lo inició mi abuelo materno, y por las ansias de un cambio. Dudo que se enamorara... Dudo incluso si alguna vez quiso de verdad a mi madre o si, simplemente, estuvo con ella porque era la hija de su jefe y, después de un corto noviazgo, la dejó embarazada...

—Archie me dijo que tú eras como él —susurra, y siento como un afilado cuchillo penetra muy adentro de mi ser.

—Todos creen que lo soy. Mi padre me lo decía e incluso mi propia madre no cesó de recordármelo los primeros meses de su partida. No paraba de insistir que era como él. Que haría daño a cualquier mujer que me amara... —susurro, y observo cómo su gesto se contrae en una adorable mueca—. Lo repetía tantas veces que incluso llegué al extremo de no querer ir a mi casa, porque era verme y ponerse a llorar mientras me repetía una y otra vez ese mantra.

—Se equivoca.

—Da igual, Emma.

—¡¡Se equivoca!! —suelta, levantando la voz y provocando que la mire extrañado—. No lo conozco, pero sé que no eres como él.

—Emma...

—No lo eres, Damon. Crees que lo eres. Tienes miedo de que tu madre tenga razón, de que todos ellos tengan razón y por eso apartas a la gente que intenta llegar a ti. Pero sé que no lo eres —suelta con energía—. Yo he visto cómo eres en realidad... —añade con un hilo de voz, y no puedo evitar fruncir el ceño ante esa declaración—. Eres un buen hombre, Damon. Un hombre con un enorme corazón. No has dudado ni un segundo en ayudar a tu madre y a tus hermanos. Te has puesto al frente de la empresa para que a ellos no les faltara de nada, sin importar lo que tú querías o no. Y sigues luchando, siendo el cabeza de familia, el responsable de que ellos estén bien. Y me da igual que Archie o que todo Bar Harbor me diga que eres como tu padre, porque no les creeré en la vida. No te pareces en nada a ese hombre, Damon. Porque tú nunca los has abandonado y jamás lo harás; y de él no podemos decir lo mismo. —Mi ser se expande, mi alma se eleva y es como si llevara siglos sin poder respirar profundamente, hasta que ella ha verbalizado estas palabras—. ¡Y no me mires así! —suelta rápidamente.

—¿Cómo te miro? —suelto casi en un jadeo, pero, joder, esta mujer, lo que me ha dicho, me ha desarmado por completo.

—Como si me quisieras besar.

—Es que quiero besarte —confieso, y ella hace un gesto adorable con su preciosa cara.

—Pero no lo harás.

—¿Por qué crees eso?

—Porque si lo hicieras nos caeríamos los dos al agua.

—Te puedo asegurar que, si puedo besarte, me dará igual acabar en el agua contigo —confieso sin dudar.

—Estoy saliendo con Archie... —dice con un hilo de voz, y otra vez las garras de los celos me arañan por dentro.

Porque, sí ¡hostias!, son celos lo que siento cada vez que otro tipo se acerca a ella, porque la quiero para mí.

La quiero para mí...

—Algo que todavía no entiendo.

—Es un buen tipo.

—Ese buen tipo lleva tres años intentando boicotear mi negocio —suelto sin ni siquiera dudar, y ella me mira extrañada—. Somos la empresa que más cruceros reserva del pueblo y él quiere ganarse ese puesto derrocándonos. Lleva tres años manipulando, extorsionando a empleados y clientela, intentando que me rinda.

—Pero... si es así, ¿por qué no lo denuncias?

—Es muy listo, sabe hacer las cosas sin dejar rastro y no tengo pruebas para denunciarlo. Pero yo soy más listo que él, voy a incrementar nuestra flota con un barco que nos llegará en unos días. Quiere hundirme, pues yo le demostraré que puedo tener más clientes que el verano pasado.

—No sé qué decir... —Agacha sus bonitos ojos para mirarse las manos.

—Mis hermanos no lo saben y te pediría que no se lo contaras. No quiero preocuparlos...

—No se lo contaré a nadie —susurra mirándome a los ojos de nuevo, para después coger aire por su bonita boca y volver a hablar—: Archie me pidió que, cuando acabara el verano, me fuera a trabajar a su empresa.

—Y ¿qué le dijiste? —pregunto sintiendo como el aire se me escapa de los pulmones esperando su respuesta.

—Que todavía quedaba mucho tiempo hasta ese momento...

—Te aseguro que Archie es un mal tipo, Emma. Un tipo del que uno no se puede fiar. Dime que lo dejarás, dime que no lo volverás a ver y que te quedarás conmigo.

—¿Contigo?

—Sí.

—Y ¿eso qué quiere decir?

—Ya lo sabes.

—¿Que me quede después del verano? —pregunta con un hilo de voz, y mi cuerpo quiere soltar un no categórico.

Pero el miedo, el temor de ahuyentarla, de cagarla, de repetir los mismos errores que mi padre, me hace cambiar mi respuesta.

—Sí, puedes quedarte en Bar Harbor para siempre si quieres —le digo, y me muevo incómodo porque eso no es lo que quiero decirle.

Es más, mucho más.

—Ya... —Agacha de nuevo sus bonitos ojos y siento que la estoy perdiendo.

Joder, tengo que hacer algo.

Aunque me cueste.

Aunque sea la primera vez que haga algo así, pero ella lo merece.

No puedo volver a fastidiarlo todo.

No puedo escudarme en los errores de mis padres. Yo no soy ellos, joder.

No lo soy y voy a demostrármelo ahora mismo.

Voy a lanzarme a lo desconocido, sin importar ahora mismo que esté arrancándome el corazón para entregárselo a ella.

—No quiero que tengas más citas, Emma —suelto, y me mira sin ocultar su extrañeza—. No quiero que salgas con Archie o con cualquier otro, porque quiero ser yo quien te lleve a cenar, quien te acompañe a casa, quien te dé la mano y quien te bese en los labios. Nunca he sentido esto por nadie, Emma, y estoy cagado de miedo, pero... quiero intentarlo contigo, si tú quieres, claro...

—P-pero no querías tener novia.

—Hasta que te conocí —confieso, y veo como abre la boca y la cierra.

—Si es una estrategia para que deje a Archie y luego vuelves a apartarme de ti...

—No es ninguna estrategia, Emma. Me gustas, me gustas mucho, ¡joder!, y creo...

—¡No! —jadea con los ojos brillantes de la emoción.

—Creo que estoy empezando a enamorarme de ti.

—Damon...

—Si quieres se lo diremos hoy mismo a mis hermanos,

a mi madre, a todo el maldito pueblo, porque no quiero que nadie dude de que estoy contigo. De que quiero estar contigo. Y que me da igual que seas mi empleada, que seas más joven que yo o que seas la amiga de mi hermana.

—Damon...

—Dime que sí, Emma.

—Yo... —titubea mirando el remo que sostiene en su mano—. Creo que deberíamos dar la vuelta —añade dejándome contrariado—. Necesito pensar, llevo días convenciéndome de que tú jamás me verás de esa manera y ahora... —Parpadea rápido como si fuera demasiado para gestionarlo.

—De acuerdo, vámonos.

Nos levantamos y nos ponemos a remar en dirección a la orilla. Emma está pensativa, mientras no paro de mirarla.

No sé si he hecho bien en soltarle la verdad, pero, joder, ahora mismo siento como si me hubiese quitado un enorme peso de encima.

Creo que confesarle lo importante que es para mí es lo mejor que he hecho en mi maldita vida y solo queda que ella se dé cuenta de que estoy dispuesto a intentarlo de verdad.

Y que, antes de hacerle daño, soy capaz de hundirme en el océano.

39

Es lo único que sé hacer

EMMA

No sé cómo llego a la orilla sin caerme en el agua, pero lo hago.

Todavía siguen sobrevolando en mi mente sus palabras y sigo sin comprenderlo. Aunque menos entiendo mi reacción.

¡¡Demonios!! Tenía que estar saltando de alegría, lanzándome a su cuello y besándolo como si quisiera absorber su alma y me he quedado quieta, congelada, como si no asimilara sus palabras.

Como si no me las creyera.

Como si tuviese miedo de que cambiara de opinión en cualquier momento.

Bajo de la tabla, me quito la correa que ata mi pie y la llevo hasta la *pickup*, donde está Damon guardando la suya. Se ha quitado la parte de arriba del neopreno dejando al aire su perfecto torso. Cuando coge la tabla, sus manos rozan las mías y una descarga eléctrica cruza mi cuerpo.

—¿Me ayudas? —le pregunto cuando ha dejado mi tabla en la parte de atrás de su camioneta y le señalo la cremallera que tengo en la espalda.

Damon asiente, me giro y siento sus fuertes manos deslizando la cremallera hasta el final. Se me corta el aliento cuando sus dedos rozan mi piel. Él suelta el aire por su increíble boca que impacta sobre mi espalda provocando que me erice por completo. De repente, sus labios rozan mi piel y se me escapa un gemido pequeño.

—He echado de menos tu olor, Emma —susurra entre beso y beso, acariciando mi cuello y mi espalda con sus labios—. Tu piel..., tu sabor.

—Damon... —Cierro los ojos al sentir el placer de volver a notar sus labios en mi piel.

—Dime que tú también has pensado en mí —me pide, y me muerdo el labio inferior, porque no puedo decirle a la cara lo que ha supuesto para mí verlo, saber lo cerca que siempre está de mí y reprimir la ganas de besarlo.

Lo he echado tantísimo de menos que no sé cómo he podido ir todas las mañanas a trabajar sabiendo que él estaría ahí y que no volvería a tocarme más.

—Damon... —susurro ahogándome en las ganas, en la anticipación, en lo que supone siempre estar con este hombre que me desarma por completo.

—Quiero demostrarte lo mucho que me gustas, lo mucho que te he echado de menos —dice ayudándome a quitarme la parte de arriba del neopreno.

Me giro y sus ojos se deslizan como una caricia por mi cuerpo, por mi bikini, por mi piel desnuda. Damon echa el aire por sus perfectos labios, mis manos acarician lentamente su torso, cada uno de sus atrayentes músculos, maravillándome por la calidez de su piel, percatándome de cómo mi ser reacciona al tocarlo de nuevo y, de repente, su boca aborda la mía reclamándome esos besos que tanto nos hemos prohibido durante estos días.

Nos besamos.

Nos devoramos, sin casi parar para respirar.

Tocándonos sin parar.

Atrayendo el cuerpo del otro más al nuestro, como si quisiéramos fundirnos en uno solo.

Nos movemos, percibo cómo abre la puerta de atrás de la *pickup* y cómo, lentamente, sin dejar de besarnos, me tumba en el asiento trasero. Su boca rueda de mis labios, a mi cuello, a mi clavícula, para después apartar la fina tela de mi bikini y besar mis pezones con gula.

Gimo cerrando los ojos mientras arqueo mi espalda al sentir el placer recorriendo cada partícula de mi ser. Escucharlo gruñir, ver cómo me devora sin límites, es incluso mejor, por eso vuelvo a abrirlos para no perderme nada de lo que haga.

—Eres lo mejor que he probado en mi vida —dice con la voz muy ronca, para después lamerme el otro pezón. Quiero grabar en mi retina esta imagen para siempre. Él devorándome, sus ojos fijos en mí, sus labios húmedos por nuestros besos—. Tu sabor es adictivo.

—Damon —gimo, cogiéndole del cabello e intentando acercarlo más a mí, si eso es posible.

—Esto creo que sobra, ¿no? —me pregunta deslizando el neopreno por mis caderas, y asiento con fervor, porque quiero que continúe.

Quiero que ocurra.

Sin importar nada más que el ahora.

Lo quiero todo con él.

Damon me quita el neopreno, dejándome las braguitas del bikini. Se desprende del suyo, quedándose con su bañador y entra del todo en la *pickup* para después echar el cierre. Se pone encima de mí, volviendo a besar mi piel con dedicación, como si de verdad, como ha dicho, fuera el mejor manjar que ha probado. Mi clítoris palpita nervioso, intento alcanzar su cuerpo para aliviar un poco la presión, lo abrazo con mis piernas, me acerco más a él, pero jadeo de frustración al no sentir nada de alivio.

—Damon, yo... —susurro sintiendo como la excitación me consume.

—Lo sé, preciosa, a mí me pasa igual —me asegura sacando su pene, su duro y largo pene, del bañador.

Trago saliva, todo me da vueltas y observo como se pone el condón sin dejar de mirarme.

—Eres lo más bonito que he visto en toda mi maldita vida, Emma —dice ladeando la braguita de mi bikini para sentir su pene rozando mi vulva—. Eso es, no dejes de mirarme, Emma. Somos tú y yo, joder. Siempre hemos sido tú y yo.

Y grito su nombre cuando se entierra en lo más profundo de mi interior.

—Damon —gimo cogiéndole con fuerza, sintiendo cómo se mueve en mi interior, rápido, ansioso, como si él tampoco pudiera detener esto que nos sucede.

—No quiero aplastarte —gruñe y, de repente, siento como me levanta para ponerme encima de él—. Tápate, no quiero que nadie vea estas preciosas tetas —dice poniéndome bien el bikini—. Eres preciosa, Emma. Eres perfecta.

—Demonios —gimo porque, ¡dios!, esta posición me hace sentirla todavía más en mi interior.

—¿Te gusta?

—Sí.

—Voy a adorar este cuerpo para siempre —gruñe, deslizando su mano por mi cuerpo hasta alcanzar mi clítoris—. Y vas a correrte cada vez que follemos.

—¡Damon! —Echo la cabeza para atrás al sentir que él, su mano, sus fuertes embestidas, esta postura, sus palabras, todo... son demasiado para asimilarlo.

—Siénteme, preciosa. Siéntelo. He nacido para hacerte disfrutar —dice, y siento su lengua deslizarse por mi cuello—. Has nacido para que me cuestione toda mi maldita vida.

—Estoy cerca...

—Yo también, joder. Me vuelves loco, Emma —gruñe acelerando las embestidas, sin dejar de estimular mi clítoris—. Córrete, preciosa. Córrete sobre mi polla. Exprímela como tú sabes.

Y ahí, con esas palabras, grito su nombre, mientras el placer se expande sin medida por mi ser. No puedo dejar de mirarlo. Él no deja de mirarme. Y de sus labios, mientras aprieta con fuerza mis caderas, sale mi nombre mientras el placer le nubla los ojos.

Nuestras respiraciones chocan entre sí. Damon acaricia mi cara, lentamente, para después besarme con tranquilidad. Sin prisas. Dejándome sin respiración, provocando que mi cuerpo se erice ante estos besos pausados.

—Creo que deberíamos irnos —susurro contra su boca, y él reniega para después volver a besarme.

Suave.

Profundo.

Todavía unidos...

Le doy un último beso y me levanto con cuidado de su regazo. Rápidamente, Damon coge el borde del condón, para después, cuando sale de mi interior, quitárselo y atarlo.

Nos miramos en silencio. Damon se frota el cabello, dubitativo, algo que me extraña pues siempre está seguro de todo lo que hace.

—Entonces, ¿esto quiere decir que dejarás a Archie y que te quedarás conmigo? —me pregunta, y siento como algo se me retuerce en el interior.

—Esta noche he quedado con él e... intentaré decirte algo lo antes posible.

—¿En serio vas a quedar con él después de todo lo que te he contado? —gruñe, y me encojo de hombros.

—No puedo anular la cita...

—Di mejor que no quieres —susurra, serio. Y abre la puerta, coge la sudadera y se la pone.

Yo... me obligo a vestirme en el asiento de atrás, sin dejar de mirarlo de reojo. Está como enfadado, como si no se esperase mi respuesta.

Aunque, para decir la verdad, yo soy la primera sorprendida de mi reacción...

Acabamos de volver a acostarnos y yo le suelto... ¿que tengo otra cita con otro tipo?

Esto se me escapa de las manos y no sé qué leches me ocurre.

***

Me despido de los clientes que ha atendido Brooke y observo a mi amiga, que está organizando el día de mañana.

No puedo evitar suspirar mientras camino hacia ella. Desde que Damon me dejó en casa después de soltarme que quería estar conmigo, me siento rara. Durante el camino a casa no hemos hablado, sé que está enfadado y yo estoy demasiado confundida como para intentar restar importancia a que tengo una cita con un hombre que ha estado boicoteando su negocio. ¡Quiere acabar con el hombre que amo y yo voy a quedar con él!

Es como si mi mente se hubiese separado de mi cuerpo.

Como si estuviese viviendo un sueño y solo estuviera esperando a despertarme para darme cuenta de que nada es real.

Que nada de lo que he vivido hace unas horas en ese precioso lago con Damon es verdad...

Incluso, cuando después nos ha traído en su *pickup* a la oficina, he sentido su mirada pendiente de mí en el espejo retrovisor central y yo... he apartado los ojos porque no sabía qué hacer.

No sabía qué leches me estaba sucediendo...

¡Maldita sea! Llevo semanas esperando a que Damon se dé cuenta de que soy algo más que un ligue esporádico, y ahora que lo hace... Ahora que me dice justo lo que llevo ansiando escuchar desde entonces, hay algo en mi interior que me hace dudar, que me frena y que impide que disfrute del precioso momento que he vivido a su lado.

De cada una de sus preciosas palabras dirigidas a mí.

De cómo me miraba, como si no quisiera perderme.

Y yo... me he quedado fría, durísima, como si no sintiera nada...

Ahora mismo no comprendo nada.

Estoy hecha un lío. No sé si Damon me ha soltado todo eso para que deje a Archie o, de verdad, me ha declarado su amor en ese precioso lugar...

Porque si fuera así, si él quisiera estar conmigo y yo con él, ¿no debería estar ahora mismo sonriendo sin parar?

¿No debería haber saltado a sus brazos y haberle dicho que yo también lo amo?

¿No debería estar segura de que Damon me dice la verdad?

Pero ese es el problema, que no me lo creo.

No me creo que Damon haya cambiado de opinión.

No me creo que quiera gritar al mundo que quiere estar conmigo.

No me creo que haya pasado de ser un tipo que huye de las relaciones para querer tener una conmigo.

Porque... ¿cómo iba a cambiar tanto de un día para otro?

Es una locura y, a medida que le doy vueltas al tema, estoy cada vez más confundida. Y necesito hablar, necesito verbalizar lo que me pasa por la cabeza, aunque después todo se complique incluso más.

Estoy cansada de ocultar tantos secretos, ha llegado la hora de ser sincera.

—Brooke —la llamo, y veo como mi amiga levanta la cabeza para mirarme—, dejé la universidad hace meses —le suelto sin más preámbulo, y observo su reacción.

Abre los ojos, la boca, para después levantarse de la silla y acercarse hasta mí.

—¿Por qué no me lo has contado antes? —me pregunta cogiéndome de las manos, y me encojo de hombros.

—No lo sé, supongo que no sabía cómo decírtelo.

—Ay, Emma —dice mientras me abraza con fuerza, demostrándome lo gran amiga que es y lo boba que soy al no habérselo dicho antes—, ¿por qué dejaste la universidad? ¿Ocurrió algo en Nueva York?

—No, solo que me cansé de estar ahí y... ¡No sé! —Me vuelvo a encoger de hombros sintiendo como me escuecen los ojos—. Llevo mucho tiempo buscando un lugar donde quedarme y echar raíces.

—No sabía que querías convertirte en un árbol —se burla para hacerme sonreír, algo que consigue en el acto—. Oye, si es tu sueño, yo te apoyaré e incluso te regaré para que te salgan raíces. —Me guiña el ojo mientras aprieta con cariño mis manos.

Es una gran amiga.

Es mi mejor amiga y tenía que haber tenido esta conversación con ella hace mucho tiempo.

—Me gusta esto, Brooke —confieso, y suspiro para aliviar un poco la presión que siento en el pecho—. Este trabajo, estar tan cerca del océano, montar en barco, la tranquilidad y el ajetreo de este pueblo... Me gusta estar contigo, verte todos los días, hablar de nuestras cosas y ser simplemente nosotras.

—A mí también me gusta tenerte aquí y, si por mi fuera, te pediría que te quedaras para siempre —me dice con una sonrisa apretándome las manos, que no ha soltado desde que se ha levantado de la silla.

—Brooke... te he ocultado algo más que me reconcome y necesito contártelo, porque tengo la cabeza hecha un lío —susurro, y mi amiga frunce ligeramente el ceño, esperando paciente a que prosiga—. Me gusta tu hermano. Me gusta muuucho. Eso se queda corto, ¡demonios! Estoy enamorada de él. Sí, esa es la verdad. ¡Lo quiero!

—¿En serio? —suelta entusiasmada—. Y ¿Nathan también está interesado en ti? Dime que sí y me harías la mujer más feliz de Maine.

—Tu otro hermano —puntualizo, y Brooke cierra la boca, arruga el ceño, aprieta los labios, todo ello sin dejar de mirarme fijamente.

—¿Damon?

—Sí.

—¿Estás enamorada de mi hermano Damon? —reitera, y asiento mientras me encojo de hombros.

—Él y yo... —Y hago una mueca con la cara, intentando encontrar las palabras para que sepa que no es un amor platónico y que han pasado muchas cosas en todo el tiempo que llevo viviendo aquí.

—¡¿Qué?! —suelta perpleja, interrumpiéndome lo que iba a decir—. ¿Él y tú qué? Ay, madre mía, ¿no me digas que tú y él...? Vamos, que tú y él... —Empieza a moverse nerviosa a la vez que me suelta las manos—. Vale, no puedo verbalizarlo, ¡¡lo siento!!

—Sabía dónde me metía, Brooke. Damon me avisó que solo sería sexo.

—¡Ay, Dios mío! —suelta sentándose en el canto de la mesa, sin dejar de mirarme, como si no pudiera asimilar toda esta información.

—Pero esta mañana me ha dicho que quería más...

—¿Más sexo?

—Una relación.

—Esto es una cámara oculta, ¿verdad? —suelta de repente mirando por todos los lados de la oficina—. La verdad es que tiene gracia. Mi hermano mayor y mi mejor amiga, joder, os habéis lucido —añade hablando en todas las direcciones.

—Brooke, te estoy hablando en serio. Yo... No sé qué hacer. Estoy enamorada de Damon, es cierto, pero ahora mismo estoy saliendo con Archie y no sé si él me ha soltado eso para que lo deje.

—¿Te gusta Archie?

—Es majo.

—¿Os habéis besado o acostado?

—No, desde el primer momento le dije que quería ir despacio.

—Algo que, por lo que me has dejado caer antes, no has hecho con Damon...

—Con tu hermano ha surgido de una manera muy natural.

—¡¡No me cuentes detalles!! —suelta, tapándose las orejas y haciendo que me ría.

—Ya tenía pensado dejar a Archie porque no se merece que lo utilice para olvidarme de otro tío, y te juro que este embrollo que tengo en la cabeza no es por él.

—Sino por mi hermano...

—Exacto. —Suspiro, aliviada de que Brooke me esté entendiendo—. ¿Y si Damon me ha mentido y realmente no quiere estar conmigo? ¿Y si todo forma parte de un plan para que deje a ese tipo que le cae mal? ¿Y si me ilusiono y después...? —Y dejo así la frase porque no puedo verbalizar que, después de conseguir que crea en su palabra, él me pueda dejar, que vuelva a poner ese muro entre los dos, que vuelva a desaparecer...

—Puf... —resopla mientras se vuelve a levantar y se acerca a mí—. No conozco lo suficiente a Damon para decirte qué intenciones tiene o no. Lo único que te puedo decir sin equivocarme es que nunca (nunca, Emma) ha querido nada más que sexo con una mujer.

—Tengo miedo, Brooke —confieso, sintiendo un enorme nudo en mi estómago que me impide estar bien.

—¿Por qué? Si lo quieres, algo que no comprendo, pero, oye, chica, para gustos los colores —tercia con gracia haciéndome sonreír—, y tú a él también, ¿qué es lo que te frena?

—Que vuelva a sentir el impulso de irme y hacerle daño. No se merece que le haga daño, Brooke.

—Y ¿por qué tendrías que marcharte?

—Es lo único que sé hacer... —confieso sintiéndome un bicho raro—. Marcharme y empezar de cero.

Porque aquí está lo que también me aterra de este asunto: darle una oportunidad a Damon, aceptar que estoy loca por él, enamorarme todavía más y que, un día, sienta otra vez esa maldita necesidad de marcharme, de huir...

40

Todo encaja

DAMON

Estoy cabreado y jodido, porque he entregado mi corazón a Emma y ella... Ella va a salir esta noche con el malnacido de Archie, como si no valiese nada.

Como si no significara nada para ella.

Como si lo hubiese cogido, lo hubiese arrugado y lo hubiese lanzado a un rincón sucio sin ni siquiera titubear.

Solo me ha echado una pequeña mirada en el coche cuando los he llevado a la oficina, como si me quisiera ignorar después de lo que ha sucedido en mi *pickup*. De cómo hemos hecho el amor, porque eso no era follar, joder. Le he hecho el amor a Emma y ella no ha dicho las palabras que necesitaba escuchar.

No ha dicho que me elige a mí, ¡a mí, hostias ya! Y, simplemente, se ha quedado callada escudándose en que ya había quedado con ese gusano.

Llevo todo el día trabajando sin acercarme por la oficina porque ahora mismo no tengo fuerzas para mirarla. Sé que me estoy comportando como un imbécil, pero

¡joder!, jamás le he dicho esas cosas a ninguna mujer y pensé que Emma lo valoraría.

Que se daría cuenta de que estoy saliendo de mi zona de confort por ella.

De que me quiero arriesgar con ella, aunque eso signifique cagarla de una manera brutal. Pero no me importa, porque quiero vivir el momento sin pensar en el futuro, intentando no cometer los mismos errores que mis padres. Y ser yo el único que decida sobre mi vida, sin importar que todavía sienta colgando sobre mi cabeza el miedo de lastimar a Emma.

Joder, he hecho lo que me he prohibido durante años y pensé que ella saltaría a mis brazos cuando escuchara que ha dado igual lo mucho que he luchado contra este sentimiento, porque la quiero, ¡hostias!

Pero me he equivocado.

Ella no está enamorada de mí...

¿Cómo he podido ser tan imbécil?

—Carter —llamo a mi amigo mientras me acerco al barco donde está subido—, cuando acabe la jornada, ¿puedes llevar a mis hermanos a casa?

—¿Ha pasado algo?

—Demasiadas cosas, pero ahora mismo no puedo hablar. ¿Harás eso por mí?

—Claro, amigo.

Asiento mientras levanto la mano a modo de despedida para dirigirme a mi *pickup*. Necesito aclarar muchas cosas, pero una puedo hacerla ya. Estoy harto de no hablar de algo que ha condicionado mi vida para mal. De algo que ha impedido que me diese cuenta de que Emma era diferente. De que yo era distinto con ella. Y, gracias a que esta tarde he terminado antes, no pienso desaprovechar esta oportunidad.

Subo a la camioneta, pongo el motor en marcha y salgo del muelle sin dudar.

Llego a mi calle enseguida, estaciono el coche y cruzo para dirigirme a casa de mi madre. Abro la puerta con llave, todos tenemos una copia para entrar cuando lo necesitemos. El sonido de la televisión me lleva hasta el salón, donde la veo apática, agotada, mirando esa pantalla sin reflejar ninguna emoción.

—Mamá.

Ni siquiera se gira para mirarme y no dudo en acercarme al televisor y apagarlo de una maldita vez. Este parpadea, y mi madre frunce el ceño después de unos segundos observando la pantalla negra, para después desviar la mirada hacia mí.

—Damon... —susurra como si acabara de darse cuenta de que estoy aquí.

Cojo aire y lo suelto lentamente intentando serenarme, porque necesito estar calmado para tener esta maldita conversación con ella.

Sé que le está yendo bien ir al psicólogo, pero también sé que esto va para rato. Las cosas no se arreglan por arte de magia y mi madre lleva demasiado tiempo tragándose sus sentimientos, sus emociones y la verdad.

Ha llegado el momento, solo espero que no me defraude.

—¿Por qué nuestro padre nos abandonó? —le pregunto sin dar rodeos, y observo como esta abre los ojos extrañada, para después mirarse a las manos—. Necesito que me lo cuentes, mamá. Han pasado muchos años, pero aún ese hombre y las decisiones que tomó nos siguen afectando.

—Damon, yo...

—¿Es verdad que se enamoró de una mujer casada? —le suelto al ver que duda en hablarme.

Y sus ojos cansados se vuelven a fijar en mí. Observo el dolor que cruza sus iris, su rostro refleja el cansancio de acarrear con ese hecho y me dejo caer en un sillón que está justo enfrente de mi madre.

Es verdad, joder.

Y yo creyendo que mi padre era incapaz de amar.

—Creí que sería como las otras veces... —dice con un hilo de voz.

—¿A qué te refieres? —pregunto, y ella juguetea con un hilo que se ha soltado de un cojín que abraza en su regazo.

—Que él se cansaría de ella y volvería conmigo, pero... —Se encoge de hombros, haciéndose tan pequeñita que siento como el corazón se me marchita al verla así—. Intenté que me eligiera a mí. Intenté que se quedara con nosotros... Pero no quiso escucharme, Damon. No paraba de repetirme que la quería a ella —dice, y sus ojos verdes me miran angustiada—. Me dijo que la amaba.

—Joder...

—Yo... —Se queda callada y observo como una lágrima recorre sus mejillas curtidas por arrugas—. Intenté ser una buena esposa, intenté que me amara, intenté ser lo que él quería que fuera, pero no sirvió para nada. Nada de lo que hacía servía para que él me quisiera. Soy insuficiente. Insignificante. Es normal que se viese con otras mujeres porque yo no sabía cómo darle lo que él quería. Hasta que llegó ella y, simplemente, me dejó.

—¿Es eso lo que te decía él: que no eras suficiente? —le pregunto, y siento como los puños cada vez los estoy apretando más.

Ahora mismo, si lo tuviera delante, le rompería la cara a ese cretino que me dio la vida y que demolió la autoestima de mi madre.

—Sí... Yo... —Se encoge de hombros y aprieta más el cojín—. Intenté cambiar, Damon, te lo prometo. Intenté ser como él necesitaba que fuera. Me vestía de manera más sugerente. Me peinaba como a él le gustaba. Y me comportaba como él quería, pero... nunca era bastante. Nunca estaba complacido por el esfuerzo que me suponía ser de esa manera y empecé a aceptar que tuviera amantes que le dieran lo que yo no podía ofrecerle...

—Hijo de la gran puta.

—No, no... —balbucea con la mirada suplicante, como si le doliese que insultara al hombre que le hizo tanto daño—. La culpa fue mía, yo no pude darle lo que él quería y, aunque al principio me dolía saber que él estaba con otras mujeres, después me acostumbré porque siempre volvía a mí... Siempre volvía...

—Hasta que apareció esa otra mujer...

—Sí... Yo sé que le fallé, que os fallé a todos, pero... no supe cómo hacerlo, Damon. No supe qué hacer para que él me eligiera y lo siento tanto... —Solloza mientras se pone las manos en la cara para ocultar sus lágrimas—. Siento tanto haberos defraudado. Siento que por mi culpa él se fuera. Siento no haber hecho más para que él se quedara con nosotros. No hay ni un solo día que no me culpe de lo que sucedió. Ni un solo día que piense que debía haber hecho más. Mucho más.

—Creo que daba igual lo que hicieras, mamá —farfullo con rabia—. Él no nos quería.

—No, no digas eso —suplica con una mirada que me da miedo, como si de verdad creyese que es responsable de lo que le sucedió—. Fue mi culpa, Damon. Mi culpa...

—¡No, hostias ya! —bramo, provocando que mi madre se asuste, pero no quiero que piense eso—. La culpa fue de él, mamá. No tuya, joder. Él te despreciaba con sus palabras, te vapuleaba y tú lo dejabas. Todavía me acuerdo de cómo te hablaba, mamá. Todavía recuerdo cómo tú intentabas ser lo que él deseaba, pero para él nunca era suficiente porque no te quería. No te quería y tú permitías que te hablara así de mal. Que me hablara así de mal.

—Él... solo quería que fuéramos mejores.

—Él era un manipulador que solo se quería así mismo. A nadie más que a él.

—Menos a ella... —susurra cabizbaja—. Los vi una vez juntos, Damon... Él la miraba de una manera que jamás había utilizado conmigo y tuve miedo por primera vez. Pero pensé que se le pasaría, que sería cuestión de tiempo que la dejara, que volviese con nosotros hasta que se le cruzara otra mujer.

—¿Por qué no lo dejaste, mamá? ¿Por qué permitiste que te hiciera tanto daño? ¿Por qué permitiste que te anulara como persona, que te convirtiera en un fantasma?

—Porque lo amaba con todo mi ser —solloza con la voz rota—, y... ¿quién me iba a querer si no podía conseguir que él, mi marido, me tuviera cariño?

—Hubieses encontrado a alguien seguro, mamá. Él no tenía la verdad absoluta. Él jugó contigo, con tu autoestima, desgastando tu buen juicio y convirtiéndote en un cascaron vacío. No se merece que sigas llorándole. No se merece que sigas aferrándote a un recuerdo que te provocó solo dolor. No se merece que sigas autoinculpándote de algo que no eres responsable.

—Lo soy... soy responsable de todo —balbucea con la mirada gacha, e intento tranquilizarme, porque sé que necesita sanar. Necesita comprender que ella no es responsable de las decisiones de los demás y solo espero que el psicólogo le ayude a verlo así.

—¿Sabes quién era esa mujer con la que se fue?

—Claro, todo el pueblo lo sabía... Todo el mundo sabía quién era la amante de turno de vuestro padre. Esa mujer era Donna Fletcher —susurra, y siento como todo encaja al escuchar ese maldito nombre. Aprieto los puños, la rabia me empapa con violencia al entender ahora la maldita razón por la que ese gusano quiere convertir mi jodida vida en un infierno—. Era una mujer preciosa, Damon. Preciosa de verdad, era normal que tu padre se fuera con ella y me dejara...

—Deja de pensar eso, mamá. Ojalá algún día entiendas que eras suficiente para cualquiera, pero que él no quiso verlo. Ojalá un día comprendas que tenías que haber empezado a quererte a ti misma, a querernos a nosotros y dejar que ese hombre se fuera, porque era lo único que quería: marcharse de aquí. Ojalá algún día te des cuenta del daño que te hizo intencionadamente y que tú, solo tú, le permitiste tener ese poder sobre ti, sobre nosotros. Ojalá algún día abras los ojos y te des cuenta de que has perdido demasiado tiempo añorando a un hombre que te maltrató psicológicamente y que convirtió tu vida en un enorme agujero negro.

—Damon...

—Y ojalá, algún día, te des cuenta de que tus decisiones también nos condicionaron a nosotros —susurro sintiéndome mal por decirle estas palabras.

Pero, joder, necesito decírselas.

—Yo... —balbucea—. Sé que me porté mal contigo —susurra, y sus ojos otra vez se llenan de lágrimas—. Pero, te pareces tanto a tu padre que... —Se encoge de hombros y siento como ese puñal que siempre se me clavaba al escuchar esas palabras, ahora es simplemente un roce. Porque no soy como él, ¡¡hostias ya!!—. Yo... siento haber sido una mala madre, Damon. Ojalá pudiera echar el tiempo para atrás y hacer las cosas de distinta manera, pero tu padre tenía razón: soy un desastre de mujer.

—No, mamá. Ese hombre no tenía razón en nada y tú puedes enmendar ese error ahora. Cúrate, sana de una vez por todas y sé la madre que necesitamos.

—Quiero serlo, Damon. Quiero serlo.

—Entonces, si quieres lo conseguirás —le digo con sinceridad, y ella me mira de una manera extraña.

Como si fuera la primera vez que escucha que alguien confía en ella y siento un nudo en la garganta al imaginarme que su vida no ha sido más fácil que la mía... Ha vivido condicionada con la imagen que su marido tenía de ella, creyéndosela hasta tal punto de perder su identidad por completo.

—¡Aquí estás! —escuchamos de repente, y me giro para ver a Brooke entrando al salón hecha una furia—. Damon Crowell —suelta con rabia señalándome con un dedo—, dime que no estás jugando con mi amiga, porque como me entere que lo único que quieres es que deje a Archie, te juro que te patearé el trasero.

Mi corazón comienza a latir más rápido mientras me levanto del sillón para acercarme a mi hermana, que sigue de pie, encarándose a mí con una fuerza colosal que me llena de orgullo. Porque sé que ella nunca dejará que nadie le haga pensar que no es suficiente.

—¿Te lo ha contado Emma?

—Por supuesto que me lo ha contado —suelta cada vez más enfadada—. Y está hecha un lío porque no sabe si dices la verdad.

—Digo la verdad —le aseguro, y veo como Brooke abre los ojos, extrañada ante mi confesión.

—¿Te gusta de verdad? —me pregunta achicando los ojos, como si quisiera averiguar si miento o no.

—Sí.

—Me gusta esa chica —susurra nuestra madre, y los dos nos giramos a mirarla—. Es una buena persona.

—¿Quién es una buena persona? —pregunta de repente Nathan, caminando hacia nosotros—. ¿Por qué no me habéis avisado de que había reunión familiar?

—Estamos hablando de Emma —contesta Brooke—. A Damon le gusta mi amiga y parece que a nuestra madre también.

—A mí también me gusta —añade mi hermano, y juro que estoy a punto de patearle el culo.

—Dudo que de la misma forma que a Damon —añade Brooke con soniquete, y nuestro hermano nos mira sin entender nada de lo que decimos.

Sin embargo, me da igual que se entere él, que se entere todo el mundo, porque si Emma ha hablado con su amiga, es por algo, ¿no?

—Vale, me he perdido —masculla Nathan, y observo como nuestra madre dibuja una pequeña sonrisa.

—Damon está enamorado de Emma —susurra ella, y nos quedamos todos callados mirándola—. ¿Qué? Es tan obvio que pensé que todos lo sabíais —indica con un hilo de voz, y no puedo evitar sonreír al ver que mi madre comienza a interesarse por nuestras cosas.

—¡¡No me jodas, Damon!! Tú me obligaste a no quedarme a solas con Emma y me entero de que ¿estás enamorado de ella?

—Ahora eso no es importante, Nathan —suelta Brooke haciéndolo callar, y da un paso hacia mí, demostrándome lo mucho que quiere a su amiga, porque está dispuesta a enfrentarse a mí sin ni siquiera dudar—. No quiero que le hagas daño —me pide Brooke, muy seria—. Ella no ha tenido una vida normal, Damon.

—Lo sé. Te juro que lo último que quiero es hacerle daño.

—Entonces, ¿la quieres de verdad? —tantea achicando los ojos como si quisiera encontrar cualquier fallo que le diese a entender que miento.

—Sí —contesto sin dudar, porque ¡joder!, es así.

¡La quiero! Y juro que todavía no entiendo cómo ha ocurrido. Pero es así y me he cansado de ocultarlo, de acallarlo, cuando lo único que deseo es estar con esa mujer.

—Joder, qué raro me parece esto: tú y mi mejor amiga —susurra mucho más calmada, y eso, eso me da esperanzas porque significa que no está todo perdido.

—He intentado luchar contra este sentimiento, Brooke, pero ya no puedo hacer nada para reprimirlo. Quiero demostrarle que puede echar raíces a mi lado.

A mi hermana se le suaviza la mirada, dibuja una pequeña sonrisa y mira a mi madre, que está pendiente de una conversación por primera vez desde hace años.

—Está loco por ella, mamá —le dice con un tono divertido e incrédulo.

—Ya me he dado cuenta...

—Yo estoy flipando —añade Nathan sin dejar de mirarme, como si estuviese conmocionado al saber que sí, que su hermano mayor se ha saltado las reglas por una vez en su maldita vida.

Y no digo nada porque, ¡hostias ya!, es la verdad: estoy loco por Emma Carpenter y necesito que se dé cuenta de que hablo de verdad.

Que estoy dispuesto a todo porque ella me elija a mí.

Solo a mí.

41

Es lo mejor para todos

EMMA

—Por favor, siéntete como en tu casa —me dice Archie mientras me invita a pasar al salón.

Tiene una casa enorme, muy cerca de una cala, las vistas son impresionantes, como también el interior donde el lujo refleja el nivel de vida de este hombre.

Dibujo una pequeña sonrisa mientras me siento en un enorme sofá blanco con miedo de mancharlo. Archie me deja un segundo sola para ir a coger algo de beber y me quedo mirando la amplitud de este lugar, sintiéndome vacía, extraña, como si estuviese engañándome a mí misma por seguir en pie esta cita.

Es cierto que la conversación que he tenido con Brooke me ha aliviado un poco la presión que sentía en el pecho; sin embargo, mi cabeza sigue hecha un lío y, aunque sé que mi amiga apoya cualquiera de mis decisiones, ahora mismo siento como si estuviera defraudando a Damon por estar aquí.

Como si lo estuviera engañando.

Como si estuviera confabulando con su enemigo...

—¿Mucho trabajo hoy? —me pregunta Archie, dejando una copa de vino sobre la mesa.

Ni siquiera me ha preguntado si quería o no, simplemente me ha puesto la bebida que él ha querido.

—Sí, pero es normal, ¿no? Estamos en verano —le digo, y este asiente mientras se sienta a mi lado, demasiado pegado a mí cuando el sofá es muy grande—. Y el trabajo aumentará cuando nos traigan el nuevo barco —añado observando con atención su reacción.

Archie abre los ojos sin disimular un segundo su sorpresa, sonríe de una manera forzada y coge la copa, que la vacía en un gran trago.

—¿Otro barco?

—Sí —contesto intentando sonar desenfadada, pero pendiente de cada movimiento de él—. Nos llegará en unos días. Ya estamos reclutando al personal.

—Vaya... A Damon le gusta arriesgarse demasiado. Un nuevo barco para abarcar el turismo que tenemos cuando no somos las únicas empresas que ofrecen cruceros por el golfo de Maine es casi tirar el dinero.

—No te creas. Me he dado cuenta de que hay suficientes clientes para tener un nuevo barco, incluso hasta dos más —añado dándome un poco el pegote—. Además, gracias a mí podemos abarcar al público de habla española.

—Gracias a ti, ya... —Se levanta y coge la botella, para rellenar su copa—. Dime, Emma, ¿Damon y tú os lleváis bien? —me pregunta antes de beber un trago de vino.

—¿Lo dices porque te pidió que no jugarás conmigo? —le pregunto, y este esconde una sonrisilla tras su copa.

—Vaya, no sabía que Damon pudiese ser tan sincero... Sí, justo por eso te lo pregunto, parece que... tengáis una relación muy estrecha.

—Lo normal —miento encogiéndome de hombros.

—Emma..., lo normal no es perseguir a una empleada

hasta el baño de un pub —susurra, y frunce el ceño justo después de pronunciar esas palabras, como si acabara de hablar de más.

—Estabas esa noche en el pub Carmen Verandah —indico achicando los ojos, y este se encoge de hombros sin hacer el amago de negar esta suposición—. ¿Por eso me buscaste en la aplicación de citas?

—Te encontré por casualidad.

—Lo dudo —indico levantándome del sofá.

—¿Dónde vas?

—Creo que es absurdo quedarme más tiempo aquí. Damon tenía razón, ¡demonios! Estás conmigo para hacerle daño.

—Ese hombre es incapaz de sentir nada por nadie, Emma —me dice mientras se levanta del sofá—. Te estoy haciendo un favor alejándote de él, ¿es que no lo ves?

—¿Un favor? —parpadeo confundida—. No sé por qué razón haces lo que haces. No sé si Damon te ha hecho algo o, simplemente, odias no ser el que más factura en Bar Harbor con los cruceros. No lo sé y, la verdad, es que me da igual. Pero te digo una cosa, Archie. Llegará el día en que cometas un error, que dejes que alguien te vea, una pista, una imagen, algo que te relacione directamente con todo lo que está pasando en Sunset on Board y al final pagues por lo que estás haciendo.

—No tienes ni puta idea de por qué cojones hago eso, Emma. Ese hombre, su familia, no se merece lo que tienen. Deberían marcharse de este pueblo, deberían avergonzarse de la sangre que recorre por sus venas, porque está contaminada, porque ellos son un cáncer que debo eliminar.

—¿Por qué? ¿Por qué los odias tanto?

—¡¡Ellos han arruinado mi jodida vida!! —brama dando un paso hacia mí—. Y si fueras lista, cogerías las maletas y te largarías de aquí antes de que esta mierda te salpique. Antes de que esa familia destruya tu vida como ha destruido la nuestra —suelta fuera de sus cabales, y frunzo el ceño al percibir el odio que siente hacia los Crowell.

—¿Qué te hizo? —pregunto con un hilo de voz. Sin embargo, no me contesta, simplemente me muestra una sonrisa que me atemoriza—. ¿Qué te hizo Damon?

—Existir —susurra con una voz extraña que provoca que dé un paso hacia atrás—. No voy a parar hasta verlos hundidos en el barro, Emma. No voy a detenerme hasta que supliquen por mi misericordia. No voy a parar hasta que los arruine por completo.

—Estás loco —jadeo asustada.

—No, estoy decidido a que paguen por todo lo que nos han hecho. Me he cansado de esperar a que el karma les devuelva todo el dolor que nos ha tocado vivir y voy a ser yo, joder, quien consiga arruinar su perfecta existencia.

—Estás equivocado, ellos no son como crees.

—¿En serio, Emma? —Da un paso hacia mí demostrándome lo equivocada que estaba con este hombre—. O ¿tal vez la que estás equivocada seas tú? Tu queridísimo jefe tiene mala fama en Bar Harbor, una fama que no la he creado yo, sino él solito. ¿De verdad que todo un pueblo se puede equivocar o, tal vez, él te haya hecho creer que es un hombre bueno? —tantea haciéndome dudar—. Piénsalo, Emma. Lo bueno de los pueblos pequeños es que todos nos conocemos y sabemos de qué pie cojeamos. De mí nadie habla mal. —Se encoge de hombros mostrándome una sonrisa que me da repelús.

—Y me estás mostrando lo equivocados que están —digo, y este ensancha todavía más su sonrisa.

—Estás enamorada de él... —susurra mientras niega con la cabeza, como si fuese lo más descabellado que ha escuchado en su vida y yo... ¡demonios! No le contradigo porque es así, estoy enamorada de él—. ¡Todas sois iguales! ¿No te ha contado que su última conquista también se enamoró de él? Y ¿sabes lo que hizo tu queridísimo jefe? —Trago saliva intentando controlarme, pero sus palabras están yendo directamente a mi autoestima—. La dejó, Emma. Sin titubear, sin ni siquiera pensárselo dos veces. Y ¿crees que él cambiará por ti? Ese tipo de hombres no cambian por nadie y mucho menos por una mujer. Damon está jugando contigo, Emma. Él me lo demostró aquel día cuando salió a hablar conmigo. Seguro que ni siquiera antes de esa conversación intuiste que él pudiera estar interesado en ti —dice y, joder, siento como ha dado en el blanco. Es cierto que hemos tenido algún que otro encuentro, pero todo empezó a cambiar cuando él se enteró de que estaba saliendo con Archie—. No te sientas mal, Emma, lo hace con todas las mujeres que conoce. Les hace creer que ellas son distintas, hasta que se cansa y va a por otra —añade, y noto como mi pecho se desgarra por dentro—. Habla con Amber si no me crees, la pobre ha quedado destrozada por su culpa.

—Eso no es así —balbuceo llena de dudas—. Él no las engaña...

—Vete de Bar Harbor, Emma, si no... caerás como ellos van a caer —indica con tranquilidad—. Tú decides. Si no quieres marcharte, puedo acogerte en mi casa y podemos luchar juntos contra los Crowell. Vi cómo te miraba Damon esa noche y sé que le jodería mucho que me eligieras a mí.

—Eso nunca va a pasar, Archie. Aunque fueras el último hombre de la faz de la tierra, nunca te escogería a ti —pronuncio sin un atisbo de duda.

Ahora mismo este hombre me da asco y miedo.

Nada más.

—Entonces, si no te vas de este pueblo, si sigues a su lado, no dudaré en destruirte a ti también. Aunque, tal vez, espere a que lo haga Damon por mí. En cuanto se entere de que ya no salimos juntos, seguro que deja de buscarte y te darás cuenta de que no soy tan mal tío —indica arrogante, y siento como se me retuerce algo en mi interior que me hace sentir muy incómoda.

Lo miro un segundo de más, sin entender cómo existen personas capaces de volcar su energía en odiar a otras. Cómo hay personas con tanto odio en su interior, capaces de destrozar a quien sea para conseguir su propósito. El de Archie, destruir a los Crowell sin importar a quién arrastre en esa tarea.

Cojo mi bolso, me doy la vuelta y salgo de esta casa sin despedirme, sintiendo como la cabeza la tengo a punto de estallar. Intentando no creerme sus palabras, pero... ¡diablos!, ¿cómo acallar esa teoría que acaba de echar al cúmulo de dudas que ya tenía?

Simplemente camino para alejarme de este lugar y siento como la rabia comienza a llenar mi cuerpo, como mi mente está hecha un caos, como mi corazón se marchita a cada segundo que le doy veracidad a todo lo que ha dicho ese hombre, ciego por la ira. Cojo el móvil y dudo a quién llamar para que venga a recogerme. Mi ser quiere, necesita, que sea Damon quien lo haga, para que me demuestre que Archie está equivocado, que mi mente también lo está; pero ahora mismo necesito poner distancia con él y pensar fríamente en todo lo que ha pasado.

En todo lo que he descubierto.

En todo lo que he vivido con él...

—Brooke —digo cuando esta contesta a mi llamada—, ¿puedes venir a por mí?

—¡Claro! ¿Dónde estás?

—Te paso la ubicación, pero, por favor, no le digas nada a Damon.

—Claro, amiga. Voy para allá.

Finalizo la llamada, le envío la ubicación mientras el viento húmedo mueve mi cabello sin poder dejar de pensar en el odio que Archie siente por Damon... ¿Qué le habrá hecho el mayor de los Crowell para que esté dispuesto a arruinar su vida?

Sin embargo, hay algo más que me preocupa, y es el hecho de que no he dudado de la posibilidad de que Archie me estuviera contando la verdad con respecto a Damon.

Y eso sí que me preocupa.

Porque ahora mismo mi mente es un auténtico caos.

Pero de lo único que estoy segura es de que Damon no es como Archie asegura.

***

Me limpio las manos en la parte de atrás del pantalón antes de subir la escalinata que da a la oficina. Estoy nerviosa, como si no importase que llevo muchas semanas viviendo en este pueblo, como si fuera la primera vez que entro en Sunset on Board y no supiera lo que me voy a encontrar dentro.

Algo que sé de sobra, y me imagino que por ese motivo estoy tan nerviosa.

Han pasado tantas cosas desde ese primer día que crucé estas puertas que a veces dudo del tiempo que llevo viviendo en Bar Harbor.

Abro la puerta y mi amiga, al verme, me sonríe. Está sola, algo que agradezco ahora mismo y me acerco hasta ella.

—¿Has podido descansar?

—Más o menos —le contesto—. Gracias por darme la mañana libre, la verdad es que la necesitaba.

Cuando anoche vino Brooke a por mí, le conté por encima mi cita con Archie. Le había dado mi palabra a Damon de que no le iba a decir a ninguno de sus hermanos que había alguien intentando boicotear su negocio.

Mi amiga se alegró de que hubiese acabado con esa relación que estaba destinada al fracaso y me vio tan mal que me animó a que me quedara en casa toda la mañana.

—Pero si estoy encantada —suelta con gracia—. Cuando le he dicho a Damon que no venías con nosotros esta mañana, ¡no te puedes ni imaginar cómo se ha cabreado! —añade con guasa, y frunzo el ceño al escuchar su nombre, cómo mi cuerpo ha respondido, cómo mi corazón ha comenzado a latir acelerado—. Chica, esta historia me está dando la vida. ¡¡La vida!! No sabía que Damon podía ser tan territorial con una mujer.

—Yo... No sé qué decir.

—Lo que tienes que hacer es disfrutar del momento como yo lo hago —indica moviendo las manos como restándole importancia—. Le viene bien pasarlo un poco mal por una mujer. Lleva años saltando de flor en flor y está bien que pruebe un poco de su propia medicina. —Me encojo de hombros y agacho la mirada al suelo. Es un mujeriego, lo sabía, lo sé, pero ahora es como si me doliese saberlo—. ¿Sabes ya lo que quieres? —me pregunta dejando las bromas a un lado y mirándome preocupada.

—Sé que tengo que hablar con él, entre otras cosas le diré que, después del verano, me marcharé de Bar Harbor.

—Pero ¿por qué, Emma? —pregunta visiblemente preocupada.

—Yo... —Levanto los hombros sintiendo como los ojos se me llenan de lágrimas—. Es lo mejor para todos.

—Emma... —susurra, dando un paso hacia mí y abrazándome con fuerza—. ¿De verdad que es eso lo que quieres?

Y me vuelvo a encoger de hombros, sin poder verbalizar lo que ahora mismo se me pasa por la cabeza. Porque la verdad es que tengo miedo. Tengo miedo de dejarlo entrar de verdad en mi corazón, tengo pánico de sentirme parte de este precioso pueblo, siento temor por confiar en su palabra, en él, en que todo nos puede salir bien cuando los dos lo hemos pasado tan mal en el pasado.

Solo sé empezar de cero, buscar algo que, ahora sé, me da miedo encontrar y alejarme cuando las cosas son distintas a lo acostumbrado.

Me gusta este pueblo, me gusta la vida que tengo aquí, me gusta estar con Brooke, con Nathan, con Tim, pero, sobre todo, lo que más me gusta es estar con Damon.

Tengo miedo, ¡¡demonios!! Tengo miedo de que Damon me abandone, por eso doy primero yo el paso para acabar con una relación que está destinada al fracaso. Aunque siento que me estén arrancando el corazón de cuajo sin anestesia. Porque ¿cómo me va a querer un hombre como él? ¿Cómo va a funcionar cuando los dos somos dos personas rotas por nuestros padres?

42

Desilusión

Emma

Cada vez que alguien abre la puerta de la oficina, miro temerosa y esperanzada de que sea Damon. Pero cuando observo que es alguien del equipo o un cliente, la desilusión junto con el alivio provoca que esta tarde se me esté haciendo eterna.

¡Demonios, menudo verano me espera!

Porque tengo claro que no puedo dejarlos en la estacada. Tengo que quedarme, aunque esté deseando huir en este preciso momento, porque sé que, en cuanto vea a Damon otra vez, comenzaré a dudar todavía más de todo.

Porque lo quiero y me encantaría creerle, me encantaría cambiar esta tara que me persigue desde hace tantísimo tiempo, pero... tengo miedo. Tanto miedo que me paraliza.

Brooke sale de la sala de empleados y se dirige a mí con el rostro serio. Desde que le he dicho que me voy a marchar está rara y mucho más callada de lo normal. Sé que la he defraudado y sé que la culpable de que ahora mismo mi amiga esté así soy yo.

—Esta tarde tienes que ayudar en un crucero —me dice mi amiga.

—¿Quién es el capitán? —pregunto sin dudar, y Brooke suspira encogiéndose de hombros.

—Es Nathan.

Asiento aliviada, pero triste porque en todo el día no lo he visto y lo echo de menos, ¡demonios! Echo de menos tenerlo delante y sentir sus labios sobre los míos.

Echo de menos hablar con él, perderme en sus ojos grises y deleitarme cuando sonríe.

Definitivamente, ¡me voy a volver loca!

***

Me acerco al Antiguo Langostero con la mochila en la espalda, con un cosquilleo en el estómago y una extraña sensación en el pecho que me dificulta respirar. Levanto la mirada del suelo para dirigirla al barco, esperando ver el temple perfecto e inalcanzable de Damon, pero a quien veo es a Nathan...

A su hermano y no a él, y la desilusión me alcanza sin saber qué hacer para evitarla.

¡Menudo día más tonto que tengo!

—Ey, Emma —dice Nathan feliz mientras se acerca casi a la carrera a la rampa para ayudarme a subir—. Es la primera vez que somos compañeros de barco —añade, y sonrío mientras le cojo la mano y avanzo por esta hasta alcanzar la cubierta—. ¿Preparada para ver el atardecer conmigo?

—Claro.

—¡Genial! Pues vamos a prepararnos antes de que vengan los clientes.

Intento sonreír, lo juro, pero no sé por qué razón pensaba que al final vendría Damon a este crucero...

Supongo que me había acostumbrado a compartir los atardeceres a bordo con él, solo con él...

Sigo a Nathan, que no para de hablar de la tarde tan estupenda que tenemos hoy. Entramos en la sala de mandos, dejo la mochila y cojo todo lo necesario para preparar la mesa que ocuparán los clientes.

Tardo más de lo necesario en esta tarea tan sencilla, lo sé, pero hoy siento como si a mis brazos les costase más moverse, como si tomar la decisión de marcharme de este lugar afectara a mi ser. Cuando nunca antes había sucedido algo parecido. Siempre que tomaba la decisión de marcharme, lo único que quería era que el tiempo pasara rápido y ahora... me encantaría ralentizarlo.

No quiero irme, pero a la misma vez sé que debo hacerlo.

Por el bien de Damon, por el mío y por el de todos los demás. Tengo que marcharme, empezar otra vez de cero y olvidarme de que fui feliz por un tiempo aquí...

Suspiro sintiendo la maldita presión en mi pecho, froto con mi mano esa zona intentando aliviarla, pero no hay manera. Esto se ha descontrolado y, aunque no quiero irme, ahora mismo cogería las maletas y me iría para dejar de sentirme así.

Doblo con cuidado las mantas y las dejo en el banco, sintiendo como el viento ha comenzado a arreciar con más fuerza. Miro el cielo, pero no hay casi nubes, como ha dicho Nathan hoy hace una tarde estupenda. Empiezo a caminar en dirección a la cabina cuando me doy cuenta de que nos estamos moviendo, pero ¡¡no puede ser!! Me cojo a un lado del barco, me asomo y observo horrorizada que no son cosas mías, el barco ha zarpado.

¿Tanto he tardado en preparar la mesa?

Voy casi corriendo a cubierta, pero no encuentro a nadie y observo perpleja que hemos dejado desde hace rato el muelle. A lo mejor es un crucero más especial de lo que hemos hecho hasta ahora. A lo mejor los cruceros de Nathan son así. A lo mejor todos están en el puesto de mando. Me voy hasta ahí sintiéndome mal por no haber estado al lado del mellizo de mi amiga cuando nuestros clientes han subido a bordo, pero cuando entro me doy cuenta de que quien lleva este barco no es Nathan, sino su hermano mayor.

—Damon...

Gira lentamente su atractiva cara para mirarme y se me encogen los dedos de los pies.

Esos ojos.

Esa cara.

Esos labios...

Los voy a echar tanto de menos cuando me vaya.

—Bienvenida a bordo, Emma —me dice, y frunzo el ceño porque no entiendo por qué utiliza la frase que siempre dice con los clientes.

—¿Qué está pasando aquí? Pensé que Nathan sería el capitán... —digo mirando a mi alrededor por si el mellizo está por aquí, escondido en alguna parte.

—Esta tarde seré yo el capitán de este crucero al que llamamos «Atardecer para dos».

—Pero... ¿y los clientes?

—Solo estamos tú y yo en este barco, Emma. Este atardecer es para nosotros dos —susurra, y siento como todo me da vueltas.

—P-pero...

—Dame unos minutos y podremos sentarnos en cubierta a hablar —me dice antes de girarse hacia el horizonte.

Y me quedo aquí, mirando la fuerte y ancha espalda de Damon, sin entender qué hago con él a solas en un crucero tan romántico como es este.

Mi mente empieza a colapsarme con multitud de respuestas, unas tan románticas que no dudo en desechar, porque, ¡demonios!, estamos hablando de Damon Crowell;

otras más realistas que me hacen ponerme incluso más nerviosa de lo que estoy.

Porque ¿y si es mi último crucero antes de despedirme?

¿Y si es una especie de ritual previo antes de decirme que todo lo que me dijo ayer era mentira?

Cada vez me pongo más nerviosa y lo único que puedo hacer es esperar.

¡¡A mí me va a dar algo!!

Al final, Damon detiene el barco justo en la zona destinada a ver el atardecer. Se gira hacia mí y mueve la mano para señalarme que salgamos hacia cubierta.

Con la mente echa un lío, el corazón retumbando frenético en mi pecho, las manos sudadas y las piernas temblándome, avanzo hasta la mesa que he preparado hace unos minutos. Damon se sienta y me señala el banco para que lo imite.

—¿Me vas a decir qué hacemos tú y yo aquí?

—Sí, pero me gustaría que estuvieses sentada para disfrutar de las vistas —me dice con serenidad y, a regañadientes, me siento a su lado.

Mis ojos buscan el horizonte y la imagen idílica de la que he disfrutado durante estas semanas me hace suspirar. Adoro este lugar y sé que lo voy a echar muchísimo de menos cuando me vaya.

—Llevo años viendo el atardecer a bordo —comienza a decir, y desvío mi atención hacia él, que ya tiene sus ojos sobre mí. Creo que a él es a quien más voy a echar de menos... ¿Por qué todo tiene que ser tan difícil?—. Nunca me he cansado de verlo, Emma. Sé que te dije que sí en nuestro primer crucero, pero mentía... Cada atardecer significaba que ese día acababa y que, tal vez, al siguiente todo cambiaría... Y de hecho ocurrió sin darme cuenta cuando apareciste en Bar Harbor...

—Damon...

—Sé que te quieres ir —me dice, y no dudo en abrir los ojos extrañada de que lo sepa—. Me lo ha dicho Brooke y espero que no te enfades con ella por haberlo hecho. Pero no queremos que te marches. No quiero que te vayas, Emma —puntualiza, y escondo mis labios, apretándolos con fuerza, para frenar a mis emociones que ahora mismo comienzan a desatarse.

Respiro profundamente para después echar el aire por mis labios, intentando controlarme y mantener la mente clara.

—Damon, quería hablar contigo antes de avisarte de que me iría después del verano —susurro después de un segundo en silencio—. Archie quiere hacerte daño, quiere destruiros.

—Lo sé y también sé por qué quiere hacerlo. Mi padre huyó con su madre —dice, y lo miro sorprendida, aunque si lo pienso fríamente, ahora tiene sentido ese odio que siente hacia los Crowell, aunque no tanto hacia Damon en concreto—. Supongo que quería que lo supiera cuando él te lo contó... Y parece que da igual que lleve años fuera de Bar Harbor, la mierda que él provocó sigue salpicándonos.

—No va a parar hasta acabar con vosotros.

—No le tengo miedo, Emma.

—Va a por ti directamente, Damon. Hay algo que le has hecho y quiere hacértelo pagar.

—No le he hecho nada en mi vida, Emma. La primera vez que hablé con él fue cuando averigüé que ellos estaban detrás de todos los infortunios que nos sucedían.

—Ya no estoy con él —susurro sin perderme detalle de su expresión calmada.

—Y no sabes lo aliviado que me siento al escuchar esas palabras —dice con seriedad.

—Tenía que haber confiado en ti cuando me lo dijiste.

—Tenía que haberte contado la verdad mucho antes.

Como también a mis hermanos, menos mal que ya saben quién es Archie Fletcher y lo que lleva haciendo desde hace tres años.

—Me alegra saber que empiezas a confiar en ellos.

—Siempre he confiado en ellos, Emma, pero no quería preocuparlos... Creo que ha sido un error mantenerlos al margen de lo que estaba sucediendo —comenta con sinceridad—. Como también creo que ha sido un error alejarme de ti cuando lo único que deseaba era estar a tu lado.

—Damon, no...

—No te vayas, Emma —dice cogiéndome de la mano, y siento como mi cuerpo responde a ese pequeño contacto—. Quédate conmigo.

—Damon, no es buena idea... —susurro, sintiéndome mareada por su proximidad, por su mirada penetrante, por su tacto, por tenerlo tan cerca y por estar compartiendo este momento en alta mar con él.

—Deja que te demuestre que estoy loco por ti. Deja que te haga feliz —dice, y mi corazón comienza a latir como el de un colibrí—. En el primer crucero que compartimos me dijiste que, si pudieses pedir un deseo, pedirías vivir cada atardecer como si fuera el primero —susurra, y el corazón se me encoge directamente al ver que recuerda esas palabras.

—Damon...

—Te prometo que voy a intentar que tu deseo se cumpla, Emma —dice con seriedad—. Voy a hacer todo lo necesario para que cada atardecer a mi lado sea distinto. Sé que tienes miedo de cansarte de este lugar, pero solo hay que mirarte para saber que te encanta Bar Harbor. Que has nacido para vivir en este pueblo conmigo.

—Y ¿si no es así y dentro de unas semanas me quiero ir?

—No va a suceder, pero si llegara ese momento, cogería el barco y nos iríamos juntos donde tú quisieras.

—No puedes hacer eso, tú formas parte de Bar Harbor.

—Pero quiero formar parte de tu vida. Te quiero, Emma Carpenter. No tengo ni idea de cómo ha pasado, no sé en qué momento te colaste en mi corazón derribando todos los muros que había puesto, pero ya no puedo ni deseo volver atrás. Te quiero y solo espero que nos des una oportunidad para demostrarnos que no somos como nuestros padres.

Dejo de respirar mientras esas palabras calan en mi interior.

Abro los labios, pero los tengo que cerrar porque no sé qué decir.

¿Me quiere?

¿Damon realmente me quiere a mí?

—Danos una oportunidad, Emma —añade apretándome la mano con ternura—. Dame una oportunidad para demostrarte que te quiero de verdad. Tú eres la única que me conoce realmente. Sabes que jamás diría algo por decir. Sabes que nunca diría estas palabras sin saber que estoy plenamente convencido de los sentimientos que tengo hacia ti.

—Tengo miedo, Damon —susurro, y siento como su otra mano acaricia con ternura mi rostro.

Los ojos se me cierran del gusto al sentir su piel contra la mía.

—Lo sé, yo también. Jamás le he entregado mi corazón dos veces a la misma mujer —indica, y me muerdo el labio inferior, porque sé que se refiere a lo que me confesó en el lago.

A esas palabras que simplemente no me creí, porque ¿cómo iba a pensar que las estaba diciendo de verdad?

—¿Por qué? ¿Por qué yo, Damon?

—No lo sé —susurra negando con la cabeza—. Lo único que sé es que desde que te vi en el bar supe que quería besarte y cuando empecé a conocerte, cuando vi que la imagen que dabas no se parecía a lo que escondías en tu interior, me di cuenta de no podía dejar de pensar en ti. Que no podía detenerme cuando estabas a mi lado. Y que cada día, cada segundo que pasaba, quería más de ti. Lo quería todo. Y si me permites, te prometo que intentaré que cada atardecer, cada día, sea distinto a mi lado y que, poco a poco, te enamores de este lugar, que te enamores de mí.

—Eso no va a poder ser, Damon... —susurro, y observo como su gesto cambia a uno triste—. Ya estoy enamorada de ti.

—¿En serio? —pregunta acariciando mi mejilla con ternura.

—Pensé que los tipos como tú nunca cambian e intenté eliminar de mi corazón este amor que crecía a medida que te iba conociendo, pero no he podido. Te has colado tan adentro de mí que no puedo olvidarme de ti.

—Yo también pensaba eso, hasta que te conocí y quise cambiar para tenerte a mi lado todos los días.

—Todos los días es mucho tiempo, ¿lo has pensado bien?

—Lo he pensado concienzudamente y me temo que se me va a quedar corto ese tiempo y tenga que pedir una prórroga. He tardado demasiado en darme cuenta de que no hay vuelta atrás y que te quiero en mi vida. Te quiero todos los días. Te quiero, Emma. Te quiero a mi lado para siempre —dice apoyando su frente contra la mía, para después separarse un poco y mirarme a los ojos tan cerca que me pierdo en los distintos matices de gris que abarcan sus iris—. Quiero besarte, Emma, pero antes quiero que respondas a una pregunta.

—Dime.

—¿Quieres ser mi novia?

Sonrío, sonrío y siento como el peso que hundía mi pecho comienza a irse. Damon espera paciente a que le responda, sin dejar de mirarme, sin dejar de acariciarme y sé que si no acepto me arrepentiré toda la vida.

—Me dijiste que no eras de tener novias.

—Hasta que tú llegaste y me di cuenta de que quiero que tú lo seas y poder decirle a todo el mundo lo importante que eres para mí. ¿Qué me dices?

—Sí —le digo, y este suelta el aire y alza los ojos como si le hubiese quitado un enorme peso de encima—. Claro que quiero ser tu novia.

—Pensé que me ibas a decir que no —murmura, para después volver a mirarme.

—Pero me tienes que prometer que tendremos cuidado con Archie.

—Deja de hablar de ese gusano y bésame, joder.

Y sus labios se funden con mi sonrisa, provocando que todas las dudas, todos los pensamientos negativos salten al océano para sumergirme de lleno en el amor.

En el amor a este buen hombre que no dudó en sacrificarse por su familia.

En el amor que él siente por mí y que no le ha impedido crear un atardecer para dos tan perfecto como este.

En el amor que siento por él, que me hace salir de mi zona de confort y fiarme de él, para quedarme aquí para siempre.

Nos besamos sin parar, deseosos de aprovechar este tiempo que hemos perdido por las dudas y las terceras personas que han intentado separarnos.

Nos besamos, arrancándonos gemidos, mientras el sol comienza a descender por el horizonte avisando de que ese día está acabándose. Sin embargo, esta vez no me quedo observándolo porque no puedo apartar mis labios de este hombre con el que he descubierto que el amor llega y te arrasa sin hacer nada para evitarlo.

Amo a Damon Crowell y estoy dispuesta a demostrarme que estoy preparada para echar raíces a su lado, aunque eso signifique luchar contra el temor a lo desconocido.

Epílogo

Adicto a Emma

DAMON

Cinco meses después

No puedo evitar sonreír mientras Emma y yo estamos preparando la cena de Acción de Gracias. Este año vienen todos a celebrarlo en mi casa, bueno, en nuestra casa, porque le pedí que se viniera a vivir conmigo al mes de formalizar nuestra relación. Pero es que prácticamente estábamos ya viviendo juntos. Cada noche iba a casa de Brooke para estar con Emma y odiaba permanecer separado de esta mujer que había conseguido derribar cada uno de mis muros para ver quién se escondía dentro. Para darme cuenta de que los traumas, el dolor y la rabia podían aliviarse con amor. Con un amor que nunca me ha pedido nada, un amor que jamás se ha forzado por ninguna circunstancia y que simplemente nació a causa de una atracción sexual y evolucionó sin darnos cuenta al conocernos.

—¿Crees que hemos hecho suficiente cena para todos? —me pregunta mirando todo lo que hemos preparado.

—Creo que va a sobrar tanta comida que les tendremos que dar las sobras a cada uno de ellos —comento, y esta me sonríe ampliamente.

—A Apolo le gusta el pavo.

—A Apolo le gusta todo lo que le das.

—Soy su favorita.

—Y la mía —confieso mientras hundo la nariz en su delicioso cuello. Me encanta su olor y da igual el tiempo que llevemos juntos.

Me declaro adicto a Emma.

—No empieces —gime mientras reparto multitud de besos por su cuello y mis manos dibujan su sugerente contorno.

Va con un vestido de esos que tanto me gusta y yo ya no me responsabilizo de mis actos.

—¿Por qué? Parece que te gusta —le digo entre beso y beso.

—Sabes que me gusta mucho, pero enseguida vendrán y no quiero que nos pillen metiéndonos mano.

—Me gusta eso de meterte mano —añado, deslizando mi mano por debajo de su vestido y descubriendo que lleva un maldito tanga.

Esta mujer me quiere matar.

—Damon —gime, apoyándose contra mi pecho y agarrándose con fuerza de la encimera.

Me vuelve loca cómo me llama con ese tono de voz cargado de deseo y todavía me asombra que creyera que no le gustaba el sexo. Ha nacido para esto, ha nacido para volverme loco de todas las maneras.

—¡Ay, la tarta de cerezas! —exclama dando un saltito gracioso hacia delante, y gruño al ver que se va muy lejos de mi alcance—. Se va a quemar, cariño.

Y no puedo evitar sonreír al verla tan emocionada por esta cena.

La convivencia no ha sido tan sencilla como me parecía, pero después de solventar nuestras pequeñas diferencias, hemos aprendido a vivir juntos y... ¡joder!, me encanta. Me encanta despertarme a su lado, me encanta abrazarla cada noche, me encanta que mi casa huela a ella y me encanta verla sonreír porque yo la hago feliz.

La temporada de verano fue bastante tranquila en el trabajo, a pesar de que Archie volviera a boicotear uno de mis barcos. Esta vez, el nuevo que compré, Colores del atardecer, apareció una mañana pintado de negro, con una palabra que se repetía cinco veces por todo el casco: MENTIROSO.

Mentiroso me llamaba ese hombre que había sido capaz de intentar seducir a Emma para hacerme daño. Y aunque la rabia me empujaba a presentarme en su oficina a exigirle que se detuviera, no lo hice porque eso era lo que buscaba: demostrar a los habitantes de este pueblo que era conflictivo, que era como mi padre y eso era lo último que quería hacer. Contraté a una empresa para que limpiara el barco y, simplemente, sigo esperando que cometa un fallo para ir a por él. Porque lo que tengo claro es que Archie va a pagar por todo lo que está haciendo. Soy un tipo paciente, sé que mi momento llegará en cualquier instante y, cuando llegue, estaré preparado para hundirlo como él intenta hacer conmigo.

Nathan me preguntó un día, después de contarles la verdad, la razón por la cual no iba a hablar con Archie para decirle que sabía el motivo por el que estaba intentando destrozarnos. Mi respuesta fue sencilla: él le contó a Emma la razón por la cual nuestro padre se marchó y no tengo dudas de que quería que ella me la dijera a mí. Además, una persona que no es capaz de separar las acciones que hizo nuestro padre de nosotros es incapaz de razonar. Archie necesita tener un enemigo para volcar la frustración de que su vida cambió de golpe porque su madre se fugó con nuestro padre y nosotros éramos lo más parecido que tenía al causante de su desdicha.

Después, el verano acabó, los mellizos se fueron a la universidad y las cosas volvieron a estar tranquilas. La calma del invierno hizo que pudiera disfrutarlo como nunca al lado de Emma. Nos fuimos de viaje, conocí a sus padres, los cuales son exactamente como me imaginé, y volvimos a nuestro pueblo a seguir disfrutando del tiempo libre juntos.

Cuando cumplió los veinte, la llevé a ver otro atardecer y le hice el amor en la cabina, mientras nos mirábamos a los ojos. Me había tomado muy en serio crear distintos atardeceres para que ella jamás se cansara de esto. Que jamás se cansara de mí, de nosotros.

No ha habido ni un instante en que me arrepintiera de confesarle a Emma lo que sentía por ella.

Ni un segundo que dudara de lo que estaba haciendo, porque mi vida junto a ella empezó a sonar diferente.

Y porque ya no puedo concebir ni un día sin ver o tocar a esta mujer que me enloqueció por completo con su manera de ser.

—¡¡Ya están aquí!! —exclama Emma con una amplia sonrisa cuando suena el timbre, y sale disparada, con Apolo detrás, hacia la puerta.

No puedo evitar sonreír mientras me dirijo como ella a la entrada. Emma abre y aparecen Brooke y Carter discutiendo, que, al ver que estamos delante, cambian sus expresiones por una sonrisa.

Siempre están igual, como el gato y el ratón, y eso que llevan meses sin verse...

Nos abrazamos, pues no veo a mi hermana desde que se fue en agosto a la Universidad de Maine, y mi amigo se alejó unas semanas de los problemas que siempre hay en su casa.

—¿Qué tal todo, tío? —le pregunto muy bajito a Carter.

—Ha sido volver y darme cuenta de que todo sigue igual —resopla, y niego con la cabeza, porque no se da cuenta de que sus padres van a estar así toda la vida sin importar que él intente arreglar algo que es irreparable.

—¡¡Qué bien huele!! Cómo se nota el toque femenino, ¿eh, Damon? —suelta con guasa Brooke dándome un codazo, y le lanzo una mirada amenazante, pero esta, simplemente, se ríe en mi cara.

Así me gusta, que no le tenga miedo a nadie, ni siquiera a mí. Además, desde que me ayudó con Emma, nuestra relación ha ido a mejor. Es como si hubiésemos pasado de ser dos desconocidos que comparten sangre a dos personas que empiezan a caerse bien.

—¿Qué te voy a decir? Me encanta el toque de Emma —digo, y mi novia, joder, ¡¡novia!!, me lanza una mirada repleta de amor que me deja con una tonta sonrisa en los labios.

—Si no lo veo, no lo creo —farfulla el cabrón de mi amigo—. Estás loco por ella.

—Lo estoy y cada día que pasa más —añado sin dudar mientras veo a Emma y a Brooke adelantarse juntas sin parar de hablar de todo lo que han hecho en estos meses sin verse.

—¿Te has arrepentido algún día de decirle lo que sientes? —me pregunta muy bajito, y lo miro sin ocultar mi extrañeza ante esa cuestión.

—No, me arrepiento de no habérselo confesado antes. Creo que los dos nos hubiésemos ahorrado muchas noches en vela —digo sin dudar, y mi amigo simplemente asiente conforme.

—Me alegro por ti, Damon. Ya era hora de que te tocara ser feliz.

Y sí, yo también estoy de acuerdo, ya era hora de que me permitiera dejar a un lado el pasado, para vivir mi vida tal y como la deseo.

Sin limitaciones.

Sin excusas.

Sin normas que me impidan disfrutar de algo tan increíble como es amar a Emma Carpenter.

Nathan y mi madre llegan al poco, sacamos toda la cena a la mesa y mientras hablamos casi todos a la vez, riéndonos y disfrutando de esta fecha tan señalada. No puedo evitar quedarme mirando a cada persona que está sentada en esta mesa. Y me quedo un poquito de más observando a mi madre, la cual no está bien del todo, es cierto, pero por lo menos sigue yendo al psicólogo y quiere sanar.

Sé que le queda aún un camino muy duro por recorrer, pero no tengo dudas de que lo conseguirá. Además, Emma no para de ir a verla, de charlar con ella, y sé, gracias a Brooke que me lo cuenta, que mi madre la adora tanto que la echa de menos cuando algún día no va a su casa.

No me arrepiento de haber sacrificado mi vida por ellos, porque gracias a cada paso que he dado, a cada día nefasto que he vivido, me he acercado más a Emma. A la única mujer que ha conseguido penetrar tan dentro de mí que ya es imposible que salga de mi corazón.

Mi novia.

La preciosa chica de los ojos azules.

Mi todo.

Porque a su lado he descubierto que la vida, que cada atardecer, es único si es a su lado.

FIN

Nota de la autora y agradecimientos

No leer antes, contiene *SPOILERS*

Escribir esta novela, crear a unos personajes tan imperfectos, tan rotos, como son Emma y Damon, impregnarme del precioso pueblo de Bar Harbor y vivir a través de ellos su historia me ha dejado las emociones a flor de piel.

Esta historia ha ido evolucionando a medida que iba creándola. Tenía claro desde un principio que quería centrarme en lo increíble que es la atracción física que pueden llegar a sentir dos personas nada más verse. Quería también que esa atracción estuviese más o menos prohibida y que tuvieran que luchar contra ella. Me ha encantado escribir las escenas donde cada uno intenta evitar lo inevitable, para después, cuando les es imposible, darse cuenta de que querían más. Lentamente esa atracción sexual ha ido evolucionando hasta acabar los dos enamorados de las cicatrices del otro, al verse reflejados, al darse cuenta de que se comprendían, que no se juzgaban y que simplemente abrazaban esas taras que venían con ellos. Poco a poco, se han ido dando cuenta de que daba igual lo mucho que luches por no sentir algo, cuando el amor llega, no hay vuelta atrás y simplemente te arrasa como si fuera una gigantesca ola.

Es posible que os hayan chocado ciertos comentarios, acciones o ciertas escenas... Solo quiero recordaros que los protagonistas son dos personas imperfectas, como lo somos todos, pero que, además, han tenido que vivir momentos difíciles cuando eran pequeños y eso ha afectado a su manera de ver la vida. Además, todos cometemos errores y mucho más si sus cimientos son tan débiles, ¿verdad? No estoy justificando esos comportamientos, ni mucho menos. Solo que, a veces, la vida pasa como pasa y no es tan perfecta como a uno le gustaría. Lo importante es que los protagonistas, lo que más desean, es no dañar al otro. Creo que es una manera de pensar que deberíamos imitar todo el mundo.

Supongo que deduciréis que esta historia no acaba aquí, pues el tema de Archie no se ha resuelto y quiero explicar la razón por la cual se ha quedado en el tintero...

A medida que iba creando este mundo me encantaron los personajes secundarios: Brooke, Nathan, Carter... Creo —y espero que estéis de acuerdo— que necesitan su propia historia y es lo que tengo pensado hacer. Además, no veía lógico que un hombre que lleva tres años boicoteando a otra empresa cambie porque sí en tan pocas páginas. Archie necesita algún tipo de aliciente, una razón de peso, para que ese odio comience a menguar. Pero tampoco quiero dilatarlo mucho en el tiempo. Además, necesitáis saber por qué razón Archie odia tanto a los Crowell y en especial a Damon... Por eso, os adelanto, que esa trama se resolverá en el siguiente libro. No os voy a adelantar de quién tratará porque quiero que sea sorpresa. Solo espero que os haga tanta ilusión como a mí saber que tendréis más de Emma y de Damon, aunque sea de manera secundaria. Pues serán los mellizos, uno por cada libro, los protagonistas de las dos novelas que completarán esta serie que he llamado: *Hermanos Crowell.*

Después de la aclaración y de hablar un poco de ellos,

quiero aprovechar este espacio para dar las gracias a esas personas que, día a día, me ayudan a seguir creando.

A mi marido, mi amor, mi todo, gracias por ser como eres, por apoyarme incondicionalmente, por escucharme e interesarte por las tramas que creo. Gracias por ponerle nombre al perro de Damon. Aunque sé que tú querías que se escribiera Apollo, pensé que sería más sencillo para el lector ponerlo tal y como suena: Apolo. Te amo infinitamente, amor mío. Gracias por estar en mi vida.

A mi hija mayor, gracias por renovar mi vocabulario y hacerlo más actual, por recomendarme música, por ponerte a bailar conmigo cada vez que suena un temazo, por cantar a pleno pulmón sin vergüenza alguna y por ser como eres. ¡Eres increíble! ¡¡Te quiero muchísimo!!

A mi hijo pequeño, gracias por ayudarme con las marcas de los coches y por elegir casi todos los automóviles que utilizan mis protagonistas a lo largo de los años. Por nuestros momentos de risas, por decirme qué ciudades debería escoger para mis novelas y por ser como eres. ¡Eres un crac! ¡¡Te quiero muchísimo!!

A mi familia, gracias por estar siempre a mi lado, por apoyarme, por alegraros de mis éxitos. ¡Os quiero!

A mis amigas, gracias por tener paciencia cuando estoy en pleno proceso *escrituril* y posponer nuestras quedadas. ¡¡En nada nos volvemos a ver!! Sois increíbles, chicas.

A mis *Cococalas*, a mis lectoras, a mis seguidoras en redes sociales, a las *booktokers*, *instagrammers*, *bloggers*, gracias por vuestro apoyo, por compartir mis novedades, por vuestras fotos de mis libros, por los increíbles *collages* que hacéis, por vuestras reseñas. Gracias por tanto. ¡¡Sois la caña!!

A mi editora, Esther Escoriza, gracias por tu apoyo y tu cariño. Gracias por hacerme sentir en casa durante estos diez años en Planeta. Gracias por ser como eres. ¡Eres muy grande, guapa!

A la Editorial Planeta, con sus sellos Booket y Esencia, gracias por el trabajo que hacéis con cada una de mis novelas. ¡Sois unas máquinas!

A ti, gracias por darle una oportunidad a este libro, solo espero que la historia de Emma y Damon te haya hecho pasar un buen rato y que te haya hecho suspirar de amor.

Nos vemos en el siguiente libro.

¡¡GRACIAS POR TODO!!